广东"左联"作家作品及研究

黄景忠 主编
刘文菊 许再佳 编

海滨杂记

冯铿作品及研究

冯铿 著

南方出版传媒·花城出版社
中国·广州

图书在版编目（CIP）数据

海滨杂记：冯铿作品及研究 / 冯铿著；刘文菊，许再佳编. -- 广州：花城出版社，2019.9
（广东"左联"作家作品及研究 / 黄景忠主编）
ISBN 978-7-5360-9005-7

Ⅰ. ①海… Ⅱ. ①冯… ②刘… ③许… Ⅲ. ①冯铿（1907-1931）－文学研究 Ⅳ. ①I206.6

中国版本图书馆CIP数据核字(2019)第191009号

出 版 人：肖延兵
策划编辑：张　懿　陈崇正
责任编辑：陈诗泳　赖秀俞
技术编辑：凌春梅
装帧设计：姚　敏

书　　名	海滨杂记：冯铿作品及研究 HAIBIN ZAJI：FENGKENG ZUOPIN JI YANJIU	
出版发行	花城出版社 （广州市环市东路水荫路11号）	
经　　销	全国新华书店	
印　　刷	恒美印务（广州）有限公司 （广州南沙经济技术开发区环市大道南路334号）	
开　　本	880毫米×1230毫米　32开	
印　　张	13　2插页	
字　　数	295,000字	
版　　次	2019年9月第1版　2019年9月第1次印刷	
定　　价	68.00元	

如发现印装质量问题，请直接与印刷厂联系调换。
购书热线：020-37604658　37602954
花城出版社网站：http://www.fcph.com.cn

广东"左联"作家作品及研究
丛书编委会

主　　任：谭君铁

副 主 任：杜传贵　叶　河

编委会成员：肖延兵　应中伟　萧宿荣

总　序

左翼文学的拓荒者和追梦人

　　二十世纪二三十年代，是中国社会大分裂、大动荡的年代，军阀混战、国共合作破裂、大革命失败，中国社会陷入沉沉暗夜。二三十年代又是大变革的年代，是一个孕育新生力量的年代，一些进步的知识分子，开始认识到社会的黑暗源于阶级对立，认识到中国未来的希望是通过工农革命建立新的体制和社会，认识到必须建立新的无产阶级文化。中国的左翼文学运动就是在这个背景中产生的。一些进步的作家、艺术家，他们自觉地把文艺与政治结合起来，通过文学、电影、戏剧等文艺形式，反映工农大众的生活，描写他们如何在黑暗中受难和挣扎，又如何进行反抗和斗争。当时的上海，由于有租界存在，为革命文学的生长提供相对宽松的政治空间，所以，从1928年到1937年近十年间，上海就成为左翼文学运动的主要阵地。尤其是1930年3月2日，由中国共产党创立的中国左翼作家联盟（简称"左联"）在上海成立，更是将左翼文学运动推向高潮。

在中国左翼作家联盟中，活跃着一群粤籍作家、艺术家的身影。这群作家，他们都是在新文化运动和五四运动哺育下成长起来的，二十世纪二十年代中期工农革命兴起，他们又接受马克思主义思想的洗礼。"四·一二"事变之后，他们或者因为被通缉流亡上海，或者为了寻求民族的新生投身上海。他们历尽劫难和艰辛，以卓越的才华，做出了引人瞩目的贡献，在推动左翼文学运动的发生、发展上发挥了重要的作用。他们当中，包括洪灵菲、杜国庠、戴平万、冯铿、许峨、杨邨人、欧阳山、侯枫、唐瑜、陈辛仁、梅益、丘东平、草明、蒲风等，如果再加上1933年4月成立的广州"左联"，那么这份名单还要增加上易巩、杜埃、伍翠云、蒲特、楼栖等等。编辑这套广东"左联"作家文丛，一方面是他们中的部分作家的创作，的确有穿越历史的艺术力量；另一方面，毫无疑问，我们也是在借助一种方式，表达对他们的怀念和致敬。

我们首先选择的是在"左联"中较有影响力和代表性的三位作家：洪灵菲、戴平万、冯铿。

这几位作家，他们的文学事业是和革命事业紧密结合在一起的。

洪灵菲和戴平万的人生轨迹是大致相同的：1918年一同考进广东省立金山中学，接受五四运动新思想的洗礼。1922年又一同考进国立广东高等师范学校（中山大学）。国共合作时期，他们开始投身革命运动，后在许苏魂的介绍下参加中国共产党。1927年"四·一二"事变后流亡南洋。洪灵菲的长篇小说《流亡》，戴平万的短篇小说《在旅馆中》《流氓馆》等，反映的就是革命低潮时期流亡的遭遇以及在苦闷、彷徨中寻求出路的心灵历程。1927年秋，"八一"南昌起义军进驻潮汕，他们即启程回潮汕参加武装斗争。及至潮汕，发现起义军撤离，又奔赴海陆丰参加农民革命运动。戴平万后来创作的《山中》《村中的早晨》，以及洪灵菲的《前线》《大海》等，都成直接或间接反映了海陆丰农民革命斗争的情况。海陆丰农民起义失败后，洪、戴又奔赴上海，参与创办进步文学团体太阳社、我们社。1929年，因在家乡参加革命活动而一直过着流亡生活的冯铿也从韩江到了上海滩。这样，他们一起在中国共产党领导的左翼文艺运动中扮演着重要的角色。1930年，"左联"成立，洪灵菲、戴平万是发起人和筹备者，洪灵菲还是"七常委"之一，是其中最年轻的作家。冯铿非常活跃，经常参加党组织的飞行集会和宣传活动，受"左联"的委派出席中国苏维埃区域代表大会，还以苏区代表的事迹为素材，写作小说《小阿强》《红的日记》。可以说，"左联"时代是这几位作家的人生最灿烂光辉的时期。可惜的是，他们的生命都太短暂。

1931年1月，冯铿在参加党内会议时被逮捕。2月7日，被国民党秘密杀害于上海龙华。同赴刑场的还有胡也频、李伟森、殷夫和柔石。冯铿是"左联五烈士"中唯一的女性，多么年轻，才二十四载年华。与冯铿从韩江共同奔赴上海的许峨先生，于1931年4月12日在上海写道："她死了，她不死于缠绵的恋情而死于伟大的革命，这是我所引为悲壮的！"

1933年2月，洪灵菲被党派往北平任中共中央驻北平全权代表秘书处处长，不久因叛徒出卖被捕。1933年10月前后被国民党杀害于南京雨花台，年仅32岁。他也是唯一被杀的"左联七常委",是最年轻但最早献出自己宝贵生命的文化青年。他对革命的坚定意志和宏大志向曾在1930年3月1日初版的《气力出卖者》中这样表达道:"……母亲,我的生命是完了,但我愿意我的说话永远在你们的脑子里,在一切被压迫的人们的脑子里生了根。"

1933年至1934年,戴平万被党派往满洲参加抗日工作,并写作《哈尔滨的一夜》《佩佩》,表现这个阶段的革命生活。1937年抗战爆发,戴平万留在上海,从"左联"成为"孤岛文艺"共产党领导者之一。他接替周扬的位置,成为"左联"最后一任党团书记。坚守至1940年。而后,他从上海到苏北根据地,在新四军中从事新闻与教育工作。1945年,戴平万在苏中区党委党校所在地兴化县去世,没有看到中华人民共和国成立的曙光。

在历史的记载中,他们的身份是作家。但是,他们首先是一个革命者。大多数左翼作家,是由文学而革命的,这些左翼作家的创作,其实只是对革命的文学想象而已。而这几位作家,他们的革命人生,就是壮丽的诗篇;他们的文学创作,是革命生活所迸发的火花。他们的革命和文学,是互相辉映的。

这几位作家,他们都是早期左翼文学的拓荒者,在推动左翼文学的发展中发挥着重要的作用。

洪灵菲是"左联"中具有较大影响力的作家,被蒋光慈称赞为"新兴文学的特出者"。他的文学创作,从1927年年底到1933年10月,六年间一共创作近二百万字的小说。对他的文学创作,学术界更多关注的是他早期长篇三部曲《流亡》《前线》《转变》,尤其是《流亡》,风靡文坛,是左翼早期革命罗曼蒂克文学的代表作。但是,洪灵菲对左翼文学的贡献还体现在另一方面。当"左联"

成立后提出建设无产阶级新兴文化时，洪灵菲是积极的倡导者和实践者。他在《文艺讲座》中发表《普罗列塔利亚小说论》，在"左联"的机关刊物《拓荒者》上发表长篇小说《家信》和中篇小说《大海》、短篇小说《新的集团》等。这个时期，他小说的表现对象从小资产阶级知识分子换成了工人、农民和革命者，主题则从表现知识分子在沉沦中走向革命变成了集中暴露时代的黑暗和正面表现工农大众的革命斗争。这些作品，是当时左翼文艺界倡导的普罗文学的样本作品。

戴平万在左翼文学中并不算一个著名的作家，但是，他是表现农民革命的好手。他是从农村长大的，又亲身参加过海陆丰的农民运动，这样，他对农民革命的描写避免了当时左翼文学常见的概念化的毛病，他的小说富于生活实感，对人物性格和心理变化的描写细腻。他创作的《陆阿六》《村中的早晨》等小说，可以说是当时左翼文学表现农民革命的代表作，《陆阿六》还作为"左联"时期的优秀作品翻译成日文在日本出版。戴平万也被当时的评论界誉为"新兴文学的花蕊"。

冯铿被誉为"中国新诞生的最出色的和最有希望的女作家之一"（《中国作家致全世界的呼吁书》），寻求革命、寻求女性解放是贯穿冯铿的人生和文学的基本主题，她的中篇小说《最后的出路》和短篇小说《小阿强》《红的日记》等，是左翼女性文学的代表作品。"左联五烈士"被害后，关于五烈士的专刊在二十世纪三十年代的上海初版。其中，冯铿的《红的日记》被翻译成日文和俄文。冯铿的贡献是，以她的创作告诉人们：女性的解放，必须与旧社会的破坏以及新社会的建立紧密结合起来！

这几位作家，毫无疑问地，他们的创作还不够完美，但是，这并不重要。重要的是，他们的文学，是以他们的充满激情、充满浪漫主义和理想主义的生命写就的。即或是一个世纪之后，阅读他们的文字，仍然能够感受到燃烧着的生命和激情：

"惟有不断地前进，才能得到生命的真谛！前进！前进！清明地前进也罢，盲目地前进也罢，冲动地前进也罢，本能地前进也罢，意志的被侵害，实在比死的刑罚更重！我的行为便算是错误也罢；我愿这样干便这样干下去，值不得踌躇啊！值不得踌躇啊！你灿烂的霞光，你透出黑夜的曙光，你在隐匿着的太阳之光，你燎原大焚的火光，你令敌人胆怖，令同志们迷恋的绀红之光，燃罢！照耀罢！大胆地放射罢！我这未来的生命，终愿为你的美丽而牺牲！"（洪灵菲《流亡》）

今天，我们重读这些充满理想主义色彩的文字，为的是纪念而不是忘却。生命是如此的短暂，但故人旧文却永恒。再读旧文，不仅仿佛重返旧时光，更能够获得新动能，看到他们对故乡、家人的眷恋和对信仰之坚定。

洪灵菲曾在《家信》中写道："'回到故乡吧，去躺在大自然的怀抱中吧，去躺在母亲的怀抱里吧！'我几乎要这样喊出来。但当我定一定神，我感到这是一场虚空的梦，这是一场渺茫而又达不到的梦。这种梦是中世纪的诗人才能够做的，我们不配。"数十年后的今天，这样的梦不再是每个青年心底遥不可及的渴望。2019年是中华人民共和国成立70周年，也是五四运动100周年。2020年是"左联"成立90周年，2021年是中国共产党成立100周年。在我们越来越接近中华民族伟大复兴的梦想的时候，我们不能忘记这些早期的拓荒者和追梦人。这些青年怀抱着赤子之心，积极投身于伟大的民族革命中去。他们把最美好的青春献给了祖国和人民，谱写了一曲又一曲壮丽的青春之歌。

习近平总书记在纪念五四运动 100 周年大会上的重要讲话中说道："五四运动以来的 100 年，是中国青年一代又一代接续奋斗、凯歌前行的 100 年，是中国青年用青春之我创造青春之中国、青春之民族的 100 年。"今天，曾经的这些革命作家已经长眠地下，但是，他们灿烂的生命以及卓著的文化建树早已镶嵌在历史之中，成为一种青年精神火炬的象征符号。有时候，我们需要拂去蒙在历史上的尘埃，让他们的光芒穿越时空，照耀我们的现实和人生。

广东"左联"作家作品及研究丛书编委会
2019 年 9 月

冯铿（1907—1931）

原名冯岭梅，笔名占春、岭梅等。出身于富有文化教养的知识分子家庭，是民国时期广东潮汕最著名的女作家。1931年1月17日在上海东方饭店被国民政府逮捕，2月7日被枪决，是"左联"五烈士中唯一的女性。冯铿在参与"左联"之前就满怀革命理想，并充满激情地进行左翼文艺创作。1929年5月，在上海加入中国共产党。1930年，加入中国左翼作家联盟。代表作有政论文《破坏和建设》《妇女运动底我见》，短篇小说《月下》《一个可怜的女子》，诗歌《深意》《你赠我白烛一支》，散文《开学日》《夏夜的玫瑰》等，被誉为"中国新诞生的最出色的和最有希望的女作家之一"。

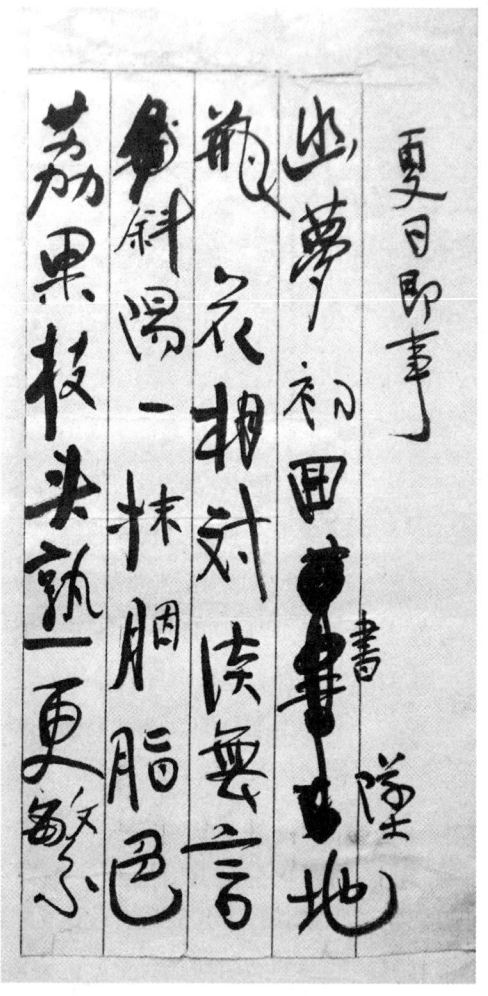

冯铿笔迹（汕头市档案馆供图）

冯岭梅的革命牺牲工作人员家属光荣纪念证（汕头市档案馆供图）

上编　冯铿作品精选

小说

一个可怜的女子　　3
月下　　6
乐园的幻灭　　9
最后的出路　　19
重新起来！　　131
小阿强　　198
红的日记　　204

话剧

胎儿（独幕剧）　　217

散文

妇女运动底我见　　227
海滨杂记　　230
一团肉（随笔）　　239

诗歌

深意（十首）　　242
暗红的小花　　246

听，听这夜雨	248
晨光辐辏的曙天时分	250
你赠我白烛一枝	252
夏日即事	254

下编　冯铿研究

冯铿烈士　许美勋	257
冯铿创作论　彭耀春	350
冯铿寻求女性解放道路的心路历程　刘文菊	360
重读冯铿《最后的出路》　许再佳	370
冯铿简谱　刘文菊	383

―― 上编 ――
冯铿作品精选

| 小说 |

一个可怜的女子

猛烈的太阳,正高高挂在天上;射得四周的天空,连一些云霞都没有。人们在屋里摇着扇子,还怨道没有一点凉气呢!那田里的禾,被这太阳的光线射着,都低了头,弯了腰,表示它不能和这强权者宣战的模样!

这时田里站着一个十七八岁的女子,上面穿了领七空八洞的蓝布衫,下面穿一条百结的黑麻布短裤;面上布满了手甲的伤痕,和一块块的红肿;额上的皱纹积得有成十来层,不知的或者想她是几十岁的人呢!她脸上和手足,又好似戴上一层黑膜一般;这些都是她成十年来悲苦的成绩。她手里拿了一枝镰刀,曲着腰把成熟的禾稻一把把割下。通身的汗像菽米大一颗颗流出来,透得衫子都湿了。一会,她觉得热不可耐,而且力竭神疲了。她举起头望着对面几株大树,绿叶满布,树下很是浓荫,二三只狗儿在那里打瞌睡;那夏蝉也在树上唱歌,表示它的得意。她看了这般情景,眼眶里的惯泪,不觉簌簌地滚下来!她咒诅太阳,她又怨恨她的身世,为什么连狗和蝉都不如呢?她一面拭泪,一面仍旧继续她的工作。但是身体终于忍不住,竟和她起了反抗了！脑痛得要裂，口渴得要烧，偏偏那树里的狗和蝉，和似乎透出来的凉飕，都好像引诱嘲笑她一般！她决然弃了工作，走到溪边，捧些水饮下。又到树荫里，脚儿一伸直，倒下去。觉得腰脊好似铁打般的酸痛，几乎动弹不得。她再也起不得身，就闭眼略躺一躺。

停了一会，扑的一声，她被打了一个耳光！她吓得跳起来看时：原来是她的婆婆站在面前。她觉得身体的温度，骤降低了几许，浑身打颤起来。还有她的小叔也站在一旁，她才知道婆婆命他在那里监督她的工作。那时婆婆把她的手一拉，狠命地牵向屋里去。

邻家的张婶站在门口，听见伊的惨呼声，不觉叹口气道："李婆又虐打媳妇了！贫家人无力养育女儿，宁可出世把她弄死，不要做人家养媳，活受这磨难。"说完很觉伤感。

太阳渐渐斜西了，她婆婆站在门口喊道："阿香还不回来炊饭么？"她连忙丢了田具，走向灶边去。婆婆口里还唠叨地发话道："平日天犹未黑，就赶快炊煮，快点充满你的烂肚。今天却和我斗气，要我们受饿。今晚偏不给你吃，看你待怎地？哼！你这烂骨头！自九岁到这里来，带累公公也死掉了，丈夫也日见不成才，赚的钱都在外边打混，却要我养你，这都是你命硬克伤所致！哼！我有朝总要把你……"

夜深了，小小的屋子里透出一线灯光。她独自一个坐在房里，右手一转一转纺着纱，泪痕布得满面都湿。可怜她自今天四点一骨碌起身，到此时——十一点——还没得休息，目前积下的头晕，肚痛，因上午受了一顿毒打，晚饭又不得吃，到了此时，忽然满眼金黄，不省人事，连人带椅都跌落地下！

明净的月儿高挂空中，伊的光亮从云中透过来，照得地平线上发出黑黯的色彩，仿佛现出凄凉景象来！这时她一步步悄走出屋外，到日间捧水吃的溪边坐下。原来她晕醒后，已经怀了死志！恍惚听着命运的神和她说道："你的痛苦已受够了。你丈夫既不成人，你父母又都死掉。世界上一切都不值得你的留恋了！死实在快乐……"

可怜她竟信了这话！只听得扑通一声，浪花四溅，她已离开人间的地狱，到天堂去了。月亮又在云里钻出来，但伊好似不忍见这惨剧，仍旧躲入云里。这样，大地又现出惨淡的旧观了！

明天她婆婆找不见她。忽然邻家的小童报道：香姑已死在溪里了！她婆婆也觉有点懊悔，说道："此后没人和我作工了。"

唉！当这女权伸张，人道盛倡的二十世纪，尚有此等怪剧出现，我们应该快谋救护的法子呵！

（原载1925年9月汕头《友联期刊》第4期，署名冯岭梅）

月　　下

　　这时伊正坐在窗边桌上的灯下缝衣，右手一起一落动作的姿势，在墙上映出同样的黑影来。房里除掉这两种摆动外，什么东西都是静止着。

　　这房里陈设的器具，华丽而且簇新，假使无论谁第一次进去，他的嗅觉便有一种油漆气味。照我们的旧习惯上想去，就可知这房子的主人，是新近才结婚的了！

　　伊偶尔抬起头，向窗外一望时：D字形的月亮，挂在深蓝色的天空，正和伊相对。伊的眼光，不期然而然地给她吸住了！手中的工作，骤然停止。一会，伊立起身来，收了缝衣的工具，把灯儿吹熄了。同时雪般白的月光，铺满桌上，和伊站着的部分，全身好似浸在清辉里。伊重新坐下，再抬头向她凝视：觉得她的光，不特照到伊的身，竟好似射入伊的心一般！伊回头斜向窗外看去，广寂的空庭，似泻满水银，几株夜合树枝叶的黑影，很明显地映在地上，真像一幅图画。伊忽然想起去年的月夜里，和姊妹们在自己家里庭中静坐默谈，或者携手踏月，饱尝她温和皎洁的光亮。现今呢，月儿依旧，但是伊只好在房里凝望，不能到庭中畅意的玩赏了！伊想到这里，不觉把数月来的新环境，在脑里一幕幕的表演着。

"当伊才来这里廿余天的时候，伊偶到小姑房里一下，——离伊的房子只有数尺远——给婆婆知了，说伊：'不知礼节，做新媳妇便过家舍了。我们是世家大户，比不得……'伊听妯娌们和伊说：'嫁来这里，要到老时讨媳妇了，才能行到门外和庭中去！……'因此伊只好和蛰伏着的昆虫一般，除三餐吃饭的地方，和早晚到家婆尊长处问安外，终日只有密坐在房里缝衣，连说话的人都没有。而且一举一动，都要学成泥人，说话高声些，走路行速些，粉抹得不白，花带得不多，人家就批评伊：'轻佻，没规矩，不配做大家媳妇。'吃饭要站着不敢坐，对人要装出卑污的礼节……凡此种种，伊只有气不过时暗自流泪罢了！又有一次，伊穿了白鞋，给婆婆看见了，气得发昏章第十一！①把伊大骂特骂，说这是恨她——婆婆——咒她速死的表征……不要这样的媳妇了，要送回母家去！……后来受了调停，才算平息了。伊真不解：色彩不过是和太阳光线的吸收反射各有不同罢了，穿白鞋就致这样天大的罪状吗？可怜伊薄弱的心灵，怎经起这样的波动呢？伊现在的生活，是和奴隶，囚犯，木偶……一样的！丈夫呢，是个纨绔子，将来也没甚希望。现在只来数月，已受了许多恐惧，羞愤，悲哀——后来的日子正长着呢，如何忍受……"

伊这时心儿好似千万根绳索勒住一般，伊哭了！眼泪断续地流出了。任月亮怎样的可爱，伊却低下头，伏在案上，两肩上下地耸动着。

---

① 开玩笑的话，发昏之意。"章第十一"无义，仿古书某某章第几。语见《水浒传》及《金瓶梅》。——编者

"自杀吧！人生已没有乐趣和留恋了！"伊哭了很久，在这样想着，"但是怎舍得时时在念的母亲，唉！母亲呵！你是爱我的，但这种环境，是你使我蹈入的呀！……"

十四，六，一[①]。

（原载1925年9月汕头《友联期刊》第4期，署名冯岭梅）

---

① 即"1925年6月1日"。

乐园的幻灭

温柔，和煦的初冬的朝阳，刚好从那株盘踞在园的角落里的榕树梢头，斜抛向一面差不多水晶也似明亮的小池上。

池水是那么的清幽，澄澈，它把孕着白云的蓝空和池边丛生着小草的倒影都印进自己那沉潜的怀抱里去。这好像一幅优美的情景，渗进在人们那沉醉着的心灵里般巧妙地，毫无痕迹地。但我们那顽皮的阳光是如何的淘气呢，它时而借着晨风的翅膀，便很轻快地一面吻着池水一面跳跃起来，它的闪烁的光芒，把那些倒影都搅得凌乱了！

逆着不十分耀眼的初阳，她沿着细石砌成的小径，从院里跑进园来。她是个十八岁大小的少女，有着健全的、燃烧着青春热力的肉体和灵魂；她的那对老像是在微笑着的眼睛和口角，却令人感到她内心还蕴藏着柔和优美的另一种情绪。她穿着蓝的上衣和黑短裙，白的颈巾的两颗下垂的绒线毯子，跟着她走动的姿势便一左一右地摆动着。

"今天的气候很好啦！……"她轻轻地这样说着，她像感到意外的满足般对周围的景物细细地爱赏着。这景物在什么时候都会令她感到欢爱的；但在今天，它好像另摆上一副新鲜、悦乐的笑脸，处处都会勾引她的眼睛去作一个长时间的逗留，处处都会引起她想再贪看一下的兴趣！一切于她真太亲切了，美妙了！她轻轻地吹着甜蜜的口笛，慢慢地坐下在池边的椅子上。

阳光从榕树梢头慢慢地但又像轻快地升起来，它很均匀地和园里的一切接着早吻——那畦里新开的野菊花，那鲜红欲滴的美人蕉，那一堆滑得闪光的石子……更有草地上的露珠，它们很轻狂地，卖弄风情般尽是闪烁着、闪烁着。

初阳的热力增加她身上循环着的血的暖流，那完全帖服着的心房好像起了微微的跳动。她把微嫌闷热的颈巾松开，把两只手膀伸过脑后，搁在椅屏上，像很娇懒地让自己陶醉在这柔和、优美、鲜丽……交织成的情景里面。她的短发不加梳理地让它披拂在额角、耳际，她斜侧着头，一任温软的颈巾由左肩上垂下到草地去，吹面不寒的轻风尽向她的颊上、鼻尖掠过，蓬松起来的颈巾上的绒丝也跟着颤动、摇曳……这些点缀着她，表现着她少女的浪漫的风情，这笼罩在暖日底下的美妙、恬适的一切，也正像我们少女的眼睛和心情一样的可爱！

像她这样年轻的姑娘，在这样的风光里正该和同伴们耍完了早晨的运动，便跟着钟声一同到课室里探求她的学问去的吧？但她没有那样的环境，那在这个时代正给有产的小姐们所擅有！她到这所半像私塾半像幼稚园的小学校来已经有好几个月了。必然地，她开始也怀着一般年青人所共有的求进欲，为前途苦闷着！但小学生们是太可爱了，这不与世争的小学校和略加修葺的废园也值得她的青睐！逐渐地，她近来反而感到这恬淡，但是活泼的生活很为可爱——比着学生时代所受的呆滞和无聊的生活更为有趣了！谁说教师的职业是痛苦的，粉笔和黑板的生涯是黑暗的呢？早晨，跟着朝阳而起，就在这园里预备些故事、诗歌的课材，自己弄些喜欢吃的东西做早餐；接着那由邻家雇来的老妈子会过来帮她修理，打扫一切；往后，哟！这些小天使似的孩子们便陆续跑来了，一天的活力便由这个时候跃动起来了！带他们在草地上游戏，混进他们当中，完全忘记了自己的地位，年龄，甚至躯体般，她常常低弯了身子，和他们手牵手地做着孩童的玩耍，听着他们的领袖的指挥！等到课室里的小铃给老妈子摇动起来时，她也混进这一群脸上还堆满笑痕，笑声还从小口里溜出来的孩子里面，在小径上织成一条小小的河流，滚进课室里去了。

在晚上她独自地缝些衣裳，看些书本——这一月来她读了许多由小学生芸的哥哥处所借来的有着新的启示的书籍。她虽然没有证实这里面的理论和事实，但她很喜欢读它——写些母亲姊姊的书信。……在休假日她便约了她的小伴侣，一同到这小市镇里的郊外游玩，或者在他们的家庭里，很亲切地被他们的母亲接待着，聚谈着……一切都很舒适，恬静而又活跃！她不感到寂寞，也不曾有怎样苦闷的梦幻；一切于她是现实的，愉快的。她很少预算着前途，但也不追忆着过去！……

大约是享受了多量闷热的阳光的缘故吧？这时她那恬静的心情忽然从陶醉里渐渐地蠢动起来，她那止水般的心湖忽然漾起阵阵的微波！

突然地，但又像滋生地般，她的心上给遮着一层不快的暗影，这暗影很迅速地掩覆了她整个的心窝，另一种可厌的，恐怕[①]

---

① 同"可怕"。

的情绪从它里面侵袭起来！她下意识地把身体转动了一下！

这暗影渐渐地凝聚起来，形成了两幅清晰的但又模糊的印象！

虽然是江南的初冬天气，但夜里的冷风已使人感到有些森寒了。昨晚上她因为贪看多一点喜欢读的书，吹熄了煤油灯上床去时，隔壁室里的挂钟已敲了十二下了。她把困倦的眼皮刚好合上，突地那面临街的小窗上好像给敲打着般响了两三下！

"什么？……"她睁开眼来，下弦月刚好从那面窗幔遮不到的上部射进室里，在桌子和地上延着一条淡青色的幽光，周围悄静得很，只有由这小市镇的远处，传来两三声隐约的犬吠。

她仍旧闭拢她的眼睛。

"督督！"声音又继续响着，还好像有男人在咳嗽般！

"谁……"她含着懊恼的心情翻开了被窝跳起身来，恐怕和危险的意念还没浮上她的脑里，她把窗幔掀开来，蓦地有一个穿灰色制服的人影，在凄冷的月光下由窗外溜去了！

"吓！……"寒气和恐惧一齐袭上她的身心，她起了一阵战栗！

"昨晚……这，说不定是个小偷，……但那很像个兵士……今晚上叫老妈子不要回家去吧！……"

她的心里渐渐有着憎恶的、惊恐的预感，眼前的一切好似偷偷地溜去了它的光明、绮丽，另一幅映像又显现起来！

这小小的市镇近来也难免它的厄运！据说邻村不时发生着明火打劫的盗案，所以驻城里的营部派来×连全连的兵士来驻扎在离学校不远的祠堂里。这是娟的母亲告诉她的。几天前蘅忽然一连三天没到校里，她跑到家里探望她时，只见蘅坐在门口守着她的一群小鸡，嬉笑和活跃的小脸孔完全给呆滞了般，见她来了，只跑前来凄怨地喊着她。她正感到诧异，但蕾的祖母由屋里跑出来了，她有着一对哭红了的眼睛和满头蓬乱的白发！她哭诉她的儿子因为给驻军们白买了猪肉——她的儿子是挑卖猪肉的小贩——不给钱，他不该说了他们几句，便给毒打了一顿和禁锢了一天一夜，好容易等她把豢养数月的一只猪卖了，亲自把白银捧到祠堂里去磕了几多个响头，才允许她央求两位族人把遍体鳞伤的儿子抬回来！……

我们的少女生长在虽然清苦，但还没受到灾厄的家庭，青春的优美的温情在她心身里蓬勃，一切于她是太单纯、安稳了！她还未跑进那可惊的、复杂的社会，没有体验到丑恶、凶残、悲痛、惨酷等等的人类的遭逢！虽然她只看过两只溃烂了的乞丐的脚，听过一些可怕的罪恶的传述！

"为什么，为什么他们会这样的作恶呢？……他们害了蕾的一家……听说还做了许多凶恶的横行……为什么这些民众们不想反抗呢？……"不安和懊恼虫样的侵蚀她的心，她的脑壳里像有空洞的一隅，填补着它的是不愿意有但却不断地映现着的丑恶的幻影！

"先生！早！先生！……"像黄莺在枝头叫着般，一阵娇婉的笑声把那些可憎厌的幻影冲开去了！这声音挟来了愉快、活跃的力，帮着她把沉重的闷压打败了！眼前依然是光明、美妙，依旧是充满着令人陶醉的风光！

"呵！来，快来！我的小天使！……"笑涡在她颊上浮现，愉快占满了整个的心，她望着张开两臂向她跑来，红的璎珞在黑的短发上摇动的芸，这样喊着。

"你今天多早呵！"她用全身的热力在芸的小颊上亲了个吻！她未尝和异性接触，她不懂得爱情，她只感到像这样会使她沉醉的愉快，只能在母亲怀里和小伴侣们的脸上和笑声中领略得到！

接着又来了芳、琳、惠……的一群，她像往日一般混着他们嬉耍，她完全恢复了她固有的一切！

早间娇艳酣笑的朝阳，此刻已经很严肃地，但慈惠地由刻着各种古旧花纹的窗眼，斜穿进课室里来了。他很匀整地照着室里各个小生命的头部、肩际。他们的衣饰有着不同的式样和花纹，有些鲜丽，还点缀着一两颗闪光的珠饰；有些平凡，有些甚至是残旧；但他们的小脸上都浮荡着同样感到满足的笑痕，小口都微微地张开着，耳朵里都充满着教师的音乐般的声音，眼睛里都放射着追求的、温敏的稚光，这光线向同一的方向射去，凝聚在他们面前那灵动的、亲切的教师身上！他们好像忘却了自己个体的存在，他们的灵魂融合着，紧密地融合在一起！他们自己很难分别出谁是这镇上富室的小姑娘、谁是缙绅的子弟、谁是贫苦的农民的子女、谁是穷老船户的儿孙……是有着可爱的美貌还是有着蠢陋的表情、肥白的小肢体还是营养不良的枯瘦的黄脸……他们这个时候都有很匀整的呼吸，一致的情绪，恬适的空气在日光里轻轻地流荡着，流荡着！

她呢，渗进在这融泄的灵魂里面的还有我们那年轻的教师的心灵，她把自己蕴蓄着的一切智慧和情绪都流露出来，流进他们那纯洁和空灵的脑里！她接受着他们那贪求的神秘的眼光，她是怎样的感到自己的伟大，可夸呵！

他们今天讲的课题是小蜜蜂。她把自己编成的一则关于小蜜蜂的故事讲着。她是讲得那么的有趣、巧妙，把他们的小心房都打动了！

"……小蜜蜂们真没有办法呵！老的和少的看看都要饿死了……"她望着他们，他们的脸上都罩上一层成人所不轻易表现着的悲哀！

"但是，蜜蜂们终究没有法子吗？它们是那么的多数，一百，两百……但凶残的老鹰只有一只，只有一只呵！它们想不想把被老鹰抢夺去的粮食拿回来呢？……它们……"

"对呵，对呵，把粮食抢回来呀！……"

"把它们的刺螫着老鹰呵，它们飞，它们一齐飞去螫老鹰！……"

"对呵，先生！叫蜜蜂们把粮食拿回来！"

"杀死老鹰，把那只老鹰打死吧！……"

他们有的握拳头，使劲地向空中挥舞；有的站起来喊着；他们的脸上都有兴奋激昂的表情！

"……"

"……"

"小姐，我的好小姐呀！那些祠堂里的兵老爷们打从园门口跑进来啦！……这，这……是为什么？！……"突然地，在他们喧闹着的声音当中，老妈子颤着两唇飞跑进来了！她的眼眶里已经挂着那预感到不幸的泪水！

"什么？……什么？……"她像突被掉进另一个荒旷的所在般，她听不清楚老妈子的话！

全室里的喧嚣像被一阵猛烈的寒潮所凝住了般，蓦地里悄静得连它的余音也听不到！

"他们，兵士想怎样呢？！……"丑恶的暗影很迅速地，更阴惨地恢复了在她脑里的地位！

"他们的教师呢？……在这里？……"

她已经听见这像怒叫的声音，看见两三个可憎恶的灰色的人影由园里跑进课室来！

"不要怕，哟！这没有，没有什么！……"像醒觉了一下般：她忙站近那些呆定了的孩子们。

"你是这里的教师吗？……呃……"像长官模样，满脸麻子，两眼吐着阴狠而又狡猾的光芒的男子跑进来了。他后面还跟着两个插满短刀、手枪的护兵。

"这，有什么事情呢？……"不幸的预感像已经实现般，她茫然地问着。

"没有什么。不过因为我们的地方太狭窄了，此刻偶然看着这儿的地方还不错，要把这里做办公的机关。……晓得吗？……你就喊学生们回家去吧！别的椅桌这些东西可不必动它……"他的一对眼睛只上下交替地注视着她！

像又被掉进个黑暗的深渊，她不晓得要怎样应付眼前的事变！突地有打破这重压着的空间的尖锐的哭声刺着她的心房！她眼看邻家娟的母亲跑进来把娟带走了，两三个孩子却恐怖得哭起来！别的都睁着无助和惊疑的眼光凝视着她。

"可以……请你找别的地方么？……这是学校哩！……"她立刻明白自己和这些小孩子们都要从这儿被赶出去，永没有再聚合的一天了！她感到万分的苦恼，她真不愿和他们分离，她鼓起勇气来想说退他！

"哼！学校便怎么样？我们负着全镇人民性命财产的责任，

办公的职务不算重大吗？……好！李胜！你回去把我个人的东西搬过来，把那两个××匪徒也解押到这儿来！"连长决然地向护兵吩咐着，回头他又对别的一个说，"你还不会替我把孩子们赶散吗？站着干么？"

"这不行，不行！……老妈子，你快请校董王先生来罢！……我的孩子们，你们不要怕，不要怕！……"热血在她的周身沸腾，她张开两手来拦住那行凶似的护兵。

孩子们的哭声高涨了起来，两三个邻舍闻讯而来的孩子的母亲们都仓皇地跑来！

"你们不要回家里去吧！我的孩子们，我们不要离开，不要离开这里！……"少女的温情不知消失到哪里去了，她的心里燃烧着反抗强暴的烈焰，她不愿离开这安和的乐园，她的身子给护兵叉开了去！

"哈哈！你们的校董不要说不敢来，就来了要我奈何呢？……你这个姑娘真长得不错……你不愿离开这里是很好的，说不定我还可以任用你做个女书记！……"连长嘻嘻地对她笑着。

"狗！这害民众的恶东西！……"愤怒的烈焰使她的身心颤动，她受到丑恶的侮辱了！她在待着爆炸的一瞬间，她要咬破他那凶恶的脸孔，撞击他那斜系着皮带的胸膛！

"但，但这有什么用处呢？……我那样做时我的衣裳会给扯破，肉体会被打伤，会受到更丑恶的侮辱……而孩子们依然会被赶散，我们终要分离！……"她整个的身心都强烈地颤动着，她昏惘的神经清醒了一下！

"对的，对的！……我眼前自己只好对他退让，屈服！我们要忍耐，要合力，要组织，然后才反抗，对一切丑恶的反抗，那些书本不是这样告诉我们么？……我觉悟了，这样优美的乐园在此刻已没有我再事贪求的可能了！……"她的脑里闪上一幅光明的前路！

一九二九年初冬于上海

（原载1930年2月10日《拓荒者》月刊第1卷第2期，署名冯铿）

最后的出路

一

午夜的都市马路上,大商店的煤汽灯和街灯照得亮如白昼。行人和车辆都逐渐稀少了,拉着胡弦卖唱的歌女们也撑着倦眼从酒楼茶室里走了出来;她们的凄冷的弦声,在归途上还很迂缓无力地拖长着。

这时马路上突然断续地跑来不少的人力车,成一行列,车铃声叮当不绝。接着,还有很多慢慢跑来的行人。他们都是从W校散出来的观客,沿着P马路回家去的。今晚上W校的男女生表演得真动人,惹得观客们在归途上还恋恋不舍地尽在追忆着。

虽然是路旁的街树都有些枯零的八月的天气,但位置在南中国的A市,有时还会觉得些儿闷热的。在这列人力车中的一辆车上,艳装的若莲把小口张大着吸了几口子夜所特有的幽凉的空气,又把倦眼向前后的行人望了一望。白亮的灯光把她那过度兴奋的脑筋重新激荡了起来,她只沉醉地憧憬在纷乱的幻影里……

身子忽然往下一沉,把她吓得清醒了过来,车子已经停在自己的门口了。

燃着小灯的幼婢把两扇门开了,她牵着弟弟踏入去。家里又静寂又黑暗的就像一座墟墓!

"奶奶①呢?睡了么?"

"她担心着姑娘你呢,怕还睡不着吧!"

她幽魂般轻轻踏上楼来,把房里的电灯扭光了。

"莲儿!呵,来了就好!娘担心得很呀!快叫绛桃把炖着的莲子粥给你吃,吃了快点睡觉去吧!……会辛苦吗?戏做得好看吗?……"大奶奶在床上叮嘱她。这是第一次的久别,她和女儿从来就不曾离别过三个钟头以上的。

"呵,一点都不觉得辛苦!戏是好看的。"

端起粥来,若莲只吃了两口就放下了。她像有点饿,但是又不想吃;等弟弟吃完了出去,就把房门关上了。她和衣倒在床上呆望着电灯,走马般的憧憬又在脑里腾跃着。她把早间经过的一幕幕回忆了起来!……

——"这位是郑若莲姑娘,我的学生。这位是许慕鸥,我的甥女。哈哈!……"吴先生和一个比她大一点的女学生说了后,又替她介绍。

剪了发,蓬蓬的短发在额前飞舞;男性化的没有一点粉痕香气的圆脸上,配着气概爽人的长眉大眼;身上是不加修饰的纯朴的学生制服……这便是A市的嗜好文学而负有高蹈派的女学生的雅号的许慕鸥女士了。

"久仰,久仰。"一种崇高的精神把若莲压住了!虽然相对

---

① 指母亲。——编者

站着，但自己像渺小得够不上她脚下的一粒细砂，自己艳丽的服装和闪灿的饰物就像给涂上了污泥般污浊黯晦！……她仅仅说出这"久仰"两字之后，便不知所措地低着头儿。

因为快要开幕了，许女士向她点了头就匆匆地跑去了。

——自己真像她鞋底的泥砂呵！自己不知要怎样称呼她，更不知要如何向她道出倾慕之忱？……

第一出的白话剧叫《奋斗》，剧情是一个旧式的女子努力奋斗，找求自由自立，摆脱了社会的制裁和男性的奴视。因为A市——虽然文化和物质文明都稍稍发达的A市，还有许多许多不觉悟的躲在家里的小姐们和少奶们，所以W中学的女生表演这剧的用意是在箴规她们，是在提倡女权。

当许女士扮了剧中的女主人翁，激昂慷慨地发挥着提倡女权，解放女子的言论时，座中最受感动，句句入耳的怕只有她一人了。略有聪明的若莲在这时觉悟到自身的一切了——在这时种下了改换一生命运的种子了！

接着是男生表演的一出爱情剧《为了爱》。缠绵的表情和热烈的拥抱，把若莲的兴奋着的心头激荡得利害地跳着，同时也有点醉迷迷的！在早熟的青春期的她，有些领略"爱情"这两个字了。

婉曼的琴声、悠扬的歌声，也使她沉醉。

——那些白衣黑裙、半跳半跑、言动伶俐的女学生多么自由活泼；那些肌肉发达，英气勃勃的男学生多么勇伟可爱；自己所晤到的族兄弟叔侄们都是萎萎靡靡的，真不像样……他们——男女生们不客气的谈笑着，尤其……

……

"呀！"她想到这里，心头跳动得像给什么东西闷住般，不自觉地呼了一口气。

今晚上的若莲，神经太受刺激了！她卸了装再躺下去时，无论怎样宁静都睡不着了！

二

在南中国最南的K省，有一个通商口岸A市，从A市到C城是一条铁路。在这铁路向东远望，一带连绵不绝的青山和它——铁路——形成平行线般起伏着，山麓是点缀了疏疏落落的十几个乡村。

附近H车站的这些村落中，要算郑富翁——五六十年前冒险跑到南洋去发了大财回来的郑和爷，是S村的大富户了。他自六十多岁回来祖国，过他不满十年的舒适生活之后，便撒手西归了。留下的是很多很多的金钱和一切穷人们所没有的东西给他的七个儿子，和死了丈夫而年青的长媳妇。

"虽然你们还有的在南洋未回来见我，但最可恨的是你们的长兄先我而死呀！大嫂，她青年守寡，很凄冷的。你们要多照顾她！就把我私己的现金份中拨二万块给她，给她看着开心吧！唉……"和爷看了看站满床前的儿媳，在作最后的叮嘱。

这时候最伤心不过的，是年纪只有廿七八岁嫁过来做填房还不满三周年便死了丈夫，只有个遗腹的生下来才有岁余的女儿和没有翁姑的大奶奶了！她像哭她的丈夫一般悲痛着。

妯娌伯叔们都把冷眼瞧着她，有的还说"大奶奶真要哭够些，阿爹就只疼你一个！……二万块钱难道比有了三妻四妾的丈夫还及不吗？……"其实全无感情、还有悍妾、每年多病、每天躲在鸦片烟炕上的丈夫是没有什么好处的，不过没有丈夫的苦况，又非意想所可料到的！

"大嫂，目前爹爹的丧事要用很多的钱，这三几千块钱先给你收着，等往后生意上多赚了钱时，就如数拨还你的。"比她大了十几岁的叔叔冷冷地把五千块钱的存摺交给她后跑出去了，也不等她的回答。

两行清泪在她的眼中滴到抱在怀里的女儿头上去！她想：阿翁私已存下的二十多万块现金，完全是他们兄弟的囊中物了，还要挖苦我这笺笺的存金！昨天父亲的遗言便在今天违悖了！以后，以后……怎么靠他们过日子呢？自己丈夫份下的生意赚来的钱，镜花水月般只好看着不能拿到！孤儿寡妇是任人鱼肉了！……

牙牙学语的女儿，睁着巨大的黑眼珠看她的母亲，"娘，娘！"不断地叫着。

"呵呵！莲儿！你长大了才晓得你娘的苦况哩！……不知你往后的命运又是怎样？像你娘……"清泪又继续地滴在若莲的稀薄的头发上！

"你假如是个男儿，我便有吐气的一日了！唉……"她伤心时就这样的向着无知的女儿诉说。

她丈夫的先妻还买了个儿子，名叫国忠，她给娶过来做继母时，他已经十三岁了。染满了富家子的恶习的国忠，自父亲死后就像脱了枝的败叶，再也不愿入学了。终日是弄舟饲鸟，渐趋下流；近来他竟连鸦片烟也抽上了，麻雀牌也打得老练了，有时还跟了些年少的族叔们，到A市的酒楼买醉去！

自然，年青而成天躲在房里的继母是没有权威可干涉他的。有时他入到房里来叫声短促的"娘"时，是因了他在叔叔处拿来的钱不够用，而来向她勒索的。

"不给我也随你的便！不过郑姓的钱，半个也不能给入到他人袋里的！告诉你，你们母女是半文没份的！我大了时，家产不都是我手里的东西吗？"在继母箱子里拿不出钱来的国忠，总悻悻地向着满含清泪的她示威！

眼看着妯娌们的钻石首饰和时髦的华服，而自己每月只有少数的说是生意上的利息的金钱，在出身是小家女的她，却也不舍得给这个强横无赖，不是亲生的儿子挥霍。

原来她是离S村数十里远的T城人；她的婚姻是她那当了一生的店员而不曾有过多量的灿灿的黄金的父亲所主宰的。

"丈夫年纪大了这么多，而且还有了两三个妾侍和儿子；这样的填房是不容易做的，你就把女儿许给他吗？"父亲回来报告她的婚事已经订定了时，痛惜女儿的母亲哭着要取消婚约！

"我们辛苦了一世都看不见这样黄澄澄的金子，让女儿去享享福还不好么？……他们朱门富户，不是为了女儿的人物漂亮，要和我们攀亲么？"贪怯的父亲受了妻子的怨谤虽然不好过，但回头望那装在玻璃匣里的耀眼的订婚礼物，心花又在怒放，代女儿幻想着许多未来的幸福！

"我们母女，不，就只莲儿是郑家的亲骨肉，却不能得到丝毫的资产吗？要你这不知姓什么的外人才有份吗？……"她只有对着国忠的背影垂泪。实际上是真的如此的，这S村一带的风俗制度是骇异不过的，没有儿子的遗产是要给买来的螟蛉子所有，自己的女儿虽然是亲生的也不敢希冀瓜分其万分之一！

"恨只恨你怎不会变成男儿……"若莲的"娘,娘!"的娇小的声音,有时也掩不了她母亲那受重创的心儿……

三

一九二三年①的春天,若莲迎着她十六岁的少女烂熟期了。生长在寒村的深闺里,每年只在村中演社戏的时候出来一次便给人们加上了美人的称号的她,生理和心理都跟着青春期发育起来。黑而大的些微嫌着突出的眼珠,浓而长的睫毛,耸直的鼻子,细小的口,还配着婀娜的身材。她自己有时也对镜自负,尤其是听了人家赞美她的时候。只是因为受了多病的父亲的遗传,肌肤就有点嫌太于黄瘦了。可是弱不胜衣的小姐态度,正是我们国人心眼中的美人儿呢。

不消说,她过去十五载的童年是在母亲的娇养中生长着的,凄冷的环境和自胎儿就受了母性的忧郁的遗传的她,先天后天都贻她以多愁善病的性质!

十岁那年,因了一病数月的缘故,把女儿看成自己生命的大奶奶便不肯给她再入塾读书了。但是聪明的若莲现在却会写一手端正的字,也喜欢把小说里看不懂的字句抄出来,叫弟弟国贤去问学校里的教员。

说到她的弟弟呢,是在她五岁那年,大奶奶和一个落难的丐妇买来做儿子的,买来和国忠平均遗产的。现在他已经有十岁的年纪了,在村里的国民学校读书,读了三个年头才上二年级。

---

① 从下文故事情节发展来看,此处应为一九二四年。——编者

近十几年来，这滨海的小小的A市真变得天翻地覆了！开辟了几条马路，建筑了几座巍峨宏丽的洋房；跟着大商店、大公司也风起云涌，日盛一日。物质的文明，由几只汽船渐渐从海外运载来了。

影响所及，这些物质发达的传说，又由那条铁路运载到C城——到傍山临水的S村来。

曾经去过在南中国人眼中认为仙都的南洋群岛的叔婶们，他们当然站不住这个寒村的。一回到祖国来时，都跑到略具文明都市的规模的A市住去。

他们几兄弟都在南洋经营商业，其实是在那里享福罢了。留着在家里守几座庞大的空屋子的，就是死了丈夫没人提携的大奶奶和一儿一女。

国忠自娶了妻子之后更不把母亲放在眼里了！他仗着经理商业的美名——他们在有些做着南洋生意的分行在A市，终日在A市狂嫖豪赌，听说已经纳了个妓女做姨太了，却放着悍泼的妻子终日和婆婆闹意气！年纪已经算老了的大奶奶，便很想迁居来A市，一方可以监督监督行里的财产，他方亦想脱离这十余年来黑暗的牢狱！幸而今年三叔因要和他的儿子国贞完婚，从南洋回来，大奶奶便跟他来A市居住了。

来了A市的隔年，大概是受了点潮流的激荡和女儿的多番请求吧，大奶奶终于聘请了一个四十多岁的吴女士，来家里教若莲读书和刺绣。

"我的甥女——我姊姊的女儿在W中学校里念书，她们明晚要演白话剧和歌舞来庆祝学校的五周年纪念。大奶奶！你们可就不曾看过新剧的？明晚和若莲一同看看去吧！我来这里邀你们同去。"吴先生拿了三张入场券出来。

"我们总是不敢到大门口去的，真羞人！敢到学校里去吗？多谢了！"因惯了深闺的大奶奶来A市虽近一年，还半步不曾到外面逛去。

"怕什么？看看开眼界是好的！真有趣，女学生演的新剧。我的甥女是里面的主角哩！"

"娘！和吴先生同去还怕么？……"听见了女学生做戏，把若莲的好奇心鼓动了。

"那末，你和弟弟跟吴先生去吧，我却不想看。"

"先生，你的甥女叫什么名字？读什么书呢？"若莲顶喜欢的，羡慕的，就是市上那些举动活泼，风度新鲜的女学生。她想，能和她们做朋友就真好了。

"她么？她叫许慕鸥，是个很聪明的女学生。不是我夸口，A市的女生就只有她的才学最好。她和男生们一同读书，他们的第一名都给她夺去的。她爱好文学，报纸上时时都有她的文字。"

"令甥女几多岁了？还和男生一同读书么？"大奶奶露着惊疑的眼光！

"近几年来，A市各中学都开女禁了。男学校招收女生哩。这叫做'男女同学'。"吴先生向她解释。

"也有人给女儿去那里读书么？"

"怎么没有？现在的新女子还怕男人么？"吴先生虽上了年纪，但浅薄的妇女解放论她却非常赞同。

"娘！你看人家的女儿多么自由？我怎么连纯粹的女学校都不给我读书去呢？"

"呵哟！你哪比得上人家，快不要这样说了！在家里读不还是一样么？"大奶奶有时就嫌吴先生好把这样的话说给女儿听，把女儿听坏了！聘请先生来家里教书已给三叔说了许多闲话了，给女儿入学校去还了得吗？自己的本意也是不赞同的。

四

秋尽冬来了，北风一天比一天刮得利害了！一到晚上，虽然闹热的马路还是明灯灿烂，车马游龙，但除了暖裘大氅，深躲汽车或高楼大厦里的富者之外，一种萧条的凛冽却充满人间了！

若莲近来渐渐感到寂居楼上，对着喃喃念佛的母亲的家庭，有不少的苦闷了！

每晚上拥被对着灯光，听听外面在寒风里凄颤的卖杂食的叫卖声，和悠然不绝的车铃声时，莫名的郁闷便笼紧在她心上。那晚上剧场中的一切印象，便是她百无聊赖时的追忆材料了！

近来许女士到她家里两次了。她把许多杂志类的书籍借给她，也和她谈讲许多她所未尝听过的言论。

时髦活泼的女学生的梦，她时时在做着；解放自己，谋自己自由的幻想也常常演着。她开始怀疑旧社会旧家庭的一切制度！

看着女儿忧郁的情形，和她的屡次带哭的请求，大奶奶的心也稍稍转移了。而最打动她的，还是当她泣诉自己的凄凉的命运时，吴先生的有力的譬解：

"大奶奶！可知我们这班全无知识的旧女子真可怜呢！自己终身的幸福都给父母一手包办，一手破坏了！现在呢，这些女学生们就不同了，自己选择配偶，不满意时还会离婚呢。"说起来吴先生夫妇也算是怨偶的！她丈夫是个卑污无情的商人，现在已经死掉了。

"我自己的都不用说了！先生，我只担心莲儿将来的命运！……"眼看女儿一天大似一天，她也为女儿的婚姻问题一天烦闷过一天！

"给她入学吧！等她自己恋爱个有才有貌的佳偶不好么？……"

这样的谈话不止一次了，从前怕女儿听坏了吴先生的言论，现在大奶奶自己也很喜欢听了。不过她心里总怀疑着："这样的新潮流是违背了古圣先王之道的！"她想，女儿由她去吧，时代不同了。譬如是自己年少时，就断没勇气这样做了。

她和她的弟弟——给有钱的姊夫抬举在A市×商店做副经理的弟弟商量之后，才决定给女儿入学。幸而三叔已回南洋了，可以瞒过他。可是那只知赚钱而看了少数的女学生的片面不规则行动的弟弟，却劝他的姊姊无论如何也不能给若莲入男女同学的W校，最好还是入纯粹是女生的学校。

会诵古文会吟唐诗的若莲，却毫不晓得一点普通科学。她托吴先生请求许女士在寒假内，教她一些算学和英文，预备明年入学的基础。

平素不大喜欢交结朋友的许女士，在短促的寒假里，竟和若莲半像师生半像朋友的，不知不觉就有点爱好了！

春天到了，红的绿的花草正点缀在宇宙间时，若莲迎着她十八岁的青春了。二月初旬的南国的春天，正着繁花如锦的全盛期；她近来常常感到一种无力的沉醉，有时却又感到一些无名的烦闷！

她的学生生活，跟着灿烂的春光一齐开展了！

经了许女士的介绍，她进了C教会创办的女子中学初中一年级。入学的时候，报了"芷青"的名字——许女士给她起的名字，同学们都"郑芷青，郑芷青"地，很好听地把她叫着。

她入学那一天，就得了同学们"美人儿"的称号！

"这次投考的新生中，只有高中部二年级的插班生×××堪和她匹敌呀！真可爱！这个学期教授这两级的先生们真艳福不浅呵！……"几个男教员在教务主任——最好搔首弄姿的宋师玉房里高谈阔论地批评学生时，都称赞她的美丽！

年纪只有廿余岁——教员中算他顶年轻的宋先生，遇到其他的女学生时虽然勉强装得威仪凛凛，但在芷青的面前，微笑总是浮现在他脸上的！

C教会在A市创办的这所女中学，有它过去三十余年的历史了。女学未发达时的A市只有它这一所，那时算是它的全盛期。近十余年来，老是守着旧道德的校风大不受女学生们的欢迎，差不多濒于落伍了！去年另聘了个大学毕业的新教徒宋师玉来任教务主任之后，学校才算有些起色，不致给近年来春笋般勃发的A市女学所排挤。可是那班抱着圣经的老教徒们，和专洗杯盘外面的E国老处女的校长G，却对他的施行新政抱反感！

初次尝到女学生生活的芷青，虽然不像同学们的活泼伶俐，但顶喜欢修饰的上帝女儿们——每晚上做手工做到十一点钟十二点钟，把工钱积起来添制服装的虚荣者的习气，她却渐渐染到了！和同学们去过几次大公司后，她便敢于独自一个的从里面出出入入的买东西了——A市女学生顶喜欢去的就是满目灿烂，一股洋货香扑鼻的大公司。夕阳西下的放学时间，总有不少的她们在里面徘徊着，观玩着——尤其是从青天白日旗挂上了A市的数月以来，妇女协会成立了，女学生的人数也增多了，街上跑来跑去，公司里出出入入的女学生真的增加了许多了！

逛逛马路，逛逛公司，都市的物质文明，给她以相当的诱惑了！

五

C教会的E国人真是难得，他——她——们本着主耶稣的博爱精神，把整千整万的洋金，汇到我国里来创办教育机关，建筑些含有English——Style①的洋房子做学校。不消说，和租了一两间湫隘昏黯的民房，便挂起市立、私立的招牌的学校比较起来，青年学生们望了望那含有诱惑性的堂皇高大的洋房，耸起在绿草如茵的运动场上，为精神身体两方面着想，总还是低着头儿合了眼睛，跟着叫主耶稣更为上算吧！

在伸出海港的一片地上，向马路那一方，围了一带很高的垣墙，只有一个大门可以出入，里面便是C教会男女学校的高楼大厦了。临海的那片草地上植满了高大的灌木；靠东一隅，便是花园——E国人和教徒们行乐的地方，遍植着那些不知名的西洋花木，和许多中国所特有的名卉异葩。在这里向海面一望，对岸是苍黛参差的K山（亦是E园人所开辟的一个租界），廿年前只是人迹不到的荒山，现在山上山下，都点缀了许多西人的洋房子了，也成了A市民众唯一的游息的地方了。

这里虽然不及K山的别成一片乐土，但总算是世外桃花源

---

① 英语，英格兰风格。——编者

了——A市的世外桃源了。

这晚上，正是春风沉醉的三月杪的时候。绀红的晚霞衬着苍黛的K山，越显美丽！柔瀚的蓝得可以染指的海波上，翻飞着几只洁白的海鸥，和那往来如梭的小汽船，竞夸速率。如火如荼的玫瑰花，渐次成荫的绿树；白的楼房，楼上婉曼的琴音……这些，这些，把痴坐在小亭里的角落的芷青沉醉了！

一阵轻风挟着海所特有的气味吹来，膝上那册英文课本再也看不下去了，一种软洋洋的感觉直扑上她的心身！

——就要回家呀，多看一忽儿景物吧！明天考不出也由它去了。英文也是宋先生考的，他若和昨天考算学时般……她想到这里，感得师玉对她的态度有点可疑，心上不觉跳了一阵！

"呵啦，真聪明！这次月考是你第一名了！连你平时顶讨厌的算学，也得到R了！"她的同级友陈巧娇——顶好刺探同学和教员们的私事的，麻脸而好修饰的巧娇，露了一痕冷笑向她说，"宋先生往日就只用心教你一个呢！"

"哪里的事？我的算学答题错了两个呢！你怎会知道？"她以为巧娇在骗她。

"谁和你开顽笑①？宋先生亲把记分簿拿给我看的。……我们一同问他去！"巧娇又起了一层疑心！

师玉蓦地见芷青到房里来，浓笑在脸上浮露了：但跟在后面的巧娇一踏入来时，他忙把笑痕收缩了去。

"先生！芷青说她的答题错了两个呢，怎么有一百满分？"声势汹汹的巧娇，准备着向宋先生进攻！他对芷青的态度她有几

---

① 同"玩笑"。

分看在眼里了。——"是C教会津贴他读大学的，他家里穷得很，从前母亲是在M牧师娘家里洗衣服过活的。……"她常常把这样的话告诉芷青。她想，有钱的姑娘一定看不起他的——对宋先生进行不遂的巧娇刻刻在想向他复仇！

"哪里会错？你自己记错了吧！？"他态度镇静的眼瞟着芷青，想引起她的醒悟。但全无经验的她还茫然不解。"明明是错了两条哩！我考完还把原稿对过书本的。"她这样说。

"把试卷拿来检看不就清楚了么？是先生查错还是你记错。"

"试卷已经交在校务室里了。"

"呵啦，先生！我明白了！……"试卷分明是叠在书架上，巧娇的尖锐的眼光和几声冷笑把师玉着了急了，他亦把教务主任的尊严放出来！

"什么？！难道我会查错么？你们学生的分数真是要守秘密的，一给你们知道就发生纠纷了！……试卷就是在房里也不给你们看的，这是学校的定例。"

巧娇努歪着嘴和她出去了。

"柴美人！"他望着芷青的背影，又爱又恨的骂了这一句。他想，童稚的她还不懂得人情世故吧？自己进行的方式有些错了，有机会的时候要亲自向她表示一下才好。

一阵晚餐的铃声响着了。娇红的晚霞渐次褪了颜色，淡淡的暮霭笼罩着一切，啾啾的倦鸟的叫声，在树荫里不绝地喧噪着。芷青很想回家去的，她料着寂寞的母亲一定在家里等她，等她回去和弟弟围桌子用晚餐了。但她总是不舍得站起身来。

"芷青，你还在这儿贪恋着景物么？春光恼人，春晚的风光尤其令人沉醉呵！……"师玉忽然在背后跑来，幽幽地对她说。

"呵呵！是宋先生？！……你们不是都用着饭么？"没有和男性应接的经验的她，独自一个晤到了满脸堆着笑的宋先生时总觉得不自然，尤其是今晚上——猜出了他对她的情态不寻常以后，她心里跳动地局促着！

"她们都用饭哩。我看你一个在这里，就不想吃去了……"师玉早看着她在园里的，因为巧娇尚未回家，和那猫般的阴柔而喜欢诈取学生们的东西的H监学也在园中，他只好远远地徘徊着。铃声一响，群众的肠胃都在工作时，他才假着说要出街，饭也不吃的跑到这里来了！

她只红着脸低下头，想不出什么话来。

——他真的对自己有意思了！……呀，早一点回家去便好了！达到相当年龄和看了不少的描写着恋爱的新小说的她，心里也充满好奇的尝试欲望。宋先生的尖滑的脸儿虽不见得怎样可爱，但大学毕业，洋服穿得大方，修饰得时髦匀整的青年男性，也给她以不少的诱惑！可是他家里既一点资产亦没有，又要叫洗衣妇做婆婆，这个无论如何是可耻的吧？做不到的吧？！感觉锐敏的她，在这个时候便想及来日的问题。

"芷青！你昨天的算学答题错是错的，但你不会明白我的心么？……"急进的宋先生步步迫人了！主耶稣喊得比别个青年起劲，晤到女人老是低着头，以求C教会的西人们欢喜的他，在这暮霭苍茫中，春气磅礴里，对着眼前羞怯娇慵的少女，可再也不能使他无动于衷了！

她仍是沉默，自己感得两颊像火烘般发热，很费气力地在一种高压的氛围气中挣扎着！

"你们的英文明天要试验①Lesson 5和Lesson 7②，其他的你可以不用读呢！"

"……那末，先生！用不用give meaning③呢？"她勉强略抬起头来。

"不用也可以的。你的英算赶不上你的国文程度，你的国文是很好的。下课的时候，不妨把课本拿来我房里，等我多教你一点。"师生的恋爱关系，老是在补习时间内发生的，他想利用这个时间。

"怕先生不得空吧？"她渐渐有说话的力量了！

"哪里？你要就尽管来！我很希望你对这两种学科多注意一点！"他想，我的心里念你念得不得空是真的，你怎么不知道呢？……但他总没有说出来的勇气！

暮色渐渐把他俩深深地笼罩着。

"Good-bye④！宋先生！"把书本拿在手里，她向他点了点头别去，她的小婢来找她了！

"可爱的娇美的小鸟！……"他还尽站着注视她那给暮色包围了的模糊的背影！

六

"莲儿！怎么这样晚才回来呢？不要太用功了！你看看自己

---

① 同"测验"。
② 英语，第五课和第七课。——编者
③ 英语，说明文意。——编者
④ 英语，再见。——编者

的脸儿，近来给晒得多么黑赫呵！"她缓回一刻时，大奶奶便很焦心地等着，却累那无辜的小婢跑来跑去个催促她。

"这几天刚考试着哩，所以下课后还要在校里温习。"她不好意思地答着。

"姑娘！成衣的把那套绸衣裙制好了，他问你要配上什么颜色的花边呢？"女婢绛桃捧着一套花纹新鲜的衣裙问她。

除了星期日进礼拜堂要穿学校制服之外，C教会女校学生的日常服装是没有限制的。任你装扮着什么花样款式，任你有什么就穿戴什么！那些争奇斗艳的女学生，便把全生命都灌注于讲究衣饰上面去！害得虽在一地而禁限森严的男校员生们神魂颠倒，也造成素以平等为口号的她们对贫富的阶级特别的看得分明！

她自入学以来，第一步革新的便是衣饰的时髦。只要女儿喜欢的，母亲毫不吝惜地把雪白的花银来增长她的虚荣心；只要她一开口，便立即照办了。惹得顽劣的弟弟国贤红透了眼，不常回家的哥哥国忠也对她越抱反感！

"浅蓝色的，配上白花边罢。"她今晚上不像平时般把衣服踌躇研究了，心里像塞住什么东西般，只懒懒地看了一下。吃了晚饭，便独坐在房里了。

——他的态度真令人胆怯，见了我老是笑迷迷地痴望着！……不要是在勾引我么？不，他对我可算是温柔真挚的！由他今晚上的言动看来，他真是意识着我，爱恋着我呢！……同学中亦有几个很美丽的，怕比自己更美丽的，他怎么就只爱着我呢？……她感到脸上一阵温热，心房也卜卜地跳动起来！

她站起身来对镜凝视。

——羞红的双颊，流动的眼珠，柔蔼的睫毛……这样的容貌不见得不会动人，惹人爱恋呀？！她不觉顾影自怜，呆呆地站在镜子前面。

——要给我补习英算，怕也是他的策略吧？他真的在向自己这方面进行了！……呵，我要不要补习去呢？要，就不啻接受他的政策了！呵！不，还是不要理他吧！他不是我理想中的爱人，他没有钱。靠教会为生的人多着呢，失了E国人的欢心和信任便不能继续地位的那样合着眼睛大喊救主的态度真是可耻，可笑也可怜！有真才实力的人，还要受这样的屈服吗？……未尝踏入社会，看了教徒们伪善的言动的她，对C宗教抱根本的憎恨！

——他与我的年龄也不相称哩，他不是已经廿四五岁的人么？礼拜堂里晤到的青年男学生们的活泼和浪漫的气概，已非在他那平滑的、刻上经验世故的痕迹的脸上所能找到了！……

——不过以初中一年级学生的我，能够给大学毕业生的他爱上，也可以算无憾了！自己未来的爱人——丈夫是学士哩！……宋先生那张装在镜框里的穿着和尚袄般和戴着四方帽子的他的大学毕业时的影片，确会使乳犬般的中学生死心塌地的倾慕着——陈巧娇也是顶热切倾慕他之一个。

她脑筋昏乱地从镜前转身倒下床上。

到宋先生房里补习与否和爱他不爱他的问题把她苦闷了一个整宵！到明天入学时还不能决断。

再过一天是星期日了，礼拜堂的悠徐的钟声把她们送进去做着像要打瞌睡般无兴味的礼拜！礼拜不单是非教徒们所最憎恶，就是那些喊救主喊得不大起劲的教徒们也感着讨厌的。可是平时被监视得不许相交一言，多看一眼的男女校学生，在这儿却能够相聚一堂，磬欬相亲，也给他们以欢乐机缘——尤其是合着眼睛祈祷的时候，男女生的电子，都在飞来飞去的交错着！只许自己和异性很亲密的接触着的E国老处女G，到后来也会觉出学生们这种暗通情波的方法了。当着神圣的祈祷时间，她却眼睁睁地四面监察！意外飞来的限制把女生们吓得紧低着头，男生们也回睨他顾！在天的父一定会笑笑地赦去他儿女们不虔诚的罪吧！

这一天，恰巧校长G姑娘病了，监押女学生们进礼拜堂的是H牧师娘——舍监和宋先生。

当喜剧开幕的时候，没有G姑娘——她们这些外国老处女顶喜欢夸示自己处女的尊严和荣耀，老是叫中国人叫她们姑娘，不叫先生的——在旁监视的学生们都精神活跃，唧唧哝哝地细语着。H牧师娘是个耳朵有些聋和眼睛有些昏花的五十余岁的老女人，不消说她是笨若母猪的；宋先生呢，因为坐在较远的男性座位上，也观察不到的。

"嘻嘻！你看台上那个导唱的两只又摆开又拢住的手儿，就像巫婆般……"和芷青同坐的一个非教徒的同学，看了台上那年轻的牧师的滑稽手势，笑得通身扑在她怀里。

"嘻嘻！你这小鬼老是引人发笑的！……"

"那第四列椅上从左边倒数来的那个男生真漂亮……"

"嘻嘻！他在看你哩，快打回电去吧！……嘻嘻！"

"烂舌根！他正看着你是真的，谁不晓得你是美人儿！？"

真的，芷青认得这个年岁与自己相仿佛，富有男性美的男学生老是注视着她！有一次在路上碰到他，他竟尾随着到她家门口来！今天又把她凝视得怪不好意思的。

唱完了赞美歌，是寂静的祈祷时间了。当她的眼光无意中又和他的联成一直线时，他露着一列白齿在向她迷笑！她把飞红了的脸孔连忙转过来。一瞥间,看见宋先生也正睁大眼睛,把视线凝集在自己脸上!她以为他俩的秘密给他知道了,心头狂跳地忙低下头去!

其实宋先生凝视她得出神,并不知道除自己外还有那个男学生在向她进攻!

礼拜完结了后是募捐。今天男座里恰巧派出那个男生,女座中也派出了一个女生。两个都忸怩地捧着铜盘向人劝募。银毫和铜子的声音锵锵地作响,站在台上的牧师张着伪善的笑脸在观望,他每个星期辛苦的目的都在此锵锵声中偿到了。

芷青的座位在第一列,那个男生行向她身旁过时,特地把她的衣角擦着,还笑迷迷地看了她一下。可恨男性就不能够向女性募捐,不然,他定高捧铜盘跪在她脚下的!

喜剧结束了,男校先列队出门时,他还不住地回头来望着她!

七

"呵哟!先生,师玉先生!松了手!我自己已会写的……"一阵男性特有的似香非香似臭非臭的气性把芷青熏醉了!她感到从脸上到背上是一片温热,软洋洋地使她无力挣扎,只有口里这样说着!

急于要尝试恋爱之花而不顾结实是怎样的她,终敌不住师玉的挑引,到他房里补习已过了一星期了。

他站在她背后,弯着身子俯在她的椅背上;右手捉住她的手——纤细而秀丽,但没甚弹性的手儿写英文;左手从她的背后伸过去,按在桌子上。"只要两手一合拢,整个的她是在我怀里了！……"他俩的上半身的影子映在对面壁上的镜里，他抬起头来，不觉看得呆了！处女的肉香——实际上是香水的香，香粉的香吧——把从来不曾接近女性的他沉醉了！激刺得他几乎对着挂在镜子上面的圣像犯罪！但信徒总是信徒，饭碗的信条很快的在圣像上显露出来。想到房门是不能够关上的，他像浇上了冷水般把火般的情欲渐渐熄下！只有颓然地呆望着镜中的影子。

"啊啦！先生！你写向那一行去呢？写错了行又写得不成字呀！……"她被握着的那只手无气力地只由他指挥，腾跃的心房也没有注意到怎样写法。眼睛偶尔注视到纸面上时，看见上面给画上许多大圈子和直线。宁一宁神，不觉笑了起来！

"呵呵！……哈哈！……"他神态清醒起来，也不觉笑了。索性紧握住她的手不动。

"怎么？先生！……"她抬起头来从侧面望他，两人的视线构成一直线时，他俩的脸上都感得难为情的羞热！

"站开吧，先生！我自己会写的……"挣脱了手儿，她颤声地说。

"要你叫师玉哥哥……不，叫师玉先生不好么？老是先生，先生的……"他偷偷地在她发上吻了一下，才松了手。

"怎么要冠上别字呢？累累赘赘地谁喜欢叫？……"

"冠上别字才显得师生的感情好。好学生爱先生，总应该喊他的名字的。你不知道？……"他走来坐在她对面的椅子上。

"谁知道？……骗人的！"她露着娇嗔地把头儿歪了一歪，嵌在耳朵上的钻石耳饰，也闪了一下光芒。

"怎么？你总爱戴上耳环的？女学生们不是都不肯戴上的吗？……"

"谁喜欢戴它？顽固的母亲死也不肯给我除去的！我们这里的俗例是戴了父母的重孝时女人才不戴耳环。所以她不肯给我除去啦！"她恨恨地把它摘了一只出来，丢在桌上。

"你怎不叫你母亲来礼拜堂里听道呢？来皈依上帝吧！进了教会就不会循着这些俗例了，多快活！？"他想乘机劝她入教。他知道富室的爷爷奶奶们是顶憎恶C教会的——从前贫无立锥的穷人们，因为要得外国人的资助和保护才附入的C教会，富人们是鄙弃而不屑与为伍的。自己将来的希望是很难实现吧——做富室的女婿的希望是很难实现吧？自己就是一个依C教会为生的穷光蛋，社会上全无位置的穷学生！如果她们母女俩能够成为上帝的女儿时，那就没问题了——经了几次的晤谈，她的身世他也略略知道了。

"要入C教会做什么？难道我们没有事做，没有饭吃么？要学你们这样的伪善！？我的娘顶憎恨C教，她还嘱咐我不要给你们宣传去了呢！……"她像有意要道破他的弱点般笑着说。

"难道C教会根本上不是很好的宗教么？……怎么要没有饭吃才可皈依它呢？……"他不觉把脸飞红了！平时那种卫道宣教，洋洋洒洒的大言论也说不出口来了！桌子上的钻石耳饰在闪闪放光，他只得顾左右而言他地说："这是diamond[①]吗？要值几多块钱？"他把它放在掌上。

"什么'来阿门'的？谁懂得你的话？"

"就是钻石呀，这是真的还是假的？"他似乎很注意它。

"呵啦！真看小了人！我就只有假的么？虽然这两颗不是好钻石，但也值得三百多块呢！"

---

① 英语，钻石。——编者

"三百多块!……啊啦!……"从来不尝有过贵重的珍品的他,吓得把舌头伸了出来!拿在手里不住地摩挲玩赏。"要我教一年书的代价才能够买得起它,呵呵!……"他心里这样想着。映着由窗外射来的夕阳,闪闪的光芒像在向他示威,又像在向他诱惑!

真的,学校里亦有不少模样好,读高级的女学生,宋先生之所以特别地爱恋她,想占她为己有的大原因还不是为了爱情以外的金钱?——主耶稣都给它卖去的金钱。郑和爷的富名不但为市上一般商人所熟悉,就是这不与世争的教会信徒的教育家也都知道的。

"这样少见多怪的!……"他的态度把她弄笑了,"我七婶婶的一条钻石颈饰,可值两万多块钱哩。"

"它的值钱是知道的,不过自来没有看过罢了。"他也觉得自己有点穷鬼相,给她小觑了!连忙把掌上的耳环放回桌子上。

"送给你要吗?给你的宋先生娘带上要吗?你们教书先生,是买不起这样的东西的!……"她抿着嘴笑着,把右耳的一只也摘了出来。只有一星期的补习便把她变得和从前很不相同了,把先生当成朋友般,有勇气谈笑起来了!她明知道他没有妻子的,但她总爱说这样的话——看他那着急地辩白着的情形以显出自己的高傲,同时也得到种莫名的快感!

"谁和你说的?什么宋先生娘?我不是和你说过几次了吗?我是个无家的漂泊者!……你到现在还不信任我么?……"他不大喜欢承认他还有母亲——年青时辛苦抚养儿子,到老了独在寒村里守着几间破屋子的母亲!他时常和她说得声泪俱下,说他是个无亲无戚的孤儿!除了M牧师夫妇之外,是世界上再没有人爱他的孤零者!

"你还有慈爱的母亲,我呢?一切都没有了!"他也曾这样的安慰她,当她听了他的诉苦后,也把自己凄凉的身世告诉他的时候。

"先生不还是有母亲么?怎不接她来A市一同居住呢?"

"她,她是我的继母,待我不好的!"因为要把伤感主义来博她的同情,他就不得不故意地说了违背良心的话了!

"向你说玩不得么?就要这样认真的?!"这时他那真挚的又气又恨的态度可使她感动了!"他也和我一样的可怜!以后不要难为他了!"她这样想着,同病相怜的装出笑脸来安慰他。

"以后求你不要说出这样刺人的话好么?芷青!你应该明白我的心呀!……"他想,是机会了!他看出她给自己克服了!

"芷青,你的小婢子来找你呢!还不回家去么?"这个时候外面有同学在喊她。

"就来了!"像舍不得般,她懒懒地抬起身来,把耳环依旧戴上之后,便收拾起桌子上的练习簿和书本。红的夕阳已经落在窗外的树梢上了。她想,今天连算学都没有教了。

忆起早间他紧握住自己手儿的情形,她脸红红地和他点了点头便出去了。站在门外的小婢女忙把书袋从她手中接过来。

八

每天下午放学后,她便到师玉房里这样的混了一小时左右的。这与其说是补习,毋宁说是谈情吧?有时差不多连练习簿没有掀开,书本都没有由书袋里拿出来也有过的。这不单是宋先生不想教,就是求知欲很强的芷青,也懒得听那枯燥无味的方程式的代数学了！不过漂亮时髦的英语，她却时时叫他口授给她。

他俩这样露骨的言动不只引到巧娇刻骨的妒愤，就是同学和教员们也都看不过去的！不过芷青有的是钱，H牧师娘方面既送了不少的东西，同学方面她也曾馈送了许多由南洋带来的特有的装饰品。所以另住在一座楼房里的校长G姑娘还不知道的。

他和她的恋爱到现在可说是达到了相当的程度了。懦怯的他虽然尽望着她那两片小巧的唇儿还不敢加以侵犯，可是她那对纤小的手儿，就不知道给他紧握了几多次了！最后的通牒他也曾经发出了，可是果决力薄弱的她，总不能有所答复！她近来尝到恋爱的苦杯了！

她极想把这难决的问题向许女士申诉，要求她的帮助的。然而许女士算是她的畏友，她觉得向她说出嫌师玉不是富人的理由不能充分，也感到自己心理的卑鄙，总不敢向她说出来。

薰风把炎暑送将来了，校园里那株荔枝树上的果实红得醉人。周围的榕树——岭南所特有的树——也浓荫如盖，树上的蝉儿更吵得人软软思睡。这时，学校正在忙着举行放假的考试了。

"这里真凉哩，师玉先生！"在树荫里的亭子上吃点心的她，看他来了就站起身来。

"你真晓得享福，连午餐都拿来这么凉快的地方吃！"回头见前后没人，他忙走上去把她那只握住箸子的手儿捏住。"这两天你为什么不到我房里来？真把我闷死了！"他尽抚摸着她那覆在短袖下的一段柔婉的腕臂。姑娘们用的红牙箸子配着莹白的肉臂，真是娇艳可爱！他想，能够把这个当午餐吃下就痛快啦！

单薄的印花纱的上衣几乎把裹在里面的肉体透漏出来。他眼里放射着情欲的火光，尽望得她有些骇怕起来！

"放松手,我要吃东西呵!"她连忙挣脱了,"×告诉我,说巧娇把我补习的事情和校长说了哩!我不想再去你房子里了!……"

"真的么?……但补习并不是坏事呵!"他说后,忙把脸上惊慌的表情收敛了。

"管它是坏事不是!不过名誉是要紧的!我们以后晤到的时候放尊重些罢!"看了他那种怕给C教会的执事们不信任而不得饭吃的恐慌情形,她厌恶起他了!她想,浣玉说的不错!"他既然不算是你恋爱的对象,那还是早点不理他好吧!"尽迷恋着和男性周旋,这心理自己要解除才好的!

"我要温习书去了……"她走来喊那呆坐在荔枝树下的小婢把点心收拾了回家去,自己亦跑向讲室里去了。

"怎么她今天突地改变了态度呢?!……"他想到她若不能为自己所有,同时C教会的饭碗也要摔破时,他几乎流下泪了!

——没怪近来校长G在朝会晚会中总不曾请我祈祷——平时是非我不行的!她以为我犯了罪吧?……她对我的脸色亦不大好看!啊啊!……他近来常常抱怨上帝,恨他不给他些富人所特有的东西!他眼看着这娇美的小鸟从绿荫中飞去了……在自己手里挣脱着跑去了,他真痛心!

过几天,学校放假了。她终于没到宋先生房里去便收拾起校里的用具回家了!

行散学礼那天,校长G起来致训词时,她说:现在你们中国的青年男女,染到极不好的自由恋爱了!我们西国人都有相当的学识的,还会惹了些越轨的事情呢;你们都是程度幼稚,不晓得交际的,更不可有这等事情!……以后希望你们——教员和学生——都要守规矩！若一经发觉，是要严重处分的！……她说完向宋先生望了一望才走下台去。卫道的牧师——教员们拍拍的是一阵鼓掌声，同学们向宋先生望了一眼后又看着芷青！隔着两排椅子的巧娇，还特地转过头来向她冷笑着！

胆怯的她只是又气又急地低了头，不敢即刻跑出礼堂来。一方只想象着师玉那红了脸局促的情形！

散了会她便一溜烟跑回家里去了。平时顶好参加开会的她，这下午的全校同乐会她也不去了。她想到不能和他握手话别时也觉惆怅不堪！在家里闷坐了几天之后便渴想着要晤他，和他像过去般谈笑着！但无论如何，她总没有找他去的勇气和决心！

她刚午睡醒来时，几个同学和和她要好点的同级友浣玉跑来她家里找她坐谈。

"你怎么那下午不到会呢？……"

"是的，你怎么不去？我们都等着你做级代表哩！"叫华如容的级友说。

"我那下午头痛啦，母亲不肯给我出门。"

"哈哈！看你这张嘴，尽骗人！宋先生在等你哩！……"一个同学大声地笑了。

"说得对！"她们都拍手表同情。

"呵啦！你们都不是人！看见鬼呀！……"她把手中的荔枝核子掷着她们，她们也把香蕉皮和花生壳打她，大家嘻嘻哈哈地笑闹着！

"不要顽①啦！来人家里这样吵闹，全没点顾忌！给她娘听

---

① 同"玩"。

着，以为女儿妍上了宋先生呢！"浣玉说完自己也撑不住笑了。

"玉姊！呵啦！连你都欺负着我呵！……"她急得红了脸子。

"不用瞒我们吧！宋先生几时来向你娘转向你求亲的？"一个同学掩着口笑说。

"哪有这样的事？呵哟！谁说的？……"

"还秘密着么？我们会凑上一份贺礼的，赶快公开吧！……"

"你们都是联合着来寻我的开心的！呵！"

"真的没有这样的事么？巧娇说，你们俩是恋爱着的，因为你娘嫌他是穷人，把你俩的好事作梗了。……嘻嘻！恋爱是不可把金钱看成条件的，是不是？……"一个同学嘲笑地说。

"巧娇说，她自己是你的情敌呢？哈哈！"如容说。

"她真会造谣，冤屈死人了！……"她急得几乎流下泪来。

"不要生气，我们说着顽的呀！……"

一阵上楼梯脚步声。吃了案和念了佛的大奶奶近来渐渐肥胖了，她很费力地把那对小脚抬着体重，一步步地运上楼来。

"回去吧！"她们坐在大奶奶的面前，把有说有笑的顽耍都收敛了，不一会便告辞了。

九

送她们出门口来时，浣玉让她们先走了几步，拉着她再跨入门限来。

"芷青！你的名誉给巧娇破坏得很不好听！同学们都背地议论着你哩！……宋先生已给辞退了！你知道吗？他为你弄得真可

怜，究竟你爱他不爱呢？昨天他刚去校里收拾行李，晤到了我，就把这信儿托我转给你。他说，他不再见你一面是不愿离开A市的！他叫你……呵，信里写着了，你自己看罢！……"浣玉一口气说着，从袋里掏出一封淡绿色封面的信子给她。她茫然地呆视着浣玉，把颤动的手接了过来。

"究竟，你对他感到爱吗？看他真为你苦闷着呢！呵……"

"浣玉，说什么秘密话儿呀？还不出来？"她们回头不见了她，在巷口大声地喊着。

"就来啦，我忘记带了手巾儿呢。"浣玉大声答着，再拍着她的肩上道：

"我要去了，放出点勇决①来，芷青！……他叫你无论如何，要晤他一下的。……再会！"她跨出门限来。

"啊！玉姊！我……我……谢谢你！但是我怎样……"她心里剧烈地跳动着，拉着浣玉的手。有生以来就不曾受过这样的刺激的。

"我闲暇的时候再来谈，再会吧！"浣玉打起伞儿出去了。

"红娘姐！你们的事我都听着了！嘻嘻！"赋有像巧娇般喜欢探人家隐事的如容，站在门外的角落偷听。

"呵啦！你这个人真不道德！不许你说给他人知道呀，小鬼头！"浣玉半央告半责骂她。

"自然的。不过以后的事，你不许瞒过我！"

"也好。你这小鬼，真的不许你说呀！给她娘知道了就糟了。那样守故的老太婆，怕会停止她继续入学的！……"她俩连

---

① 同"勇气"。

忙赶上站在街上等着的她们，一同去了。

芷青跑入房里，把房门关上时，呆站了一会便倒下床上，把信儿摸了出来。她手颤心跳地，抬头偶尔望着对面的镜子里，自己也觉得脸上有些异样了！

淡绿色的信封和淡红色的信笺诱惑着她，她没有读完就流下泪来了！

他信里述说他是如何的爱她——自入学试验那一天，他走过来接她的卷子那一瞬间就爱上她了。如何的为她神魂颠倒，不顾一切！说她是他的一生的生活力——一生所最深刻的刊印在他心上的女性。如何的终身不会忘记这一次的遇合。如何愿把生命来做代价，只要她接纳他的爱，为他所有！……又说，没有她，不能为她所爱时，便如何的苦闷，如何的消沉！……又说他可以恳求那个大学校长介绍他去美国做工读学生，数年以后，博得个头衔回来，才和她结百年之欢。他也知道一道高可齐天的贫富之壁隔着他俩，轻易越不过的。不过有了M.A.或B.A.①的外国招牌时，就不怕这道墙不会崩倒了。……又说他已为她牺牲，致受G校长和几个牧师们的辱骂！A市是站不住了——A市的C教会是再站不住了！恰巧一个在南洋的朋友来招聘他去那边当小学校长，他只得答应了。待来年一有机会，才出洋留学。他本来舍不得离她远去的，但有什么法子呢？……他还说，这几天在学校搬出来后，住在她家附近的旅馆中。他像失了魂魄般，每天晚上都在她门口跑过三四次，想晤见她和亲手交这信给她的，可是失望了。他的行期就在这两三天，船票都买好了，只要在C海岸上晤她一面之

---

① 文学硕士或文学学士的英文缩写。——编者

后,他便离开祖国远去了。……他最末还说,无论如何,他非晤见她或得到她的回信,是不愿意离开A市的,不愿意寂然远去的。作算她不爱他,不愿为他所有,也要再给他以最后的晤面,明白解决!……

在信末,他还再三恳求她,在明天早上八点钟的时候,不论怎样,(就看师生的交谊上吧!)要应许他的请求——到C海岸去晤他的请求。他像祷求上帝一般的祷求着!

在信末,他还写上一句"我以全生命爱着的芷青!"。

世间还再有什么东西能够比第一次的伤感的情书更会感动着处女的心呢?……

她流着泪读了两遍,全个的身和心都好似掉落在浩无底岸的汪洋中!她哭了,不能再读下去了,只伏在枕上昏昏地啜泣着!

像振作不起神经般,一切的前因后果,情爱恋慕……在她脑里只是模糊,惝恍,闪烁!她只有哭——像悲哀又像冤抑,又像烦恼和悔恨地哭,只有昏然,昏然……

不用说晚饭她是吃不下咽了,而红肿的双眼并瞒不过了母亲。

"我,我肚子疼呢!……"她看见娘站在床前,像孩子无端给人家打后,走去躲在母亲怀里般,心里越加冤抑和悲痛地哭了出来!

全不知道女儿的幽衷的大奶奶,只有垂着泪一面指点女婢们煮开水,拿万金油,请医生;一面不住地为她按摩着肚子。

有着两撇胡子和留长指甲的中医生把她诊察后,莫名其妙的只说是气逆不调,没甚病象。开了几味平和的药方便回去了。

偷跑出去和邻童耍得满脸是汗的弟弟,回来后晚上只一个人静寂地吃着晚饭。

十

她半夜里醒转来时，明天要去晤他与否的问题在她脑里腾跃了许久！

开始，她描想着晤他的情形：在他怀中哭倒的说她也像他爱自己般爱着他，叫他放心！……但想到他那像猎犬追逐目的物的眼光是注视着自己，和倒在那样的男性怀里为他占有时，她不觉心里起了一阵悚惧的跳动——像破坏了处女的纯洁和尊严的悚惧！

再想到这样轻易地就把终身许给了他——没有征求母亲的许可，叔叔们的同意就许给了他，在自己如何办得到呢？向娘说明吧？但自己在她面前就像两三岁的小孩般撒娇地，怎开得口说：娘，我已经择上了爱人了——择上个穷而是教徒的教员了呢？……这是，是无论如何都开口不得的呵！太把女儿的身份降低了，太把处女的尊严毁坏了！……何况自己只有这点年纪，来日方长呢，忙什么？……

"自己究竟是爱他了么？……"理智突然抬起头来，她把自己问住了！又是纷扰了一阵的结果，她觉得宋先生的可爱和不可爱的程度刚成正比！

开了电灯，她把来信重新抽出来伏枕读着。

过了青年期，但头发梳得光可鉴人，脸上老是露着一痕痴滑的笑意的宋先生，像站在床前在向她招手！

……

"芷青，你是我的，你的纤手不是给我握过了么？来，你的柔唇让我来吮吸着呀！……"浮着可怕的男性的凶光的他的眼睛，闪烁不定！他把她从床里紧挟起在怀中！

她想挣扎，但吓得一丝气力都没有了，动弹不得！

"我是爱你的！你松，你放松手罢……"

"哈哈！你爱我么？……哈哈！你这可爱的小鸟！可恨的小妖！……"

她昏然地死般没有感觉！

迷恍，迷恍……昏迷中自己像站在海滨，他牵着她的手儿跑上汽船的扶梯。下望滔滔的海水使她心寒，她忽然想起母亲来！

"我不去了，我不去了！……我的娘呢？！……"她哭着，紧攀了扶梯的铁杠不愿再跑上去！

"由得你不去吗？跑！"在梯上面的他变成了恶魔般，命令式地厉声叱着！

"哎唷！……唷！……"全身像收缩了一下，又渐渐地松放了！她一手只紧紧地擎着汽船下面的坠着锚的铁链子！

在海里只是跟着海波飘荡，飘荡！……

渐渐地像安定一些，又感觉手中握着的似乎在软化着！……

"原来握着的枕头的边缘！呃！……"

掉在枕边的信笺给眼泪湿透了，心里还不住地跳动着！

从噩梦中醒来的她，一直苦闷着到天亮！

夏的朝霞投射在床前的窗幔上，大奶奶已站在她帐前了。

"莲儿，怎样了？好点吗？娘疼的！……唉！"没有足音的母亲把她吓了一跳，忙把枕上的信笺压在枕下面。

"好了，娘！我要吃粥呢。"她转过身来。

"静卧多一天罢，不要起身！真是佛祖保佑呀，把娘吓煞了！昨晚上，"大奶奶伸手按着她的额，"还是李医师的方儿神效。你们这些新学生，还反对中医啦！……粥就来啦！……绛桃，打脸水来！"

接着厅上是大奶奶喃喃念佛的声音，檀木香由外面飞进她的房里。

自鸣钟在厅上响了七下，把她那捧着粥吃的手儿颤动起来！

——现在是去不得了，娘肯给我出门么？……她像得了可以卸责的原因，自己向自己宽慰着，踌躇着。

——不如写几个字给他吧！……可是怎样写法呢？说爱他么？……不爱他么？……写好了叫谁拿给他呢？……呵，绛桃认得他的！她心房跳动地叫着绛桃。

"什么？姑娘！"很忠挚而有些呆傻的绛桃跑入来。

"你晓得C海岸的地方么？在H马路尽头的海岸。"她向她望了一会，还没有委决。

"晓得的，姑娘！那儿也像你们学校一般，望得着K山哩。"

"那末，书桌上那本信笺和抽屉里的墨水笔拿来给我！"她放下粥不吃了。

  师玉先生！来信谨悉。先生错爱及青，青非不知也！此心耿耿，可质天日。惟青上有老母，殊不能仓猝间以终身相托。极望先生谅之！先生此去，前程无限，请勿以青为念！青本应亲往送行，再图一晤！惟卧病在床，步履为艰！只有魂随笺往，憾何如也？！他日先生得如愿以偿，海外归来，为学术界放一异彩，则青之所盼祷耳！心迹身遥，不尽欲言！前途珍重！珍重前途！

             青上。

她把这信写好后，看了又看，改纂了又改纂，终于封入信封里了。但她只是没有付出的勇气！

——这样淡淡地一笔勾销，是表示不爱他了！……呵！太对不住他吧？但是……她只有流着泪！

"姑娘！要寄信么？寄往C海岸给谁呢？"绛桃诧愕地睁大眼睛，见她哭着。

"不！没有事，你出去罢！"

——另写一封吧？对他略略地表示一点爱意吧？太对不住他了……

——索性把真相告诉他吧！自己对他不能说完全没有爱啊……

她只有握着两封信儿，又焦急又苦闷地握了一个钟头！

"当！当……"外面的自鸣钟敲着八下了！

"完了！宋先生，师玉先生！是我对不住你了！呵呵！但是我的娘……你不要怨恨我呵！……"她重新捧着那封信痛哭起来！她恨自己太没勇气了，自己的矛盾的心情太使自己难堪了，太薄弱了！但是，已经来不及了！

过了几天，她的一个表姊——大舅舅的女儿到她家里来居住，想度过了暑假之后和她一同入学校的。

有了女伴，和怕泄露了秘密的缘故，她渐渐地把对师玉的苦闷心悄淡散了。他的来信和自己那封没有寄出的都锁在自己的小箱子里，夜里不再会把它拿出来一边读一边哭了。

是酷暑已临的五月天气了。蝉声很悠扬地飘荡在绿叶荫中，更悠扬地吹得在农忙期间内的村夫村妇们，恨不得躺在幽凉的榕树荫下，软软地睡午觉。

在都会，季候的更移虽不能给沉醉在纷扰里的人们以鲜明的感觉。可是热烈的太阳高照在马路上时，一般行人和蜷伏在狭窄的楼房里的人们，却很尖锐地感到夏天的烦厌了。

看了几本小说，和表姊谈了几次无聊的对话之后，她又是闷恢恢地不快着！尝过自由浪漫的学校生活的她，放假不上十天，便在家里躲得抑郁不堪了！恰巧许女士又病了，不能来和她坐谈。自放假以来就不曾晤着她，绛桃两次去找她她都没有在家里。芷青怀疑着许女士对她有些冷淡的样子了！

这天，浣玉和如容来和她商量——商量下学期要转到什么学校去。

看着浣玉，她猛然间又想起宋先生来！她知道浣玉的哥哥和他认识，很想在她口中得到关于他的消息。但自己的卑怯态度怕给她知道——无责任的对他没有相当表示的勇气还是不要给她知道的好，她亦红着脸不敢先向她提起。

"你当然再进不得C教会女学了。就是我们，也给那些圣经念得头昏了。而况外面喊着要收回教育权，打倒教会学校呢！下学期一决转学了。"浣玉说。因为和如容同来，她亦没有向芷青说起别的问题。

商量的结果就是她们四个——同着表姊——都要转到许女士的校里，她们三个插进初中二年级，表姊却报考它的后期小学一年级。

因为W校的学制是秋季始业的，她们插上二年级就算超上一学期的功课了。国文是没有问题的，只是漏读了一学期的英、算课本，要插上二年级是很困难的吧！

"呵啦！玉姊！我替你们介绍一位品学兼优的朋友——同时

也做得我们先生的朋友!"她想再请许女士来教她和她们。

十一

落了几天的滂沱大雨,把炎暑变成了轻凉的初秋一般。真是一雨成秋了,在这岭南的A市。

昨夜给狂雨嘈醒的她,在凉凉的感觉中再也睡不着了。她扭开电灯来读着小说,可是碰急的雨声总把她的注意力搅乱。放下书本,她转过身来,看着睡在床里边的表姊正死人般醉卧着,身子紧紧地卷在洋毡里。

表姊的名字叫李碧君,是个年纪已有十九岁的,温存的城内姑娘。她整天不大开口,只有默默地做着很精致的活计,和看些才子佳人的弹词。

她也在十岁时便死了父亲,跟着母亲祖母们寂静的过活着。今年已定了夫家了。未婚夫是个中学生,硬迫碧君的母亲要给她入学,不然他就要提出异议。慌得一无所知的大妗母忙把女儿送到A市姑娘家来。

芷青想,表姊真有些傻气呢!那天因为母亲和大妗母诉说她未婚夫强迫她入学校的事,她竟自哭了!还说她一定不入校里,她看不惯那些聪明伶俐的A市女学生,她不敢入校里与她们为伍!

——她还不晓得入学的必要吧?也不晓得学校的群众生活,比在家里蜷伏着快活得许多吧?她这样想了时,不觉暗笑表姊的没见识。

——听说她丈夫是个中学生,但不知是怎样的一个人?她这样衣饰不会时髦,思想落后的女子,怕将来难合他的意吧？！……她由表姊的未婚夫联想到那个在礼拜堂里向她传情的男学生，更由他联想起宋师玉来！她像给下意识冲动般，跳起身子，从箱子里把他的来信拿出来读着。

——他这个时候一定在南洋了，在异国了！远了，远了！……他还念着我么？……自己分明太对不住他了……呵！但是……近来很容易便流下的眼泪又掉在她两颊上，掉在枕上！

——虽然自己太没勇气，但亦是事势使然的，你莫怨我呀！……她感到自己心里矛盾的苦闷！

她反复着流泪到天亮。睁开涩滞的眼睛看时，雨后灰色的天空，像要压下来般浮现在窗外。

吃了早饭，她无情无绪地凭栏望着渐渐不断的雨丝，心里的纷茫迷乱正像它一般无从排遣！园里那株白蔷薇花，一朵朵都给雨点打得翻不过身来；那角落的芭蕉叶，却青润得可爱可怜！

"这样的雨天，她们怕不来补习了吧？"她像叹气般说着。回头望那沉寂的表姊，正默默地低头绣着红艳的花朵。娘呢！在厅上喃喃地念佛。

"表姊，不要用功了！天气这样暗沉沉的，不要看坏了眼睛啦！"

"横竖都是没事做的。亦不见得如何黑暗哩。"表姊静穆的脸上浮出一丝笑意，"她们不来了吧？鸥姊亦没来！"

"……"

"……"

"砰，砰……"她听着有人打门的声音，小婢慌忙跑下楼去开门。她由栏上望见许女士撑着雨珠点滴的伞儿闪入门来。

"呵哟，鸥姊！这样的雨，我以为你不来了哩！……"她和表姊都跑到楼梯边接她。

"雨中跑路才觉有趣哩！……"近来脸上老是浮现着沉黯的色彩，不似从前般有生气的许女士，淋得通身都湿透了！裙子上也给溅上许多污泥！她像跑了许多路程般，很疲倦的颓然坐在椅子上苦笑着。

"这时外面的雨不很大吧？你怎会给淋得这样湿？"芷青忙跑去箱子里拿衣服来给她换上。

"不用换，就这样等它自己干吧！……我自早上六点多钟跑到现在，怕有三个钟头了吧！？"

"怎好不换呢？湿衣穿了会生病的！……你到朋友那儿去么？"

"不妨的，生病也好，不想换！"许女士的性格有时就很神秘，惹得碧君时时怀疑着她。

"外衣不换就换衬衣吧！都湿透了，还不快点！"芷青很诚恳地催她换。

勉强换了衣服后的许女士，只默默地坐着，不像从前那样的谈吐风生了。她把怀里一卷书信似的东西摸出来，静静地看着，有时皱眉，有时微笑！

芷青不敢站近去看它里面是说些什么，她只问："鸥姊，你看什么呢？"

"是信，朋友寄的。"

——她的哪一个朋友呢？时时都有这么大的一束书信寄给她？怕不是情书么？……她想到这里，不觉心上跳动起来！

——她定有了爱人啦，她的男同学男教员那末多。……而且她的才名在A市方面是谁都晓得的，定有很多人向她求爱吧？……自己将来到W校读书，又不知会遇到怎么样的男性呢!？……她呆呆地痴想，想得自己有些不好意思！偷眼看表姊时，她正低头绣着花儿呢。

——她有学校，亦有家里，怎么通信要向我这里转交呢？……她又想起许女士近来有些信由她代为转收。像很神秘般，时时嘱咐自己不要给大奶奶知道，亦要好好地为她代收，待她来时交还她。

——她一定是在爱河里沉溺的！真可羡慕呵！……师玉的幻像浮上她的心头。她想到自己不完整的恋爱时，眼泪快要滴下了！连忙跑到走栏上去。

浣玉和如容终于没有来。许女士只教了碧君些功课和教芷青一些古诗。

许女士很爱芷青的对文学有嗜好，有点天才，她时时把一些文学的书籍借给她看，亦时时讲些关于文艺的谈论给她听。

雨一直下到下午才停止了，灰黯的天空透露出一些晴意来。

她不给许女士回家，要她晚上宿在这里谈谈。她略一踌躇后便答应了。不知为了什么？许女士近来觉得对俗气满身的父亲，和只晓得每个早上机械的到机关办事去的哥哥都特别讨厌！妈妈呢，亦不似从前般可亲近了。

芷青和她在家园里踱着，草地上的水珠湿透她们的鞋儿，阳光像一丝丝般，从云里透射出来，照得因风摇动的荷叶上的雨珠，滚来滚去地闪闪耀眼。

"呵！这朵白莲花真可爱！折下来给我转送给朋友好么？……"许女士拍着手说。

"你喜欢就折下吧！送给哪个朋友呢？"

"……"许女士默然地敛了笑容，忧郁地对着它若有所思！

十二

空前的"五卅"惨案的消息在沪上传到A市来后，这几天革命的空气真是弥漫了全市了！

全市的比较有些知识的民众都紧张着！尤其激昂奋发的便是年来关于军阀压迫之下，不敢喘息，而现在挥扬着青天白日旗，热烈的从事革命工作的青年学生了！

芷青自昨天不见许女士来教她们，又听了外面那种骚动的情形，更加骇怪起来！有了平时对时局全不关心，看报只看第三版的女学生们的通病的她，只担心着是政局有什么变动！更吓得毫无见识的大奶奶取闭关主义，关起门来不肯给国贤到邻家玩去！

"我们中国的学生和工人，在上海给英国人开枪打死，死了百多人哩！说是因为演说致祸的！你知道么？……"如容一入门来就向她这样说。

"阿弥陀佛！……怎会死掉这么多性命呢？……唉！……"大奶奶两肩一抽搐的，连忙宣起佛号来！

"有这样的事？！……呵！现在怎样对付英国人呢？"芷青也吓了一跳！

"打仗是干不来的！你想我们这个老中国，挡得住他们洋鬼子的新式枪炮吗？"给教会学校所宣传过来的中国学生，只知道外国人的神圣不可侵犯，没有所谓反抗的！

"那末，就这样的白白给他们杀掉，不想一些抵抗的法子吗？"

"想是想的。现在各界不是都组织了什么外交后援会，宣传队，英日经济绝交会……吗？不过眼看又要像'五四'那时般，查劣货查得发大财来！哼！结局呢，还不是也不了了之？……发财得名的去了，死的算是白死了！你看政府能干涉得好效果出来么？尤其是这样的民众，真是G姑娘说的：'你们中国人只有三分钟热度'！能够坚持，努力么？大家借此出出风头，赚几个钱也就算了！"一知半解的如容总算比小姐式的芷青有见识一点，她亦会发这样对时局不平的牢骚，惹得大奶奶只是念着佛号，芷青只是摇头！

"那末，在A市是没有什么变故罢？真把娘和我担心得很！昨天听绛桃说：街上一阵子尽是些学生和工人，撑着旗在喊说杀死人呢！真摸不着头脑，以为是打仗呢！下午又听着外面呐喊着，打鼓敲锣，正不知是为了什么！……"她说到这里笑出来了！"娘还预备着要回乡里去呢，东西看看就要收拾起来了！如果不是你到来……"她说后全室都笑了。

"可不是？阿弥陀佛！现在的天年不好，动不动就人命交关！……不是容姑娘你有消息，我只得使人问我的弟弟去呢。"

"娘总是不肯给人家到街上去的，困守在屋里，连外间翻了天都不明白哩！"

"真的，往外面多逛逛就多见识见识啦！"

"呵哟！读了书就想逛街了！不逛街就和我淘气，真和弟弟一般！"大奶奶笑着。

"玉姊怎不和你一道来？"

"她病呢，叫我们尽读下去，不用等她。……鸥姊呢？亦没来？"

"她又不知道为了什么事，昨天就没有来了！"

"我们一同找她去吧！顺便看看街上的情形。"她邀如容一同出街。

"等多几天不好么？街上闹哄哄的，看吓着啦！真是淘气！"大奶奶只摇着头。

她叫绛桃把辫子另编后，轻轻地搽上一层薄粉；再把剪刀把额前的留海掠齐着。爱美的她，每次出街总是这样耽耽搁搁地修饰。

换好了衣裙，她再在照身镜里照了几照。自己觉得今天这套淡碧色的纱衫裙，配上了白色的花边，真适合自己的风韵！

自学校放假后还不曾出过街的她，今天很高兴地在镜里把自己照了又照！

"真是美人儿啦！没怪人家说你美，连我都给你迷醉了！……"站在旁边看她修饰的如容看得呆了，不觉赞叹起来！

"烂你的嘴！谁说我呢？"她感到可夸地笑着，拿了柄淡红色的阳遮在手里。

"有人说就是了。走罢！"

"不，你不说出议论我的人的姓名来时，我不和你去了。"自己略有可以抱负的色艺，自己就越喜欢听人家的称赞的——尤其是和异性交际很少的她。

"我的四哥哥。你不要生气！……"如容很狡猾地笑着。

"呵哟！他怎会知道我？"她不觉脸上罩了一层红晕！要想问她个彻底，但又不好意思说出来！

"怎会不知道？你的艳名全A市谁都知道的！嘻嘻！……"

如容像洞悉她的心理般，专要和她开顽笑。

"你这个鬼头！说话总是不老实的！……"她把伞柄敲着她的肩。她俩一同出门去了。

"同你讲罢：有一次星期日，我们由校里排着队跑到礼拜堂，在路上给我哥哥遇见了。"如容敛了笑容，很正经地说。

"他怎么就在人丛中看见我呢？"她竭力在追想着是哪一次，晤着哪一样的男性？

"你不是和我同列吗？他就看见了。"

"他怎样说我呢？"她忸怩地问。

"他说你在女学生中算顶漂亮的，真美丽！……呵呵！前面不是来了一列宣传队吗？你看，都是学生呢！他们要停住在这条街的角落演讲呀……"如容的谈话给那班迎面而来的宣传队打断了。接着她俩看见一大群小孩子和些闲什人等热哄哄地跟来了，把他们——宣传队——围拢成个圆圈子。

"呵哟！这面溅满了血痕的旗子！……"她忙拉了如容从观众中退开来！

"不是血呢，是红墨水呀！上面还写着'五卅'惨案的字样呢。"如容从宣传队员手里要了一纸传单，一面和芷青看着一面跑着。

街上贴满了五花六色的标语，亦有许多绘着同胞给帝国主义者惨杀压迫等讽刺图画。芷青觉得路人们都很注意地向它们观望，亦有许多女学生在分散传单。

她俩跑到许女士的门口来时，两只手都握满各个团体所发给的传单了——都是对这惨杀案件宣传的。

许女士没有在家。她母亲说，她自前天下午便有很多同学来叫她去商议什么事情。这两天是自早至晚不回来的。又说她怕要到邻近A市的各县宣传，不知已经去了么。

她俩再跑出街上来时，这滨海的风雨无常的A市忽然潇潇地下起雨来！

"呵哟，这柄阳遮是遮不得雨的！我们坐车子回去吧！"她撑着伞儿向如容说。

十三

她终于敌不住好奇心——想看看称赞自己是美人的那个男性的好奇心，和经了如容再三的劝挽，说是避着雨儿，一同弯入邻近的一条街上了！

"这一间就是我的家门了！"走没有两三步，如容指着一座洋房式的屋子和她说，她不觉便心里跳动起来！

如容的哥哥华大少爷是军阀时期的一个第六七等军官，也曾做过一次县长。却因为刮钱刮得太利害了，曾坐过一次短期的监狱——但正确受罪的内幕还是因为他诱拐一个卷逃的某军官的姨太。

自青天白日的旗帜飘扬于A市之后，他便从军政舞台的脚沿上跌了下来，赋闲在家了！但因他惯于交结富翁官僚们，和能够靠着赌钱为生的赌客，他还饱食暖衣的享受着A市第二阶级的生活程度过日子。

他还有两个干着和自己同样职业的弟弟，和一个快要跟上自己一样的小弟弟华四少爷。此外他的母亲、妻妾……都是像他一般，以赌为活的。

芷青才踏上楼上的客厅时，眼帘所接触的是一群服装妖艳的男女，围坐在八仙桌子上打麻雀①。地下却铺了一层瓜子皮和香烟屁股。

她再看见一个小白脸的头发梳得光滑闪闪的青年，他站起来在向自己行着礼。

她不知所措地对他点了点头，心里又羞又急地在躲避着众人的视线。

经了如容的介绍之后，这小白脸又重新向她鞠了个很深很深的躬。他离开八仙桌的座位走出来。

华四少——K省的方言总把少爷两个字简称说"少"的——是个克承兄业的令弟。今年只有十九岁的年纪，就会选色征歌，应酬赌博，镇日和一班浮夸少年在跟随女学生，批评戏子了。

他亦曾进过几年学校。《红楼梦》之类的小说他也会爱不厌读；半通不通的情书也曾经写过好几次……他是个有着风流才子的自负的少爷。

他叫了他人代他入局之后，面对面的同她坐着。尽向她问长问短，谈东说西，言语之间，还加上些肉麻的词典。

"听舍妹说，女士是个咏絮的才女，真使鄙人佩服极了！女士的令椿萱都还健茂的吧？！"他已从妹妹口里探悉她的身世，亦知道她是富翁郑和爷的孙女了，眼前清丽的黛玉式的佳人，尤其会使他神魂颠倒。

她只局促地勉强回答着。那一群狂放的男女的纵乐的声音和举动，尤使从小纯洁的她感到心跳和脸红地不安！她悔自己

---

① 同"麻将"。

太于猛浪了！自己不应该轻易来这样的地方的！她由此才知道了如容的家庭状况，她的热闹和自己的寂静的恰成个反比例。但这样富于激刺性的家庭又像对她有所吸引，此来亦不算全没有意义吧！？

"请烟！女士！"堆满了青春的笑脸的华四少，亲燃了一根火柴，抽出一条Three Castles^①的香烟送到她面前来。

"不，不敢当！我没有吸烟的！……"她感到心里一阵悸动，两手亦颤着，只站起身来摇着头儿。华四少的尖尖的手指白嫩得如同女人一般，右手的一只指上还套着只嵌有碧玉的戒指。

"不要客气！女士同学的家里就是自己家里一样的。哈哈！"他还不把火柴和纸烟收回来，火柴看看就要燃尽了！

"她不吸烟的，拿来给我罢！"如容忙代她解围。

"那末，女士请恕我！哈哈！本来当学生时代是不该吸烟的，女士真善于卫生之道！"他自己另燃上一支纸烟在狂吸。

她恨自己平时太不善于应酬之道了！最普遍不过的纸烟亦不会吸，真不时髦！

接着还吃了几样点心。吃的时候她怕脸上的筋肉伸缩得不好看，只是轻轻地嚼后便囫囵吞下去。

外面的雨不知从什么时候便晴了。踌躇了几次，她终于告辞出来。

临别时华四少鞠躬得差不多头部会碰到门限，他叮咛再三的请她暇时要多多光临赐教。

她独自乘着人力车回家来。

---

① 中译名是"三炮台"。——编者

微雨初晴的傍晚真是凉快。车子拉过沿海的马路上时，对面K山很苍黛的衬着残阳，它那娇红的色彩，就像这略带兴奋的本来是很白皙的少女的两颊一般。

回到家里，许女士刚在厅上等着她。她低头在写信儿：看她来了，便忙把信笺摺好，藏在衣袋里。

"来几久了？鸥姊！我们刚去你家里找你呢！"

"呵哟！我刚来的。这两天把我忙煞了！你们怕等讨厌了吧？对不住！"

接着许女士便把"五卅"惨案的前因后果，原原本本，清清楚楚地讲给她听。"学联会选举执委啦。我们校里占了两位，不幸我便是其中之一！我现在哪有心情去革命，去爱国呢？……真是脱不掉！给他们强迫着！"

许女士再把这两天的行动报告给她，她说：查劣货去哩，发觉那个在台上演讲得顶激昂慷慨的，是什么团体的代表那个汉子，却舞了两次弊，赚了数百元的黑钱！她想提出攻击的，但给同行的几个男同学阻住了；还说她不识时务！

往街上演说去哩，有了女学生的那一队就有加倍的观众——他们不是来听讲，是为看女学生而来的。结果惹得纯粹是女生的宣传队不敢出来，要派上几个男生去向观众怒目而视的做她们的保护者。

昨天到K县去哩，尤其倒霉！在一处闹着神游的乡里歇了下来，想利用那个戏台上对观众宣传一下。不料刚上台就给观众们鼓噪了下来！说阻碍了他们演戏的时间（他们一年到晚只有乡里演着一两次戏可以享乐），都声势汹汹地几乎用武！后来署长亲带了警察来了，才算允许宣传员上台。但听者只有几个好事者流和孩子,其余都走散了。

……

"你想这般知识毫无的民众心理!唉!……这还是怨不得他们,亦可以医治的。顶可恨的就是那班自命为革命分子,知识阶级们啦!这一回,又不知有若干发横财,沽好誉去了!……我真是挣不脱身,和这班人胡闹可倒霉极了!……"许女士对时局和革命是抱着不闻不问的,站在第三者的高蹈派的态度的。

这些话在芷青的脑中,不会发起什么波澜的,她只恍恍惚惚于新的幻象。

许女士还说了几件可笑的资料。她说:她们走到乡里一所学校去宣传时,里面的教员和年岁较大的学生都走得一空!只存着几个小的,都吓得呆了走不动!再三的请了个留着两撇胡子的校董出来,他才说是因连日外间的风声不好,说要捉拿教员和学生,所以见她们来时便一哄逃跑了!这个乡说是K县的大乡,距离A市亦不远。不料外间的消息却这样的不灵通,讹传,真是奇怪!

"鸥姊,你以后怕不得空吧?不能够继续教我们怎样好呢?"

"不会的。我真讨厌着这样无聊的工作啦!一定要设法子辞去了职务的。"

十四

中元节①后的秋风把残暑吹散了之后,A市各个学校都宣布开学了。痛恨洋鬼子和C教会的大奶奶,也只得由女儿和侄女到W校

---

① 农历七月十五日,又名"七月半"。——编者

读书去。

由沉寂不与世争的C教会女学，转到这弥漫着革命空气的男女同校的W校以来，也快满半个月了。新的学校生活所给予她的是兴奋，浪漫，复杂的有生气和多接触的环境。她的心和身都像镇天①纷扰着，没有余暇的时间；师玉和四少的幻影，亦无从在她脑子上浮现了。

这W校亦是滨海建筑的，两列楼房很高大的前后对峙。海岸上是一片时有肌肉发达的男学生在耍着球的运动场。

学校的走栏刚面着这运动场。未上课之前和下课后，一群白衣黑裙的女学生总拥挤于走栏上，一面看海，一面看男生们的耍球。

这时八月初旬的西风，吹得球场两旁的树木萧萧作响。过午的晒人不十分炎热的秋阳，照着浩浩的海波上闪起银白的小花，更温和地照着这些不知秋之已至的青年男女们的身上。

球场中是一群往来跳跑的男生在耍篮球，一阵阵的欢呼声，冲入高爽的晴空里。

芷青和几个女同学倚着栏杆闲谈。她俯视那个穿着红蓝相间的背心，短裤下露出一双大腿的金焕章——比她高一年级的男生——的掷球的姿势，眼睛跟他溜来溜去的溜得有些眼花！

她把眼光转向别处，看见那个姓陈的不知名的男生——在举行全校学生大会中，第一个起来赞成她当选为执委的满脸长着面疱的高级男生，正站在树荫下在张望着她，一手还拿了本像小说的书在装着看。

——这些男生们真可怪！我入学才几天？他们便很熟悉的选

---

① 同"整天"。

举我，尤其是这个人！……校长亦似乎对我别垂青眼哩！他特地由主席台那边跑下来对我说：你当选了学生会的执委了，从此要替学校努力工作呀！

她不觉把那一幕记忆追寻起来。

开全体大会的那一天，她跟着同学走入礼堂坐着。没有一刻钟工夫，三百余人的呼吸把那个窄小的礼堂塞得透不过气来。

她渐渐地觉得心里紧张，脸孔涨热的苦闷着！

唱革命歌后，默哀"五卅"殉难烈士的三分钟间，她觉得这沉默里就像C教会的祈祷时般，个个都张着眼睛向四处观望。头俯得低，眼合得紧的还算是台上那个主席——学生会的领袖施维强。

一个个的男学生很痛快淋漓地演说着，女生却只有许女士一人。接着主席便把暑假以来的重要工作向大众报告。

当主席再三的向大众发问还有什么人要起来发表意见没有的时候，她耳朵里似乎听见"我推请郑芷青同学起来发抒伟论"的声音！不觉心里乱跳起来！她怀疑自己的耳朵听错了！

"赞成……"一阵呼声过后，接着是一阵激人耳膜的鼓掌声。全堂的眼光都投射向她身上去！

她像陷在热病里般纷扰着，不知所措的只紧紧俯着头儿！

掌声渐渐疏落之后，还不见她站起身来！主席便含笑走下台来对她说道："郑同学，众人请你起来发表发表高见呢，你愿意么？就要散会了，没多时间呀！"

"我，我没有什么意见……"她站起来颤声地说。

第二次的掌声再爆发起来，大众又是一阵催促的喧哗。

"不用勉强她了！没有意见是勉强不得的，待下次有机会才请她对我们谈谈吧！"许女士把那些饿犬般想一瞻丰采的，和想捉弄初入学的较有姿色的女生的男学生们轻轻说住了!

随众人涌出礼堂,渐渐把脑筋清醒之后,她对那个不知姓甚名谁的第一个推举她起来演说的男生,恨又不是爱又不是地看了一眼。听许女士说,他就是著名的好说笑话,好替人家首先发难的吴敬愚。

她那天所以会成为众矢之的的原因,还是为了她那漂亮的衣饰,苗条的身材和美人式的脸儿。其次是为了星期六那天,她做了一篇列在甲等,压倒全级而受国文教员当众称赞的作文。不过注意她的,多数还是初级部的男学生。高级部的男生呢,历来是假正经的,不大喜欢和下级的女生们接近。

一阵上课的钟声把她从回忆中喊转来,她忙把栏杆上的书本和铅笔拿在手里。再向场上望去时,那些耍球的男生都一面拭汗一面跑回课室去了;浩茫的海波,一阵阵的还尽管碰激着礁石。

这点钟是国文堂——讨厌的国文堂,再下一点钟便是学生会的第三次执委会了。本来这点钟是英文堂的,可是近来开会的事情比上课更为重要堂皇,就如一个学校,每天亦有许多对内对外的革命工作可以讨论的,所以也无妨在上课时间举行了。

她想到那男女杂沓,自由谈笑的执委会——令人又兴奋又麻醉的交际会般——就恨时间不跑得快一点!近来她亦大着胆儿的和他们纵谈,说着几句时髦的浅薄的革命论调了。不过放弃了一点钟的英文功课亦有点可惜!她想,能够和讨厌的国文堂对调就好了。

低年级的W校男生,对于男女同学是常有幼稚的行为的。他们有时把白粉笔在女生的椅子上胡乱画些什么,使她们于不觉中,坐下去就玷污了黑裙子;有时特地找些将坏的椅子,脱了它的一只脚，又随便为它装上去，等她们一坐下时，全堂便有笑话可看了！此外他们文雅一点的就是把情书抛在她们的桌子或椅子上，而静观她们拾起来看着时的态度以为娱乐。

不过他们到底还是孩童的心理的，遇到上英文算学这些功课，西装革履的拥护女生的教员时，他们便规规矩矩地丝毫不敢放肆了！等到那些戴着古铜边的眼镜的老举人之类的教员来上课时，女生便是他们的玩弄品了，嘻笑之后还可以阅阅小说，打着瞌睡的。

枯燥无味的国文讲解既使坐在前列椅子的芷青不能另看别样的书籍，而危机四伏的男生的手段尤使她又气又恨又可笑！——这一点就是她转学以来所最不满意的！

十五

紧接着"五卅"而来的"六二三"沙基惨杀案，又把那将近松弛的人心紧张起来了——这惨案的发生时间距离现在虽已有两月，但因近来A市方面的政局有些浮动，对方的军阀有来侵犯的谣传，所以对这惨耗没有什么表示。现在政局上已算安稳了，痛定思痛，大家沉寂的心房又悸动起来！

今天是全市各界对帝国主义的示威运动，同时也是想把那些犹自躲在被窝里般的民众喊醒起来的宣传大会的日子。会场是在C海岸的旷地上。

W校的学生队伍蜿蜒的跑出街口来时，同样在进行着向C海岸去的各校学生，也一排排的充满马路上了，其中还有许多工人和店员们的团体。

到了C海岸，因为离开会还有许多时间，队长特地吹了散队的口号给他们暂时自由行动。

许女士拉了芷青和如容的手儿，跑开万头攒动的会场，到凉风阵阵的礁石上站着。

身体单薄的芷青，每在几个人以上聚合的场所里，就会神经兴奋，脸部烧热起来的！这时她面着海波，深深地呼吸了几口气之后，回转头去，看见三个两个的同学们，也各成一小组的携手跑到海滨来。没有散队的群众却蠕蠕地在场上蠢动，衣帽都是白色的，看去好像一团蛆虫！喇叭和铜鼓的声音混和着复杂的人声，一阵阵送到这里之后，再弥漫着涛声和风声，便轻烟般消失去了。很多面五光十色，形式不同的旗帜，像彩蝶般在人丛中飘扬出来。

"呵哟！你们也晓得跑到这儿来呀！"她对那几个跑向身旁来的男同学笑着说。吴敬愚刚吃着香蕉，他举起手里那几只问她要不要。

"谁喜欢吃！怕不够你自己吃啦！"她看他把一只香蕉撕去了皮，咬第一口已去了一半了，接着第二口便把剩余的都吞下去的粗豪的情形，看得呆了！他一连把手里的七只香蕉在一霎时吞得干干净净！

"如容！你看他真像李逵般吃法！"她说。

"这有什么希奇①？如果我高兴，也能够一气吃七八只的。"许女士笑着说。

"你的手巾借我拭一下使得吗？"敬愚蹲下去把两手在海里

---

① 同"稀奇"。

洗着,回头问她。

"使不得的,你的手这么肮脏!"她把眼向他一瞟,但插在襟前的小花巾却慢慢地解下来。

"让我也拭一下行么?我的掌心里流了许多汗!"陈克生毫不踌躇地跑过来想分余润。

"不,不!谁都不借!"脸上布满红透的面疱,几只门牙向外的克生的不好看的面子,她特别讨厌他!

"芷青!你瞧那儿不是一个穿着深蓝色的洋服的少年,拿着摄影机瞄准着我们么?"如容遥指着一个男性向她说。

"哪一个?……呵哟!真该死!看不清他的面部呢!我们跑上别处去吧!"无经验的她还不明白恶少年们的把戏,很着急地拉了许女士的手想跑向别个地方去。

"怕什么呢?给他摄了去又怎么样呢?"许女士若无其事地只凝视着海波不动。

"他跑开了,啊哟!原来就是他——那个小白脸高鼻子的他!……"如容像发现了什么,忙叫她要仔细认认。

"真是他呵!你们眼力真好!……"她认清了,认清那个在礼拜堂中对她意识着的含情送睐,和一星期前又紧紧地跟着她的男学生——至今犹不知他真姓名的男学生。

她再把那天的记忆追想起来:

她和如容两个出街,一路走一面谈着。后来发觉出在不知什么时候起,有两个青年学生紧跟着她俩,其中一个便是他。

她俩特地转了几个弯子,回头看时,他俩亦不即不离地跟着。

在几个公司里买了许多东西,她俩走入书店来了。大廉价的书店里挤满了顾客,她的眼光给柜里许多花花绿绿的新小说吸住了，把开着的手提袋放在书柜上。

等到她俩走回校里，她再回头去时，还看见他们两个在后面追随着，倒把她吓得慌了，和如容赶快地跑着！

到了明天上课时，从芷青的历史课本里忽然掉落一封用自来水笔写着的红色信封的短简，里面说"自睹芳容，一见倾心，际兹社交公开时代，极愿与女士结为朋友，互相研究学问……"这类的话，还附上××中学的通信处，但都没有名字。由这××中学校名看来，他已经不在C教会办的男校里读书了，也和她一般的转学了。

"他还时时掉转头来看你呢！"如容的这句话把她的追忆打断了。

"看你才是真的！"她不好意思地说着。穿了时装的洋服的他，略有些轻佻的美少年的态度。

"呵！那个姓宋的你们也认得他吗？"她俩的神情似乎给敬愚猜透了，他笑笑地问她。

"你认得的么？叫宋什么呢？"她急于要知道他的一切，连忙问着。

"在外面开会的时候常晤到他的，他是×校的代表，不过名字却忘记了。这人很喜欢追逐女学生的！……告诉我！你们怎会认得他？"敬愚露出一脸的嬉笑，他像全部都明白了般。

"谁认得他啦！"她红了脸的回转身子不理他，如容却抿着嘴笑着。

——姓宋的！……呵，这儿就是C海岸呀！……那天宋先生不知在这里如何苦闷地等着我呢？呀！……久已不尝光顾的幻象又在脑里浮动起来，她望着海面那只汽船，不觉凄怅不堪！

队长吹着归队的口笛后,她站在队里足足过了点多钟,主席台上还不见动静!今天突然很猛烈的太阳高高地晒着,闷热的人丛中几乎透不过气来!腿儿酸了,喉里干燥,头也晕着了!

"队长真能干呀!还没有开会,叫我们来站在这里闷死吗?"她愤愤地质问着维强。

"怨得我么?开会的时间早过了点多钟了!因为等着政治部的代表来参加啦!难道可以等他来了才召集同学们归队吗?"

"做了政治人员还这么不守开会时间,真岂有此理!"许女士索性在人丛中坐下草地上去。

"来了,来了!就要开会了!"维强在人丛中钻了出来了。她看见一部耀眼的汽车,载着一个穿军服的男人和一个时髦的女人在群众让开的一条隙地中驶进来后,他俩便走上台上去了。因为W校的队伍刚列在台前,芷青很清楚地看见那女人手上拿着一只很流行的修容盒子。

台上宣布开会了,到了演讲的时候,这穿军服的男人很慷慨激越地演说着,接着便是这女人了。据认得的男同学说她是这官长的夫人,一会唱曲,会扮戏,会跳舞,又会做妇女运动的新式夫人。

她一演说完就有三分钟不绝的鼓掌声连珠般响着,在掌声中她已给那官长挽着手,走下台来乘汽车回去了。

芷青站着,站着,到近午时真辛苦极了!肚子也看看饿了。太阳给云翳遮盖了去,郁热中似乎要下雨一般。但台上那些A市的要人们,还一个个地继续着演讲。场中的群众都厌倦了,几乎没有一个人在注意听他们的伟论,只是私下谈着话。

十二点了,一点了!等到他们把议论发抒完了的时候,已经是午后的两点多钟了！高呼了散会的口号后还要巡行，她的两条失了感觉的腿儿，很辛苦地抬着就要倒下去的身体，跟着群众一步步的搬运着！

走过几座外国人的洋行以及私宅的面前时，群众便很兴奋地高呼着"打倒帝国主义"等口号，有的却喊得连身子都跳跃起来！可是楼上那些外国人，却像看孩子玩耍般，倚在楼窗上一面笑谈一面观看。

——谁叫你要受这样的苦呢？好好地在校里读书还嫌没事做吗？……她想起早间娘说的话来，她觉得这样的牺牲了各个人的精神和时间，究竟有什么意义呢？

逛过了两条马路了。她顶讨厌的是走向些闹热的街上去时，那些商店里的店员们对女学生的不好听的批评。

雨忽然下着了，但只有几滴又没有了。辛辣的土地的气息很难闻的扑向鼻上，她像恶寒般打了几个喷嚏！

第二次的大雨真的潇潇下着了！

进行着的各队伍哗然的紊乱了，但几个热血的青年却大声疾呼着"牺牲身体，表示精神"的伟大口号。群众只得寂静一点，冒雨前行了。

雨越下越大，到后来连步道上看热闹的人们都没有了。但那些热血沸腾的青年们的激越的呼号声，还在嘈杂的雨声中振荡着。

十六

因这一次的巡行，她病倒在家里十多天了！有吸引性的学校使她不会安宁的静躲在床上，只很苦闷地捱着时日。

今天她的精神很觉爽适，病是完全痊好了，她一早就怀着满腔高兴的心情跑向校里去。

别才两星期，校里就有很多新鲜的消息了；平时厮混惯了的几个男生，也像生疏了许多般，她娇怯怯地和他们寒暄着。

"芷青！你恢复了健康了么？我们真挂念你……"圆圆的白脸孔，轻易就会染上一阵红晕的，有着女性化的表情，和喜欢看些文艺书籍的初中三年级生白其宁——平时很蒙她的青睐的男生，走上来对她说。

"谢谢你，谢谢你们！……"她向他看了一眼，略觉不好意思地说。

"芷青！让我报告你一件新消息吧！关于你身上的！"敬愚笑着说。

"呵哟！关于我身上的？是什么呢？"

"第四次执委会举出六个对外的全权代表呢，你便是其中之一。"其宁抢着说了。

"就在今天下午，你和其宁恰巧轮值着到A市的学联会出席去！……恰巧是你们俩！……"敬愚嘻嘻地笑了。

"谁要担当这样的责务①！……"她和其宁都给敬愚笑得红了脸。W校的学生们有一个共通点，他们若发觉出同学中的一男一女稍有接近，有情投意合的嫌疑时，他们便一定要举出他俩来担任着同样的职务。

下午四点钟，其宁穿了很整齐的制服，到女生休憩所来找她一同去。

---

① 同"职务"。

是中秋节后了，但A市这几天来的气候还炎热得很，他俩在马路上一前一后地行尽了一段路，他忽然转过脸来叫她拐向弯角上走去。

"不是在××路的尽头么？怎么要转弯？"

"这里静一点哩。你瞧那马路上的扬尘不是很讨厌的吗？"他的步伐渐渐放松了，和她慢慢地并肩走着。

——这是我第一次和男人并肩跑路呀！……那些路人们会疑我俩是一对恋爱之侣吧？！她的呼吸有些急促了，有些心怯又有些快感的让他挤近自己身旁来！

年纪比她还少一岁的其宁，亦又惊又爱的只是不敢开口，也不敢看着她，默默地靠近她走着。

再转一个弯，一面很大的牌匾赫然在目，目的地已经到了。

走入大门，她望见会场上阒无一人，只有一对制服不同的男女学生，在走廊下面很亲密地聚谈着。签名处也没有一人，她和其宁便在会场里坐下来。

"怎么呢？这时刚刚四点钟了还没有人来？"她脑里幻想着的一群男女喧哗拥挤着的会场却只是清冷的空厅子！她看手上的表儿恰巧是到了开会的时间了。

"哈哈！你瞧这壁上的挂钟，此刻只有三点二十五分钟啦！离开会的时间还很远哩！我们算顶早到的。"

"这挂钟是坏了吧！哈哈！……我们早，他们才早哩！"她指着那对谈兴正浓的男女笑着说，"你知道他俩是什么学校的？"

"不晓得。不过女的梳着这样的髻儿，不编辫子，怕是C女中的吧！"

"呵哟！你们男人亦会注意到女人的发髻上吗？……"她说后掩着嘴笑了。看他孩子似的小圆脸上渐渐泛出的红晕真是可爱——自己可以居在主动的地位来爱他，不像对别的男性般，自己处于被动的地位给爱着哪！她想。

挂钟已经敲了四下了，零零落落地也来了三五个各校的代表：他们都是一对对的男女，并着肩喁喁地细语着。夕阳看看斜向屋角上去了，草地上的凉风，把一天的闷热次第驱了去。她和其宁也走到外面来。

"怎么此刻还只有寥寥的几个人呢？就照着这挂钟的时间吧，怕到五点钟还不见开会吧！"她觉得这情形真滑稽透了。能守时间的男女却是想借此聚谈着的。

又过了半点钟了，草地上已挤满了很多男学生，也有许多白衣黑裙的女生点缀着。他们却毫没客气地谈笑着，玩耍着，把她看得呆了！她和他站在草地上的角落，他俩的自由都像给他们限制了般，觉得不能和他们同样的活泼，伶俐，倒不如沉默的装成"不与众偶"的更佳。

"我们到会场上去吧！时间怕快到了。"她向其宁说着。越久越多的群众的眼光都好像对他俩嘲笑、轻视般！她觉得幼稚的他在这个时候真没中用，不能够做她的保护者。

等到主任说不能再延，摇铃开会的时候，那个挂钟已经打五点钟了。

堂堂的全市的学生代表的言论和行为原来是如许浅薄！对革命的见解也像自己般可说是盲目的！她感到重大的失望了。她想，这样的盛会不也是和缩小范围的学校里的开会时一般，只有无聊和胡闹？！她看着每同一派的几个学校的代表，都坐拢在接近的椅子上；几个人喁喁细商之后，其中便有一个站起来说话——只有闹意气的话。有些女学生，也同样的和他们头儿碰在一起，半商量半说笑地密语着。会场上的人声渐渐喧哗起来了，那个莺声燕语的女主席好几次发着娇嗔，也不能把他们的喁语肃静下去！

她和其宁也渐渐地闲谈起来，忘记是在开会，更忘记他们在争论着什么问题了！

"喂！W校的代表！请你这位一同去××政治部请愿去啦！"她正和他低着头在议论校里那个理科教员，猛抬头时，原来那个娇声的女主席走下台来，提高声调在和她说话。

她茫然地不知要怎样答应，只看着同样慌张着的其宁的脸孔。

"你的贵姓名叫什么？"主席轻蔑地笑着，芷青觉得全场的喁语都停止了，他们把眼光投射向自己身上来。

"郑芷青。……做什么代表去呢？"她鼓着勇气站起来。

"开会开得连议决案都不知道吗？"主席半恼半蔑视地睨了她一眼。"我们表决在这个时候，派出六个代表到××部请愿，要求部长立即批准帮助学生救国团的经费。你给举出了，这时就要去的。"主席说完冷笑的走上台上了。芷青想，同性的女学生真比异性的男生更其轻侮自己，看她好像含了一肚皮的莫名的妒愤般。

无可如何地，她涨红了脸离开其宁了！走出场外，她看着五个在等她同去的男女代表中，一个就是屡次对自己有意的宋某！

——没怪自己会给他们推举着，一定是他提议的！……她感到一阵强烈的悸动！看他已走上前来向自己招呼了。

"郑女士！我们不是从前都认识的么？哈哈！今天有幸得很！我们一道去罢！"他不客气地挤近她的身边来！忙把帽子脱

去了,还行了个敬礼。

"呵!……"她本能地退缩了几步,红了脸和他点头。她想,自己这不大方的态度一定会给他和同行者所轻视了吧!

坐着人力车到××部,在客室里等候部长时,他把一张印着"宋慕文"三个字的名片递过来给她,她亦大着胆子地和他应答着。

等了二三十分钟,秘书长出来了。他说部长没有空,等下次再来。他们只得扫兴回来。

"就是这个报告着晤不到××部长的男学生!"她指着宋慕文笑笑地,有些夸傲地给其宁看。他却幽怨地看了她一眼。

会场里的电灯发光了。灯光下群众喧杂的情调为她所未曾经过!她忘记了念着佛等她回去的母亲,也忘了自己肚子里的饥饿,很纯熟地和邻座的男女学生谈论起来了。

一直到八点钟才散了会,在满街灯火的马路上,她和其宁分别了后坐着车子回家去。

十七

重阳节过去了,"已凉天气未寒时",正适合岭南的十月初天气哩。久静思动的W校学生,表决在明天起作分组旅行,吸吸城乡里的新鲜空气。

每组都是学生们——男女生自由结合的。她和许女士、如容和其宁、敬愚等组成一组之外,还加上了维强等好多个高初级的男女生。这一组算很热闹了,有十五个男生和六七个女生。她们的目的地是A城——距A市只有二十分钟左右的海程。

天还没有亮时她就从薄睡中醒来了！因为辗转了一宵没有睡熟，两只眼皮似乎增加了许多重量！勉强睁开眼来向窗外望去时，灰黑的天空才微微地吐出一丝白意。厅上的自鸣钟恰巧敲了四下，但她急忙忙地跳下床来。

由人力车上跳下来时，出她不意地是学校的大门口还紧紧地向内锁着！她想，学校的当局方面真好笑，每晚上这样的把大门锁到天亮又有什么用呢？听说他们寄宿的男生，每晚都有本事到外面冶游去哩！

叫喊了许久，门房才张着诧异的眼光，从床上跳下来开了门。

她独在走栏上面海站着，一轮血红的大日头，从海天尽处慢慢地升起来。笼着晓雾的海面上只有白茫茫的一大片。

"呀哟！真好看啦！"她本能地向太阳赞美着。倚着栏杆默默地听听球场上的鸟声，看看变幻的朝霞，心里悠悠地想着近在咫尺的其宁。

小春天气，欲寒未寒的晴朗的早晨，W校的旅行组向附近百余里内的各城乡进发了。激越的喇叭声，把充满青春的愉快的男女的热情，一同吹将出来。

七点钟的时候，他们这一组旅行队到码头来了。冷清清的码头上给他们以重大的打击，第一次的早轮是开去了！第二次的要等到午前十一时才能够开驶——A市和A城的交通只有这两三只小汽船往来着。

"那么，我就不去了！谁耐烦在这儿空等几个钟头？"许女士像巴不得回去般，第一个扭转身子去。接着也有些同学说扫了兴，不想去了。

"一定要去的，你们不用慌！等我和里面的总办磋商一下！"

组长维强忙跑向汽船公司的办事室里去。

"有了船了，专载我们去的！"隔不上五分钟，他满面堆着笑地跑了出来，把手儿向他们招着。"哈哈！我们胜利呀！"他说，他把印着"外交后援会"等类的头衔的名片递给了总办，又和他说我们是负有××会的使命，到A城去宣传革命的工作的。他只得唯唯答应，特地叫司机开了一只小一点的，平时不大行驶的汽船给我们。

"没怪你们要抛弃了功课，整天为革命而奔走，真奔走得有切实用呀！"她看维强这样意气扬扬的态度有点可羡亦有点可鄙！

小汽船转动着轮轴了。因为水浅不能靠岸，几个工人把一条木板架着岸和船沿，同学们都连跳带走的落下船里了。她跟着站上木板去时，下望沙渚上积着污秽的废物，还罩上一层深绿色的泥水。木板离下面足有几尺高，她不觉两腿一阵悸萎，举不得步了！

"怎么，还不下来么？"许女士在船里向她招手。

"呵哟！你还不下来？"船里的人都在催促她。

"我，我不下去了！我怕……"她再从木板上下望，忽然梦景涌上眼前，她又急又怕，几乎掩面哭着！"我不去了！……"那一次在海里挣扎着向宋先生求救的情景，把她袭击得落下泪来！

"其宁，你不会上去把她拉下来么？"同学们都诧愕起来！有的叫其宁上去拉她，但软弱的他委实没勇气再走上这木板去！只仓皇地踌躇着。

"等我去吧！"维强走上木板去。

"不，我不要过去！……"她像小孩般哭着！但他像负重一般，三两步硬把她拉过来了！

"好了！好了！"他们是一阵笑声。

她从昏迷里清醒过来，船身已经微微地震动着开行了。她觉得背上一层腻汗，很讨厌的贴住衬衣；给海面上的风儿吹来，又似有冷意！再想到自己顷间的情形，她不好意思地红了脸了！那只给维强紧紧拉着的手儿，也似乎有些特异的新鲜的感觉！

"怎么这样神经质的，早间像孩子般落眼泪呢？你站起来眺望这海景！"许女士像抚慰般拍着她的肩膀。她偷眼望着他们，都很热狂地在欣赏着海景。

她跟许女士向船窗外望去。澄碧的天空和朱红的海波，同样地向无限伸展着。A市已差不多看不见了，只有那粒小得像棋子般大小的A市贮水池，还隐隐约约地浮现着。几只雪白的海鸥点缀在青天绛海之间。右面一带忽高忽低的屏山，在眼前起伏地飞过。……这寥廓的天空，这滔滔的海水，还有已凉不冷的南海的轻风，悠然地拂着人额前的短发和衣袖。这萧爽的情调，把她早间昏扰不安的心情渐次平定下去了，身上也觉轻快了许多。

十八

由码头通至A城里的官道上，两旁几株柳树都呈现着零落的气象。似乎要告诉道上的行人，"南国的残秋是消失去了"！由柳树隙望去，两旁的田野都长满着金黄的禾穗，翻起阵阵金波，当晓风把它吹拂着的时候。初冬的丽日温和地从前面那些柿树梢，斜照在这蜿蜒的官道上；田野里的稻香，带着泥土的气息，一阵阵似有似无的蒸发出来，含着许多使人沉醉的力！A城的名胜北岩和西岩,就在这官道的两旁的乱山中。还有有名的文星塔,任凭行人怎样转弯抹角,老是浮现在眼前的。

两年来住在A市的烦嚣里的她,眼前的景物特别地对她吸引着。眼前只有光明,只有灿烂!她们的娇脆的笑语声,时时引得弯着身子在田里铲草的农人们的抬头骇视。

转入城里了。恶浊的空气,狭小污秽的市街闯进眼前来!她不觉皱了眉,叫认得路的维强另拣旷野的地方走。

在路上他们一面说笑一面买水果吃。男生们的肩上手上都负着皮袋、热水筒、香蕉等东西,女生们却空手走着,不愿分担义务。她想,女人到处都是受男性们欢迎和同情着的,看他们那累赘的情形——替女生拿东西的情形真有些可怜!他们真是何苦来呢?

"我可累死了!跑不得了!休息一会再走吧!"他们走到了一所古庙面前,敬愚把肩上负着的一束甘蔗,和手里撑着的一面旅行旗放了下来,坐在石阶上。

"你瞧!文星塔不是很近了码?再走一条小巷就到了。"维强催促他起来。

"走罢!这些老妇人真讨厌!"她看见庙里一些善男信女们,手里拿着一束香都走出来观望,还对着几个女生不住地批评。

"比得上你们么?你们喉干了会一段段的来向我肩上要,可知道人家的肩上酸得要命么?"敬愚勉强把身子抬上来。

他们跑到文星塔前面来了。这塔是在衙署前,四面都围着一围短墙,围里有许多卖杂食的小店。塔身的黝黑的石砖,表明着它有多年的历史——据说有三百多年了。一共有十五层的高度。在下面望上去,老觉得它有些要倾斜下来的姿势!神经质的她,走到第三层就不敢再上去了,又累又怕地喘着!

同学们都奋勇先登的上去了，结局只存她一个在下面，她只得提起精神跟其宁爬上去。

渐高渐缩小的塔身，到第六层已经没有窗子，没有走栏了。石塔中充满阴森的气象，在黑魆魆里只有摸索着。她的手儿不知在什么时候给其宁紧紧地握住了！他俩的心儿都紧张着，静听着上面他们越上越远的足音。

"不要上去了，其宁！我怕着呢！我们走下去吧！"她的左手偶尔触到冰冷的石壁，不觉一阵战栗地几乎就势倒在他的怀里！

"我亦有点怕呢！"他再拼命地紧握着她的纤手，一同走下来。

"好了，这儿有窗子，亮得多呢。"在薄暗的阳光中，在幽凉的古塔里，她望着他那圆白的脸儿燃烧着爱的热火来！她想，自己会和他在这样的情景里相对着真是小说样的遭逢！他能够在这个时候抱着自己——紧紧地拥抱着自己，以后便可以和他成为爱侣了！但孩子般的其宁总没有勇气，正和她的好几次想自动地揽着他的肩膀而终于失败一样，他俩只有默默地对视着。

"其宁……"她颤动地喊了这样的一声，听见上面嘈杂的足音像逐渐传下来，忙紧紧地把对方的手儿紧捏了一下，便挣脱了。

"我们再走到下面去吧！"望着上面射下来的手电灯光，知道他们就要下来了。自己和他在这样的阴暗里相对着，给他们知道了是不好意思的！

"你们跑到最高层吗？"她伏在第三层的栏上，假装着俯瞰下面的景物。但他们都玩得兴奋了，没有注意到他俩的表情。

"真高兴！你瞧我好脚力！一直走上最高层去，谁都赶不上！"敬愚一面捶腿一面说。

"不怕羞！还夸口吗？是他走前面的，突然惊喊起来，说前面有鬼啦！连手里的电灯都滑溜下来！还是焕章上去的！还不羞！哈哈！"如容和一个女同学叫文蕙的争着说后，大家都哄笑了！

"不要和你们争论，肚子饿了呢！组长，你说要买什么东西吃？"敬愚说后伸手向维强要钱。

"随各人的便吧！我要吃红薯汤——A城有名的出产品。"许女士说。

他们走到下面来了。一面捶着腿，一面一碗一碗地捧来给女生们的，还是敬愚和一个小孩子的一年级生。

"呵哟！不好吃，甜得怕人！"她夹起一块红薯来，咬了一半就吃不下去。

"真是小姐！红薯的田土风味你真的不会尝。"许女士笑着，一块块地吞下去。

"有鸡丝面么？"她皱着眉看他们在吃着像箸子般粗大的面。

"哈哈！在这里要吃鸡丝面，比我们南人要看下雪还艰难呢！将就一点吧！"敬愚一面拭着额上的汗珠，一面狂吞着那碗热面。

十九

她和他们游完了北岩时，短促的冬日的斜阳，已经挂在树梢上了。他们每人都手里握着一束山花、野果下山来，循着原路到A城的第一中学里借宿。

晚餐在挂着几盏煤油灯的膳厅上举行。他们这一群紧抓着青春的男女都尽量地快乐着，高谈和笑语把同在厅上的一中男学生们羡妒杀了！他们恨闭塞的A城教育当局何以不许学校招收女生，更恨自己的父母何以没有多量的金钱，给他们到各校都是男女同学的A市读书去！

膳厅上的人们都散了时，她的第一碗饭还没有吃完。她一面含着一块鸡骨要咀嚼，一面给敬愚那种滑稽的态度引得合不拢口地笑着。和男性聚餐在她还是第一次，看他们那雄伟的吃法，看得忘记自己的肚子饿了。

由膳厅上散出来时，夜的寒意给轻风送过来袭着衣服单薄的她！她紧握着如容的手儿，和他们一同走进一条回廊，向东面的宿舍里入去。

这宿舍一共是三间连接着的房子，由一中的学生退出来让给他们的。她和他们闲谈了一会，回头不见了许女士，便走出门外来张望着，却看见她和维强，默默地相对着站在廊下的草地上。

"鸥姊！外面不冷吗？"许女士听见她在喊她，匆匆地入室来了，他亦跟着入来。这样的态度使芷青对她怀疑着！她想，她的对方一定是维强了！他俩想借着旅行来促成恋爱吧！没怪当时是他提议的。

经了众人公共的分配，这三间房子中的一间列有四只卧床的给女生寝宿，其余两间给他们男生。

疲倦了一天的她，躺下床上不久便睡去了！

"芷青！还不起身啦？"她模糊中听见许女士喊她的声音，亦听着维强等在说话一般。睁开眼来，阳光已经射在被子上了。她坐起来想找外衣穿上时，外面说着话的敬愚恰巧踏入房里来！

"呵哟！人家还没有起身呀！"她涨红了脸，只把两手按上胸前衬衣开缝的地方。

"呃！……"他忙缩住两足走出来，外面的同学们都笑起来了！

他们又照着预议的路线出游了。今天的天气忽然闷热起来，参观了几个学校之后，她觉得身上浸满了腻汗了！

走到有名的西子岩上时，已是中午了，他们在山腰的一处竹林下歇了足，休息着。疲劳和闷热把红晕驱上平素苍白的她的脸上，娇艳欲滴！在这幽邃的山中，这翠竹丛下，她真是他们中的女王了！

"热得很呀！"她一个人跑向一带竹林深处，想把身上的绒背心除下来。把外面里面的纽扣都解开了，自己看着两只乳峰的周围撒满微微的汗珠，胸前很浮动地起伏着。她一面让凉风吹拂着它，一面下意识地赏鉴着自己的红润的肉体和隆起的两乳。等到把绒背心脱下，再穿上外衣时，瞥见在那满布着散碎的竹影的地上，映着一个人影！她慌忙举起头来，看着那个陈克生正站在前面不很远的地方，露着怪难看的脸色对着自己！她吓得一面悸动着，一面飞也似的跑了！

"我这时碰着鬼呀！"她跑过来紧握着如容的手儿，心头兀自别别的跳着！她又羞又恨又惊地告诉了如容。

组长鸣笛整队上山峰去时，她才看见他失神般的由那边踱出来。

山峰上是一所很大的寺院，供的是A城有名灵显的吕祖仙师，香火很是旺盛。寺僧知道了他们是A市旅行而来的学生，连忙殷勤地从房里搬出两碟子陈皮梅和瓜子，和几条透了气的香烟来饷客。

"呵！给他妈的校规束缚惯了，自昨天就忘记吸烟！"敬愚走过来把一支香烟燃上了。

"我亦来试吸一支!"她亦走前去拿了一支,就在他手里那根火柴燃上。

"你们和尚也吸着香烟的么?"什么都不晓得的她这样问着那满脸是笑的寺僧。

"和尚吹大烟才多着呢,不吸香烟!"

"不是我们吸的,是预备着给上山玩着的客人们的。哈哈!我们这里是很守清规的!"寺僧摆着手笑了。

"你们在这里真享尽清福啦!"山上的清景把她羡煞了。

"让我来做和尚吧,你们收容不?"

"先生们和姑娘们才有福气啦!现在世界文明了,你们真快乐啦!哈哈!"年纪虽然老了的寺僧也会动了尘念吧!看他们男女交错恣意顽笑的情形。

"你们出家人还会成佛哩!"

"真的,要修行几世才能够成佛呢?"

他们正这样地笑时,听着敬恩在厅上"碌切,碌切……"地摇着签诗筒,把大家都惹得大笑起来!

"那位先生真虔诚,仙师一定保佑他好事如愿的!哈哈!"寺僧善窥人意地说着些有激刺的话来。

"该死!和尚亦说着这些话?"她暗把滑头的寺僧骂着。那些男生们都笑笑地看着女生们。

两个小和尚把这小厅上的两只八仙桌子拭干净了,又搬着一大釜白米粥和几样素菜出来。山中自种的芥菜和白菜都另有奇趣的风味,其余的小菜也很适口。他们都半耍半抢地把粥和菜都吃完了,吃到后来连菜汤都喝个精光。

他们还叫小和尚下山去买了许多食物和香烟,一直流连到下午四点钟过后才下山来,那个寺僧还很客气地送到半山才回去。据维强说,搅扰他这半天,给他敲去五块钱的竹杠!

"晚上要往哪里投宿呢?"这问题在路上发生了。维强说昨晚借宿的学校距离这里有六七里之遥,跑不到了,就在城外找一处吧。但他们一连找了几处都是狭小得连宿舍都没有的乡间小学。不得已再走进城里时,街上的商店已经闪烁着灯光了!

坐落在城东一所狭隘不堪,尘埃满桌的学校里的会客室上,他们都人翻马仰的再也不能另找别处了!抱着水烟袋的校长把双眉紧皱起来再四筹思之后,才答应就仅有十几个寄宿生中让出四只木床来借给来客。

"那怎么行呢?难道叫我们五六个人挤着在一只木床上吗?"维强苦笑着。芷青想,这个时候虽有印着××会的执委的名片也无所用了!

把双眉越皱得紧的校长真走投无路了!到后来他才想出个移兵之计,叫来客分出一小组到邻近的一个完全没有寄宿生的学校去——叫他们几个教员合让出一两只床来。

草草地吃晚饭,校长便亲自带了这旅行组中的九个男生往别校投宿去了——陈克生也在其中,是他叫许女士转向组长说,把他硬分配了去的。留下的是女生和维强等几个人。

"他们说我们的坏话呢!说我们今晚上……"敬愚气愤愤地说着,他说他们九人临去时发了许多牢骚!

"管他呢?等回校里去时慢慢和他们算账!"维强看那些女生们都脸红红地低着头,只有许女士若无其事地看着一册带来的书本。

"不得了!这个样子怎么睡得呢?外面人家知道了是一定说

坏话的！我很怕！……"胆子小的文蕙和她们嗫嚅地说着，她们都没有法子的面面相觑地干急着，只打算通宵不睡。芷青呢，虽然也觉得太难为情！但她想，能够和其宁这样的亲近地对卧着，真有说不出的新鲜的感觉和兴奋！看如容似乎很注意她和他的接近，自塔上那一次的接触后，在人面前自己便不敢和他亲近了！自己总不敢坦然地和异性恋爱着的！……她举起眼睛向他望去时，坐在对面床沿上的其宁也刚巧在看着她！

这四只木床是相向的列在一间房子里的，中间放着一只长方形的自修桌子和两盏煤油灯。

他们都坐在床上谈笑着，直至午夜过后的三点多钟，才不能支持地乱躺下去！但许女士却很早便先睡着了。

充满油秽和男性的臭味混和着的被子和枕头，发出一阵阵令人作呕的气息，向她鼻子里散射！没有昨晚上那样比较清洁一点的一中学生们的床上舒适了，过度兴奋的她，卧在这样的硬木床上尽是睡不着！只静听着外面街上的柝声和室内的鼾声，看着那渐渐变成灰白的窗口！她想，其宁一定睡去了吧！……这两天来的情景真离奇变幻极了！……

廿

旅行归来后的光阴，又很迅速地把校园上的几株灌木树的败叶，扫得干净无余了！这之间，她的革命与恋爱的争执继续了好久，到后来却受了许女士的影响，不怕同学们怎样的推拥，教员们怎样的策励，老是不愿意到外面干那不感兴趣、反而令人讨厌的"工作"去！

是放寒假后约莫一星期的时候了。这天她独自一个的大清早就跑到学校去。校里员生星散后的氛围气真是落寞不堪,只余着一个没精打采的校役,坐在球场上晒太阳。

她匆匆地找到了门房,问他可有她的信儿——她怕信件寄向家里去时会受大奶奶的调查,虽然有的是女朋友所寄的;但达了相当年龄的女儿们的私语,总不能公开给母亲看的,宁可麻烦一点的转向校里来更为妥当呢。出乎意料之外的,他递给她的不是其宁的信,也不是什么女友的,却是封面写着华缄的本市的信件!她忙走入空讲室里,把它拆开来。

先看信末的署名,原来是如容的哥哥华四少所寄来的第一封情书!信里抄满了《玉梨魂》①和《情书指南》里面的肉麻句子,引得她笑了出来,兴奋着的心房也突突地跳着!虽然文笔这样的全没文学意味和太于劣俗,但她想起它的主人翁委实是个美男子——风流贵介的美少爷,她略不踌躇的就在讲室里的讲台上把回信写好了——是不亢不卑,若有情若无情的一封复信。在回家的路上便把它投入邮筒了。但回到家里来时,又后悔不该这样冒昧急切地把复信给那个浅学而近浮夸的少年了!

吃了午饭,照例是如容跑来和她坐谈的,但今天等到二点钟敲过了还不见她的足音!表姊已回家去了,一个人真是举目无侣,只悒闷地给早间复了信这个问题纷扰着!

假中无聊,女友们时常都到她家里坐谈去的,尤其是如容顶和她亲昵,还时常在她这里住宿的。生长在那样烦杂的家庭的如容总比她见识得多,她从她口里晓得一切的世故、人情,也晓得

---

① 早期鸳鸯蝴蝶派徐枕亚著名的言情小说。——编者

不少的关于"性"的知识。

到四点多钟如容才来了。她只问她有到过学校去没有，便谈些别的事情，像不知道哥哥寄信给她般，还在取笑她和其宁的情史！

"你们真是一个个都有了爱人，有了对象了！你知道么？鸥姊的真正恋人不是维强，也不是我们所疑拟的那些，却是个姓颜的小学教师，A市××文社的主干呀！听说他俩是由文字上结合的，时常在C海岸那里谈情呢！我哥哥也曾晤见着……"

"你哥哥也认识她吗？"

"谁不认识？你们两位是A市鼎鼎大名的女学生领袖呀！"

"又来取笑人家了，看你这张嘴！"

"今天我自己也亲自碰见她和个很洒落的男性并肩由T园里走出来的，这个人就是姓颜的吧！听说近来时常有许多恋着她的青年，天天跟着他俩的背后，又寄了许多恐吓以至要挟的信件给他俩！不知她何以在这样的包围之中，竟爱上一寒酸的小学教师？几多地位高傲的男性，她却不值一顾呀！"

"你说起来我才恍然呢！记得那一天她从身上掏出一张半身的男人肖像来给我看，问我'这个人怎样？'说是她的朋友。我想，她自来对男朋友都没有这样亲密的！看来这人必是姓颜的无疑了！"

"呵，芷青！你觉得这个姓颜的会有些和宋先生相像吗？……"如容笑着。

"呵哟！又提起他做什么呢？我恨他呢！……"她听浣玉说，他到南洋不久的时候写信给她的哥哥，信里骂她是醉心虚荣，以爱情当着幻灯耍的女性，他受了她的骗了！他现在觉悟了，断不迷恋她了！……她当时听后又气又恨地痛哭着，此刻如容又提起他来，就像针似的向她刺着！

"不是和你说顽哟！不过宋先生的样子痴俗不堪，姓颜的却清雅许多呢。"

"你这样善于观察人，你未来的恋人一定是独一无二的美男子了！"她感着自己一入社会就能使男性们倾倒的娇矜；再看着如容脸上那片难看的疤痕，故意打趣着她。

"呵哟！谁要爱人呢？我不是抱着独身主义的么？……"

"独身主义，怕是三身主义吧？——有了对象就有孩子了！……"她想，衣饰上十分讲究，拼命地想把脸上的疤痕给厚粉遮去的，和自己般喜欢和男同学交接的如容，何必撑着高蹈派的独身主义的旗帜呢？

晚上，她和如容都躺在被窝里看小说。对文学全无门径的如容就顶好读《红楼梦》，说着肉麻派的从前很流行的痴情话。这时她低吟了一会葬花诗，又把全部的《红楼梦》拿起来乱翻着，翻到"贾宝玉初试云雨情……"那一段，她叫芷青一同一行行地看着，没有看完，她俩都伏在枕上笑了！

她俩渐渐由书中的人物谈到现实的人们了，又渐渐地谈到刻不离口的恋爱上去。这个时候如容很坦直地告诉她，说自己在十五岁那年跟父亲们在H港居住，在那儿爱上了间壁的一家洋货店里的一个很漂亮的店员。

"你和他有了性的关系吧？快点把那件事的情形告诉我！……"蜷伏在温暖的被窝里的芷青，遍身软绵绵地不好意思地笑着！

"你这个人真是坏人！人家把由衷的话告诉你，你还不相信！不是和你说，给家里的小婢碰见么？那时委实是不及有什么行为的,他只紧紧地抱着我!……"

"那个时候怎么样呢?有什么滋味么?……"由父系的早熟的遗传的她,到现在还不曾尝着和男性吻抱的滋味,她痛恨从前白失了好几次可以尝试的机会了!

"很难说出的,你自己怕不曾经验过来么?……嘻嘻!"

"呵哟!我和谁经验过来?我又不会偷汉子!……"她伸手在如容的臂上捻了一下。

"难道我就会偷汉子?不得了,不得了!"如容也伸过手来捻她的臂膀,两人却一面笑,一面在被窝里打起架来。

"呵哟!够了,不要顽了!……问你,你为什么爱上个下贱的店员呢?"她露着轻蔑地问着。

"不能够这样说的,我们不是应该打倒阶级的不平等吗?……大约那个时候见识还浅薄一点,坐在家里当小姐,见到陌生的男人就会很容易地爱上他的,而且他委实漂亮得很!……"

"这也有理由。……你现在还爱他吗?"她想,越是在家没和异性接触,越是痛慕着异性的!记得自己十四岁的时候,无端也单恋上那个时常来家里卖糖食香烟的男小孩呢!

"听说他已讨了老婆了,我不念他呀!当时我也知道不能够和他成为恋爱之侣的,不过一晤到他,就引起我的情热啦!"

"不怕羞,你只十五岁就会有性的冲动吗?"

"怎么不会?听说我二哥哥只十二岁,就会强奸着家里的女婢哩!……"

"嘻嘻!……"

谈锋转到如容的家里了,如容不客气地告诉她,说华四少十分爱着她,想着她!本来就要叫媒人过来求婚的,是她和他计划,先通通信和交际,等双方有了相当的恋爱时才决定婚姻问题,想来大奶奶方面亦没有什么阻力吧?……又说自己和她这样的爱好着,来日可以成了姑嫂,她就真的抱着独身主义,不嫁人了……

廿一

一声声的爆竹把一九二五年的暮冬赶走了!家家的门口都贴上殷红的桃符,它把新春从颓沉沉的旧岁中拖出来了。

阴历的元旦是我们中国人一年里顶精彩、顶快乐的节辰,也可以说是顶自由平等的日子——差不多百业都停止着,各个终年劳苦着的工人,也能够在这个节日休息着一天两天的。陈旧的是过去了,未来的正来日方长,谁不开眉嬉笑,尽量享乐呢?

气候不常的A市,这几天突然暖和了许多,春气特别的弥漫着那班沉酣在逸乐的,平时不晓得什么是人世的悲痛的男女们身上!

许女士自除夕前一天,到她的一个离K村不远的友人家里去,一直到正月初旬才回A市来。乡村的新年的情调和这里迥乎不同,她回到家里来后,看看街上,戏院里……的男女们淫乐的纷扰着的情形,使她格外的对这都市起了恶感!她无聊赖地跑向芷青家里来。

"阿哟!你们碰巧要出街么?"许女士踏上了厅上时,看见她和如容刚刚在找着钱袋子要出街。很流行的旗袍罩上她的身上了,把留海荡得蓬蓬松松的,脸儿上还搽了一层淡淡的香粉。只有十多天不晤的芷青,竟居然像如容般,脱去了清丽的女学生装束,变成妖冶的时髦女人的打扮了!

"呵!鸥姊!我们刚要上文蕙那儿,约她一同到如容的家里,坐汽车逛去呢。你来得真好,快点一同去罢!"她看许女士到来,喜欢得很,但细看着她那种悒闷、空寞的表情,不觉把声调放低了一些。

"鸥姊,真好呀!今天我四哥哥订了两个钟头的汽车,要逛到A市尽头的石炮台附近哩。一同去罢!"如容拉着她的手儿。

"你们几时学会了时髦法儿呢?我可没有这样的豪兴!……"许女士苦笑着。她想,物质文明的魔力把这个纯洁的芷青吸引了!没怪街上横冲直撞的驶着许多满载了红男绿女的新式汽车,想来是那班投机的小资本者,由海外运来供这些男女们的娱乐的呀!……

"呵!我们这几天真玩得好快乐!本来是和约芳、文蕙四个轮流的出钱坐四次汽车的,但每次都是他四哥哥为我们打电话订汽车,每次都替我们付钞了!"她半得意半不好意思地说着。

"你哥哥叫华如章的是吗?"许女士想,这个不良少年一定不把芷青放过的!自己总得对她负起了师友的交情,有机时忠告她一下才好。

"是的。他亦认得你哩。……我们快点去吧!"如容把钱袋找在手里了。

"不,我要回去的!……芷青,把你们的香烟给我一支!"许女士挣脱了被芷青拉着的手儿,点了一支烟狂吸着!

"你这个人就是这样的执拗!耍耍去不好么?……"她看许女士也会吸烟,不觉骇然!

"你一定要同去的!回来我们在这里聚谈,吃东西,玩扑克，掷骰子……今晚还一同看一枝香班的戏去呢，大家享乐一下不好么？"如容在哀求许女士一同去。

"你一个人回家去，不也是很寂寞么？"

"……"

许女士终于和她们一同出到门口，便一径别去了。

"真是怪僻的性情！……"如容有些愤然了。

"我们快点找文蕙去吧！"她和如容一同跳上在脚旁恭候的人力车，车夫曳开大步跑着了，她回望落在后面的许女士，低头若有所思的，在人海中慢慢走着。

一连继续了十多天的游乐，看看元宵就要到了！

她连日戏是看得倦了，顽也顽得累了，纸烟也吸得有兴了！……一合眼宁神时，眼前不是红绿的袍帽，便是车马游人拥挤着的憧憬！耳际又仿佛是管弦丝竹，和高谈笑语的声音混杂着！弄得精神很是昏涩不堪！

"呵哟，脸色怎会这样不好看呢？！……"今天睡到午后方才起身，洗脸的时候，瞧着镜中自己苍白的颜色更其枯涩了，两只眼睛也晦滞无光！"头有点晕呢，怕不是要病么？"她有些后悔不该恣情的游荡了！

"姑娘！奶奶人不爽快呢！……"绛桃走过来和她说，"奶奶昨晚上忽然气涌上来，辛苦了许久呢！我们想把你喊醒来的，但奶奶怕你吓着，不给我们让你知道呀！……"

"又是心口痛么？怎样会的呢？……"她想，自娘因怕冷搬入后边楼房里去后，自己越罕得在她跟前说说笑笑地了！连日又昏腾腾地只知顽去，也没心肠注意到娘的起居上面啦！这老毛病一发起来时是很难复原的呵！……放下手里的脸巾，她连忙跑向后边房里去！

　　大奶奶说是受了点寒，又给国忠气了一顿，所以把旧病勾上了！

　　过了元宵，学校上课了，但大奶奶的病势却丝毫不见减轻！阴森寂寥的病榻前坐得她有些不耐烦！她又抱着书包上学校去了。幸而她的一个穷亲——表妗母来在家里帮忙，她想，有了她——表妗的招扶，母亲不致太寂寞了！

　　自去年跳舞的风气盛行到A市来后，女学生顶出风头的事便是在各聚会里歌舞了——像市立××女中，便是以歌舞著名，因而多招生徒的学校。今年W校的校长也不能逆着潮流，他特地由海上聘请了个跳舞学校毕业的女教员C来担任女生们的跳舞。

　　下午放了学，照例是半点钟课外的跳舞练习的。她觉得这一科真比英文还来得时髦和有趣，拼命地学习着。

　　在全校一百多个女生之中，只选出十多个高足，另编成一组特别组。这组里身材苗条，体态轻盈的还要算是芷青。所以不特她自己喜欢学习，就是C教员亦热心地指导她。

　　她们学习了两个多月，学会了三四种跳舞的方式，看看残春亦就要跟着落花一同谢去了。

　　四月五号是××歌舞会开游艺会的日子，地点就在A市有名的××戏院。C教员是这会里的重要角色之一，便用这会的名义聘请W校女生到来参加表演。一方是想夸示自己门生的艺术，他方也想给她们出出风头，增长校誉。

　　这特别组的女生们都忙着练习，缀珠鞋，量舞衣，预备登台初试。不消说，她亦是里面主要的一员，可是她精神上比别人更其纷扰不宁的，就是母亲的病势只是有加无减，缠绵床笫！

落了几天雨，春寒又袭来了！昨天大奶奶的病势忽然沉重起来，不知人事的昏了过去！等到她又惊又急，在校里闻报连忙卸了实习的舞装赶回家里来时，她才慢慢地苏活起来！看来病人是没有好的希望了！装做着面子的国忠，亦把分居着的妻儿喊过来服侍母亲，暂居一处。她不得不向学校请了假，在病榻前闷坐着了。

　　"外面又下着雨哩！病人不要再着了凉，把双扇帐门放下呀！"表妗轻轻地跛入室来。

　　"果然又是下雨了！"呆坐在床沿的她走下床来，放下帐儿，听着外面的雨声越下越大了！

　　呵，她们这个时候一定在会里了，此刻怕登台了吧！偏偏娘这两天又病势沉重！呵！假如娘就这样不会好起来呢？……自己……耳际是雨声混和着娘的病弱的鼾声，她自己一个坐在灯下对那低垂的帐儿，悲哀和恐怖渐渐向她侵袭着！一面还幻想着她们在兴高采烈的情景。

　　一阵破门声在雨声中涌现，接着她听见楼下有客人说话的声音！她走出外面来时，看着C教员手中拿着淋漓的雨具，在厅上等她。

　　她本想不去的，但C教员再三勉强她——几乎是恳求她！说她不去时她们就表演不成功了！这一组里缺少了半个也是做不得的！临时喊他人来代替，亦不可能了！……又说她们可以提早表演，两三点钟内便可送她回来的！

　　她终于穿上鞋子，跟C教员跳上车子去了！夜里雨中的街上很是萧条！一阵凄冷的情调扑上她的心上，她悔不该抛弃了危在旦夕的病母而走向娱乐的场所了！但她只有昏然地听着渐渐的雨声和粼粼的车行声,没有回去的决心!

廿二

她没有到校里已将近一个星期了,同学们都记挂着她!这天,许女士和如容一同到她家里来探视。

她俩走入大门,见里面寂无人声,厅上只有些零乱散碎的纸屑,铺满地上,显然地,它的主人们是弃它而去了!

她俩吓了一跳,高声地把"芷青"叫了几声,她家里的一个老仆妇才由后面走出来!

不等她俩的发问,她便又伤心又急促地诉说了。她说,奶奶的病势已到垂危,许多中西医都说难望生存了!所以大少爷和店里的族人们都主张赶着她一口气还存在,运回S村家里去善终才算福气的,不致丧身异地!就在今早,今早四点钟光景坐帆船回去了!姑娘也跟了去了!

"那么,以后不再回A市来么?……"人去楼空,一阵怆凉,空寞的情调向她俩袭击着,痴情的如容已流下泪来了!

"不能再来了吧!唉!早上姑娘临去的时候真哭得够呀!她一面收拾着书本一面哭,还一面哭一面写着信儿呀!她留给姑娘们两封信哩!"老妇人从袋里把它掏出来给她俩。一封信筒小一点的是给许女士的,还有一包不知什么东西和大一点的信儿却写着"如容亲展"的字样。她们俩只得充满了惆怅的回去了。

就在这个时候,S村的屋角已隐约地透入她的船头了。从密遮着软帘的船头里再望出去,还看见滔滔的江水和浮荡着的几株石莲花。她的眼光不是忧伤地投射在直躺在被里、连脸儿都看不着的母亲身上,便是无聊地窥望着船头的景物。小小的这只帆船就像一副榨压机,把她的身和心都紧紧地压得透不过气来!

船靠在S村的岸畔了。病人抬进屋里的时候已不能说话了,她只微微地睁开眼睛来,看着这渴望它的主人到来的房里的一切东西!

这晚上大家都环绕在病床前纷扰了一宵,病人只是不断地喘着气,亦没有什么变动!她呢,她的心上像罩了一层浓雾,只有昏茫地暗泣!

凑巧得很,隔天上午的时候,她的三叔父由南洋回到A市来了。近来南洋的树胶生意做得屡次失败的他,带了家人回祖国经营些别种商业。听了嫂嫂临危的消息,他只得赶午前的火车跑回故乡来。

三爷跑到嫂嫂床前时,看了哭得死去活来的侄女和只知顽耍的侄儿国贤也有些惨然!病人已不能对他付托什么了,只睁着眼睛向他凝视!看得三爷更是憛然不安!忠心的表姈走过来把大奶奶病中想和他说的话转告他,说她的这一块肉若莲要求三爷向她负起父亲般的责任!又说要求三爷许她继续读书,将来婚姻问题等她自己作主去。又说她自己还有几千块钱的存款在A市的店里,叫三爷作主拨给莲儿做学费和衾资……表姈说完还代大奶奶揖了一揖,见三爷只有默然,又叫满面泪痕的她,过来拜求叔父,说以后叔父就是你的父亲了。

再看着病人又向他睁眼的三爷,只得悚然地开口把一切答应了。

到了晚上,病人似乎清醒一点,从快要僵硬的喉里挣出"三叔"这两个字来!等到三爷在S村的绅商俱乐部里走了来时,她又只是喘着气,睁着眼睛,看看女儿又凝望着他。

"你还不放心么?我已经把你说的一件件答应了。只要她肯听话,学规矩,我是把她当自己女儿看待的。你的后事我也会为你理得好看、妥帖的,你放心吧!……"在俱乐部里他已完全知道了侄女儿的一切放荡行为了,他恨嫂嫂没有教养,送女儿进学校,把女儿弄坏了!"国忠呢?母亲这样地病着还游荡去么?快找他回来!……你们不用哭了,赶快把后事料理,停下子够你们忙呢!……"他作了一阵威福后便出去了!

病人很辛苦地喘了几个钟头,到后来便渐渐气息微弱了!芷青这个时候已不会号哭了,她像受了过度的刺激,只紧紧地握住母亲那抽搐着的一只手儿,失神般瞪着两眼!

午夜的十一点多钟,大奶奶只得撒下她唯一的女儿,与世长辞了!当众人把死人的尸体放落木板上抬向厅上去时,可怜的芷青只是把手指撑开母亲那不瞑的眼皮,和紧抱着那渐渐僵冷的身躯,老不相信相依为命的母亲,就这样地弃她死去了!

从这个时候起,在三叔和哥哥的淫威下,度她凄凉悲苦的闺中生活了!

廿三

又是江南草长的暮春三月了。一连下了个把月的绵绵不断的雨儿,把G村和A市的交通要道几乎塞绝了!这几天邮差没有来,送A市报纸的人也没有来,小小的G村似乎给外界隔绝,只让紧凑的雨儿把它狠狠地罩压着!

自去年母亲死后,在家里幽禁了几个月的光阴,终于挣扎着离开那牢狱般的家庭的芷青,得了许女士的介绍和策勉,于春寒料峭的元宵节后,带了一肩行李,偕了相依为命的忠婢绛桃,走来这距离A市只有十里左右的G村的一个中产阶级的家庭担任家庭教师以来,已经寂寞地度过了整个的春天了!

今天有些阳光了,好呀!天快晴了吧?真落得人心头闷死了!……鸥姊今天一定有信来的,可恨的邮差!……她照例把第一组的高等小学的学生教完之后,便背着手巡视着那第二、三组的合共有十一二个年纪很小的初级生的书法。灰薄的阳光照得那块小黑板上有些闪光,她跑出课室来,站在檐下仰望着天空。

天空真的是晴朗了,深蓝色的很少云翳,久不见面的太阳,也偷从白云隙里,吐漏出光芒来!

——真也奇了!要落就落个不休,要晴就爽爽朗朗地晴了!昨晚上不还是下着很大的雨吗?……

——昨宵的狂雨真使人心寒胆战呀!娘在身旁的时候自己安安稳稳地快乐着,现在,身和心都整天动摇着般!唉!……那雨,真使我感到像站在危岩峭壁上,摇摇欲坠地灵魂儿都飘荡起来,唉!……这几天她又不知不觉地悒闷无聊起来!那颗给许女士鼓励得热烘烘的心儿,又渐渐泛出层层暗影了!

——听东家奶奶说,外面这几天像有了什么变动,邻村有难民逃来这里呢!不知这G村亦有影响吗?自己一个孤零无依!唉!……连欧姊都不给我一点安慰,没有只字飞来了!唉……

"先生!来上我们的课了!"她呆呆地望着天空,听了这样的叫声时,忙跑进课室里去。

这间不甚大的课室里,一共坐着十多个阶级相同,年龄相差的学生,男的女的都有,他们是东家丁长明的儿、女、叔、侄和亲戚。他们对先生还算不错，尤其是这个孩子般的郑先生，他们对她是很亲密敬爱的。

虽然是过惯了小姐式的娇养生活的她，此刻为人在客，感到了不少的不舒适和不如意，但终日对着这些天真可爱的小学生，下课时和他们谈谈故事，闲步田野，徘徊溪滨……也使她减去无边的烦闷，和感到生活之略有意义！

几千块钱的遗产她不再梦想了，繁华富丽的生活她也不愿再沉沦其中了！她充满希望，勇气，想自作工，自生活，把黑暗的家庭抛弃的！

她现在是很奋发、勇敢的！不过凄零的悲哀，和茫茫前路的烦恐，却时时在她软弱的心坎上跃动着！

午饭后，她刚拿着一册自去年以来在女学生中十分流行的C氏小说在阅看，一个小学生飞也似的从外面跑来。"先生！报纸来了，很多哩！"寂居村中，把信件和报纸看成第一消遣品和兴奋剂的她，连小学生们都知道她的嗜好。

"呵！邮差也有来过么？……"她跳起身来把小说放下，接了一大束堆积了将近一个星期的A市报纸。

"没有，没有邮差！"

"该死的！送报的都来了他还不来！"她急急拆开报纸的封面，先拣星期三的，附刊有××文学社的刊物那一天的报纸看着——这刊物是A市——也可以说是岭东沿H江流域一带的唯一文学团体，是许女士和那姓颜的几个爱好文学的青年所组织的。说到许女士，她在去年已经从W校的高级部毕业了，抛弃一切的和爱人颜闪星在一个小村落里当着小学教师——因为她近来对文艺又有热烈的嗜好，所以曾作了几篇小品文和新诗，叫许女士为她修改，有时她也便把它发表在这刊物上。

她先看刊物的目录上，发现了自己的名字，心里便突突地跳动，微笑浮现在她的两唇上了！再看下去，她的一首清明节忆死去的母亲的诗，刊登出来了！

自己也许可以成为女作家，女诗人吧！……现在国内文坛上，不是很少有女作家，女诗人吗？自己未必全无天才，大概可以从这方面发展吧？……她的心里又浮现出了一道光明的前途！

——自己以后真勿再颓丧，沉闷了！努力用功起来吧！……她把那首诗读了又读，看了又看，不觉孩子般笑出来了！

课室的铃声响着了，她只得放下报纸，跨到讲台去。脸上浮着笑痕地向他们讲解。

晚上，她把新闻细心的阅看，但并没有关于政局、军事等变动的记载。她想，邻乡一定是自相残杀吧，械斗吧！

她再把那纸刊物检出来细细地读着。里面有许女士的短篇小说和其他不相识者的诗歌，还有一篇散文叫《月光花影》的却是姓颜的作品——描写他和许女士的甜蜜生活的作品。文字艳绮清幽，情景活动生趣！她不觉读得心里醉迷迷地，把他俩的在爱中的生活描想出来！……

——他俩真幸福呀！恋爱成功了，目的达到了！在那样清幽的乡村里——比G村风景清丽得多的小村里当小学教员，把丑恶的社会忘却了，把人类的纠纷忘却了！……呵呵！他俩真快乐呀！人生的意义不就是这样么？自己亦极愿看轻一切的虚荣、名利，和爱人偕隐的！可是，此刻谁是我的爱侣呢？谁是我的同调者呢？自己父母是没有了，亲骨肉的兄弟姊妹也一个没有了，连个爱我，看护我的同性或异性的朋友也没有了！唉！……她想到自己的恋爱事件去时，旧的创痕很深刻地一一创痛起来！……

——听浣玉说，宋先生最近已到美国去了！他定恨我哩！向他说"我爱你，请你恕我"的话是已经太迟了！他还算是为我牺牲，在我心版上刻着第一道深痕的男性！唉！……这个时候她不觉对师玉抱起爱感了！

——听说其宁已经挽了文蕙的手儿，一同到S市升大学去了！呵，这个驯弱的羔羊也会向自己复仇，他的腼腆的红颜已不再为我所有了！……莫怪他了，都是四少害我的！唉！如章！这个不良少年，这个浮荡少年！他把我未经男人接触的红唇踩蹦了，他把我和其宁的爱情破坏了！……他全不晓得"爱"的，他是爱情的大罪人！他把我当玩物，当娼妓般的玩弄着的！唉！如果没有鸥姊的警告，和自己不早一点识破他的鬼蜮伎俩，那末，自己终身的幸福不是给他剥夺净尽了么？自己的处女之宝不是险些就给他毁坏了么？……痛愤的热泪在她眼里滚下来，她感觉心口上一阵灼热！

——可是，可是！唉！……他虽不是我相当的配偶，恋爱之侣；但自己的双唇不是因了他那迷人的脸孔和手段，而给他吮吸去了么？自己的身体不是给他拥抱过了么？……精神上虽然到现在已对他没一丝爱感，但肉体上他还不是我唯一的男性么？啊啊！……她的心口上又似乎塞住了些什么，脸上更烘热起来！

——呵呵！接吻！接吻！不能忘的那一次的抱吻！……她迷迷离离地好像四少的迷人的脸孔浮现在跟前，有酒臭的两片红唇送到自己的颊上来！

……

廿四

是寒冬岁暮的距离除夕只有两天的晚上,她和如容、四少,一同到影戏院去。

自从国产的影片风行一时以来,A市亦应运而产生了两三个时髦的影戏院了。这些场所,无疑地便成为青年男女们的找爱和交际的场所了。

她和四少们到这影戏院里,在今？算是第三次了！

片上演的是艳情剧,当那男的抱着女的,慢慢地把唇儿送到她的口角去时,幕上突然只映着两个紧闭眼睛,嘴亲着嘴的放大的人影……

在模糊中她觉得腰际似乎有只手儿在向自己紧紧地拥抱着！一阵迷醉的感觉使她全身无力地只想倒下去！……

等她渐渐清醒,在淡绿色的电灯光中睁起眼睛看时,才发见自己的身体已有一半倒在隔椅上四少的怀里了！她吃了一惊,偷眼看看如容时,见她正集中注意力在幕上,才把狂跳着的心儿稍稍宁静。

"呃！"她把身子摆动了一下,他的手腕才由腰际渐渐松溜下来,还在她的腿上捻了一下！她装着不知觉地避开他的视线,心头又剧烈的跃动着,没有注意到片上是演着什么了。

一阵冷风向她灼热的脸上送过来时,她的脑里清醒了许多,她已站在院门口了。

"我们到茶馆里吃点东西去吧！你觉得饿吗？"四少在亮如白昼的院门口向她说。

"也好！……"她只点点头,不敢望他。

"我不能陪你们去了，头晕得很！"如容跨上了人力车，头也不回地回家去了。

她跟他走上西餐室的房里。

伙计拿了菜单去后，撒下了白净的软帘，他跑近她的身旁来了。

"哈哈！郑女士！不，我的青妹！你怎么不抬起脸儿来呢？……"他半用腕力地把她全身由椅上抱住了！……

"姑娘！你还不睡么？呆呆地想什么呢？"她正沉陷于过去这一幕不能忘的喜剧里，睡了一觉的绛桃，醒转来时还看她在灯下呆坐着。

"啊！……"她咀嚼着余味般，把舌头向两唇上舐了一下，红着脸走到床上去。

昏昏地乱想了一阵，听见隔房课室里的自鸣钟已敲三下了。她反而渐渐清醒起来，一点睡意也没有！像过了一定睡眠的时间，她无论怎样也睡不下去了。她把身子转向外面，发见窗外的月光斜照在衣架上，很亮很亮。

就起来坐它一个整宵吧，横竖明天又是星期日。她把身上的一条毡子拉开，坐到月光照着的衣架前去，她看见晶莹的一轮明月了。再向窗外望去时，庭前那株柚子树的繁枝密叶里，闪出一处处的白光来！

她正欣赏着这幽美、静穆的情景时，一阵夜风把柚叶吹得飒飒震动、更由窗外透将入来！她打了一个寒噤，眼前优美的景色突然渗进些肃寥、凄冷的意味！她意识到自己是飘零异乡，只身孤影地独坐在这样的斗室里时，两行清泪又在颊上闪烁地挂着了！

纷扰了一晚，在曙色映进窗隙时，她才昏昏地睡去。

她梦见师玉，梦见四少；又梦见死去的母亲，终于在噩梦中哭醒来！

"姑娘！醒转来啦！呵，呵！哭做什么呢？"她睁开眼时，绛桃刚从外面捧着早点进来。

勉强起身梳洗，在镜里她发现自己的眼光全无神采，眼眶下面还罩上一条黄黑的晕带！

呷了几口稀粥，她伏在案上把C氏那篇小说看着。小说里那个女主人翁对恋爱不能忠实和游移不定的性质就像她一般。她想，自己所以对恋爱不能成功的弱点就在这里。她越看越觉得头部像刀削般抽痛着，但小说的兴味吸引得她不得不继续看下去。

"先生，信来了！你的信来了！"两三个小学生，伸着只小手高高地拿了一封白色封筒的信儿，由外面跑进来。

"呵！来了，来了！"她本能地知道是许女士的来信，但每星期为她代改的高级生的一束国文卷子却没有附寄来！

"呃！……"她匆匆地把信读着，不觉惊叫了起来！许女士的信里说：这几天前政局上起了个大波浪！她教着书的这个像世外桃源的乡村却大大的受了浩劫！农民和官兵对敌，打起仗来！弄得乡民都走空了，学校也停办了！在大雨如注，满路泥泞的午夜，她和她的爱人闪星，跟着逃难的乡民逃至邻村去！饱受一场滑稽的惊恐。平复之后，他俩的一切衣服用具都给克复地方的军士们拿去做慰劳品了，连她所心爱的几本破书也荡然无存！……此刻他俩是走回在他的故乡——僻处S山麓，一夕数惊的颜家村……

"哎唷！怎么我竟连半丝儿消息都不知道呢？这个G村何以独会平安无事呢？"她不觉这样地叫了出来！后来她才明白，G

村都是中产人家和出洋谋生的工人居多,所以不致酿成事变。

许女士信里又说,这个意外的打击把他俩的不与世争的恋爱的美梦惊醒了!现在外面遍地荆棘,还没有恢复原状,加之平时不会钻营、交际的他俩,此刻是陷于失业穷迫里面了!经济上已起恐慌,不知要怎样生活下去了!……

"呵!她平时是不肯和那班人妥协的,一时要找职业,很艰难吧!……"她代他俩担心起来!

经了这意外的刺激,她的头痛越发剧烈了,浑身就像要松解般没有一点气力,小说看不下去了,她只得倒卧床上。

渐断地觉得口腔和鼻腔相接的地方有些辛辣又有些塞碍,口里也淡而无味,全身却由散懒转到酸痛了!

"姑娘!你不舒服么?呵!有点发热呢!"给绛桃这么一说,她也觉得自己身上有些闷热,脸上更其灼烧,手尖和脚尖却冷冰冰的!

昏睡了几点钟,到下午更觉得辛苦了!

几个大一点的女学生跑来看她,见她昏昏睡着,便出去了。

"呵唷!"她从噩梦里醒来时,出了一身冷汗,觉得脑里虽有点清楚,但身体已是病着了。

——呵!这个时候是上午还是夜里呢?我不是病了么?……灰薄的黄昏的残阳照射着帐儿,她看室里冷清清的,只有几件用具寂寞地浸在这黯淡的凄光里!

廿五

病中尝了不少的凄冷寂寥的滋味!她对这清幽淡薄的教书生

活苦闷起来——有时彷徨,有时苦恼,有时悲哀……再也不能安和地与这些纯洁无知的小学生相处了!后来她得到一个很疼爱她的远处南洋的姑妈的来信,说她小小年纪,便过着刻苦的教书生活,很是可惜,说她若经济缺乏,她多少总可以帮助她的,还是继续求学好!这样,她便决定下学期再进W校了。

天气渐渐地热了,她盼望暑假快些到来,结束了这儿的课务后,便可到A市去了。往A市补习些一年来荒废的英、算等学科去。

端午节过去了,她向东家辞去了教席,由绛桃挑了那一担萧条的随身行李,和他们告别了。几个大一点的女学生都送他们到车站——由G村往A市的简便车站上,车行的时候,那个平时和她最爱好的学生竟流下泪来了!

"望先生将来来这里探视我们!……"

"祝先生平安!"

"祝先生……前途……光明!"那些学生们都哽咽的为她祝福,她也黯然地向她们挥着素巾。几月来相聚的师生情谊,也令人恋恋地舍不得的;但前途的无限希望在她脑里跃动,渐渐回望不见她们时,也把别愁消失去了。

到A市后便寄居在吴先生的家里。她只有个媳妇和两个孙子,倒也清静可以安居。

和A市作别,到此刻已整整地一年又零几个月了。故地重来,A市的马路和洋楼都无恙,但自己已是孑然一身,没有和蔼的家庭了!惆怅之感,使她不觉流下泪来!

她在隔天跑了一天的街,买些零碎东西,又访些故同学。很奇怪地她们都对她生疏了许多,很隔膜的不像平时般亲密了!她想,自己僻处于乡村年余,今较之她们,真落伍了!

最后她晤着W校的级友沈约芳,她已经在初中部毕业了,现在在家里专请教员来补习,预备下学期到上海升学去的。

——眼看同级的朋友们都毕业了,证书在握,高举远飏去了!自己却白白地荒弃了可贵的光阴,以后再不努力,真的赶她们不上了!……她这样想着。

约芳又向她说,如容也毕业了,已经到H市专读英文去了。她的哥哥四少也同去的,说他想在地方比A市繁华的H市找恋人,A市的女性他都讨厌了。她说后还向她笑着,看来关于她和四少的恋史,约芳是一定知道的。

"他们兄妹俩都离开A市么?"她顶担心的就是怕在A市碰见那个不良少年和为虎作伥的如容,怕他们会向自己纠缠或寻仇!现在知他们不在,才把心放下了。

她和她谈了一会,便把来A市的意思告诉她。把约芳喜欢得拍起手来!

"那就再好没有了!我的两个姨表妹也想进W校而在我家里补习的,刚和你是同级——三年级上学期,真好呀!我们再来继续从前的游乐吧!……"

她天天都到约芳家里补习来了,也和她的表妹姚菊影和竹影认识了——她俩是和她从前一般娇贵和时髦的姑娘。

她不久便和她俩很知己的成为好友了。每晚回到吴先生家里总是凄冷的一个人静坐读书,把她闷死了!又不是自己家里,对吴先生们总要客客气气地不能自由,尤其使她感得不安。这样,她便时时不辞她俩的挽留,在她们家里住宿着,菊影们有父母,兄嫂和奴婢们,是个和暖的有钱的家庭。和她们有说有笑的顽耍着,真与那清苦的静寞的吴先生家不同了,不过吴先生很是爱护她的,她不忍决然的从她那边搬出来。

有一个使她愉快的消息飞来!是许女士寄信给她,说自己下学期也要到W校教初中部和小学部的功课。她失业很久了,还是W校的校长看她在毕业生中算学问很好的一个,收留她来母校担任些功课。

开学的那一天,她挟了巨大的希望走进W校的门口时,一种似伤感非伤感的情调向她袭击着!她看看早日凭栏下望的运动场上新栽的榕树,现在已居然成荫了;课室里的土墙刷上了白粉,气象也新鲜许多了;……但变更得最厉害的还是那些同学——那些去年还不晓得革命是什么,供她和维强们指挥的学识浅陋的同学,听说自此次政治突变以来,故日的活动人物既受了淘汰,他们这班便投机的补充下去,在A市方面干起革命工作来了。她们声势威赫,徽章在襟,五皮在身,把学校看成退闲所了!……没有变更的,只是校前那浩浩茫茫的大海。

最使她气不过的,便是因了抛荒一年的功课,现在不得不和去年比自己低级的同学们成了同级,而本来是同级的呢,却变成高级部的学生了!

上课后第三天,市面便有了谣传,说政局又起动摇,自清党后成为土匪的×党徒,要袭攻A市这方面来了!

"那便怎样办呢?我们校里是有名的努力革命的分子,清党的时候也有了相当的功绩的!若给那方面一到来,还了得么?……"同学们这样地担惊着,她和许女士尤其恐慌!

"我的学费都缴交了啦!这次学校若遭不幸,以后就难望姑妈的帮助了!"有些同学说,她们早就预料到的,学费等钱还死也不向学校先缴,待观声势。可怜自那一次政局上变更以来,连平时最与世无涉的学校，也卷入危险的漩涡了！

大约过了一个星期的恐惧时间，前方调动了许多军队来A市驻防，谣言才渐告平息了。

过了中秋节，第二次的谣言又炽盛起来了！每晚上在热闹场中或僻静的地方，总有几声震人耳膜的手榴弹的爆发声，震得全市的民心都仓皇起来！

因为菊影们的家里近着英国领事，她们的父亲也入了英国籍，有起事来，可以托帝国主义的余荫得以安全。所以她自上次谣言四起的时候，索性辞了吴先生，和绛桃一同寄居在菊影家里了。

廿六

约莫在孔诞辰①前后那几天，市面的一切都过分的骚动着！那些资本家和各机关各政党的中上级的人员都溜之大吉，乘槎浮海去了。W校的校长和努力革命的学生们也半逃难半顽耍的到H港去了。他临行的时候还召集全体的员生们开会，叫他们不要轻信谣言，地方是安如磐石的；叫他们要安心读书，继续上课；……几个头脑简单点的教员和学生们也信以为实，开完会便夹着书本踏入课室去。他们却悄悄地把校里一切重要的文件、单据和个人的东西，都收拾得点滴不留，带着下汽船去！

谣言终于实现了！××军已经不遇抵抗地把A市各地占据了！那个时候她还在课室里的，没听着一下枪声，也没看着一次对仗。她想，这样的把政局变更了又怕什么呢？自己空担惊了！

---

① 孔子诞辰为农历八月廿七日，阳历约为每年九月下旬。——编者

在室里躲了几天，外面静悄悄的并不见有何动静。今早起来，倚着街窗下望时，马路上幢幢往来的颈间结着红巾的××军都不见一个，只有冷清清的几个行人。她正觉得奇怪的时候，菊影从室外跑进来喊道：

"好了，好了！红军全败退了，革命军已经由C城开来，距离A市只有二三十里的陆路就快到了！……"

"真的吗？怎么来得那样容易，又退得如此突兀呢？……"

"你不见街上已没有半个××军了么？警察就要照常出来站岗了。父亲在英领那边听到的消息……"

"那末，我们可以到街上去，到校里上课了！"还没有起身的竹影从床上跳了起来。

"呵！我忘记再告诉你们啦！父亲说，××军来的那几天，把我们学校驻扎了呢！他们退走后，给一班流氓之类的人，乘势到里面把一切校具都抢的抢，捣的捣，连门窗都拆下来抢去哩！……外面还传说××军要搜杀W校的员生！真吓死人啦！父亲又说，这样政治色彩浓厚的学校不适宜学生求学的，以后还是转学好……"

"呵唷！学校如果不能恢复，我们不是白破去一学期的费用吗？……"她真着急起来了，自己把上学期教书所存的薪水还了学费哩，真可痛惜！还有许女士，她不是又失业吗？

市面的一切营业，交通都照常恢复了，每次由H港开来的汽船都载满了那些为逃难而去，实际是倦游归来的群众。W校的校长也回A市来了，他向××政治部和市政厅呈了一纸"学校为×匪捣毁，校具荡然，损失过钜，现不能继续开学，要求拨款补助……"的呈文，便把学校的两扇大门关闭，把这学期已收各款，袋下自己的荷包里了！却把每人一个月的薪水发给教员，叫他们另寻生计；学费等不发还学生，却叫他们另寻补习，待学校能够恢复之后，再来就学！……那些在社会上全没位置的员生们，只好忍了气把一学期的生活和学问牺牲，那些会革命和活动的呢，却和校长瓜分所得，发他们一次横财去了。

经了这次意外的挫折，把她的雄心跌宕无余了！她一方跟着菊影们过着舒适的小姐生活，他方不自觉地对那向她伸展着物质诱惑，无抵抗的屈服了！

有时中夜醒来，想想自己孑然一身，后顾茫茫，看看他人或倚着慈母的肩膀，或躲在爱人的怀中，使她不得不起早点找觅归宿的念头了。而且近来也有点过于挥霍，自己的私蓄也用得差不多，那几千块钱的遗产又使她羡慕起来了！她想，应该回到家里去吧，到家里领回那份金钱去的！回去，回去！……自己既不能找相当的恋人，还是把一身交给三叔们，等他们为我择偶吧！旧式婚姻虽无好可言，但真正的自由恋爱要到何时才碰着呢？……回去吧，物质的生活能够安适就好了，精神呢，唉！……许女士不是很倔强的唯心派么？屡次的失业，看她也很颓丧、无聊的！自由，自立！……管不到许多了！……

是落叶萧萧的秋风里了。她虽和她们整天的穿了时髦的服装，逛着热闹的游戏场，但她的内心里总时时苦闷着——苦闷着烦愁如海的茫茫来日！

她的这番离家出奔，在兄嫂们是没感到什么的；只是负有乡绅望族的声誉的三叔父，却真着急得很！有些族人们说她是淫奔，跟男学生逃走了，又有些说三爷侵吞到寡嫂死后的遗款，把侄女迫走了！所以他为要维持虚伪的面孔起见，很想找她回来，养在自己家里，堵塞一般族人们的口！

最近三爷的大儿子国贞，在A市的影戏院里碰到了她，才知她是寄居于朋友家里的。他回来告诉了父亲，三爷便叫了一个佣妇，嘱咐她半威吓半劝导的把侄女邀回家来。说过去的一切他都不向她计较责罚了，只要她从此肯安心依着婶母们过活，母亲的遗款是一定拨还她做妆奁的。又说她此刻外面的名誉很不好，将来若再有有沾家声的事情发生时，他为了郑氏的名望计，是不能轻易把她放过的。末了说他念及长兄只此一块肉，实不忍看她在外面飘流，堕落，劝她还是回来——回来自己叔父处好。

有什么方法哩？一次再次的奋斗，在她已尝遍了艰难，凄苦的滋味了！而况眼前有的是可以倚靠的不费力的小姐生活，看了许女士那样的陷于困穷，她没有勇气拒绝三叔的诱导了！

廿七

自从回三叔叔家，把残冬度过之后，眼前又是恼人的绮丽春光。她寂寞地，惊怯地迎着她二十岁的青春了。二十岁是一生青春期的顶点——尤其是女人，过了二十岁，那末，接着便是沿那一方渐渐的低下，是廿一岁，廿二岁……了！不转瞬间到了年过花信，那时，青春便宣告离别，剩下的是炎暑当头的夏天了。

元旦那一天，她百无聊赖地勉强装扮着，跟若芙——三叔的女儿们——装出笑脸向三叔和三婶们行了贺年礼后，回到房里来，笑又不能哭又不敢地闷坐着。

——呵！今天我便是二十岁了——令人讨厌又令人不得不过的"二十岁"终于到来了！……近来总觉有一种说不出的苦闷，

虫般吃蚀心头!……唉!我的华年可算是辜负了!

——若芙的婚事已经订定了,她才十七岁哩!……表姊碧君听说已有了小孩,做母亲了!……自己呢?唉!……看三叔们是很替自己的婚姻负责的,盼不得我快点有个结果,可是……她回家后,亦有许多媒婆来向她求婚,问年庚的,但对象都是些纨绔子弟,或有着专制家庭的,三婶叫若芙探问她的口气时,她都不踌躇地拒绝了!

——在这里要装出一副虚伪的面孔见人,全没一点真性!他们的资产阶级的骄奢、残虐……的态度尤令人看不过,像那一次三叔的虐打车夫的事情!……唉!听说年底若芙就出嫁的,这个略可言谈的人也不在这里,那末,自己整天被幽禁于这冰冷的家里,不把人闷死么?……她正伏在案上出神地想着,若英和国贞的妻子笑嘻嘻地由外面走入来。

"恭喜你!莲姊!你今天有两重喜事呀!……"若芙走过来向她滑稽地揖了一揖,哈哈地笑了。

"真的,莲姑娘!你今天的喜信来了!"

"什么喜事呢?你们串通了来向我开玩笑呀!"她不得不装着笑脸。

"告诉你吧,莲姑娘!你的婚事又浮动了,不是开玩笑的。"年轻的国贞嫂很正经说。

——难道今天正月初一,也有媒婆到来求亲么?……她,不好意思这样发问,只是狐疑着。

"这位姑爷是我们都看过的,也是近在咫尺的一个人!……"若芙再拍着手笑了。

"不要尽拿着我玩开心啦,究竟是什么事呢?"她越觉得茫然。

"不要急死你了！等我说吧！就是住在我们楼下的那个姓金的客人！……"

"又哄人了，你这张嘴！……"她心里突突地跳起来！她想，是那个林松卿么？怪不好看的！……

几天前楼下来了个南洋客人，说是国贞从前要好的同学。他叫金贤瑞，虽说是C城人，但自少就在南洋生长，还不曾回到祖国来的。这次是国贞特地叫他来A市三叔所创设的汽船行里当大写，因而寄居在这里的。听说他的英文程度很好，在新加坡的什么书院，读英文读到最高级的第九号了——我们南洋的侨胞，说起读英文的程度时，老是把第几号排着的，可是国文却连半个也不懂！他家里没有什么人，只有个各营生计的兄长，和嫁了人的姊姊，父母哩，在两年前都死去了。

关于他的身世她是知道的，当若芙把这些话告诉她时，她亦对这陌生的客人起了身世飘零的同情之感！处在这样的家庭，他和她当然没有接触、晤谈的机会的，可是昨天她和若芙偶靠着街窗俯望行人，他也刚由行里回来，那副赤黑的脸孔衬着一个很厚而大的红口唇，和遍身南洋特有的俗不可耐的风味映入她的眼帘时，她不禁对他没来由的憎恶起来！

因为她平时顶喜欢读C氏的一个长篇小说，把里面的人物都实际化起来，脑里留了很深刻的印象！所以看了这个客人以后，和若芙谈论及他的时候，就把他叫成林松卿①——这小说里的南洋商人了。

---

① 张贤平小说《冲积期化石》中的人物。——编者

若芙说，早上三叔和婶婶讨论到她的婚姻问题，说她已经二十岁了，不能再事苛求而耽搁了！姓金的家世清白，没拘没束，性情忠实，本事又好……看来是她极适当的配偶了！叫婶婶要切实劝导她，劝她不要再希望那些浮滑的新学生、新青年了！姓金的家当虽不雄厚，但每月能够赚百多块钱的洋行差事，一生衣食包可温饱的。……这头婚事断不能再放过了，她纵不愿意，三叔也要强迫执行！本来儿女婚事，是不用他们自己参加的！……

"好啦，莲姑娘！你贞哥哥说，姓金的一切他都深知，一定不会错误，包管姑娘终身是幸福的……"国贞嫂再咬着她的耳朵说，姓金的曾暗地看见她，说她漂亮极了！由国贞的介绍，他和她尽可以先谈谈心，见见面的！……

"……"

她再尝试着恋爱的把戏了！有了热望和急进的心理时，对对方总不致如何奢求，而易于满足的。全没有gentlemen①的态度的他，全没有时髦学生气味的他，全没有贵公子、文士的丰采，温雅的他……不要说较之四少和其宁有千万个不及，就连师玉那穿得很大方的西服装束也赶不上了！

——爱情和择偶总不应该以外表取人的！看他的性质、行动还不失为忠诚谨厚的一个人，自己可以将就一点了！……她时时这样地对自己宽解着。但有一次她和他在国贞房里，很亲密地谈着，他那痴笑的黑脸送着厚厚的红唇向她颊边来时，林松卿的幻影很清楚地浮现在脑里，眼前更闪动四少的醉人的脸孔，和两片可爱的红唇，她茫然地拒绝了他，像逃般跑回自己房里来。

---

① 英语，绅士。——编者

——自己这样聪明,伶俐,负有美人的称誉,能令男性迷醉在裙下的姑娘,却终于给这个情趣毫无、俗气满身的南洋土著所占有了么?……她也时时这样地对自己反问着,替自己痛惜着!但是,有什么法子呢?

"莲妹,会你的sweet-heart①去啦!快点……他已在我书房里了,你由后面的走廊走去吧!……"国贞走入室来通告她。每次都是这样的,一有机会,他就叫姓金的上楼来到他房里,同时又通告她:自己却在书房外面站着,让他和她接谈,一面窥伺外面可有什么动静,便可立刻示意给他俩。看来国贞对待朋友和妹子的热忱真可钦感,真是乐于成人之美的撮合者!

她连忙站起来,对镜掠了几下刘海,再把一张香粉纸搽着脸儿。

"不用装扮了,尽够漂亮死了!……还不快点去么?他等得急死啦!……"国贞嘻嘻地边看着她妆扮边笑着说。

"讨厌的贞哥哥!……"她红了脸向他睐了一眼,"问你,三叔们没晓得我们的事吧?他近来有向你说到关于我们的话吗?"

"横竖迟早都是他的人了,还禁止你们的唔谈做什么呢?……母亲和妹妹早知道你俩的秘密了!……"国贞哈哈地笑着。

"真的?她们怎样说呢?……"她停止搽粉的工作,睁着惊疑的眼光问他。

"自上天父亲喊阿金写信给他在南洋的兄长,报告他要和你订婚的话,一方面即是征求他哥哥同意的意思。这是他们老年人认为应该做的妥帖行为。一等他哥哥回信,便要拣日子文定

---

① 英语,情人。——编者

了。……哈哈！你哥哥为你介绍的人总不会错吧？如何？不知阿金和你将来要怎样酬谢这个撮合者兼间谍的我呢？……"

"已经去信了么？我还没有听他说到呢？……"她有些呆住了！

——自己终身就这样决定了么？决定嫁给这个不晓得恋爱是什么，对人生全无相当的了解和意趣的洋行办事人么？……

——近来所以和他晤谈，也不过聊以解闷，聊以发泄自己那像是性的烦闷罢了，哪里说得上恋爱呢？和这样的男性——连风俗、人情、文化都不相同，完全蛮陌般的粗鄙的男性接谈，没有一句不令人作呕，令人讨厌的，还有什么温馨、神采的情话绵绵呢？……把终身交给了他，无条件的交给了他，太不值得吧？太不值得吧？！……

——自己对恋爱也有相当的经验了，纵不能够找到最高理想的恋人，但相当的配偶最低也应该具有面貌清雅，思想和学识比自己高深或相等，对文艺略有嗜好的新青年等条件的……不料苛求的结果是和意想相差得这末厉害！不料早日给他们——有可爱的资格的男性所竞争着的身心却给这个令人生厌的南洋客人占据了去！不料……

一阵烦扰和痛悔袭上她的心头，愤慨、怆悲的滋味更使她落下泪来！她没有跟国贞去会姓金的勇气了！……

廿八

窗外的朝阳满含着生命力地发射它的光辉，这光辉由紧闭着的玻璃窗外射进房里，照着铁床的铜柱闪闪放射光芒。

经了几天来的烦扰和焦虑的她，这时虽躲在温软的钢丝床上的被窝里，但脸部灼热着，通身却冰冷地毫不觉得舒适的意味！她举起倦涩的眼睛望着朝阳的光辉，这光辉把她内心蕴蓄着的勇决精神完全恢复起来！

"莲姊！你今天又是不爽快吗？起身吃粥去啦！"若芙把晨妆打扮好了，一面洒着香水在才穿上身的新衣上，一面说。

"头痛得很哩！我要多睡一会，你先吃去吧！"她懒懒地回答后便翻身朝向床里面了。静听着若芙似乎抽开梳妆匣，再搽上些什么香粉之类的东西，才出去了。

——呵！可耻的女性，自甘堕落的女性！……你尽管时时刻刻在向外表装饰，装成红艳、嫩白的一团肉——灵魂是完全没有了——供异性的淫乐、玩弄！……呵呵！你自己犹以为是高贵的时髦小姐呢，实际上连下流的卖淫妇还不如呀！……不要说你，就是那些女学生，女教员，女革命家……不也是孜孜于肉的装饰吗？只要能使她们脸上、身上增加一分可以取媚异性的艳丽，那末，她们便宁愿受了十分的困苦、艰难以求得！呵！……不要说她们，就是自己，自己过去不也是这么样的一个堕落者么？不也是给现社会的资本劣根性所侵袭么？……

——呵，自己，自己现在真需要找求最后的决心，最后的出路了！恋爱于我是无望了，也觉得对它厌倦了！事业呢，在这样的社会，这样知识浅薄的我，更是绝望了！世界于我有什么可留恋呢？生存于我也可算没有意义了，假如还这样的活下去！……但是懦怯的自杀了，寂寞地死亡了，又有什么意思呢？……

——自己之所以会灰颓勇气，再跨入这卑污、黑暗的家庭，踏入这资产阶级的小姐生活的，不还是社会的一切害了我么?……鸥姊说的话真是洞见肺腑。她说,社会的一切制度不根本破除,我们人类是终于陷在苦恼的纠纷里的!……她想到这里,又把压在枕下的许女士的来信拿出来读着。

"……时代的钟声把我们震醒了,从沉沉大梦中震醒起来了!经了这样的物质的压迫,生活的困苦、流连,精神的苦闷、屈伏①……把我们梦想着的幽花样生存的理想打碎了,毁灭了!是一度幻灭,虚无的苦闷、意念,进而是现在醒觉,勇决的时候了!我们——我和他都有了相当的觉悟,不愿屈伏于社会的淫威下面,以求物质上安适的生存;也不愿避世高蹈,冷眼旁观了;——其实是不可能吧!……我们要崛起,要努力,要和同病相怜,有彻底觉悟的同志——同时是给现社会遗弃、践踏的青年联合起来!推翻一切,破坏一切,干着真正伟大的革命事业!来呀,芷青!来呀,你这彷徨于歧途的青年,快点醒觉吧,勇决吧!……

"你说你已经被迫着和个情趣不投的,买办阶级的南洋客人订婚,不久就要有家庭了。你是不愿意——万分的不愿意跟他过那无聊的小资产家庭的生活,在苦闷着茫无际涯的挣脱后的出路……唉,过去的不要说它了,单讲现在:你若能真正觉悟,觉悟前途无限的曙光,觉悟根本救解自己,救解他人的方策,那末,你起,你起!你还是个有为的女青年,女志士!把你资产阶级的劣根性,态度,习惯……都抛弃了,让它遗留在你这再不能给你留恋的旧环境里,却把你的纯洁,猛烈……的热情——革命的热情扇炽起来,和我们携手,踏上光明的大道!……你不可幻

---

① 同"屈服"。

灭,更不用犹疑!时机已经成熟,已经是我们的了!再踌躇就会把良机错过的,错过之后就不用说了!……"

把这信读了一遍,信心和决心又回旋上心头。她使劲用两足举起再向床上一掷,就势跃坐起来。因了这样的一个大震撼,床屏上站着的姓金的相片,突然跌落在她胸前来!

把头发向前三七分的分成大小两边,又把那大的一边梳得高起的南洋风的装式,还配着两片最触目的厚口唇的这张相片,充满肉感地像向她痴笑着!相片的右角上,再写了一行With many kisses to my darling, my fiancee①的英文。她狠狠地把它掷向地上,又狠狠地跳下去把它蹴了几下!

"谁是你的darling?不要脸的!谁是你的……"看那在自己脚下被践踏着的他也有些可怜的样子!她觉得自己太无谓了,太残酷了,把气愤发泄得错误了!又把它拾起来,放在桌子上。

——自己真要彻底觉悟,下最后的决心了!与其做个没有灵魂的肉的享乐者而堕落,真不如干着精神得到慰安的伟大的事业呀!……芷青呵,芷青呵!一次再次的奋斗正是你的伟大!你不要懦怯,不要颓丧啊!失败就是成功,你紧紧地记着吧!……沉默了一会,她心里突然这样的向自己晓示着、策励着。热情和勇气像火般烧着她的心,她几乎跳跃起来了!把两手向前伸去,抬头看时,对面照身镜里映着自己苍白的脸孔上,充满了坚毅,果敢的表情。

"呀!不要你这万恶的东西——给社会一切的罪恶做工具

---

① 英语,深深地吻我的爱人,我的未婚妻。——编者

的东西！让你再套上别只醉生梦死、妖媚无聊的女人的指上去吧！……"她把指上那照着阳光闪烁着的订婚的钻戒，脱下来抛向临街那个窗外去了。

"现在是时候了！呵，呵！娘，娘！……你遗留世上的唯一的女儿，要为自己为群众努力奋斗去了！……你的一生都给现社会的一切制度压害，以致弃了你独生的女儿，饮恨而终的！……呀！你女儿此刻奋起了，起来和那坑害你、害他人的一切制度复仇了！……娘呀！……"她像发狂般把桌子上摆着的母亲遗像，拿起来狂吻着，热泪更不知不觉地滔滔挂下来！

——这一次的出走，一定把三叔们气煞了，真痛快呵！把他那蒙上的一层友爱，恤孤的脸皮揭下来了！……呀！我走之后，那笔一万块钱的奁资，归他己有，马上又可以多偷贩些国人抵制着的仇货来欺骗同胞，接济仇敌了！自己交结了那些贪官，假革命者，不但没有危险，还可发了一笔横财！呀！你这同胞的叛徒，社会的侵蚀者的资本家，奸商，市侩！你的末日就要到了，厄运就要临头了……她一面穿着外衣，一面咬着牙把三叔叔诅咒着！

——我可以走了，走开这物欲充溢的牢狱了！啊！不用再踌躇了！……她走出室里，发狂般由前楼的楼梯上跑了下来！吓得坐在梯角上打瞌睡的小婢女，以为又给人家毒打了，从晚上失眠的浓睡中惊跳起来！

"姑娘！……姑娘！……"小婢的睡意完全消失了，她睁开两只充满红线般血丝的眼睛，看她匆促地、和平时不同的毫无妆束便向大门外跳出去了，又不敢询问，只有把她叫着。这时屋里的人都在后厅上早餐，三叔们还高卧未起哩。

"啊！这郑氏之门，永别了！……啊，啊！绛桃！可怜的你呀！你将找不见你相依为侣的姑娘了！……"她走出门口来时，咬着牙齿，两手不自觉地，紧握着拳，悄悄地站住回望！看着自己楼上那幅挂在街窗的红窗幔，临着晓风在向自己招展着！……

太阳已渐渐地升上澄碧的天空，放射它猛烈的光芒于街上熙攘往来的行人们身上了！

一九二八年冬完稿于A村

（据作者手迹排印。原稿藏北京图书馆，没有署名。前六章原载1929年9月上海《女作家杂志》创刊号，题为《女学生的苦闷》，署名冯占春，错讹较多。）

重新起来!

一

那便是上海么?……快到了上海么?

小蘋紧眯着两只大眼睛,沿着她的同伴的指尖望去。指尖因了他全身的跃动而跟着摇晃不定,这使她的视线上只有一条灰色的东西在上下浮动。这样再费力地瞄望着,许是自己的幻觉也未可知,到头在那灰色的线条上浮漾出几点连缀着的小黑点了。

跟着这小黑点在脑中涌现起来的有万千件还没有组织成功的意念,纷扰着,弄成模糊的一片!

把眼睛一睁开,一切便像在空中飞逝了去的苍蝇般,毫无痕迹地迅速消灭了。眼前依旧是灰白色的天空和苍茫无限的海水。

镀上了淡黄色的太阳给云团遮住了,透出来没有光彩的脸孔在波面上起伏着。

天空是任你怎样了望[①]也了望不出有什么不同的变化的,尽是灰白着,灰白着。

[①] 同"瞭望"。

深蓝色的海波给驶过去的船身画上一道白的泡沫,有时就溅得很高,"沙拉,沙拉……"地响着。

这样的景物似乎很容易撩起人对于未来的憧憬吧?刚才在舱里把小藜从睡梦中挽到甲板上来的、兴奋着的这个同伴,也不知从什么时候起停止了他的口讲手画,沉默着,尽让身子跟了船身的簸动而慢慢地起落着。

——什么时候才可以抵岸呢?……

有些惘然了,但小藜可没有对她的同伴说些什么。

这同伴叫炳生,和她只认识了整整的三天。又苦又闷的统舱便是他们晤会的所在。

下船那天,她把送她下船的朋友又送上船去了之后,惴惴地抱着膝头,在污秽黑湿的统舱里开始观察着她新的环境。那时,跑进一位这样穿着学生布服,年纪比自己差一两岁的男孩子(?)①来了。他也是孤零的搭客,彼此互相向对方默认了一下也没有打招呼;但沉默都不是他们俩的习惯,船开行的时候,他们交谈着了。

孤独的旅客间本来就很容易变成厮熟的同伴,而舱里那几个讨厌的小商人们又和两人好像画上一限界线,还有那可憎恶的舱里牢狱似的令人难堪,不得不跑到甲板上捱着冷风的。这样,在沉寂的甲板上,有他们两个孤零的影子了。

在这以茫茫的天海为背景,只有涛声和浪花飞溅起来的甲板上是死寂不堪的,为要免去两人间的相对默然,各人都把关于这新的环境的一切作为谈话的资料;其次是对对方已有了相当的认

---

① 按原文保留。

识而还想满足探求他的身世的好奇心。虽然各人都想隐瞒着自己的难以告诉一个陌生的同伴的过去的遭逢,但在对手那满含诚意倾听着的态度和极想知个明白的深沉的眼光之下,自己都绝无遮拦的,极想一吐为快了。

——一次,在她询问对方为什么要到上海,和到后又有什么目的的时候,他很拉杂的这样说着:

——在免费的教会学校小学毕业了,涨满他妈的一脑袋天父耶稣,那时自己是十五岁了,那把爸爸自三十多岁——有着两只粗大的臂膀的时候,真是两只粗大的臂膀呀!……谈锋转变了。

——你说我怎么还记起来么?这让我向你解释一下罢。我刚出世的时候,爸爸是由村里被迫着私下逃到城里来当工人哩。母亲和我们两兄弟穷得来快要变村里的乞丐了,忽然,抛了两年家的父亲又悄悄地跑回家来,穿着一套蓝色长裤子的衣服。我是记得的,那时村里很少人穿这样的衣服呀!他带我们到城里来。

——到城里来后这陌生的爸爸好像又看不见了,而母亲却每天都坐在矮凳子上低头刷她的纸箔,飞动她的左右手,忙得来一些儿也没有照顾别的事情,只让我自己在她身旁蹒跚着绕圈子跑来跑去,不然的时候,便叫哥哥来带我一同在草屋的门前,在污湿的泥堆上或大沟渠的旁边玩耍,我好像没有什么父亲和母亲哩!但现在一想起来我是明白的,当工人的爸爸不是整天都做了十多个钟头的工作么?而我呢,小孩子不是天亮透才起身,夕阳还没有降下便又睡去的么?所以呵,没怪那个时候老是没有碰到爸爸的机会呢!

——不过,晚上有时也会醒转来的,哭醒时母亲还在昏暗里刷她的纸箔,而爸爸便给我一个模糊的印象了。他似乎才回家的样子,在土灶上的煤油灯下吃他的酒饭。"不要哭啦!小狗种!……起来跟爸爸吃东西吧!"他这样说着,有时还走过来把我抱起,让我坐在他的膝头上自由地抓吃灶上的食物。那大约我已有四五岁的光景吧,不然何以会清清楚楚地记起来哩!我满足地吃着花生米,打量着那陌生的父亲,我注意到他横在我胸前的粗大的臂膀了!那上面粘着许多汗污和墨迹,肌肉茁壮得有的隆起又有的凹下,还铺满许多可怕的毛发!我感到奇怪哩,母亲的两手是圆形的,瘦削的,而哥哥和我的又都是细小得很!为什么单单爸爸的臂膀是那样特异呢?……

——现在,现在我可明白了。他那时开始在一个锡箔的小作坊里作工,整天运用了长久的腕力,所以两只臂膀便特别地发达了。

——可是后来呢,后来我一天天地长大,而爸爸的两只臂膀却一年比一年瘦削下去,只剩一把枯硬的骨头,露着上身时,那一堆堆的肌肉是没有了。而他的工作也渐渐纡缓,赚的工钱也渐渐减少了!……你想,这为了什么呀?爸爸的汗血、肌肉不是给一下一下地打进铁锤下面的锡箔中去,而走进坊主的肥肚子里边吗?……听说"打箔"这工作是很吃力的,每个年富力强,水牛也似的后生只要弯着身子,用力打不上三五个年头,便会全身的精力都消耗净尽的。

——而"打箔"是怎样的打法你可晓得么?那是呀,把一块很小很小的锡片,用铁锤来把它一下下地打压下去,一直使它展开到很大很大而薄得来蝉翼也似的一张锡箔,虽然中间也使用碾轧的法子,但都是凭着人的气力把它弄成功的,这便是拜神用的纸元宝上面的锡箔了。

——我的话可扯得远了!……我对你说我已长大到十五岁

了,就是那小作坊,那把爸爸自壮而老,吸收了十多个年头的血汗的小作坊,又在张开着它的大口要把我吞进去了!十多年来的坊主已变成有田有地的财主,但小作坊里依然是把人力来产生它的出产物!爸爸因为自己干着的工作太辛苦了,哥哥十三岁的时候,便送他做了染布间的学徒,但那样的生活也不见得会比"打箔"好,为坊主们做牛马是同样受着极重的压榨的!于是爸爸想:我是他传授父业的令子了,他可带我进去做工而不用再过学徒的惨酷生活。可是呀!你说我愿意么?受了点小资产臭的教育的我,真不高兴捱那样鄙陋惨刻的工人生涯呀!我说:我要升学,要读书,要希望将来,穷苦是穷苦透了!但爸爸把我打骂了好几顿了,虽然听他的口气也在羡慕着绅士阶级的读书人,但实际的能力真做不到呀!总有免费的教会中学可进,自己的肚子再不能免费便可得饱呀,已经念了几本臭书,晓得"希望"这东西了,我只是追求着这希望,好几次给父亲抓进坊里,又溜着机会跑出来了!

——而这个我们的幸运是来了,来了,这你是晓得的,革命的高潮在中国,在那城里澎湃起来了!工友们组织了工会,哥哥是里面的一员。好不开心呀!斗争,斗争!工人得到加薪了,生活能够改良了!爸爸虽然不懂得什么,但他的脸上也挂起笑痕了!哥哥读着夜学,也把我领进革命同志所创办的平民中学去念书,在那儿我抛弃了那装进在脑里的坏透的东西,换上新鲜的了。纪念日一到来,哥哥们和我们都执着旗帜向敌人们示威,喊着,跳着,好不快乐呀!你定干过这样伟大的工作罢,你们农民的革命不是比工人还更热烈吗,在我们T江流域这一带?

——然而,唉,跟着到来的高压政策把我们摧残殆尽了!……

你不要急呀！哥哥是幸而逃免了，可是父亲和我便以嫌疑犯的资格给坊主们送进牢狱去！牢狱的生涯是惨酷得连想都想不到的，爸爸终于在狱里死掉了，死掉了！……你，你为什么这样激动起来呢？你也有了同样的遭逢是不是？

——后来么？请不要兴奋着，我便再讲下去罢。同年的八月，我们×军恢复了那县城，我出狱了，变成真正的小同志了。我们干着，干着！有一次到故乡找寻母亲，但她已不知下落了，几个月来的丧乱穷苦把她弄死了！……你伤感着么？他们的牺牲是历史的必然，而况他们并不是革命阵营里的人员呀，死了也只好算了！……我是个热情的青年呢，但我的热情只有输送给我们的事业！可不是么？

——×军在T江失败了，跟着它我流浪了好几个省份，现在它的声势又浩大起来了。但我是给负上别的使命，到上海，到那儿和哥哥们一同秘密干着我们的工作呢！……

——你，我相信你是我们的同伴，请把过去也详细地告诉给我罢，我们的旅途真是寂寞死了！……还有，到上海之后我把你介绍给我们的同志，我们一同站上这条战线上罢！你高兴？我晓得你定高兴的呵！……

……

像这样冗长的谈话就不止一次两次，谈到革命，话匣子一开便很难关闭的，有的时候他们都忘记跑下舱里去吃稀饭，过了时间便只好捱饿了！

小蘋离开革命的怀抱有整整的两个年头了！环境决定了她的心情，如果说她没有一方从学理上紧紧地抓住那种意识，那她的热情或许会给时光的轮子磨滑了它的尖端的！

她有着爱人，有着从前热恋着的同志而现在是逃亡上海的爱人。他已得到固定的生活，他叫她来这儿一同温着过去甜蜜的美梦。她来了。但她没有失去所把握着的意念，她的胸头蕴藏着要斗争的烈焰，这烈焰只在找着爆炸开来的机会，她怎能消沉下去地过着梦里的生涯呢？

而况她脑里映现着的还有过去不能磨灭的伤痕，整个血淋淋的农村不断地荡激起她的追忆！

这同伴的谈锋便是她的导火线，现在她已碰到重新站上战阵的机会了，她要紧紧抓住这机会，而也要推动着自己的爱人一同走上这条道路。

她决定到上海后的生活。

——你在想着什么呀？！……

小藾回过头来。

——那你呢？……哈哈！……我在打算着抵岸后的路径呢，虽然也走过了好多地方，但复杂的上海可还没有到过呢！

——你太热盼着要到上海啦，怕还有好半天的海程是不是？

——真的，我太高兴了！……这儿的晨风冷得很，你还是到下面多睡一忽罢！

他完全像弟弟在爱护姊姊的口吻。

——我今天多穿了件绒衣了，不觉冷。睡也不想睡了！……你瞧，浪花真溅得高呀！

——那真像我们为革命溅起的血花呀！

——不过我们的血花是鲜红的，热烈的，留下痕迹的；而这只是渺茫的，溅起来又消逝下去的呀！

………
他们的谈话断续着没有休止!

二

"杭育呵……杭育呵!……"
——哟!多伟大的啸声呀!这是我们劳动着的合奏曲。

灰白色的天空下面,横画着无数滚滚的黑烟,突出在笔直的烟囱里,烟囱们是竖立起来在整千整百的动力上面。

——哟!这是我们跃动着的图画!

太阳依旧只有透出来淡黄色的光辉,是郁闷的春天的中午。虽然江面的冷风尽吹打着秃似的街树,但这微弱的阳光却放射着一种不可捉摸的,春日午间的闷燠!

灰白色的天空下面,在眼前,耸着城堡般巍峨的建筑物,土敏土似的颜色恰和着这样的天空,衬出很是沉重的氛围气!

——这是一切罪恶的堆积物!那闪着金光的尖塔是劳动群众血汗的升华,他们的髒髒白骨给这些填成了基石!……

燠热中渐渐令人兴奋了!

——加入我们的同伴中去呀!多可爱的同伴!……喊醒他们一同战斗起来呀!……烟囱是我们的,黑烟要为我们弥漫整个的天空!劳力是为我们自己使用的,啸声是我们的呐喊!……

……

刚一上岸,码头上的形形色色把小蘋的情绪转个天翻地覆了!现在虽仍是被搂在爱人的怀里,但刚才船里那蜜似的温情是消失无遗了！新的激刺荡起潜伏着的烈焰！

巍峨的建筑物拖着它的阴影在地面，蚂蚁似的工人肩了比他们身体还要庞大一两倍的货物，来来往往地在阴影下面交织成一条小河，流进那——张开着漆黑的大口的货房里去。混进这小河里面的还有笨重的货车，它的着地轰隆的轮声和工人们呼喊的啸声也混成一片。

码头的起重机下面麇集着另一团蓝色的工人，他们节奏的啸声跟着起重机的上下在江面上浮漾，和这啸声合奏的有辘轳的滚着的喧音！

多量麇集着的劳动群众使小蘋忘记了个体的存在，她爱的是集团——是一同匍匐在恶势力下面而挣扎的集团！她忘记了自己了！

她的左半身几乎给爱人完全揽在怀里，但她整个炽烈的灵魂已飞进那蓝色的一团团里面！

"杭育①！……杭育呵！……"这样的啸声里面好像渗有自己的气息！

给爱人挽住的左肩上也像分载着若干重量！

——战斗呀！我们需要战斗！……

这样的喊声险些从她的胸头炸开来！

爱人似乎感到在怀里的她有些异样了！但他只微笑着闪看她的大眼睛。这眼睛射耀着三年以前那种烈火似的光芒，但不晓得为了什么，现在他感到这光芒有些可怕的样子。

他看着马车夫怎样的搬来她的行李，不再注意到她。他以为像她这样兴奋着的表情正是一个未经旅行的农女，第一次踏上上

---

① 同"吭唷"。

海时所应有的现象!

微笑还浮上她的心头,一种顽皮似的幸福的预感在里面跳动!他打算着如何回家后便立即偕她到繁华的马路上逛跑,带她观看着,尝试着未闻未见的东西。自己如何来享受她那孩子似的惊叹的神色,和从而张大其说地自己对她炫耀着的高傲!……而今晚上,还有今晚上他再也不用跟着别的女人香艳的肉腿,孤零地在夜市上流浪了!

——我们坐马车回去吧!马车,你没有坐过的马车……

他依旧挂着温情的微笑,挽着她跑开了。

——呀!……

醒觉过来了,她把兴奋着的大眼睛对他凝视了一下。她想向他述说自己此刻的心情,想挽着他一同参进那蓝色的一团团里面去。

但她总没有说出什么!他满脸温馨的神情告诉她那是不可能,在这样的爱人的腕中,那种念头定着起对方的诧愕和失意的!

歧异的萌芽在两人间闪上影子了!

——马车,呵,我不感到疲倦哩!

她有点茫然的样子。

——怎么?你想不用马车跑回去么?这儿的地方不比家乡那么狭小,跑到家里就要三几里路远呵!……本来还想坐汽车的,但这马车夫委实等我们太久了。

她沉默着。

——还有我那个同伴呢?……他走了么?……

她好像记起来有许多话要和炳生说。

——那孩子么?……你怎会和他认识呀?你们不是在船里已说了再会么?

——我们从S市一路同来的，他是我们忠勇的同志呵！……我忘记告诉他今晚上或明天便要到我们家里找我的！

　　——真是，你为什么这一趟要趁着^①统舱来的呢？寄给你的旅费足够坐二等房位哩！……在统舱里就容易碰到那班流氓似的东西了，说什么好同志呢？你是初次出门的呵！这一趟我真担心呢！……

　　——你的旅费我通通带回来还你，坐统舱是我自己愿意，是用我自己在P村存下的几块钱的！……请你不要抹杀了别人，有那样的流氓我才要认他同志哩！……

　　不快浮上她的圆脸，她挣脱对方的手腕自己跳上了马车。

　　——你恼了么？我的小蘋！……你喜欢和他坐谈我自然是欢迎的！不过今天我们才久别重逢哩，你不想和我多谈一些么……我的孩子！这些时我真念你念透了！今天，天还没亮我便在这码头上左等右等地绕圈子，足足跑了几个钟头了！火船还没有来，真令我着急死了！我以为它是遭了不幸，是半途遇险，是触了礁石……种种的不幸都替它想到！呵哟！到头终给我抱住你了，现在你可紧紧地偎在我的身旁了！我的小蘋！你也念我的吧？这两年你定远远地挂念着我的吧？但现在可好了，相思在我们间溜去了！……小蘋，小蘋呀！你猜一猜罢，我的袋子里为你装着什么东西呢？你喜欢的东西呀！

　　他牵她的手儿摸着自己的大衣口袋。

　　从这软绵绵的一席话里，蜜似的温情渐渐在她心里张开臂膀了。没有倒在他怀里，听着这样春晚的轻风似的言语已经有好久

---

① 同"乘坐"。

的时间,自己不也是有时会渴念着的么?现在可不能不任整个的身心,软洋洋地浸进这暖流里了。

——我喜欢的东西?……是小本的诗歌吗?是好吃的糖果吗?……

她把头部在他肩上歪着想了一想。

——你可聪明哩!但只猜中了一件。

她从袋里摸出一包五色锡皮封着的东西,他替她把锡皮剥去了,投进她的口里。

——这是什么东西呀?我没有吃过的。

——是朱格力①糖呢,哈哈!……还有哩,这是给你预买下来的手套,这儿比故乡冷得多哩!……怕你一上岸便会冷着!现在,替你套上罢!

他拉着她的手儿。

——你这样挂念着我的么?谢谢你呀!冷我是不怕的,我在船里天天吹着冷海风哩!

……

离开码头,跑过冷静的地方,白马的四只蹄儿得得地把他们拖到热闹的马路上。

光怪陆离的窗饰在吸引路人的眼光,他忙着口讲手画的指示着一些华贵的女人饰物:长统的肉色丝袜,闪光的高跟皮鞋,软红浅碧的丝织品!……他这才感到她身上的装束是太于落伍了,没怪在这热盼着到来的她的身上,自己好像感到有一种失望似的心情!这套三年以前的布衣短裙现在完全没有一点爱娇的风采,

---

① 同"巧克力"。

像这样服装的女人在上海真很难找到第二个呀!

他再看着她的两腿,那是肌肉发达的一对腿儿,但无情的黑纱袜子很肮脏的把它的曲线美、肉体美完全抹杀净尽了,脚上是一对破了尖头的黑皮鞋。

他连忙计算着怎样向办事处预支了薪水,怎样挽着她到各个大公司里配置时髦的服装,怎样带她两个人一同乘着①春假,到附近的江南山水领略明媚的春光……

同样的服装,景物在小蘋脑里可起了不同的意念!她感到都市的淫乐是怎样强有力的激刺着人的官能!资本主义发达的都市文明只有供给一股人以沉溺的享乐!而这些享乐便是建筑在劳动群众的汗血上面!……她憎厌这些把汗血染成的灿烂的饰物,她尤其痛恨那些勾住男性的手腕,艳妆浓抹的徘徊在窗饰前面的时髦女子!

她没有注意到他说的是什么,只默然地观察着她所接触到的新环境。而他也给自己的思潮纠住了,他们都不知不觉地互相沉默下来。

三

——这便是我们的家么?……

跑上了三层楼,他挽着她跑进左面的室里。从他的又是一个热情的拥抱里松解出来的小蘋,睁着孩子似的惊诧的大眼睛,旋转着身子向周遭望了又望。这室中的一切是那么的新鲜,华丽,

---

① 同"趁着"。

但那于她是太陌生,太不习惯了!她从来就没有看过这样高贵精致的陈设,她绝对不需要这些!

室里的东西宛如没有准备着对这新来的主妇表示欢迎,它们都傲岸似的板起可憎的脸子!她感到说不出的不愉快,她叫了那么的一声。

这样的家和他们过去的完全不同,而也和自己曾经偶尔描想着的同居生活相差太远!她不相信自己和他便要在这样的家一同生活下去!

——为什么?这正是我们的家庭呀!……为了你的来临,为了我们以后的同居生活,几天前我才租定了这层楼房的。中你的意思吗?小蘋!你如果不累就跑到前面的客厅里看看罢!我们的东西算是完备了,我们现在有精致柔软的沙发呀!……

忽然有些不好意思的样子,他把夸张着的笑脸收缩了一下。

——你坐坐休息吧!我喊娘姨搬进你的行李来。

他匆匆地跑下去。

把眼光对一切重新估量了一番,她想着他那得意的心情,但自己何以只感到无名的不快呢?……这室中有着一架没有挂上蚊帐的铁床,上面的被子不是两年前他由乡里带来的那一条了,枕头也更换了新的,是缀上玲珑的花边和绣着好看的花儿。这床上的东西都很雅洁,精致,那雪白得来就好像没有人晚上曾经在这儿睡过。壁上挂了一幅装璜①美丽的西洋裸女画片,画里的她那对低垂下来的眼睛,好像对着床上的人们媚笑!

眼睛掠到床头的一只小几上。忽然,一件东西把它紧紧地抓

---

① 同"装潢"。

住了!那好似在生疏的境地里,无意中碰到了熟识的同伴般,一阵愉快冲激着她的心头,从口中跳出来了。

——呃!这是我的小画镜子,我的影相架呀!……

把这两件东西拿到手里,先对自己的上半身影片细细地看了一下,她笑起来了!三年以前的她特别显着快活跃动的样子。本来有点突出的上牙床,因为故意忍住开口大笑的缘故,弄得上下唇紧紧地闭住,整个的脸上充满滑稽要笑的神情。她忆起那时自己就像孩子一般,这相片是于摄完了妇协全体大会的纪念影子,从技师手中夺来了镜头,他亲自为她拍就的。他顶喜欢这张照片,特地买了个精巧的相架为她装上,也在临别的时候,她把它吻了几下才装进他的行李中。

在这样的追忆中他变成过去那个可爱的辛同志了!……但现实渐渐恢复了来,她觉得现在的他有些异样了,比起从前的辛同志模糊了许多!

——这小圆镜子,哈哈!原来给他偷偷地带了来哩!在P村累我找了许久……

微妙的、温热的恋情袭了上来,他是这样的可爱而又这样的爱着她!他把她玩过的小镜子也宝贝似的特地带来搁在自己的床前,日夕玩爱着她的手泽。

她甜蜜地笑了!她看着映在小镜子中的自己的笑容!

……

——太太!我来迟了,没有迎着太太请安,到外面买东西去哩!……

从背后跑进来一个穿着黑衣服的妇人,满脸油腻腻地向她笑着,又从头至脚把她打量着,手里搬着她的一只藤箧。

"太太"这称呼使她感到可怕和厌烦！她的心头有些跳动，在对手的油腻腻的眼光中袭击来一种不安的局促，她想到以后要和他一同过着役使仆人的生活便更加不快起来！

　　呀……这等我自己来安置罢！

　　她跑前去想接过那只藤箧。

　　——太太，让我来好了，就搁进床帏下面罢。

　　娘姨出去了。

　　她睁了嫌恶的眼光望着那些闪着栗色漆光的椅桌。

　　——怎么呢？萍君！你要仆人服侍你么？但我可不惯呀！

　　她懊恼地对进来的他说。

　　——你说娘姨么？傻孩子呀！我有职业要干的，而你叫我自己能够弄饭，洗衣裳么？我初来的时候吃包饭可吃得讨厌死了，又不好吃，又不卫生！……她，这娘姨不合你的意么？

　　——你要干你的职业。好，现在我来了，我是闲着的，让我替你弄着罢，我不是很喜欢自己弄东西吃的么？……

　　——那不行呀！给朋友们看了不成样子的！娘姨终归要用的！……扫地，倒痰盂，泡茶，买东西……呵唷！你的好精神为什么要枉费在这些麻烦的事体上面呀！……而且你解雇了她反而使她一时找不到饭吃，只要我们不要把她看成奴隶就好了。是不是？

　　——我不是拘谨什么人道主义呀！……不过我们总要自己处理着自己简单的生活的！而且，像村居时一样，我们互相处理着的同居生活不是很有趣吗？一点都不麻烦呵！……还有，我不是太太呀，我不愿意人家把这样肉麻的名词称呼我呀！……

　　——哈哈！这容易啦！不叫你太太叫你小姐好了。村居的生活可以简朴，但这儿是都市，没有法子呀！……

——也不要叫小姐！这些资产阶级的称呼我通通不高兴的。——她打断他的话。——她依旧服侍你一个好了，无论如何我是不愿意人家为我劳动着微小的事情，除非重要的工作把我整个吞噬了。

　　——真是和我为难哩！好小蘋，难道叫她喊你同志么？为什么斤斤于无谓的称呼上来呢？……那就喊你先生罢，满漂亮哩，你不是刚好做着先生来的么？……

　　她沉默着。

　　——为什么呀？我的小蘋！我们经了许多困苦别离的时间，现在能够相聚了，不应该快乐些么？看你的心情好像有些变了的样子！……呀！你感到高兴吗？为了什么呢？告诉我罢！

　　他跑过来揽住她。

　　——你才有些变了啦！唉！……

　　说了这样的一句，她的心头好像松吐出来一团棉絮。

　　在这温暖的怀抱中，这柔情的爱抚下面，这过去曾经令人陶醉的、柔瀚的海波现在真有些不同了，宛如有一层朦胧的夕雾把他和自己之间遮住！现在不但这室里的一切于她是太不习惯，就连这张开两臂揽着自己的爱人也生疏起来了，不是自己亲密密的同伴了！

　　把头部无力地枕在他的胸前，一种不习惯的懊悔，几乎使她像一般的女孩子般流下泪来！

　　都沉默着。他伸起手儿抚摸着她的乱发，这是从前他亲自给她把一条短短的辫子剪下，有些闪着褐色柔光的短发。

　　——这两年，在P村你定过了许多无聊的生活吧？……小蘋！你是晓得的，我是如何热盼着能够和你在这儿一同生活着的呵！

我们的物质看看能够安定下去,不用担忧了,不像在P村时呀,以后有的是快乐的日子!小藾!你不是希望着读书的么?现在有机会了,我有些朋友可介绍你进大学的!将来你毕了业,你定比我更加聪明能干的吧!

——读书,我是希望着的,但现在的我已不喜欢读那些无聊的典雅艺术了!我晓得怎样研究一些需要的学问,不愿意进学校哩。……萍君,你还不晓得呵!这两年来在P村我们有很好的机会,我读了一些连你从前也没有读过的Marxism①的社会科学,那是我们的真理哩!以前我,也许你也是同样吧!只从事实或情感上需要革命,但现在呀,我可明白了革命还是学理上所必然的需要呵!你也应该多读那样的书,那会使你获得正确的意识,树立坚牢的信仰!只有信仰才不会变更我们的意志!是不是呢?……

她仰起闪动的大眼睛,希求似的凝望着他。就在她这样的圆脸上好像浮着他所不能了解的神情!两年的离别在两人间画上一道奇异的膜痕,他应该细心地把这道膜痕消灭,否则在两人间的爱情上是很危险的吧!

——是的,唉……

他低声地答着。

他的几根指头交互地、轻轻地在她的头发上面起落着,这好像轻按上风琴的键子,美妙的乐音从她的心灵里流泻出来!她虽然要燃烧起来炽烈的火焰,但她还可以需要这蜜似的温情吧?而且他也是革命的儿子呢,不要抛弃了他,应该挽着他一同跑上去呀!

---

① 英语,马克思主义。——编者

——我为什么要作无谓的懊恼呢，放点勇气罢！难道他真的变了去么？……

她自己这样想着。

四

然而，没有坚牢的信念的人生是跟了环境决定他的意念的！虽然仅有两个整年的隔别，但存在于两人间的一切是完全不同了，这之间扩大了填补不上的裂痕了！

仅仅为了一次的口角，可怕的裂痕是不能掩饰的呈现在他们的眼前了！

那是在她到来的第三个晚上。

那晚上，上弦月很客气地从云缝中闪着光芒，晚霞拖着它的一抹余晖在天末逐渐苍茫下去，窗口吹进来春晚的轻风。刚刚吃完了晚饭，她跑上她喜欢去的露台上。

——来，萍君呀！你快来！……她像小雀般叫着，又像小雀般揽住刚走上来的他。

——多可爱的春晚呀！……你看，今晚上有月亮了。她的声音好像夜莺。

——春晚的风光真令人沉醉呢，但这是有了我的小蘋的缘故！

他吻着她闪动的大眼睛。

——你看！月亮完全涌现在碧空中哩！好光亮呀！……

——好光亮呀！……你看！那边的马路上已经耀起灿烂的灯光了！骀荡的春晚上，那灿烂的街灯下真使人沉醉极了！……快去呀！我们到街上逛逛去罢！

——不是陪你去了两晚的么？委实不愿意再去了……

她皱起双眉。

——不要傻罢！人生总要及时权变呀！快活不快活是由你的心情转变的。请不要再意识到那些唠叨的问题了！我们还是去吧！

——我真是不愿意去呵，我们在这儿看月亮不好么？

——你不是爱我的么？……我请求你罢！

他拉住她的手儿。

——那你不也是爱我的么？为什么要勉强我做不愿意做的事情呢？……

——唉！小蘋！好罢！以后我定不再勉强你了！只这一次，这算最后的一次罢，难道你真的忍心拒绝我么？……

他的声音恳挚得有些颤动了！

她只好跟他一同下去。

她把天青色的法兰西小绒帽子戴上。在他为她新买来的服装中，她只爱上这顶歪戴着的帽子。

——来，小蘋呀！我替你把旗袍穿上罢！

——跑跑马路也要更换衣服，麻烦死了！

——谁叫你在室中也不喜欢把它穿上呢？老是依恋着这套旧衣裙！……不用你动弹呀，我会替你穿上的。

他像爱抚孩子似的替她解开上衣，她皱着眉头由他摆布。

——呵唷！你还整天插住这支破墨水笔干吗呢？……等下我们另买新的呵！

——不要拿开呀，这是我心爱的东西！……

她赶忙抢下来依旧插进上衣的襟上。

替她穿好了衣服，他自己穿上外衣，梳着头发，站在后面的她像很忧郁般叹了口气！

——做什么呢，小蘋！你还是不高兴吗？

他转过头来，牙梳子在闪光的黑发上停住了。

——不是呵……我想起哥哥来呢！……

——那是过去的事情了，想它做什么呢？……去！我们去罢！……

温情的他挽住她。

"为着狭小的恋情，我会忘记了我们伟大的斗争么？……"她心里苦闷着的是这些，但萦绕在对手的脑中的却是怎样来和她享乐这华灯初上的春宵！

"但我是已经决定了我的目标的，现在只有等着炳生。也好。路上或许会碰到他吧！"她展开皱着的眉峰。

他俩混进在热闹的马路上，梦般沉醉着的男女堆中了。

他的眼光朦胧着给灿烂的窗饰、华丽的女人们掠夺了去。她却只注视着身旁过往的年青的男子，看看他们是不是她所盼望着的炳生。有时也仰望着那挂在狭长的天宇上面的月亮，月亮已给这夜的都市完全忘却了，灯光下谁也没有把她的光辉放在心上。

他俩的神情很不相属！他照着样子好几次伸起手来想勾住她的臂膀，但她却挣脱了！她说那正是自甘做着附属物的女人的表现，恋爱绝对不需要这些举动，她要舒舒服服地自己跑自己的路！……这可恼了他，但他还是很柔和地尽附住她的耳朵说着甜蜜的话儿，想引起她的情趣！有时在一两面窗饰前他便停住了脚，转过笑脸去想对她品评里面的东西，但不识趣的她好像毫不在意，早已从身旁跑过几步远去了！而他也只好嗒然地从后面赶上。

从后面他观察着她，在眼中的是一个粗率无文、小孩子似的女子！时髦女人娇贵的姿态不要说从她身上抽不出一丝来，就连女人所必有的旖旎风情也一点都找不到！他再凝视着她的大眼睛，那在三年以前是闪动着夺去他的生命的光辉的；但现在它虽然依旧放射出一种光芒，而在他却感到那是太于强烈了，不是他所迷恋着的了！总之她已不是自己此刻所需要的娇美的小鸟般的爱人了！

然而他还是恋着她的，是自己曾经热恋着的爱人！他感到苦闷，她淡薄了他们间的爱情，好像快要从他的怀里振翼飞去的鸟儿了！

两人终于默默地，一前一后地跑回家来！

——我说，小蘋！你为什么不爱我了呢？

灯光下两人依旧默默地对坐着，他忍不住那可怕的沉闷的气压，颤着声音说了出来。

——呀！这苦闷了你么？……萍君呀！问题并不是我们间有谁不爱了谁，而是你我间已罩上不同的幕幛了！……你忘怀了革命，你把我们间一同生活着的要素抛弃掉了！……

她望着他苍白了的脸孔。

——革命？……唉，为什么它会在你脑里像生了根般固结着呢？它委实太使我伤心了，我厌恶了它，我对它绝望哩！……几多高贵的生命为它牺牲，为它受尽残酷的灾祸！但现在有芥子般大的成效吗？到头它能给我们一点什么呢？……

——不对呀，不对呀！你，你何以会幻灭到这般田地呢？勇敢的牺牲者正有他们伟大的代价，整个的劳动群众不是天天在向上，革命的高潮不是重新就要到来么？……萍君呀！你离开了革命的怀抱，离开群众的怀抱！可怕呀！你已忘记了我们的事业，而它也把你遗弃了！……你赶快承认了你的错误，把你的悲观、动摇……种种的劣根性克服了罢！你呀，你往日的热情哪里去了，你真变成个浅薄无聊的落伍者么？呀，你呀！

她站起身来紧握住自己的手掌！

——请不要再说下去，不要再说下去罢！……是的，我的热血是退却了，我只渴望着我们温婉的爱情！我憎厌革命，我不需要它！……

他苍白的两颊泛上兴奋的红晕，简直像女人般倒进她怀里流着眼泪了！

怜爱的温情没有在她铁似的心头萌芽，愤恨的烈焰却不能遏止地蓬勃起来！她推开了他，毫无怜恤地高声叫道：

——你这革命的叛徒，你无聊的时候你玩弄着革命，但一等到危难当前的时候你便背叛它了！现在我看穿了你，你这毫无信念的小资产阶级是绝对不能参加我们神圣的事业的！好，现在你安享着罢，享受这由资本家们乞怜得来的苟安生活着罢，这享受都是从工人们的血汗得来，资本家吸收了又排泄一些剩余的给你们！呵，你真的不觉得差耻吗？你的甘心享受这种生活吗？……至于我，当着我们的事业正急待努力的时候，我愿意跟着你一同过着这样卑污可耻的生活吗？唉！……你呀！……

她的大眼睛射着利剑也似的光芒，刺得他的心头痛楚不堪，大颗的眼泪从他的眼中滚下来！

——别的不要说了，不要说了！你……仅仅我们的爱情哩？爱情！……

——你还说我们的爱情吗？完了，完了！我只有爱我们的事业，它才是我伟大的爱人！

——但我们的爱情不是纯洁的，崇高的吗？……

　　——不，不！这样建筑在美妙的梦而其实是渺小丑恶的现实上的爱情，我是不需要的了，真是不需要呀！

　　——你太伤了我的心，我真痛苦呀！……

　　——你才伤了我的呢！你背叛了我们间结合着的意义，你堕落得使这意义毁灭了！

　　…………

　　娘姨跑上来从门隙偷张这奇异的吵闹。他捧着脸孔倒到床上了，她也跑出到外面去。

五

　　低湿的云团一堆堆地在漏出来的青空上移动，渐渐地展开了整个蔚蓝得像用顶好的蓝墨水染成的天空来。而在这长空的角落，那给早霞渲映得红紫灿烂的一方却张开它的笑脸。太阳虽然还没有出来，但这天空已闪耀着晴朗的可爱的春光了！

　　在霞彩底下，在遥远的东方，那儿耸立着笔杆儿也似大小的烟囱，在静谧的晨空里浮上一缕缕不大飘动的黑烟。

　　就在那些汽管吐出它在今天中的第一口气，那是晨星还在灰黯的空中闪烁着的时候，它吼动的声音把小蘋从梦中醒觉过来，这声音还混着江头汽笛的尖锐的叫声，荡漾在她的脑膜上。

　　"他们又在开始一天的劳作了！"从梦中还紧紧把她揽住的爱人腕里松开，她跳下床来。

　　沉浸在梦里的他脸上尽泛着无限温和甜蜜的笑痕。头部顽皮的斜贴在枕上，柔黑的乱发遮掩了他紧闭着的眼睛，女人似的红唇因为笑着而绽出一角细白的牙齿！……可爱极了，完全是三年以前初恋着的辛同志呀！这小口，这蜜似的温情的微笑正是三年以前，她，一个无邪的小姑娘会把他恋上的缘故吧！

她不忙着穿上衣服，却轻轻地俯下去吻了他的口角。

渐渐地在这令人迷恋的温情里，不幸的暗影在眼前展了开来，把这可爱的他的睡姿掩覆去了。

走上露台，在晴朗的蓝空下面，她看见马路对过那一家院子里的柳条已点缀了繁密的柳眼了。而故乡的柳树呢，现在正是翠拂行人首的垂杨了罢！微风漾着春的气息满满地给吸进她的胸头。她想起别离只有十天左右的南国风光，更忆起多年以前，就在这样的春光里爱上了那撩动人的温情的笑脸！

明媚的春光中忽然又袭上飘萧的暴风雨，涌现起崩塌糟乱，血肉模糊的惨象来！

那是整个为革命而斗争着的故乡，和为斗争而牺牲了的哥哥、妈妈，和别的许多同伴！

小蘋是个农村的女儿，和别的农民般她血管里面流着的是勇敢朴诚的血液；但不同的是她壮健的血液里面还渗着要斗争的另一种热力！

她生长在G村。那是在革命发源地的K省，大庾岭极东极东的T县。浩荡的珠江支流滚滚地绕过村前，绵延数十里的K山麓便是这G村所占有着的一部。虽然依山傍水的占尽可夸的自然环境，但G村也和别的农村一般，过去几千年以来尽给铸就在封建的铁坟下面！

小蘋脑中没有父亲的印象！她在娘肚里的时候，他便因为受地主的压迫受不过，盲目地起来抗争而给他们弄死了！但父亲遗留给他们兄妹俩的是血液里的热力。

和她一道在G村生活着的是比她大了八岁，长成个顽健不过的农民的哥哥，和一位与别的老农妇没有两样的慈爱的母亲。

幼年，在母亲和哥哥被榨剩下来的汗血里，她算安和地能够在岩石嶙峋和滔滔地流着朱红色江水的长堤上，度过了她的童年。

长大到十三四岁的农女了。蓄着一根给太阳晒得闪上褐色的光泽的短辫子，和别的村姑一般她不晓得广大的世间的一切，只有一个圆圆的小红脸孔和一对黑溜溜的大眼睛。

革命的怒涛涌进滚滚的C江，激荡着长堤南岸的G村！映进在她的大眼睛里的有新鲜、奇趣的一切了！哥哥是渐渐地不和人家打架，不喝醉了酒而叱喝母亲，骂打着她了！他好像很忙的样子，农作之后便匆匆地跑进村里的乌祠堂，和村里的同伴们或一些由别的乡村到来的客人们老是在谈论着什么，忙着什么，有时还整天不见的说是到了县城里去干着什么事情！

渐渐地哥哥变得越是温和了。常常笑着拉她的手儿，抚摩她那褐色的头发。他又常常地和母亲谈论一些不大明了的谷租这等事情，在母亲那表示骇叹的辞气中引起来她的注意，她也睁着大眼睛倾听他们的言论，不时地发出自己的疑问。母亲笑了，但哥哥却温和地详细替她解释，很希望她能够明白的样子，老是指画着他粗大的手腕。

又渐渐地哥哥忽然老捧了一些有着黑的点划的册子、纸张，在灯下紧皱起他的两眉。他说那是书籍，是世上顶可宝贵的，能够教给人们一切不晓得的东西：

她睁着眼站在哥哥身旁，把奇异的眼光默默地对他注视着。

一个晚上,一阵本能冲动着她,从口中跳出来,她说道:

——这些,你看着的这些书本子既然是很好的东西,哥哥呀!为什么你不教给我认识一些呢?妈妈也认识一些呢?!……

——呵唷!女孩子也要认字做什么呀?你这傻孩子!……

还不等哥哥的回答,母亲从皱痕满布的脸上叠上憨厚的笑痕了!

——这不对呀!妈妈!……是的,小藾呵,哥哥真蠢死了,放着好好的机会,却想不起来领你到乌祠堂的平民学校里念书!

哥哥哈哈地笑起来,他高兴得放下手中的册子拉着她的短辫子。

——真好呀,明天,明天哥哥便领你念书去!……妈妈你还不晓得哩,现在我们的世界里男孩子女孩子是一切都平等的了。为什么不呢?妈妈你做了比我们男人苦了许多的一世农妇,难道不想起来解放自己吗?……男孩子会做的女孩子不也同样会做吗?只要她们自己起来参加革命。小藾呵!你将来定会帮着哥哥干我们的事业的!你的命运真好呢,小小的年纪便有机会认字了,不像哥哥,现在才……但哥哥可不会输给你的呵,将来我们看谁会比谁多识一些罢!哈哈!……

那晚上她的心中好像新长了两只翅膀!

明天,她穿了唯一好看的红格子上衣和黑布的裤子,哥哥粗大的手掌按住她的肩头,带她一同到乌祠堂去。他们的脸上都浮上新鲜的光彩!

——小藾呀!你要过乡去么?哥哥带你到城里逛逛去么?……

一走出低矮的家门,邻右的孩子都围住她问着。

——都不是呀!哥哥领着我,领着我到乌祠堂读书去哩!……

她有些夸傲的样子,笑着指着插在哥哥袋里的书本子。

——好撒谎的小蘋呵!读书,你骗我们呢!我们跟着看你要跑到哪儿去!

哥哥笑起来,张开臂膀把他们叫回去。

——迟早你们都要到乌祠堂读书去的!

他说。

——阿大!你带妹子哪里玩耍去呀?……

一碰到相识的老农民,他们也唠叨地问着。

哥哥告诉了他们,但他们都笑着说道:

——开玩笑,女孩子也读书的么?

但哥哥解说了几次也不再搭理他们了。

到乌祠堂,她小小的心房跳动起来!只紧紧地拉着哥哥的衣角。

哥哥喊她坐在前厅的阶沿上,自己匆匆地跑向里面去。春晨的太阳从花纹古旧的檐角上射下,天井里两株大龙眼树开满小点的白花,悄静的空间充满着无限的神秘!

哥哥跑出来拉她的手儿进去,他很恭敬地指着一位穿长衫子的男人叫她喊"李先生"。

李先生走过来抚摩她的头发,她看见他的手儿又白又小的不像村里的农人。他很温和地笑着对她说了些什么。

到现在她还清清楚楚地记着,那天午间哥哥从田里挑了一担草儿,跑来带她一道回家去。她的心头像塞住了一些什么,饱饱地竟比平时少吃两个母亲炊熟了的土芋。

生活改变了,几十个和她同样大小的村童和整天穿着长衫子的李先生是她的同伴。乌祠堂的龙眼树下和屋后巉岩的山麓便是他们游耍的地方。她渐渐不喜欢接近早日那些女伴,她们的言谈行动都和她合不上了!

她念完了两三册印着人物的书本子,感到它的兴趣了;也学会了写字,爱把牙齿咬开那给坏的墨汁所胶住了的毛笔尖儿。

她天天夹了一两册书本和一块已经打破了的石板跑到乌祠堂,短小的辫子在脑后跟着她跳跃的时候一起一落地动着。这小辫子是乌祠堂里独有的辫子,她是他们中唯一的女孩子,她会比他们读得更加聪明些。

妹妹整天都有功课,但哥哥却只有乘了搁下锄头的闲暇,晚上读着一两个钟头的夜学。妹妹在家里坐不惯了,晚上有时也跟哥哥一道去听他们的谈话、演讲,读着他们的书籍。哥哥很容易便会明了里面的意思,但妹妹却有些懂有些不懂只认识了几个生字。

夜里,从乌祠堂回来后,在小小的豆油灯下面对坐了兄妹两人。各人都读着各人的功课,眯着老眼的母亲也横坐在下首补她的破衣服,或者摇着纺纱的轮子。

哥哥老是紧皱着眉峰,粗大的手指不停地搔着自己的头皮,好像恨不得把整本的书籍吞下肚里去的样子。妹妹呢,她溜动着思睡的大眼睛高声地读着,或者歪着头默默地写她歪斜的字句。

妹妹喜欢和哥哥赌着认生字,哥哥老是输了的时候多,输了时他不是越发皱紧了眉头痛骂着自己便是哈哈地笑起来,拉了她短小的辫子夸奖妹妹聪明!

哥哥有一次从城里带回来一件新奇的东西!那是一根秃了笔头的自来水笔。他很夸耀地把来插在自己敞开了胸膛的上衣袋里。这打动了妹妹,她借过来试用着,试用着老是不忍拿回哥哥。但他说那是自己积下来的几只角子在城里买来的,如果她能够一连赢了他三次以上的赌认生字,那他可以割爱送给她。

妹妹夺去了哥哥心爱的自来水笔了!妈妈说小孩子用不到这样好的东西,但哥哥却哈哈地笑了,情愿让给她。她高兴得晚上一连做了好几次关于这支笔的梦!明天,插在衣襟上连跳带跑地走到乌祠堂去。

自来水笔里面的墨水用完了时,连哥哥也想不出法子!幸而李先生教给她使用的方法,还把自己的一罐墨水送给她。

从此,她不用再夹着破了的石板跑来跑去了。她整天留心着收集一些白净的纸屑,很高兴地歪了头儿,用着秃了的自来水笔写她歪斜的字句。

六

小蕨度着她十七岁的青春了。姑娘们在这个期间正像一朵娇艳的玫瑰,幸福和青春原是联系在一起的呀!然而我们的小蕨却刚刚是两样!她是一株由荆棘丛中茁长出来的乔木!她没有沉醉于处女的软红的梦,而是处身于洪涛烈火当中!

青春给她带来了狂热的革命情绪!

她的青春也刚好带来了中国的革命高潮,那是一九二七年的开头。G村的土地早已在铸就了的铁坟下面翻动,农民们早已在里面啸乱,看看他们快要冲破这若干世纪以来,重重地压在上面的铁墓了!

G村掀开它一页斗争急剧的历史。

现在小蕨是G村××协会里面得力的一员女斗士了!虽然刚刚是十七岁大小的一个农女,但她脑里装着的是满满的革命意识和有生以来便需要斗争的事实！帮着哥哥们领导有着千余个农民的G村来开拓它的新命运，她是协会里的文书部长和妇协G村分会的领袖。

哥哥为着努力工作的缘故，忙得连自己几亩田地都无暇耕种！两三年来他们的一家三口在物质上依然过着刻苦的生涯，但兄妹俩的精神是跟了村民们改善了生活般有了可惊的进展！

哥哥把粗大的臂膀高撑起减租运动的旗帜，和村民们向躲藏起来的地主门前呐喊，走进军警森严的城里向统治者示威！妹妹却站在长堤上或乌祠堂的门口，对一些落后的农民们大声地喊着口号，热情地演讲着。

曾一次哥哥因为斗争的缘故给身上受伤的抬了回来！母亲吓得号哭了，但听了这消息的妹妹还坐在乌祠堂里飞动她的笔尖，起草着重要的宣言。

从G村妇协的支部，她被选进城里总会充当常委了。

拖着褐色乱发编成的辫子，上衣襟上插了一根旧的自来水笔；圆而黑的脸上透着满满的红霞，黑而大的眼珠睁开来闪动着光辉，她身上的装束和在村里没有什么不同，不同的只有从今天起她系上了一条短的蓝布裙子。她把裙子拉得很高很高，为的是便于走路的缘故。但她穿的是短统袜子，走起路来她的膝头便很不客气地裸露出来，然而她完全不打算到这些事情。

就是这样的一个农女，小蘋，她以G村代表的资格，到城里来的第二天，被全县各界代表大会的主席介绍着起来演说。

是第一次她站在许多不熟悉的群众面前溜动着大眼睛！有点茫然的样子了！但她即刻把握到自己，激越的声音从她的口中散出，她差不多把脑袋装得满满的东西都从口中倾泻出来！

粗大的手掌在台下雷似的轰叫起来!

她跃动着小辫子走下台去时,他,县党部代表辛萍君抢着起来发言了。他说:有许多革命的知识分子老以领导者自居,看轻了工农群众!但现在请他们自己批评一下罢!中国的无产阶级和妇女对革命的认识不是已达到可惊的进展吗?像G村的代表便是一个好例,有谁能够比她说得更真挚、更热烈的革命理论呢?除了真正的工农群众!……大家应该一致赞同她们所提出的运动方式,她的呼声便是我们几十个工农代表的呼声呀!……

与其说小蕻的言论引起他的赞叹,那还是她那对闪动的大眼睛把他从心灵深处给熠动过来的更为确切吧!他是个小资产出身的革命者,是浪漫的、热情的青年。他受了现社会的所谓高等教育,但大学还没有毕业便跑回家乡来充当教员——那一半是因了他没落的中产家庭不能赓续给他求学的经济负担,而别的原因也是他自己对无聊的学生生活已起了厌倦!但粉笔黑板的灰色生涯更使他苦闷,而社会的黑暗面也开始映进他的眼膜!于是他把雄心收拾起来尽付之流水,他憧憬着不可捉摸的乌托邦,沉醉着浪漫的文艺热,然而这些没有使他得到安慰,像一只失了重心原力的陀螺般,在地上东突西窜地盲冲着!

而刚刚在这个时候汹涌起来革命的狂澜!于是他找到了自己的出路,他热狂地追求着能令他奋发起来的事业。

虽然只有二十三岁的青年,但前部的青春于他是无声无息地溜过去了!现在他要紧紧地把它抓住,加倍地享用这残留的青春。他需要革命,但他还需要生命所必不可少的异性的爱情!

爱情始终是神秘的东西?!它不停留在时髦的女学生,党的女职员同志,或别的美丽的女人身上,却毫不踌躇地投进在一个粗陋的农女的大眼睛里！

不仅仅为了一对闪着光辉的大眼睛呀！她全身质朴简陋的装束在他看来是另含有新鲜的、浪漫的、少女的姿态，是一种纯洁高起的神韵！

这可爱的神采深深地抓住了他的心灵，本来他的生命只有追求着热情的革命，而现在这热情中另茁长出一根有力的萌芽了！

但她呢，她不懂得这样的爱情的，她爱哥哥，爱妈妈，尤其爱整个的G村同伙们和阶级相同的无产群众！

这对她表示赞许，对她们的斗争表示同情的萍君给她是一个很好的印象，她晓得那是一位和李先生同样的革命知识分子。

在城里她依旧忙着她的工作。现在没有哥们来拉她的辫子或者拍着她的肩头了。一同工作着的几个女同志们，她感到她们不是真正的革命同志，孤零零地总是和她们合不上！她晓得自己是个粗陋无文的农家女，女学生出身的姑娘们定比自己高明得多。但渐渐地她推翻了这样的念头，这些同伴真使她失望！

"Miss①小藐，今天参加军民游艺大会的演说词你预备去罢！我们到时都要表演游艺的！……"

"小藐同志！请你把裙子放低一点可以不可以呢？会场里露出整段的膝头来是不大雅观的呀！……衣袖便要短得露出整只臂来算时髦的，但你的袖子却偏偏这样长！"

"你为什么连雪花膏都不搽一搽呢？小藐姑娘！到城里来后还不把服装改良改良是赶人家不上的呀！……"

"同志小藐！你的文字做得还不差，但你太不懂得艺术了！

---

① 英语，小姐。——编者

革命是需要艺术化的呵！请多读一些关于文艺的书本罢！我可为你介绍！像《飞絮》《落叶》①……这一类的文学便是现在顶流行的恋爱小说！……"

"……"

这便是女同志们对她的谈话。她看穿了她们，她们不是为恋爱、为虚荣而来革命，便是想借此开开无聊的心！她们对资本主义时代的物质诱惑不能排遣，她们完全不晓得精神上的向上！只是一团肉，一团毫无生命的专供同样堕落了的男性玩弄着、蹂躏着的肉体！

她忍不住的时候，便睁大眼睛来替她们解释革命的意义，怎样才是新女子的人生观。但她们不是撅起口唇来躲开了去，便是哈哈地把她讪笑起来！

她愤恨她们，但她更加紧自己的努力。她们整天只找着机会跟男同志们到什么地方去游玩开心，到什么游艺大会和娼妓们一同表演肉麻的歌舞；还有不是整天躺在床上抱着恋爱小说，便是镇日里忙着写情书、烫头发……她们把辛苦的繁重的工作都推到她身上，但她从来没有推避一次的，高兴着连忙干去了。

在城里她体验了复杂的劳动群众的生活，更惨酷的手业工人待遇和两重压迫下的女工贫妇们的苦况！她努力地领导着他们，指示他们应该怎样起来抗争！

工作把她整个的包围着。

是元宵节日，全城里一对对新悬在门前的红纸灯笼还未透出光

---

① 《飞絮》，张资平著；《落叶》，郭沫若著。均于一九二六年由创造社出版部出版，次年编入《落叶丛书》。——编者

亮的烛影，代替了亮晶晶的一轮明月的却是纷纷点点的满城寒雨！

刚从党部里散会回来的小蘋，褐色的乱发上缀满了珠珞般的雨珠，跑回住宿着的妇协会去。

——小姐们通通给先生们分头请吃节酒去了！大约晚上没有十一二点钟是没有回来的！只可惜晚上躲去了月亮，不然我们两个倒可以清静地坐谈一下……唉，看你真是忙死了，谁个姑娘们像你这样不贪快活哩！……

她刚刚跨进大门，爱和她唠叨着的女杂差便迎着说了一大堆。

——呃，要我这样忙着才是快活呢！……

她笑了走进自己房里。揩一揩头发后，便伏在案头把刚才的决议案重新整理着。

邻家送进来一阵阵的爆竹声！忽然，她忆起家来了！忆起幼年时和哥哥在这个晚上便合力筑成一个瓦塔，在月光下的爆竹声中又把它烧毁了，自己和孩子们携着手，绕着那射出美丽的火光的瓦塔跳着，唱着无腔的村歌。呀，那是多快乐的游戏呵！

像醒觉过来般地连忙屏去自己的童心，依旧低头理完了她的工作。

把脑袋清一清，今晚上是没有什么事情要准备的。于是回家去的念头又袭了上来。她挂念着哥哥们的工作近来不晓得怎样，离别以来虽还不够一个足月，但不晓得整个的G村群众可有了什么进展？！

跳起来脱下鞋袜，把裙子更拉得高些。从县里跑到G村没有灰筑的官道，只有一下雨便泥泞满路的小田径。她赤着足穿了木屐子，捡出几册刊物来准备送给乌祠堂的新组织成功的农民俱乐部，跑下楼来和女杂差商借竹笠。

——你这个样子便想回去吗？不怕在城里碰见那些先生们么？……

女杂差惊诧得笑了！

——我怕什么呢？我是惯了的！

她戴上大的竹笠子。

刚好这个时候从门外闪进一个人来，他穿着闪光的雨衣。

——小蘋同志在里面吧？说姓辛的要找她。

来客对女杂差说。

这声音使她立刻注意到来的是谁，她高兴起来。

——在这儿呀！我刚要回家去哩！

——呵唷！我可认不出是你来呢？……

他又惊又喜地看着那两只深覆在竹笠下面的大眼睛，这眼睛放射出来越发可爱的光辉！而她这样潇洒自然的装束更是动人极了！

她笑着把竹笠除下了。

——怎么？有什么事情吗？……

——要有事情我才可以来找你吗？今晚上就是因为没有事情做，才想找你谈谈呀！……

他也笑着脱了自己的雨具。

——我们不是刚在会场里碰到的么？此刻你来了，我便以为是部里又发生了什么特别事情哩！

——你整天都担心着工作呀！……

那光辉闪动得他的心头跳颤起来！

——哪里？……我真高兴和你谈谈的，但对不住呀，此刻我要回村里去呵！

——那我只好告辞了！……不过，晚是晚了，又下着雨，你自己一个在村野上跑着不太孤寂吗?……

他很恋恋地注视着她的眼睛,口角上浮着温柔的惆怅的微笑,白嫩的手指玩弄着雨衣的纽扣,只是不愿意离开她的样子。

一阵奇愤的冲动在她心上跳跃,她忽然感到他的可爱了!她从来就没有领略到像他这样的男人的温情的微笑,那像醉酒般濡进她的灵魂深处,醉了似的她凝住自己的眼光。

"他可爱呀!……"脑中闪上已经组织起来的这样的一句,全身的血管中好像流着无数的、轻轻咬嚼着她的肌肉的小动物,而这种咬嚼是引起来新鲜的、甜蜜的快感!

她再感觉到颊上渐渐地烘热起来!

两人都低头沉默着。

——那,那请你一同到我们村里去好吗?路上可以一面走一面谈谈,不是不寂寞了吗?……

她有些不好意思地终于说出来。

——好的,好的!我真高兴呀!……我们去罢!

他笑得露出一列细白的牙齿来,这牙齿也使她感到可爱极了。

——还有,辛同志呀!我要介绍你给我们农会里的同伴们,他们定欢迎你呀!你是个努力于我们的斗争的同志呀!……

她立即还记起来这可爱的他,便是热情于革命的敬爱的同伴。他有比自己更加高深的学问,他的言论常常会使自己折服的呵!

她跳跃起来,戴上竹笠子。

七

无偏私的青春也带给她蜜似的温情,在谁个的青春里没有一段温情的romance①呢?黄昏的村野,寒雨霏微的道上,像掉进软绵绵的蜜糖里似的躲在辛同志的怀中,她很大胆地吻了他那绽着柔和的笑意的、颤动着的口唇!

现在只要有意的追思起来,那就连自己的指尖也会感到当时的特殊的滋味哩!在女人的一生,处女的第一次浸浴在恋情里的感觉,是深深地印上脑膜的呀!

可是我们的小蘋所以和别的姑娘们不同的,不是她不需要这蜜似的温情,而是在这斗争的生活里,她需要的是更伟大更热烈的革命的爱情呀!

当晚G村的农民们就在乌祠堂里聚集起来,欢迎这革命的领导者——党的青年部长辛萍君!听了他的高贵的演说,他们是喜欢得来感激似的高呼着!……而现在呢,现在这曾经领导着群众的知识分子是背叛了革命,生活在群众的血汗里的落伍者了!

第二天天一亮的时候,她和他便赶回城里,哥哥拉住她的手儿说:

——现在我们村里是准备着再进一步的抗租运动了,这是很隆重的一件事情呀!虽然时机还没十分成熟,我们的敌人还有许多!……可是,我们是愿意把最后的生命交给这一次的斗争的了!……小蘋!……

——好的,哥哥!你们准备着吧!这是我们最后的一次呀!在城里,我是时刻都记挂着我们的农村的!我晓得尽我的力量帮着这事情干着的!……还有,这辛同志他也是站在我们同条战线上的斗士,他是努力替我们尽力的,我晓得!

……

---

① 英语,浪漫史。——编者

她紧握住哥哥粗大的手掌。哥哥好似有点不舍得她离开了农村的样子!

她离开了哥哥,妈妈,离开整个亲爱的G村!谁会料到这一次的别离竟成了永诀!现在她已再不能看见亲爱的他们,不能看见那未经铁蹄蹂躏、整个在欣欣向荣的农村了!……

一回城里,工作依旧把人包围了去,她忘记寒雨声中那温馨的恋情了。在会议席上,在群众堆中,她也常常碰见了他,但这个时候的他是紧握住手儿,渡过那波涛汹涌的大海上的同舟伴侣,是一同团结在斗争热情里的敬爱的同志!他的红唇没有浮绽着柔婉的笑痕,有的只是庄严的、愤发的光彩!

——小蘋呀!为什么你总是不喜欢和我私下谈谈呢?我们不可以亲密一点么?……

——你的眼睛闪动得太动人了,你把我的心灵一熠一熠的夺了去呀!……

这迷人的温情也会打动了她,处女的柳絮也似的心情,是经不起这春风般吹着的甜蜜的言语的,于是她会忍不住倒下他的怀里,捏着他嫩白的手指,或是抚摩他柔软的黑头发,把他叫着"傻孩子"了!

然而许多次这温情像给她胸中的烈火消灭了去,软红的迷梦完全引不起她憧憬着的柔情,满满地填在脑中的是凶猛粗暴的铁锤、刀剑!毫不踌躇地把他拒绝了!

——辛同志!请不要尽对着我说这些话儿罢,我忙着哩!难道你却很优闲①吗?你的工作呢?……

---

① 同"悠闲"。

——好忍心的姑娘呵！真是个铁似的女斗士呀！……好，大家努力吧！我就干我的去了！

——谢谢你呀！这样我才爱你呢！……

不觉地对他笑了。于是各人便分手干着各人的事情。

熏风漾着麦浪似的温情陶醉了她，他方呢，那熊熊烈火一般的斗争越是猛烈地燃烧着，就在这两种不相混合的氛围里，她度过了城里的落花时节。

历史的车轮碾上了险恶的轨道！就在这一度革命的高潮达到了它顶点的时候，飓风施行它最后的暴力，排山倒海地覆下来把它压成无数的浪花，飞溅得整个的中国都沾满可惊的白沫！

黑暗的一方风驰电掣地掩覆了刚要升起的光明！它用着可惊的速率伸展到大地！反动的铁蹄冲破了栏栅，践踏到稚嫩的园地来了！

黑暗和光明早已起了分野，后者是暂时给消灭了！整个的中国已陷进黑魆魆的深渊，而消息闭塞的T城，依山临水的G村却反而在茫茫的大海上浮着一两点闪烁的灯光，想延长那微弱的光明！他们已长起万丈的斗争烈焰，这烈焰没有暴力的扑灭是不愿自行掩熄的呀！

凶恶的暗潮快要淹没而来的前几天，邻村邻县都啸动起来！T县也难逃这必然的劫数，在那反动势力高压的下面，他们还奔走呼号地尽着最后挣扎的力量！

小薪有两天晚上没有睡觉了，褐色的乱发在头上蓬松得像一团干草，睁着两只充血的大眼睛，歪了头儿不断地运算他们的计划！

哥哥老是没有碰到的机会，他曾一次进城来找她，但没有碰到便匆匆地跑回去了！这几天来有的说他已跑出S埠，但有的又说曾在什么村上晤见他。外间的消息已和这儿隔绝，反动分子是明目张胆地干起来了，她和萍君们都好像一群给捉到瓮里来的小动物，转来滚去尽找不到一条出路！但他们依旧拼命地和反动的压力斗争，奋力着挣扎着！

她没有余力兼顾到自己的农村，不能跑回去！她晓得哥哥们一定不会屈服在暴力下面的，他们只有奋斗，虽然到头来或许只有牺牲！她也认清自己当前的任务，只要有一丝的希望，她便尽力干去的！哥哥粗大的手掌好像什么时候都紧紧拉着她的，她没有畏怯，畏怯自来就不曾闪上她的脑海！

他们躲在一家儿子是个青年小贩，母亲是六十多岁了的浣衣妇的熟悉的草屋里，秘密议决他们的案件。这儿一共只有五个忠实的同志，平时那些投机分子现在躲的躲，背叛的背叛了！

在惨淡的豆油灯下，听着附近的城楼已经敲了三更的鼓声！

——好！同志们，就这样结束了今晚的会议，各人进行各的工作去罢！……

她睁着那充血的大眼向大家溜动了一下，眼睛虽因失眠的缘故失却那闪动的光芒，但燃烧着的气焰把同志们的睡意都扫除净尽！

——他们早已严重地侦查你的行踪，这你是知道的。为了我们整个的目标，小蘋同志！你应该躲在这儿不要出去了！团结起各个工会来的任务我来代你干去罢，我自然晓得尽力干得好好的！……

萍君握住她的两手。

——但我终须不能死躲在这里的，我还要跑回G村去帮他们联络起各村的×会来和我们一致行动，这是紧要不过的事情呵！……

——那更使不得呀！听说今晚上各个城门都站了检查员呢，他们是真的干起来了！

　　另一个小个子的同志抢着说。

　　——呀！那你还不早点说出来呵？他们把我们截成两段了，没有农村的援助是只好束手待毙的，这几个毫没武装的小工会能够干什么呀？外面是一点都得不来信息，究竟我们党的中央组合是怎样了呢？……

　　大家的脸上都罩上深灰色的浓雾！

　　——可是，干终归要干的呵！不斗争，难道向敌人们暂时屈服了么？勇敢的同伙呀！——她立即跳起来说——辛同志！那请你代我尽力去罢！我一定要筹思出来更安全的法子。

　　他们陆续地出去了。

　　吹熄了的豆油灯，黑夜里她一面静听着老妇人低微的鼾声，一面想来想去总想不出怎样飞出这牢狱似的县城，回到G村去是无望了！

　　她守望着由屋顶的一方玻璃小窗眼所透进来的天空渐渐灰白着。

　　盼望着他们，但自朝至午任等都没有他们的足音！下午的时候了，外面好像响了几下枪声，她惊疑着，没有一会屋里的老妈妈颤巍巍地走回家来！

　　——是什么灾祸呀！天王爷！……先生们通通给抓去了，给官兵们……

　　她慌张得枯瘦的老脸孔好像缩小了许多。

　　——怎么呀？你，你说的是这些先生们……

　　她急得来好像热锅上的蚂蚁，下意识地把指头咬住了！

——这些来这里坐谈先生呀，还有许多，许多！官兵们到各个学校，工会……还有人家里都搜掠透了！他们乱抓了人，又放了枪呢！东西好的都给他们抢尽了！唉，真不晓得是怎么来头的灾祸呀！……我在女学堂里替姑娘们洗衣服的，但不好了！官兵们一哄的冲了进来，不问情由，把姑娘们有的连衣服都脱光了！……唉，可怕呀，天王爷！这是闹什么乱子呢？她们赤条条地给抓去许多个呀！真是……

老妈妈的老泪扑簌地滴下来。

——完了！我勇敢的同志呀！……都给抓去了吗？……

还没有关上的独扇门闪进来一个穿着肮脏布服，戴着阔大的破帽子，胸前还系着一方厨夫似的白布围裙的男人！他那几根不能掩饰的嫩白手指按在推开来的门扉上，使小蘋跳起来了！

——是你么？萍君？……

——完了呀！小蘋！……但幸而我们总算碰在一起了！……

他张开两臂来把她揽住了！

——可是我们怎能悄悄地躲起来呢？……我们是不会退缩的！

她推开了他。

——完了，完了！工会都给他们早已占夺去了，同志被悄悄地抓去了！是迅雷不及掩耳的突变呀！天没亮的时候我得来这些消息，只好躲进姊夫家里去！……然而我挂念着你，死我们也要死在一道！赶这混乱的时机我逃出来了！……我们自然不会退缩，但现在是一线的出路，一丝的力量都没有了！……姊夫说G村自昨晚上给统治者军队包围了，农民武装起来抗拒反动的军队，但混战到上午的结果是失败了，实力上万万抵抗不住了！你哥哥不必说了，你母亲和多数的村民们都给立地枪决了去，乌祠堂和一些瓦屋是给烧毁了，家畜钱物是给洗劫了，G村现在只有逃难的一群灾民和一片烽火还没有熄灭的瓦砾！……

他一气呵成地滔滔说着！

——呃！……

整个世界在她脑里翻腾过来！在眼前，黑沉沉的一片里闪着一堆堆鲜血淋漓的尸体，闪着哥哥们的脸孔……又渐渐地这一切都飘浮而去，黑沉沉的一片吞没了一切！

八

——唉！这是什么一个地方呢？怎么老像是在夜里呢？……

渐渐感觉到自己是躺着的样子，全身都松解了般连动弹一下的念头都没有起过！她昏沉沉地尽浸溺在恍惚可疑的境地里！

——唉，我失去了工作吗？为什么老在夜里躺着呢？……

深灰色的浓雾中老是浮现着一个模糊的影子，这是谁呢？她真想和他讲话，但喉头好像给什么闷塞住了，自己整个的存在就如一团没有意识的棉絮！

——小薪呀，醒醒罢！……小薪呀……

渐渐地她感到一阵阵低微的声音老像在喊着自己！这声音好像就从那模糊的影子中发出来！

这声音真温柔极了，乐音似的尽在茫茫然的脑际回旋！

——唉！……是妈妈吗？是哥哥吗？……这声音，这影子！……

——然而，都不像呵！……哥哥和妈妈呢？……他们，他们不都是没有了吗？……

一阵漆黑无边无际地压下来，鲜血在里面飞溅！……

漆黑渐渐散开了,深灰色的浓雾里又漾着轻柔的声音。

——呃!是你么……?辛同志!……

模糊的影子忽然很清晰地在脑上映现!

——是他,是他呵!……

她想喊出来,但喉里只透出一丝短促的气息。

——呀!你醒过来罢!……小蘋呀!……

这轻柔的声音现在更可以清楚地听到了。她记起来过去的断续的一些残痕,但这些又给那浓雾弄得模糊着了!

为着这病,他和她才能够安全地从紧张着危险的T城逃走出来。

那是黑暗暴风雨后的第二天晚上,他穿了女人的衣服,她却紧紧地被裹在被窝里,抬进泊在草屋后面的小河上的船舱里,老妈妈护送着,她的儿子给她们摇船,说是重病的亲戚要送回家里,没受检查的小船由城河摇出城外去了!

他带着她投奔到七八十里水程以外的姑母家里。这是一个很静谧的桃源似的农村。这儿自来就没有所谓革命的抗争,重叠的山丘虽然并不险阻,但却深深地把它三面环绕着,只有一条小小的河流从西方的田野里很曲折地流进来。革命在高潮时溅起来的浪花,没有超越过丛山叠嶂散布在这里,化石般的农民们的脑袋,只晓得谨愿地耕他们聊以自给的田地,不晓得别的什么希求;但最大的原因却是外面统治者的铁蹄很少践踏到这里,而这儿又因了是创立不上几百年的新村,农民间很平和的没有什么专横的地主,到外面缴纳的租谷也比别的村民们少一些。

姑母的家庭是个目前还能够安和过活的农家。她没有丈夫,有两个儿子和一个媳妇。小的儿子是个活泼的、憧憬着外面复杂世界的十七岁的孩子；大的却是只晓得劳力的忠朴的农人。他们是勤俭过活的农户。

姑母有一所落成不久的新瓦屋，除自己耕作的外，还有几亩租给人家的园地。她能够供给侄儿的生活，她充分地同情他，他的逃亡在她以为就和给奸臣谗害的落难状元般相似。表兄弟们也欢迎他的来临，他们眼中的他是神圣高贵的读书人、政客。他们都劝他静静地躲在家里，等到天下太平了那才到外面升官发财去。

小薪害的是热病，一连几天都躺在昏睡的状况中，这村里当然没有什么医生，村民们的生命，除了凭自己的经验调养之外是由它自生自灭的。姑母替她着急得求神问卜，他却整天整晚只有守在她的床前，低唤着她的名字，偎着她滚热的脸孔和按着她跳跃着的脉搏，把脑中记忆着的对于病人应有的调护方法都谨慎地施用着。

过了危险的期间，她清醒了。她晓得自己经过不幸的斗争，现在是逃亡着的，只好躺在床上的病人了。

她老在追忆那不幸的斗争，那太使她痛苦了！

——……唉，辛同志呀！……我要复仇的，我们终要胜利的！……

这样的言词常常在她病弱了的唇中溜出，失了光辉的大眼睛在瘦陷下去的眼眶里突突地显露着！

而他一定着急起来，很温和地安慰她，哄她忘记了过去的一切！

他为她每点钟都按着脉搏，很细心地誊记在记着她的病情的表上，把温柔的口唇贴着她烘热的额角，把一调羹一调羹的开水喂给她喝!……

在他这样温柔的爱抚之下,她只好抛去心头的记忆,很驯服地闭上眼睛沉沉陶醉着梦般的境地。

他曾酷爱文艺,读了许许多多的中外古今说部;而且他很会讲,溜着轻柔的春风似的声音,慢慢地、滔滔不绝地讲着,水银般滑进她病弱的脑袋,把里面的创伤轻轻地洗净了!

她爱听《三国》《西游》,而尤其爱听《水浒》!她叫他两次三次地重复讲着,张开口儿,孩子似的憧憬着那趣味浓郁的幻影!

当他每次沉吟着想一想要讲的资料时,她定撒娇似的说道:

——一定完了哦!我不相信你的脑里会装上那许多东西的!还是再给我讲着林冲罢,讲着鲁智深罢!……

——哪里会讲完哩?是太多了,反而打算不定要先讲哪一部好呀!……林冲太滥了,我要讲别的新鲜有趣的呵!

——真的还有了更有趣的么?那便快讲罢!你真比我聪明呀!

——不是比你聪明,而是比你有机会多读罢了!你才是聪明不过的女子呢!小蘋!……

——就是没有机会啦!小的时候读得太少了,太简单了!以后不晓得还有躲下来静静用功的机会么?

她感慨着了!

——现在不就是机会了吗?等你好了的时候,我们一同来读着心爱的书本子,真是幸福的生活哩!……文艺要有相当的素养才会领略的,以后你就研究着吧!……

——那还是专供你们有产有闲的人们欣赏去罢!我们现在处的是怎么样的一个时代呀?……好了的时候,病好了我们不是依旧要找机会干着的么?……

她又兴奋起来了。

于是，他又像哄孩子似的把她的心情哄得慢慢地平静下去。

他还时常对她吟诵了一些诗词，开始他只像唱催眠歌似的哄她睡下，但这渐渐地打动了她，比讲故事更加使她爱好起来了。

她是好孩儿，那历史以来所赋予的柔情，虽给要斗争的烈火狂风消灭了去，但现在她是卧在病榻上，是躲在爱人的怀里，她的心情是怎样的脆弱呢？当那隽永动人的诗句，从可爱的他的唇里轻妙的溜出，宛转地漾进脑中去时，宛如一个柔弱不过的姑娘似的，她把头儿静静地倒在他的腕上，帖帖服服地不想动弹，两人的灵魂融合起来，流进那神秘的、美妙的渺茫里了！

——你这样爱好着文学的么！爱好诗句和故事的么？……真是可爱极了的小蕻呀，在你这样沉醉着的当儿！……

颤动着情焰的他的双唇，会紧紧地吻上她褪了色的蔷薇似的脸上！

——我曾为你做了许多诗句哩，在碰见你的第一天起！你的眼睛真撩动了人呀！……

——真的么？你为我做了诗句，为我的眼睛么？可爱的你呀！……为什么你会爱上我这样一个粗陋的女子呢？我不是不懂得诗这东西的么？……

——你才是真懂得诗这东西的姑娘哩！像你这样的女子才是夺去了我的生命的爱人呵！失去了革命，但我现在是获得你的爱情了，更可宝贵的爱情了！……

——这便是我们两人间的爱情，而它会使你沉醉，使你忘记了一切的狭小的爱情么？我也爱你的，然而我不要失去了革命，我们应该永久和它同在呀，我们不是要胜利的么？

——是的,要胜利,要胜利,为了我的小蘋的缘故,革命一定会胜利的!……

——那你高兴极了!萍君呀!快把你为我做着的诗句念出来罢,念给我听听罢!

温馨的时光偷偷地在病榻上溜去了二十多天!

九

缠绵淅沥的梅雨期在病室的窗外溜过去了,晴朗的五月天带来了夏的光与热。村里蒸发着各种各样郁闷的气体,堆积在土垾上或屋后的草囤儿发出来腐湿的气息,和在地上干了犹未被捡去的、猪牛的排泄物所散出来的混成一种难闻的臭味!沟渠和深的水洼都张着丑恶的口儿,照着阳光闪了奇妙的光彩,还吐着讨厌的气息。呆然躺在人家檐下的一些农具大都晾晒上一两件破旧的棉袄;有些农妇们披着花格子布的头巾,蹲在太阳底下的土垾上洗刷她屋里发了霉的用具。午间从田里回来的耕牛懒懒地拖着它笨重的身子,身子上闪着汗珠。孩子们都换上粗麻制成的上衣,裸了两腿的到处跑着。鸡雏一群群的在地上忙碌找食,争啄着一些闪光的砂砾或铜片。

然而这光与热也充满盛绿的山谷原野和河岸,叶儿草儿都闪耀着油滑滑的光辉,发散了新鲜的植物的香味。亮得好像透明般的蓝空间也浮泛出几朵温软的白云,这点缀着宛如生满绿野间的红紫、黄白的小野花一样。

人们就呼吸在这样晴朗的初夏风光里。

姑母的新瓦屋临着那曲折的小河,左面长着一片像用剪刀剪齐了的禾穗，田野尽处便是丛杂着浓绿的浅谷和久雨洗过的蔚蓝的山峰。河的两岸铺满了丰缛的绿茵和碎锦似的小野花。澄碧着，宛如几许层无色的玻璃堆叠起来般流着透明的河水。结着小得来针头也似的累累果实的龙眼树林，在对岸形成个疏落的果园，和庭前几株红花落尽的木棉树，连成一片浓荫，把这道河流越发看成纤小了！

早晨，他挽着她在河岸上慢慢地踱着，病后的四肢娇懒了许多，她不是闲倚着木棉的树干，便是坐下在河岸上，河里是两个并肩的影儿。

病后的心情也脆弱了许多，猛烈的狂焰失去它燃烧起来的热力，她让自己懒懒地偎住萍君的肩膀。

吸着泥土和草木的芬芳气息，在晴朗的晨光中，在久病初痊之后，在温柔的恋情里……她感到一种新生的甜蜜的滋味！这滋味是幸福的，是她，这十七岁的姑娘所没有享用过的。

于是她沉醉着这幸福，细细地玩味着。但不幸是她很容易便会从这之间惊叹似的醒觉过来，袭上伤感般的阴影！

"这小河，真澄碧得可爱呀！……但故乡的却是雄浑浑的，朱红色的江流呀……"

"这山峰上那片石头有些像我们那里的呀！……唉！故乡呢？……什么时候我们才能够重新干起来呢？……"

可是这些阴影也很容易给周围美妙的自然和甜蜜的恋意消灭去的。在这样的生活里，你还能够兴起别的什么念头呢？外面是恐怖的世界，你只好敛起两翼，暂困守在这温馨的梦里罢！

吃过午饭了，闷热像胶住了飞扬着尘土的空间，虽然轻风在四处流动着！蝉声从木棉树上刮耳的噪着，但一些偷懒的村民们却敞开对襟的上衣,躺在树荫下面,吹着悠徐不过的口笛!

在南窗下,静躺着无力的肢体听他哼着一些醉人的诗句,不知不觉便午睡去了!

夏的晚霞渲染得整个的乡村就像画里的天国!在山麓,河岸,林中……不等到暮霭把一切都笼罩了,他俩是不想回家去的。

渐渐地恢复了早日的健康,两人开始了同居的生活了。姑母的家庭就像自己的家庭,她读着叫表弟到T城去运来的萍君的许多书籍,把秃了的笔尖写着许多能够念诵的诗词。但她还喜欢料理家务,跳来跃去的帮姑母切菜烧饭,晒谷子,帮嫂嫂喂家畜,抱小孩子。

——你几时变了个伶俐的小主妇呀?我的小蘋?……

闲躺在屋檐下面,瞧着她忙碌着的萍君常常感了兴趣地笑起来。

而她顶高兴的是帮姑母和表弟栽园里的蔬菜果实。她爱土地,虽然是个农女,但自来就没一片属她自己的土地,让她们自由耕种,过去她们都是替地主劳作的。现在这土地是自己的,自己可以任意在上面创造着自己劳力的结晶!多有意思呀!她亲自把种子播下去之后,便天天盼望它的萌芽、抽叶。整天披散着剪下辫子的短发在园里跳跃着,小心地灌水,下肥料,拔去杂草,除去害虫,看看这些,又弄弄那些。她自己种了两畦落花生和一片山芋,把这些当成事业似的忙着。

有时在园里,她一面工作着,便一面和好说话的表弟谈讲,讲的多是关于外面的世界。她比他晓得多些,他很热心地疑问着,倾听着,而她是不倦地答着、讲着。

——我们的田园宣传家又要开讲了!……

站在旁边的萍君一定笑了。

每回她都谈及他们过去的一切。她努力使表弟明白革命的意义，还叫他把已经明了了的转讲给他的同伴们。

——真有这样的道理呀！……为什么我们老没想起这些呀？……

听到理想的世界的实现，表弟会高兴得来回跳跃着，把畦里的植物践踏着了！

——这样的世界终要到来的！……而我们现在的路线就是要革命，要斗争！……

而她的热情便和表弟一同煽动起来了。

——而我们现在只找寻着时机！

说到眼前的环境，她不得不愤慨起来，怅望着云山层叠的空间！

——时机一找到了时，我们这村里也可以一同干起来的吧？

表弟的热情汹涌着！

——一定的！为什么不呢？劳苦群众都是革命的同志呀！

——那我们村里可以组织×××了，完全像你所说的干起来了！呀……

——不过干起来于你们这半地主阶级是没有好处的呵！

萍君喜欢和表弟寻开心！

——为什么呢？我们自己虽然有田地，但我们不是受着官府们、城里的绅士们压迫的么？我们要通通打倒他们呀！……而且，为了我们的同伙呀，他们真是苦呢！……

——你真是未来的斗士呀！你看，我们定归要胜利的，这真理是谁都能够领悟的，除了我们的敌人！……

她高兴得几乎想揽住鼓起眼睛的表弟!

她的热情是没有泯灭的,那不过蕴藏着罢了!她和表弟天天热情地盼找着时机,她怂恿他从几里外的邻乡辗转订来了一些报纸、杂志。

蝉声逐渐在木棉树上弛缓下去,而终于熄灭了时,南国的秋风荡着嫩绿的新乐,漾起阵阵的碧波来了!这儿的气候特别暖热,现在虽是仲秋天气,但那高大的木棉和矮胖的榕树,还是绿叶成荫的没有一些儿凋零衰败的样子。河沿和山谷依旧缀满茂草繁花,澄澈得可以见底的碧流,只多映上一些摇曳的芦花的倒影。

可是秋的气息是宛如和盛夏不同的!人呼吸的是清爽幽凉的空气。在山野上,在山谷中,那澄碧的秋空是高旷得人的心脏都跟它一同展开了似的辽阔,天空里到处浮着村童们放起来的各式纸鸢,发出来悠徐的筝声,顺着秋风凄怨似的送进人的耳朵!

秋渐渐地深了,萧条的气象跟着渐渐黄起来的柑子,一天比一天浓厚了。南国也有它的秋天的。

落花生已开过它金黄的花儿,山芋却红红的肥大着了。而就在这个时候,她不得不离开它们,离开这秀丽的乡村;而同时是和亲密了几个月的他隔离了!像秋风吹散了的一池萍儿般,两人要东飘西泊地散开了!

残秋结束了他们恋爱的美梦!

因为他生长在T县,而又在那儿工作的一个叛徒,是绅士们想要食肉寝皮的逆党!他的逃亡是他们老大的痛恨,他们定要得而甘心的!而统治者们现在也连成一气,他们施行了种种联防保甲的政策,想来捞回一些漏网之鱼,没有斩草除根,他们的统治势力是一天不能安稳的!

这烦扰苛虐的政策看看快要施行到与世无争的姑母村中来了!

革命失败了,但他得到更可宝贵的她的爱情。满拟两人屏弃①了一切而沉溺在这爱情里,隐居似的度着诗书田园的生涯,这清恬自适的生涯可以使他满足,没有别的什么追求了。

但仅仅这样的生涯也成了理想的乐园,现在是完了,欢娱将成过去的云烟,不得不离开爱着的她而走上茫茫的飘泊途径!他忍不住揽着她呜咽起来!

而她可没有什么伤感,她说这正是给两人以找寻时机的机缘,沉浸在这样的美梦里是很危险的,对于他们的事业。她安慰着他,十二分期望着两人此去能够碰到各人继续干下去的机会!她的大眼睛闪着希望的光辉!这光辉激动起来他前进的力量!

两人照着筹思的计划分开了。他到C州或上海找些友人亲戚;她呢,远的地方她是没有一些经验,没有一个认识的朋友的,她只好走到距离不远的P村,在那儿她有一位很要好的朋友是当地的有力人物,革命的同情者,他会为她设置生活的方法。

这别离一直继续到两年以后的现在。他流浪了一些地带,但他已鼓不起来过去的热情!到头在上海他投奔了有钱的表叔,得到优闲的职业,环境渐渐洗涤去他犹豫的信念,阶级意识决定了他的人生,他是沉浸到挽回不来的深渊里了!

十

现在只要追忆起那柔情缱绻的一切,那紧紧揽住了而在沉默

---

① 同"摒弃"。

中静味着自己颤动了的心灵的滋味，真太于把人撩动了呀！

他的红唇依然会浮着蜜似的温情，颤动着炙人的情焰！然而那内心燃烧着的革命的烈火却早已完全熄灭，有的只是一堆拨不出残烬来的死灰，维持两人间的要素是没有了！于是她明白了他们间的关系，各人都站在方向相反的两个极端，中间的距离是太远了！那可爱的影像已罩上模糊的浓雾，变成不可理解的东西了！

那迷人的睡姿只有一闪起来便跟了温馨的过去一同消灭！醒觉来后她依然是顽强的她！她应该蔑视那醉人的、没有生命的过去的爱情——不，不是爱情，只是两个渺小的灵魂所紧紧纠缠着的痴恋罢了！——而从这深潭中跳出。应该把胸中的热力追求着广大的、神圣的革命的爱情！

太阳已从东方升上来。它照耀着欢欣的光芒，炫夺人的眼睛！她从露台上跑回室里去。

他还没有起身，自闹翻了之后他尽是苍白着可怜的脸孔！昨晚上和几个无聊的友人好像到外面喝酒的样子，回来的时候叹着气流了不少的眼泪！这眼泪虽和解了她板起来的面孔，但总消灭不去她胸头的烈焰。

不想喊醒他，让他沉沉地找寻自己的醉梦吧！给时代遗弃了的人物，她是没有法子把他赶跑上去的，虽然这是从前的恋人，同志！她也没有闲情来愤恨他，痛悼他；她只担心着五天了，一个星期了，而炳生何以老是没有找过她一次？是他忘记了这急待援进的同伴呢，还是他碰到了别的不能抽身的事情？！

读着一册已经看了大半的书籍，但心神总是不能集中的常常从书中跳到别的什么上去！

抛了书籍跑到走栏，看看一群在地上玩耍的孩子，不时地转过头去望望马路上可有什么认得的行人，弄堂里有没有找着门牌号数的客人。

突然，有纪律的喊声隐隐地在耳际浮动起来！这声音散开就好像是几千万缕相似的啸声在里面颤跃着，宛如繁音杂奏的交响乐！

这声音打动了她，它好像是从她那刻下在脑膜上的唱片里开唱出来的一样！为什么她感得那声音这样的熟悉呢？那不是群众的呼声么？不是示威巡行的呼声么？……

她即刻记起来今天是×月×日，是个伟大的纪念日！三年以前的今天她正高撑了一面光明的旗帜，和群众们在T城的狭小弯曲的巷道上，狂热地号喊着，跳跃着哩！呀，多伟大呀！……这记忆激荡着她，兴奋起来了！但现在，但这儿，不是白色恐怖下帝国主义践踏着的地带么？难道勇敢的群众能够在这儿举行纪念仪式么？这儿的同伙们已经组织成这样强有力的队伍么？……

那是自己的幻觉吧？但啸动的呼声是一阵比一阵越发清晰地送进她的耳膜，镌进她的心灵！那震荡着空气，刺破高高的蓝空，激越地，雄浑地送来了！

那蕴藏已久的烈焰现在在她的心头爆炸开来！血管里汹涌着急流的热血，灵魂快要飞越出这颤动的躯体般，强度地兴奋着！

再也没有踌躇，她流水似的泻下了几十级楼梯，冲向门外去了！娘姨从厨下跑出来替她把门关上，睁着惊异的眼光一直送她出了弄堂！

穿过飞驰来去的人堆中找寻她的目的物，跟了怒潮起伏的吼声走去，转过了马路，在大的铁桥上，在眼前滚着一条闪耀着春日的光辉的、江流似的群众的队伍！

血红的、一别三年而现在像碰了爱人似的可爱的旗帜，在这江流上面被高高地撑起，迎着春日的和风，张开了翅膀般在群众头上飘展着！

——哟！……

披到颈上的乱发飞舞起来，大的眼睛闪射着无限的光芒，高举起两只臂膀，害了热病似的狂热地冲进井然进展的队伍怀中！

哗然地腾跃起来，好像几千百个被打进了过量的气体而同时爆破开来的球胆般，她的声音混进这样的喊声里了！好像把两年以来闷积胸头的东西，都吐出来混进这里面了！

从一位同伴的胁下抽来一束彩色的纸张，睨着把它向空中一掷！因风飘荡的纸张纷纷地散进行人的手上、袋中，也有些飞过了桥栏，飘下在河水上或舣集着的河旁小舟上。

喊着跳着，她越过许多同伴的身旁，冲进前面！现在已经跑近旗帜下面了，她歪仰起头儿，旗的阴影落在脸上，上面罩着晴朗的春天的蓝空！

群众的队伍向左转去，黑蚂蚁般的敌人们渐渐从各方麇集了来，井然的队伍分成断断续续的几个段落，但这好像一条虽被砍断，但还转动着的百足之虫，没有力量能够把它一时完全弄僵！

暴力渐渐压下来，斗争于是开始了！粗大的棍儿从各人的头上身上滚下，但粗大的拳头和怒跃的喊声却又把它叉开了去！又渐渐地布的衣服给撕裂了，领带给扯得歪在一起，到后来枪刀的尖端接触到人的肉体，鲜红的血滴沿着愤怒的脸孔和撕破了上衣的胸膛，纵横地流了下来！

前进，前进！呼喊，呼喊！斗争继续了整个钟头！

强暴的手腕抓住了她的颈项,粗大的东西黑压压地从脑门上压了下来!一切都在眼前晃乱,跟着是沉向茫茫的黑暗中去!但她紧紧地抓回来自己的知觉!

她感到自己好像一条伸张着的皮带,紧张不过的在极度强力的两端中间挣扎着!

已经断绝了般从一端松下来!她睁开眼睛!

——呀!……是你?……你把我从敌人的腕中夺了回来!

她碰着那个日夕盼待的同伴,但只一瞥间他也跳进另一堆人丛中去了!

十一

她碰到炳生,在扰攘的群众中她紧紧跟了他左右奔突,巡行的目的已达到相当的成功,由四方满满地滚来的敌人的鹰犬们,把队伍零落地冲散开去!

窜过几条街道,两人一前一后地转进一条安全地带的僻静小巷。

——好同志!我们来握一握手罢!真是个勇敢的女斗士呀!

他回过头来笑嘻嘻地站住了。

她赶上去满心欢喜地伸出手儿来。他们紧紧抓住各人的手掌,四只眼睛都闪动着意外高兴的光彩!

——你对不住我呀!为什么抛了你的同伴不想援进她?……

这时她才注意到他身上穿着一套蓝色的工人布服,拖了一对塌着后跟的破鞋子;脏了的打鸟帽低低地覆在头上,不是仰起头来是瞧不清脸孔的。他的上衣领上已给撕裂了两寸光景,还涂上许多灰尘,显得来有些狼狈的样子!于是她伸着手来替他把撕裂的地方折下去，为他拍去了污尘！

他也笑着把她端详了一下。她依旧是船中那个布衣短裙的姑娘，不过现在在粘上许多尘土的乱发下闪动的是两颗特别射着热力的大眼睛！右颊上浮着一片青紫的伤痕，这是刚才她斗争遗下来的痕迹！他们不敢久站着对谈，他叫她把身上弄齐整一点，以免引起人家的注意后，便一面谈着一面跑去。

——哪会忘记了你呢？这有许多特别的原因呵！我老是记挂着你哩！……

他现了一种着急的神情忙着向她解释。把打鸟帽的舌头拉得更低下了。

他说自上岸之后一直忙到了现在，那是刚刚碰到了这儿一所工厂的工人向敌人斗争的缘故。他参进这个斗争，受着党的指令指引工人前进，是忙得来连抽身都没有余裕！

——现在这斗争是怎样了呢？真太懵然了，我是一点都不知道呀！

她着急着。

——……现在么？等着罢！……那时几千个工友是烧起了对资方愤恨极了的毒焰！资方把他们的精血吸收净尽，一旦不需要了的时候，便像渣滓般吐了出来！他们把厂的铁门关上了说是停止营业，把工友们的衣包、破被都丢了出来滚满街头，不管他们眼前的死活！于是工友们明白了来，向资方乞求是得不到一丝怜悯的，眼前只好把生命来作最后的斗争！他们咆哮起来，暴动起来！群众像潮水似的卷去，要凭着暴力冲开了牢样的工厂铁门，把属于群众的工厂抢夺了来，把里面的钢铁都恢复它们的运转！……呀！你想是一次怎样伟大的斗争呀？……

他的拳头不住地在空中挥舞着！

——呵！真是令人奋起的热力呀！……

眼前的他也不是船中那个孩子模样的炳生，而是一颗炸弹似的，伟岸的战士！

他说当时的斗争终于覆来了敌人们的高压！统治者的帝国主义驶来无数的铁甲车，满满地装着武装的鹰犬们！但群众没有退怯，没有流血是不能完成伟大的斗争的！不牺牲，他们也是找不到生活的出路的！斗争已达到尖端，没有爆发开来是不能缓和下去的！机关给手指拨动了，枪弹从前方扫射了来！

——呵呵！……躺下去，躺到地上仍旧滚前去呀！同志们！我这样喊着！滚热的子弹嗤嗤地从身上飞过，烟雾弥漫了周遭！呀！……

他起劲地喊着，但立即醒觉到这是在路上，连忙放低了声音！

——这儿，现在有了这么热烈的斗争吗？那我们的时机不是快要到了么？！

她跃动着新的热力。

——这儿的明争暗斗现在是一秒钟都在飞快地进展着呢！现在不比从前了，劳动群众都明白和急需伟大的斗争了！

只有十天，在这上岸后短促的十天中，他是干了许多繁重的工作，经验了伟大的斗争，而现在是个肩了重任的勇敢的斗士了！但自己呢！自己在同样的十天中除掉领略一些温情的残烬，为渺小的恋情苦闷着之外还会得到什么呢？……不是只有一个空虚的心脏么？……

她真惊悚起来了！自己若不再紧紧抓住眼前的时机，献身给伟大的事业，抛弃了过去的迷梦，追求着时代的热烈的、群众的爱情……那不用几个十天，几个一月，便会把自己跟着已经没落的他，一同沉进不能自拔的黑暗里去了！

她决定不回家去和他告别，应该忘记了他，忘记过去迷人的温馨的梦境，那残余的恋情还像一缸甜甜的蜜汁，假如自己再事贪恋，那就会跌下去给它胶住了！

——现在就请你带我到我们的组合里去罢！介绍我给同志们罢！

他把她凝视了一下，接着是高兴地笑了。

—— 一定的！一定的！……外面的世界才是空旷的，我们的事业才是伟大的！你忘怀了那狭小的家庭罢！惟有群众的爱才是我们所需要的……好，我真喜欢哩，我们现在才是亲爱的同志呀！……

若不是在这不自由的路上，那他们两个定又紧紧地把手儿握住了！

十二

现在她依旧缚着三年以前那条短裙，插着那支秃了的自来水笔。但多着的是现在头上歪戴了一顶天青色的小绒帽子。

三年的光阴没有吞蚀了她身上的一切，她依旧燃烧着比从前更加猛烈的青春的热力——这热力支配着她的全身，不是时光这东西所能够把它推移，而是跟着时代进展的！

而三年以后的现在可和三年以前的过去有了不同，不同的不是她的外表而是她的内心。现在她的脑上充实了越是精确、深邃的宝藏，两脚踏过了越是丰富的人生经验，而仅仅在这重新担负起工作来的十多天后,她的精神飞速着新的进展哩!

现在她坐在湫隘的亭子间里,外面是一方狭窄的、昏暗下来的天空,和一条不大嚣杂然而污秽的弄堂。刚下过一阵春雨之后的天空,虽从阴郁的颜脸上好像绽开一痕笑意,但黄昏的来临又把它弄成逐渐灰黑的样子。

刚从××工厂的门前一堆躺着的泥土上面跳下,飞转了几条街道,才安全地赶回这里来!

在那堆坟起的泥堆四周,围住一群由厂里放工出来的男女工人。她在堆上站着,一面散放着彩色的纸张,一面高声地喊着沉重而扼要的话句。

沉重的话句沉重地压进工人们的脑袋,闪耀着光芒的大眼睛射刺着他们的心房!

正在这个时候袭来了一阵恶浪,鹰犬们黑压压地冲上来,把围成密密层层的圆环子冲散了!

她的话头虽被打断,但种子是已经播下的了!那彩色的纸张说不定此刻正给他们捧着,细心地读着吧!

想着她便微笑起来,却不忙把沿着帽沿滴下的雨水揩干。

她再想起今天已经做过的各种事情。

早上阅读了许多必要的刊物,嚼了两个热烘烘的大饼,便跑到一所平民学校去授了两个钟头的功课。

几十个工农的子女围绕在她身旁,对着这些未来的小同伴,她是更加感到人类的热爱的,这像整个能够把她吸引了去、推动出来热力的集团。

过去两个年头她所以能够度过沉默的时光的,就是她的心灵已给那些同样的小生命融合了去。在P村,在那地滨南海的海湾,无垠的沙滩上跑跳着一群皮肤赭黑的孩子，沙地上纵横掠晒了渔人们张开来的黑网子，发了腥秽的、然而已经闻惯了的气味。在阳光射照得闪耀起来的沙滩上，她曾和小同伴们度过了不能忘的村岛的生涯。

现在虽不能晤见那些未来的渔人，但她完全不用挂念着他们！无情的生活自然会教给他们一些伟大的真理，当着革命高潮重新起来的时候，他们自然会裸着赭黑的胸膛、臂膀，起来加进这队伍中来的！

其次她想着参加一个工会的罢工会议，他们那果决勇敢的态度和生死干去的精神，使她对整个的事业感到无限的热望！她尽着力量贡献给他们一些意见。

会散的时候已是午后二时，肚子虽饿，但她还有一件比吃饭更加重要的事情在等着去干，连忙又赶到工人区一所破草屋的女工家里。

——来了呵！好同志，我老等着哩！

在那没有太阳也蒸发着一种腐坏似的气息的小屋里，女工阿玉跳起来握住她的手儿。

阿玉是个很难看的女工，高高的颧骨耸出在三角形的瘦脸上。但她在另一方是有了比明眸皓齿的姑娘们更加优美百倍的精神。她有着对革命的正确理解和对生活不平的愤懑，这愤懑的毒焰燃烧着她要斗争的热力！

她是××工厂内党的区分部的执委，也是那儿几百个女工的领导者。

——怎样呢？进行的结果？！……

她还没有说完，对方的答案已冲口出来。

——胜利给我们把握到了！……

于是在纸张，沙沙地飞跑着那秃了的笔尖，照例她的头儿又不知不觉地歪着。

——真高兴死呀！照这样子看来只要三天以内便会成功这计划了，这全亏了你，真是个了不得的能手呵！……

——你称赞你自己罢！没有你的指示我如何进行呢？……

她们笑了。

——不是还没吃中饭的样子么？一开完那儿的会议就到这儿来的罢？

——真有些饿了，有什么就给我弄点来罢！

坐下在阿玉的破凳子上，她一面吃着热腾腾的汤面，一面和她谈论着关于这事情的话儿，十个铜子一大碗的汤面此刻是香甜极了的东西。

别了阿玉，跑去把这报告转达之后，又在那儿把脑袋工作了一两个钟头，接着是和同伴们分头向放着尖锐的汽笛声的工厂门前跑去，而在逃回来的路上给淋了一场春雨！

她仰望着天空，天空虽然哭丧着脸孔，但经了一天工作的紧张和疲劳，此刻能够安闲地坐着，想着已经做过的一天的工作，真是快乐不过的时间了！

阴郁的天空并没有消失去她脸上挂着的笑痕！

足步声从前楼一直响进这亭子间里，走来一个身躯高大的人物。他穿了一件不称身材的污渍的长袍子，这人是进出都要更换他的服装的，在外面你碰到他时，是不容易一下子就给你认出来的。他的瘦陷下去的眼眶凝结着尖锐的光芒，头发是毫无光泽地粗乱着。全身的胴体是伟岸的工人的骨骼，是神采奕奕的健康者。

——回来了，同志！今天散了许多宣言吧？

他的声音尖锐得和他的眼光一样，总之他是个沉毅机敏的得力的同志，他阔大的肩膀上挑上一担很重的担子！他是和生，执委会的委员，是这儿第×分部的部主任，是炳生的哥哥。

——散了许多哩，同志！今天你的工作完毕了罢！

——还没有呵，就要出去的。——他笑着把手里的一束文件交点给她。——你还不把雨水揩干，湿在头上是不好的呀！

他替她除下帽子来。

晚上，在灯光下面他们又开始各人的工作了。在前楼的办公桌上沉着和生的尖锐的眼光，同志们的低下的脑袋；楼下的暗室里响着一些纸张起落的微小的啸音和别的一些声息……而在狭小的亭子间里，歪着头儿的她正飞动着那秃了的自来水笔。

这儿的生活是没有固定、刻板的，整个的工作是天天在进展着，跃动着！是刻刻在创造着新鲜的、扩大的生命热力！

十三

"杭育呵！……杭育呵！"

码头上依旧麇集着蓝色的一团团，交织往来的河流，劳苦群众依然在消耗他们的血汗！……然而，不同了，老大的变更了！从他们的啸声里她听出来有愤恨的毒焰，喊着准备斗争的声息了！

一月来革命的洪涛激荡黄浦江头，整个的无产群众胸中重新溅起来醒觉的浪花，时代已快到它阵痛的境地，呆然躲着的胎儿只要一到它成熟的时机就会一阵比一阵更加剧烈地挣扎着，翻动着，从旧的母体里诞生出来新鲜的生命！

而这一月来正开始了频繁的、猛烈的胎动!

烟囱依旧直地耸立在无数的劳力上面,但缕缕的黑烟已混着伟大的力量弥漫了天空。空中已饱孕着浓春的风光,天是蓝蓝的晴朗着,暖阳射出来热力与光明;地上的空隙处都茁长了野花小草,电线底下的枯枝也抽出嫩绿的新芽!

而这一月来在她的生命上也长出新的嫩叶!她从迷梦中解放出来自己伟大的热力,达到了重新起来干着的目的!

她的生命现在不是属于她自己所有,但也不是属于任何一个谁!那是已经交给了伟大的群众,像一根纤维般被织进一匹坚韧的布匹,永久的变成集团里的一员,而这集团便是推进那胎动的整个的原动力!

受了党的指令,现在她是被遣派回到C江一带工作去。

×××的组织已遍满中国各地的农村!×军像春雨后的笋儿般茁长出来,变成一支支强有力的武装!土地重新在铁蹄底下翻动起来!再次的醒觉了的农民们热烈地需要他们自身的斗争与创造了!

C江一带的农村已照满了火的光辉与热力!现在不是三年以前了,时代已运转到新的阶段了!

回到故乡,回到给黑暗掩覆了而现在是透出曙光的故乡,去创造未来的光明!回到给铁蹄践踏着而现在是掀动起来的故乡,去把敌人歼灭,开辟前面的坦途!……呀,那真是太令人狂热的工作,太令人高兴的工作呀!

她的大眼睛会依旧和亲爱的农民们相见,激越的声音会依然混进那咆哮起来的喊声里,而一同建立起来他们那实现了的天国!如果说她的生平没有尝试过这样伟大的愉快,那此刻的她真好像高兴得胸头扇动着熊熊的一团火焰!

汽笛的叫声已尖锐地从江面回响了来,机声嘈乱了,庞大的船身开始在微的转动了!

她和同行的两个同志倚住船舷,船身开始在水面上画着白的痕迹,看看溅起浪花来了!

——小蘋同志!现在我们又是船中的伴侣了!真高兴呀!

炳生转过头来对她笑着。

——但现在我们是紧紧地团结着,走向新生的路上呀!

她也笑了。

——看呀!上海已给苍茫的天海遮断了!

另一个同志把手指着说。

这时,在小蘋的脑里,在她的眼前,交互地闪耀着两道鲜明的光辉!

她看见在这天海苍茫消逝了去的上海,正射着工人们重新啸动起来的光芒,伟大的爆发快要炸开来!

同时,在这海天苍茫的另一处尽头,无数的农村照耀起来一轮重新升上来的红日!

而整个的世界都在这光辉里面重新啸动起来!!!

一九三〇,五,一[①],——上海。

(据作者手迹排印,原稿藏于北京鲁迅博物馆。没有署名。)

---

① 即"1930年5月1日"。

小　阿　强

　　这里：我们新时代的弟妹们，革命的小儿女们！不是"从前有一个……"也不是"却说……"，那些都太于陈旧，太于俗套，是历史的轮轴已经从上面滚过，是大人们用来哄开你们的小口，睁开你们惊异的眼睛，而尽从淡灰色的浓雾中描画出模糊的想象来的什么英雄、神怪！那些于你们不是都太遥远了，太神秘了么？这里，亲爱的小朋友们，请猜一猜我要给你们写下些什么呢。

　　是一件很平凡然而却真真挚挚的，你们不但从这儿读到而且在可能的环境内还可以直接目睹耳闻的事情。不用说，在这样的时代里像下面所说的一位小同志当然不单单乎只有一个，哪怕有很多，很多，我相信，然而，不幸的是我还没有机会可以多所采集，现在只就我晓得的这一位先说一说吧！有机会，当然想尽量地给你们多讲一些。

　　不幸的很，我们的这位小同志是生长在一个极穷极穷，父母亲都牛马似的终年给狠毒的地主们榨压、虐待，只有一小间破茅屋的家庭里。他到世界上来已经度过了十三个冬天，现在刚好满了十二岁又四个月。名字叫阿强,是一个有一头柔软的赤头发——这是因为它整天和太阳接吻的缘故吧,本来我们东方孩子的头发不都是漆黑的么?——还有两只大眼睛的农家孩子。

然而贫穷到底是他的不幸,受压榨终于是他们的苦厄吗?不,不是的!因为是穷人——极穷苦的孩子,你们里面不也有许多和他同样、同阶级的孩子们么?所以才会了解我们急切需要的革命,才会努力干着伟大的工作;而现在,让我说来吧,也让你们读下去才明白现在虽是穷人,是受压迫,可是我们丝毫也没有什么不幸!因为,假使没有暴风雨的前夜到来,那明天还会有那样扫净纤云的澄碧的天空么?小弟妹们,你们懂得这个道理吗?想它一下吧!

现在阿强是中国那一片在地图上已经染成红色的一个村里的少年先锋队队长,是一位飘扬着鲜红的领巾,把两只虽然小可是却很有力很结实的臂膀,撑起一面比身子还要大两三倍的红的旗帜,挺着小胸脯,和群众们一同大踏步前进的小布尔什维克!

可是刚刚到十岁的童年时,他还是一个地主们的小奴隶。穿着破旧不堪的衣服,披着差不多一尺多长的赤头发——哪怕是因为母亲太忙了,太累了,没机会给他剃光或剪短而任它长下去吧——和同样的邻童们不论晴雨寒暑地天天给人家看牛。在山野上,在河沿和田亩间,和同伴们偷偷地玩着,唱些没腔调的歌;滚在地上扭打着,把已经很脏的脸孔、头发……弄得更其脏透,有时还把衣服撕成一片片地快要脱离它整个的组织!

这样的生活还是他的幸运,碰到不幸,小小的头颅便会发青发黑的浮肿起来许多疙瘩——因为大人们凶暴的铁似的拳头居高临下地向孩子们头上送下去是很不费力的,只要他们高兴!这些拳头虽有各式不同，然而最习惯的还是雇主三老爷和父亲的两只！给捶打了痛楚只在皮肤，打惯了，阿强也不感到什么特别疼痛，他顶害怕的却是不时还要绞着肚子白白捱饿的时光！

有一次，阿强牵牛回去后便跑回家里去，那是夏天的黄昏，他还记得一些星星已经亮亮地嵌在深碧的天空里了。他走前去看见在家屋前的铺满湿草，杂着牛鸡等粪溺的泥尘上，平时凶悍得一头野牛似的父亲现在却软弱得如同一只小猫般毫无抵抗地给一个汉子按住痛打，又扯了他的耳朵，好像强迫他舔吃地上的秽物！

呆了一下，父亲在暴力下面忍耐着的痉挛一阵阵好像榨压机般紧紧地压得阿强的心头有些疼痛！

——那不是阿二爹么？！那汉子！……

那汉子抬起闪着野火般的眼光的脸孔来时，阿强的心头更狂跳得利害！这不是骇怕、惶惑！他小小的心房汹涌起来一阵按撩不住的洪流毒焰在里面燃烧起来！

阿二爹是地主兼土劣黄大爷的一等走狗，他专门代主人榨压和凌虐一般农民，现在他正发泄着兽性把拳头足尖粗暴地捶下在棉花般的不敢反抗的奴隶身上，却冷不防天地好像翻了个转身般，自己的头部上给重重地打击了一下！

阿强正想把手中的粗木棒准备第二下有力的痛击，但倒在门口哀哭着的母亲突然发狂似的跳起来把他拉开了！

——大祸，天大的祸呀！……你，阿强你疯了吗？……他是阿二爹，是我们黄大爷的……呀！是我们委实没有力量偿还他的地瓜！……你，阿二爹呀！……我求你，求你，……这孩子是疯病了的呀！……

接着不用说阿强的小身体也不晓得给一些什么人横打直抽地

打得死去活来！父亲和母亲只有倒在地上抽泣着，哀哭着！

地主们无理地凌虐农民，难道阿强不可以反抗一下么！然而你们看吧，在地主土劣的淫威下面没有有力的组织和团结的斗争是终归失败的，何况阿强单单是一个小孩子。

阿强以后越发对阿二爹和黄大爷们愤恨透了！整天都想找机会反抗他们，他唯一的愿望便是把这些吸血鬼们通通杀净了，把可爱的牛儿和用地都归他们农人自己耕种、享用。

他村里有一位族叔阿柏，是一个顽健得如同一条好水牛的农民。他敞开上衣从田里回来，忽然看见阿强躺在草坪上呆望着牛儿吃草，别的孩子们却搅成一团的在游戏。

——你呆想着什么呀？孩子！

阿强睁起他的大眼睛，但这眼睛里面放射出来一些忧郁！

——你……不瞒你柏叔叔说，我委实恨透了阿二爹他们，我们穷人真的没法子对他们反抗吗？

——哈哈！你倒是有思想的孩子！你恨他们吗？……不要愁，我们穷人对他们的斗争快要到了，那时，你瞧罢，只可惜你孩子不懂得！……

——真的么？……孩子为什么比不上大人呀？你瞧，柏叔叔，我站起来快要和你的肩头一样高了，什么事我不会干？好叔叔，只要你肯给我设法子！

——等着罢！这不是为你个人的法子，是整个村里的。现在还不是时机，时机到来的时候你也许会尽一份力量。我晓得你是个真正的小布尔什维克，你父亲，他太不行了！……

"布尔什维克？！"小弟妹们，你们也许不大明白这个名词吧？这是大人们对你们隐瞒着的字句。但读下去罢！像阿强这样的一个孩子便是小布尔哩!

阿强很快乐地跳跃着,不消说他从来就没有听过这样新奇的名儿!但阿柏叔给他解说得明明白白,还对他说了很多同样从来没有听过、想过的事情。

×军的进展快要逼进阿强的乡村,你们晓得×军是专要铲除万恶的制度和肃清吃人的地主土劣们——黄大爷和阿二爹、三老爹这一类人的,而在我们的阿强和大众的农民工人们却是天上的救星,是真正的同志斗士!

一个夜里,阿柏叔悄悄地踏着树影和月光凌乱的山野,领阿强到一个石洞里去!

去做什么呢?原来阿柏叔和村中别的许多叔叔哥哥们都是觉悟了的农民,是真正的布尔什维克。他们响应着外面距离只有二十里的×军,秘密会议着怎样里应外合地做最后的斗争!打倒他们的敌人地主土劣,建立起来真正的苏维埃区域!

黄大爷的走狗乡团们当然大卖气力地严重搜查,把守,请救兵……可是他们的末运已经到了,他们恐慌得好像热锅上的蚂蚁!

阿强,还有别的许多村民,他们的心里却充满着兴奋极了的喜悦!

这两天已经派出去的几个送信者都遭了狗们的缉获,外面的×军不晓得村里的实情,再耽延一两天下去,等到帮助敌人的军兵到来时那便糟了!

在石洞里,月光斜斜地透进来,照着阿强的眼睛在闪耀,他忽地伸出小拳头来说道:

——让我冲出狗们的把守送信去罢!就在今夜里。我是小孩子,不怕的,我可以乘机瞒混他们的侦缉!我,我要担负起这重大的使命!

在×军的集团里,×的兵长叶和高兴得紧紧地把阿强拥抱起来!

——看这个敬爱的小同志!兄弟们!……前进吧,兄弟们!

乡团给缴械了,黄大爷们统统给农民枪杀了,大部分的×军开进村里来时,英勇的阿强高高地撑起一面血红的旗帜,走在他们面前引路。

——看呀!好个真正的小布尔什维克,好个英勇的擎旗手!

蓄着脏乱的胡子的×军士兵和农民们,在路上错乱地叫着!

新时代的小弟妹们!你们都愿意做这样的一个小布尔什维克,小斗士吗?

现在,阿强是个小布尔什维克,他是个英勇的擎旗手!

(原载1930年6月1日《大众文艺》月刊第2卷第5、6期合刊"少年大众"栏第2期。署名冯铿。)

红 的 日 记

五月廿八日

把印着什么遗像遗嘱等东西的硬封面连同已经涂上墨迹的上半部一起撕掉,这册日记马上就变成赤裸裸的白纸簿子,还附着日历的。好呀!我立即抓起这根秃头的自来水笔,在第一页上,填上大大的四个字:红的日记,底下还歪歪地签了个马英的小名字。

哈哈,你以后是我的好朋友了!连同这根性命也似的步枪;吃饭、拉撒都紧紧跟在一起啦!哈哈,可爱呀!我的铁情人,我的小孩子宝宝!可不是么?既然这根有着沉重的力和灿烂的热情能够支配着人的步枪早已成了我的情人,那这册白裸裸的,可以向它低语温存的日记,不就是我的little baby①么?……

这些灿烂调真是不要说的好,什么情人,什么孩子?看吧!我们是铁和火的集团,我们红军的脑袋,眼睛里面只有一件东西:溅着鲜红的热血和一切榨取阶级、统治阶级拼个他死我活!

---

① 英语,小婴儿。——编者

好快活呀！早上三点多钟的时候我们又是不用妄流一滴血地把这个T城攻下了！我们的嗓子只喊得哑了，肿了而已。后天开大会的时候一定忍不住地又要下死劲地叫喊，演说！死沉沉的左城真需要狂热的喊声来把它煽动起来的，喉咙痛了又算得什么呢？顶要紧也不外好像给破玻璃划下去这样吧！

大家都快活得要死！团长同志抱着一箱子一箱子遗留在城里为我们所有的子弹跳跃着，欢笑着。

他让自己的胡须碰着它们，好几次我以为他想和它们接吻啦！尤其是农民赤卫军们，对着那些早日深藏在这城里的食盐、布匹……东西都心头痒痒地叫喊，指手画脚！可是他们都是同志，都服从党代表的命令，都不敢私下和它们碰一碰指头地等待着委员会的分配。

晤到了先期潜进城里来工作的同志时，大鼻子好像摇晃起来般的党代表同志便跳上去给他们一个发狂似的拥抱，接着是哈哈地笑了，这笑在平时我们是老看不见的。

好几个不惯于扎上红肩章的城里少年同志们跑在前面，跟在后面的我们这小组一共七个人逐一地把土劣们的家宅搜检。人物早已逃的逃，被抓的已抓了去，我们的任务只有很麻烦地登记着一切可以分配给大众吃用的东西。一位同志从抽屉里捡出这部日记来，他说："撕掉它吧！这毫无用处的东西！""不呀！有一些可以利用的地方我们都要保存，我正需要一些白纸张来写写字呀！"于是他笑着交给我。一定是劣绅儿子所用的东西，刚才看了撕去的一二页，可把我笑死了，都是一些糊涂的鬼生活！

写了一大堆废话，倒把今天伟大的作战情况一字也没说及。也难怪，我自己是个好乱写胡想的东西，而我们可有十多天没有一刻儿宁静下来的时间和找不到一片干净的纸屑,此刻真是写意呀!以后总有好几天可以多写一点吧!

他们都打起鼾声,可爱的同志们呀!好,让我也躺下来吧,委实疲倦极了,抱着这根步枪和这册小日记躺下来睡觉吧!

真好个闪烁得有趣的天空呀!我们今晚上是睡在T城夫子庙的大廊下。

今晚上嗅不到山中草野和泥土的气息了!

党代表同志这一次的作战计划又得到成功了!五天以前,在K山上他对我们说一定要赶到T城来开纪念"五卅"大会。

五月廿九日

只昨天一天的工夫,我们便把这周围十里多的T城全体涂上了鲜红的胭脂!每一个角落——每一个短垣断壁,都好像从里面跳出来般浮现着廿四点钟以前这儿的人民仅仅连讲都不敢讲在一起的一组组的大字!

巍峨壮丽的大房子,大祠堂,大商店……的粉墙上,在人的眼前跳山斗大的黑字、红字,黑的、黄污的泥壁上也好像睁开眼睛般闪出白的蓝的字样;这些字样不论大小都跃动着惊心夺目的热力,放射着万丈的光芒;这些字样组合起来是一句句颤动了人的心房,煽动了人的灵魂的标语!

这些标语不是用墨水或别的颜料写成,也不需要什么毛笔、钢笔这类的东西。我们的先锋队只要高撑红旗踏进城里去的时候,那跟在后面的红军赤卫军……便只有一面高喊着口号,唱歌,一面便雕刻着标语!石头,刀柄……便是我们的器具;长官同志，红军兄弟，农民群众都一齐动起手来，我们的队伍里，不论是挑水煮饭的兄弟们，目不识丁的同志们，最低限度他们也学会了一两句笔画简省的标语！接着，分成小组的我们便各处找着民房、商店，找了多量的石灰和着胶漆，东穿西撞地把已刻上或未刻上的一切建筑物填写上去！

城里已开辟有好几条马路，这儿我们的宣传技术尤其巧妙得多。在两旁树荫下，砂石的路道上很规则地嵌进去很大很大的红砖砌成的字样，人一面跑一面那低垂的眼光都被它吸引了去，狂热地跑着，读下去，不想转弯，也忘记抹角！

今天，我们就这样地跑了一天！人们都燃着狂热的眼光跟我们跑着，有的已经学会了的便自动书写起来！妇女们都躲在门后门前纷纭地议论着，害怕还比好奇心来得利害些！我跑前去给她们解释，拉她们的肩膀。但那个给我握住手的姑娘却急得眼泪直流，慌得我连忙走开了！真是傻家伙，我不懂得这儿的方言，只好赶紧解开前胸给她们看我是她们的同性！哈哈！迟几天这些躲在门后的倒霉女人都要把她们拉进群众里面去！她们真是太不行了！我得告诉党代表同志赶快讨论着组织妇女部的计划。

我们跑到的地方一些工农穷苦群众和小商人们都集拢来欢迎我们，赞谢我们，把我们看成神兵下凡似的，真不得了！我们只好使劲地喊着哑声音，替他们解释着一切，叫他们自身觉醒。他们都以为现在的得到解放自由全是红军的力量，把我们看成观音菩萨，有一个小染布坊的工人因为我们把他的豪绅资产阶级的坊主交给他们全体审判后立即枪决了去而高兴得差不多发狂，赶回去把家里老婆养着的两头肥猪——他们仅有的大财产——央人杀好了拿到这里来，硬要给我们每人都吃它一些！他的声音颤动着,随时都有流下感激的泪水来的可能。呀!我们同志们都好像每人手中的步枪那末铁与火似的呀!可是当队长同志和他紧紧握着手的时候,一种不能言说的情感却把我们的心房都激荡起来!

像这类的事情真记不了许多。但每一样都给我们一个"要更努力"的教训,中国的无产群众以及小资产阶级都被压在帝国主义、豪绅地主资产阶级的千层地狱下面,快要飞腾起来,必然地推进革命的队伍,而走在前线的我们是应该怎样坚锐地战斗着呵!

五月三十日

夫子庙前的大草坪充满了红的光辉,照耀着初夏的朝阳。不止这草坪,整个的T城就像一大炉红光灿耀的烈火!

红光是我们的精灵,是给帝国主义残杀了的烈士们的鲜血!草坪上的大集会是纪念着今天这个伟大的"五卅"!

群众都沐浴在红光里面,这集团是滚滚汹涌的怒涛,这里面分不出谁是红军兄弟,谁是同志,谁是工农群众!呵!多伟大的一个大集团!

这城里的男人差不多通通到会,除了一些老弱和疾病的;更奇怪的是女人们也呼姨唤嫂地闪进许多在人堆里,又怕又好奇地交头接耳谈个不休!

举行了"五卅"纪念的秩序后接着便继续开T城苏维埃成立大会!跳着斗大的白字的一面风帆也似的红旗从人海里飘展着高飞上来,替代了一片黑茫茫望不尽的头颅的,是黄赤色的仰望着的脸孔的海!

喊声和跃动好似把古旧宏大的夫子庙都震撼起来!谁都忘记

了自己一身的存在，只有腾跃的血管和颤动的肌肉在整个庞大的怪物里面激荡！

血丝从肿了的喉头溅到干枯了的舌头上，等到散会的时候，才恢复自己的感觉，才晓得嗓子里针刺般痛着，舌头上也有一些咸咸的血的滋味！但我们真喊得爽快，说得开心呀！在群众当中我们都不是我们自己所有，在群众面前不把脑袋里的东西尽量吐泻出来是不可能的！

关于建设苏维埃政权的意义和组织法都在大会里宣告；演说和提案一直占去了三四个钟头。早上七点时开的大会到下午四时才算结束了。可是令人诧异的却是会场里喧嚣、纷乱的无秩序状况虽然很可以，然而一般群众自始至终却很少有散开去的，他们兴奋得连饥饿、疲劳都忘却了！

我提议了一条给通过的议案，那是：凡一切从前给反动势力所占有的建筑物、吃用物都归大家公有，不准毁坏或私吞！我看见了许多不明白的农民同志们一推翻反动的统治阶级时，老是要把对他们的愤恨，一并迁移到给他们所占有的东西上面去，必得一道毁灭了去。这是如何蠢笨的念头啊，一切是我们的，我们为什么要毁掉自己有用的东西呢？

夫子庙是封建的残余物，却是给我们挂上了一幅红军第×军第×团……的有生命的标志和刻了许多活跃的标语之后，它是我们有用的东西了。

组成了苏维埃委员会的委员们即刻又开始召集他们的会议，待解决的问题真多哩！他们一面咬着冷面包，一面进行他们的任务，他们差不多两个晚上没有睡觉了，据我所知道的。

这个当儿谁不想越发多做一些呢？为了我们伟大的革命。

今晚上巡哨的值日是我，六点钟的时候，沿着南边的方向一直巡哨到城外五十里的G村。

六月二日

我们这一团的部队，只有四百多个兄弟，两尊手机关和不够三箱的子弹；三百多根步枪、手枪和一些杂式的枪，每根都给紧紧地捐在每个兄弟的身上，另外那八九十位兄弟们却只有捏得紧紧的铁的拳头。

跟我们从C城一道作战来的，还有三五百位好像河流汇成江海似的，由每个村落里渐渐跑拢来集成的农民赤卫队。他们也有土枪、毛瑟枪……可是他们却不大需要这些，他们喜欢的十足代表封建色彩的武器，各乡有各乡的特产物，都是适宜于械斗的家伙。什么"竹竿镞"呀，"长镰仔"呀，都是用他们的土音做名字，我连喊都喊不出哩！他们蓄着长头发，胡须——实际上是没有机会剃去罢了，胸头和肩膀上缠了炫着人眼的红色标志；真是"草莽英雄"的气概！这个时代不是需要前线上的猛烈英雄么？虽然同时也要后方坚毅的斗士！他们是真不怕死的，谁都有火般的气焰。"为什么我们需要那劳什子的鸟枪呢？我们的血肉、肌骨和拳头便是铜钱，我们的性命便是一颗炸弹！……"这些话就是他们说的，虽则说的不很正确。

他们是那样的顽强，生铁一般，然而，在红旗前面、在党代表同志嘶哑的声音底下，简直好像孩子般真率、女人般听话。

党代表同志在我们红军里边挑选了二十个同志做他们每一组的组长，我是里面的一个。不论作战的时候是怎样忙碌，可是一有机会,我们马上集合起来唱歌、谈话和认字、读书。

现在他们晓得什么是第三国际,什么是马克思、列宁主义……

在山野中,在战争气氛浓厚的地带,当我向环坐身边的他们灌造脑袋里的炸药时,张开粗陋的然而可爱的大口的他们的铁掌,尽管摩擦膝头,敲击着同伴的臂膀,或者吐骂着难听的愤恨的咒语……然而我不愿意禁遏他们这种举动。现在可好了,他们已晓得什么叫容忍、叫秩序;昨天大会的时候,我们一组里的阿朱大竟会在群众面前喊出一些简略和煽动的演说词!真高兴呀!那个时候我赶忙跑过去拥抱着他!他的两片厚嘴唇还因为适才的兴奋而颤动着!

下弦月亮晶晶地高悬在天空,借着一点月色,我们的部队分着八组向东,西……东南,西北,……八方面把T城紧紧围攻起来!

那个时候的一切我们都模糊了,现在,只记得起来路旁一些高大的树木,我们擦过去的时候,树叶上便洒下几点露珠来滴在我们的脸上、红头巾上!

下弦月亮晶晶地照耀在不起波澜的城河上面,河身很广,河的对岸又是一片荒地或园林,隐隐约约地,可以望见这庞大的古城的雉堞!

亮晶晶的下弦月底下,红的旗帜、红的队伍好像怒潮般漫山遍野地滚向这古城来!

我们没有开枪,没有瞄准;枪在同志们的背上,武器在同志们的胁下!我们只有拼命地飘荡我们红的旗帜,拼命地高喊从心底迸发出来的叫声!

"红军的军士是不杀穷苦的白军兵士的!……我们和你们都

是好兄弟、好同志！……赶快觉醒来加进我们革命的队伍！……杀掉你们豪绅、地主、长官……"

我们红军都喊着国语，湖南语，赤卫队们都喊着土语，广东语……差不多中国每一地的方言都有，差不多这些声音汇合起来会撼动这座古城！四野里没有空隙的地方，有的却给我们的身体和喊声挤满了！

我们是弹不虚发的，我们是不和穷苦的工农兵士们作战的。我们的喊声，叫得他们手足震动起来拿不上枪支，心实慌乱起来不晓得要怎样来应付；我们合拢起来只有不满一千的兄弟，但喊声起处就好像千军万马的奔腾！呀呀！！

忘却了步枪，也忘却了自己！跳着，喊着，步枪好像掮在背上，手里依旧撑着那面大旗的我们，扑通地跳下城河冲过去！红的旗帜飘荡在月光水色烁闪着的河上，我们二十多个先锋队泅达彼岸的时候，古城的馆楼上又竖起一面大白旗，渐渐苍白起来的天空也把月亮的光芒夺去了！

还有好笑的是赤卫军们自己把这儿土产的大竹节切成一管一管地里面又装满了硝磺之类，不会伤人的爆发药，在喊声里点着了真好像轰天震地的大炸弹，白军们给它震得心胆俱碎！

经了这一次作战后，军事委员会已议决把勇敢而受了训练的赤卫队们几百个兄弟编成我们第×军的正式红军了。我第一个赞成这议案，现在他们不都是很好很好的红军么？呀！红军同志兄弟们万岁！！

六月四日

我领导着的这一组赤卫队一共十一个统统编进我们原本的这一队伍。好快活呀，他们现在是真正的红军同志兄弟了！每一个我都紧紧地拥抱了欢迎他们的加入！队长同志哈哈笑着说："看你能不能和全体新进的兄弟们每人拥抱三分钟？！……"

昨晚上睡去的时候，不晓得谁个压在我的身上，却把我弄醒了！

"不能！不能！同志兄弟！……"我叫喊着！一翻身把他滚下到地上去。"记着我们都是红军的同志兄弟，同志！这个时候我女人还应该负着停止生产的责任，你这个不懂事的家伙，而且我简直看不见你是谁！快走罢！把同志的资格遏下你冲动着的念头！……"他没有做声，在黑魆魆里悄悄地溜去了！于是我重新睡下去。

真的，现在我简直忘掉了我自己是个女人，我跟同志们一道过着这顶有意义的红军生活已快满一年零五个月了！我是一个人，一个完完全全的顶天立地的×军兵士！别的什么男人、女人这些鸟分别谁耐烦理它！

听说在别的部队里女兵们总爱和异性忸揽①，以致弄出许多纠纷！这真是可痛恨的一回事！这不妨碍了战斗的进展么？！……女人呀！红的女人呀！我希望你们都暂时把自己是女人这一回事忘掉干净罢！也不要以为别的同志们是什么鸟男人呵！我们只有一个红军，一个要努力进展革命努力的红军同志兄弟！

---

① 同"忸揽"。

我还应该把这意见给一般的女人宣传,她们委实糟极了!如果我有一些闲工夫的话,定要把那些躲在门后的城里的妇女们拉出来晒晒太阳,吸些新鲜空气;碰到什么妇女部的干事人员时,第一件是劝告她们不要给男同志睞眼睛[①]!

不要以为我们此刻在城里是可以休息休息,实际上我晚上最多只有四五个钟头的睡眠时间呢!政治工作的人员真是太少了!这开始建树一切,推翻一切的工作我们不分着干,还有谁来帮你呢?

现在整天都变成馅子般给包围在工农、小商人的群众堆中。依着工委会的颁布条例,整理和扩大两个染布坊和几个小工厂。这些都是手工业的作坊,只有一所硝磺工厂的大部分工作是运动用着笨拙的机器。

旧的制度完全推翻了,马上现在的作坊、工厂……都是工人自己所有的东西。

他们一面工作、一面打哈哈,我跑到东跑到西都看见他们合不拢的笑口!谈笑的声音飞腾着充满了空间!然而人不要以为他们会妨碍了什么工作,手和脚在声音底下是飞快地转动着的!

食粮、用品……都使每个劳力的人得到相当的满足,一切他妈的苛捐杂税全都跟着那失去的反动势力同归于尽了,在街上的商店前面老是站满黑压压的买东西的人们。没有房子住的劳苦工人们都分配给早日任它空着生了蛀虫的没收来的房屋,他们都洗了澡,弄得干净的搬进去住了!

我们也分配来一些没收得来的家畜、家禽;肉,我们是吃过好几次了!哈哈!还有每人都发给一套汗衣服,听说有些是这城

---

① 同"眨眼睛"。

里的女人们做出来的。难道她们只单会缝衣服这点技能么？

六月五日

军事会议决定了我们的行程，下午三点钟我们便要离开这T城了，只余下二小队暂时驻扎在这里。

这次的计划是分成二百人一队出发；十天内在C地集中后围攻G城。我们这一队的路线是向南方进展，越过鹗石山，绕道游击了山麓一带的许多大小村落，然后再赶到C地去。

在G城秘密工作着的有我的赤昵同志。我是怎样的想紧紧地和她拥抱一下呵！我们一道舍弃了学校死的生活，为革命的工作而生活着以来，意志薄弱，认识不坚而中途跑掉的有三个，为伟大的事业牺牲了的有一个，但我和赤昵还活着，活着好进展我们的事业！可爱的赤昵呀！你的小马英快要和你相见了，请看我胸前肩上的×军标记，你一定高兴得合不拢你的小嘴唇啦！

前后不上一个星期，可是这古城已整个的变成距离几多世纪远的城市了！这不是说它的形式，形式上虽然涂刻上新的装缀，可是千多年的老城墙依然是老东西，一切都还照旧！但是，人的脑袋已经换上了新的，社会上的一切制度也都改成新鲜不过的！这是什么呢？就是布尔什维克的伟大的力量！

工人到底是革命的主人，现在，只有几天功夫[①]，作坊、工厂、工场里的工作都可惊喜地跃动，他们已晓得怎样来处理自己的事情了！

---

① 同"工夫"。

无论如何这个人总不适宜于后方工作的，这几天简直给烦烦琐琐的事情，纠纠缠缠的问题搅得人脑子昏起来！好像一匹无羁之马，只要一跑到前线去冲锋陷阵，那我的生命便会活跃起来的，跟兄弟们一起把生命都变成炮弹！

　　在崇山峻岭，或丛林野草间飘荡着热血般的旗帜前进！呀！仅仅这样的一想起来，血便在心房激动着了！

　　为什么军号还不响起来呢？……不是已经收拾停当，不是已经吃饱了肚子么？！

　　也许以后没工夫再写这样的顽意儿了，抛掉这根秃头的墨水笔吧！？

　　喂！掮起步枪，抓起我们的战器呀！×军的同志兄弟们！！撑起红的旗帜迈开步呀！冲过前面一层层障碍物！！

　　全世界红色革命成功！！

　　革命的红军成功万岁！！！

（原载1931年4月25日《前哨》第1卷第1期，署名冯铿。）

|话 剧|

胎 儿
（独幕剧）

人物：徐晓霞——小学教师，约廿三岁，精神、态度都很强毅的女性。

陈文如——失业潦落之文艺家，约廿五岁，态度温和。霞之夫。

赖美玉——霞之旧同学，约廿一岁，富人续弦的新式少奶奶。

洪毓泰——玉之夫，约卅岁，某银行经理。与文如略相认识。

阿三——二房东王太太的小仆人。

时间：一九二八年深秋的一个午间。

地点：南中国的某都会。

景：一间楼上很狭隘的厅房，充当着寝室、书房和餐室。正中是一只八仙桌，放着一切日用的器具，前部摆着两副干净的碗箸，将要午餐的样子。左面是一方由上下垂的花布幔遮着寝床；接着是一只放上许多凌乱的书籍和文具的书桌。右面是通楼下和厨房的单扇门；门房还有叠起来当几子用的旧书箱子，也放着些杂物。

幕开时霞疲倦地伏在书桌上面。桌上放有一件没编成功的婴孩绒线衬衣，那颗绒线球垂着一条绒线滚落在地上。由八仙桌上窗间透入来的阳光，直射在她那灰色呢衣的身上。门开，文如沮丧地走入室来，他穿着单薄的布长衣，在午间也不觉瑟索。

文　（行近霞身）霞！怎样了，又辛苦吗？

霞　（抬头）哟！你来了。C君在家吗？自早上直待到现在！

文　（叹气，坐落在八仙桌旁的椅子上）呃！

霞　（很费力地站起来面着他，观众这时才看见她的肚子是凸出的，大约有五六月的身孕了）又失败了吗？

文　唉！早上在他家里足足等了二点多钟，他才脸色灰白地由外边回来。一见面就说他昨宵到那时还没有睡到。你想：难道叫我等着他睡够了才谈话吗？……又枯待了他一个钟头的抽大烟，吃早点……

霞　现在找他去一定是吃亏的。他怎么说？（急切地）

文　他说：那个总办还嫌我的字抄写得不大楷呢！而且他朋友介绍来的那个书记也快到了，可没有位置！不过在他还没有到之前的现在，叫我暂代一下，不论其间会满一月与否，就津贴我二十块钱毫洋的津水。

霞　唉！你答应他么？

文　没有法子啦！答应了。明天就到公司去。

霞　无论如何，想起你低声下气地托C君找职业已是耻辱了，做每天十二小时的工作还担心着不能继续这样的位置更是痛苦！我想你还是辞去罢——向C君辞去这奔跑数天而报酬只得二十块钱的位置好罢！我宁可多耐辛苦地教多一个月的书……（她无气力地仍坐落椅上）或者，G书店那方面还有希望罢？

文　寄去了这么久没有消息的稿子，怕不给他们丢落字纸篓里去么？靠着著作过活的念头早给稿子一寄去就退回或被失落的事实打碎无余了！……任你对作品有怎样的自信啦，但原封不动地由邮局退回来时，真叫你精神方面受莫大的打击，物质方面也白破了邮呀！（略顿）

霞　可怜自去年怀着这浅薄不晓世故的，想把作品维持生活的信心搬到这儿来后，虽然得到W书局的一次五块钱的酬金，但怕还抵不过历次寄去的邮资啦！

文　听说W书店因喜欢刊载无名作家的文字，不大受观众的欢迎，他现在也变更计划，捧了个名流在撑回门面了！唉，这条信心还是抛诸东流罢。待你轻了身，那时再另想法子干别的去，现在，现在没有法子啦！（长叹了一声，把长衣除下来挂壁上）

霞　（脸露愤慨的表情，默然，时时以手擦胸口）

文　又是胸口不好过么？不要烦恼着罢，你要顾及肚里的胎儿呀！（以手摸她头）发也这么久没剪了。不过冬天还可以蓄长一点的。（见绒线球在地上，弯腰拾起）

霞　我老是愤懑不堪的，想起这未来的孩子！……早间你出去了，我收理些杂具，不料上课的时间就快到了。跑得快一点，胸口就不舒服了！站在讲台上像要倒下去般毫无气力，也不知讲的是什么，只是上气接不着下气的！好容易回到屋里来，弄了饭，你还没回来，坐下去编这东西，胸口真是不舒服呵！……我总觉得这样胡涂的教法是对不住那些可怜的学生的。唉！

　　文　你真是辛苦极了，又要跑三里多一趟的路，又要教书！对学生不住吗？那是这万恶的社会制度害了她们！我们，谁想对她们不忠实呢？再下个月就真是要请假喊人来代你了，弄得身体不好才费事哟！（苦闷地）我真不敢描想及你那劳苦的跑路和上课的情形！……你每天出门去后，我就坐在书桌前呆握着笔儿，什么也写不出来！神经质地只担心着你会摔倒在路上，在讲台上！……风一吹开这扇门，我便跳起来以为是你病倒了人家抬你回来的……霞！我真对不住你了，累你受苦！（凄然地以手抱她双颊）

　　霞　（感动地亦以手紧握他的肘，两人都流露着怜爱的眼光）不能这样说呵！……可恨的就是这个茧般的社会，把我们蛹般要挣扎也不能了，努力也不能了！唉！不能忘的二年前C村的景物。那时，我们才开始同居啦……

　　文　那时真幸福呀！（又喟然）

　　霞　花般的迷梦配着那清幽甜蜜的生活。每天我俩上完课回来时，路旁的野花都薇样的可爱呀！（沉醉地回忆着说）……可恨那回政治突变，把学校也停闭了，乡村也遭殃了，我们就像活着的蛹，给抛落沸釜里了！……

　　文　所以我和你说：任社会怎样完好，一切制度怎样合理，不良的政治就会把它全盘弄糟了的！可怜的还不只是我们这一伙人呢！

　　霞　（兴奋地，像突地又给那个残酷的恶念所抓住般）想到，想到目前筹不出来的生产费，日后不能使他得到人所应该过的生活，应受的教育……就是现在，已经不能够好好地躲在母亲肚里了，我时时觉得他在里面动着呢！（悲愤地）文如，是我们的过失呀，我们没有做人父母的能力，没有看清楚现时代的畸形社会，生他出来受苦呢！文如！（泪在眶上，气微喘）……你的冬衣还没有赎出来呢，孩子的衣服也只有这一件把我的绒背心改编的衬衣……

文　（苦闷地再走前去揽着她）不要这样的伤感了，霞！一切都可以设法的。本来我们是不该有小孩子的，在这个时候。但他要来了，我们也没有法子啦！……难道……你这样的烦闷着不是反使他受了影响吗？恨的是学校方面又偏偏要女教员，不然我代你教去不是很好吗！……

霞　（渐渐复原状）我是没有烦闷的，我只觉得愤懑，我怎样计算都找不着好法子！……我虽然热烈地盼待着未来的可爱的孩子，但我们无论如何是没有做父母的福气呢！我，我后悔几个月前不勉强地把他，把胎儿弄掉呀！……（又伤感地）弄掉了多干净啊！

文　（伤感地吻她的乱发）你又这样说了。坠胎是不人道的迂腐论调我们虽可置之不论，但我们那时哪有一笔坠胎的费用呢？医生说，大概非五六十元不行，我们不是给这问题阻挡了么？何况，你还有着的是病弱的身体呵？！……

霞　（忿然，又惨笑）那末，社会是压榨得连我们要做不得已的坠胎都不能么？胎儿一定要跟着我们受罪么？……我们早就不应有性的行为的！

文　（也惨笑）这尤其怨不得我们哟！不过，以后真的要实行禁欲了！……好了，不要再说下去了，肚子饿着呢，以后连饭都限制了不要吃哪！唉！（放松揽她的手站起，见门外有人在探首）是谁？

三　（推门入，不好意思的）是我呢，我见先生们谈着话就不敢进来打搅的。……这是您的一封信。（递信给文）

文　（面有喜色）谢谢你！（刚要拆开信封）

三　我家太太说，房子满月许久了，要收租钱啦。

文　（默然视霞）呃！

霞　（站起）请你向太太说：对不住得很了！学校后天才发薪的，后天是十六号啦，后天一定送上的。

三　那末，等我和她说罢！（推门出去）

霞　（在文身旁俯视他手中信）那篇稿的回信么？

文　（苦笑着递信给她）你瞧罢。书店说：那篇是勉强录用了，以后就不欢迎来稿了！

霞　（跟着苦笑）呃！我说久没退回怕是录用的话是不错呵！管不到将来了，唉！目前这十块钱的汇款就赶快拿来清还房租，剩的还是给你剪了件新的长袍子布面罢！（把信放在抽屉里）

文　（凄然）这支将坏的自来水笔以后不必动用了，真绝了念头了！（眼望桌上的稿纸等东西）想不到努力半生的报酬就有这两次的十五块钱！……

霞　唉！……菜怕冷了啦！（走出门去，捧饭桶进来）

文　（呆了一会）待我搬去吧，你盛饭呢。（走出去搬两碟子菜进来。霞把饭盛好，擦了一会胸际，两人才低头吃着）

文　（嚼着很韧的牛肉干）霞！我不用另做新袍子了，把些钱赎出那件旧的就好啦。你瞧我今年不是很不怕冷吗？有钱还是你多买点滋养的东西吃！孩子的衣服也得添做些！

霞　这样病弱的身子是难望复元了，尽吃些看不见益处的贵东西也没有用处啦！……（停着吃）文如，我总想无论如何要把这胎儿打下来！想屈辱一下向姨母们借债去！

文　（皱眉）这么深月怕不能打下了！（也停箸）你不是因为爱了我这个寒酸的穷学生，连母亲都不睬你吗？还能在嘲笑你的母族中厚颜借债去么？你这样的烦急真使我不安啦，我哪能使你受这……还是慢慢设法子生产吧！现在好好地吃了饭再说吧！

霞　（默然举箸）我宁可忍辱，但我不愿孩子生出来跟我们受罪呀！作算产费是弄到了，但是，唉！吃了饭再说罢！

文　（想安慰她强笑着）霞，说给你一件笑话听罢！

霞　（也强笑）什么笑话呢？

文　早上在马路晤到华呢！他……（略停）又有什么人来吗？你听！（楼梯上一阵高跟鞋和男人脚步的声音）

霞　是什么人呢？（默然狐疑着。这时梯上有女人的声音说：这梯真难走呀。男人的声音说：小心啦，谁叫你硬要穿高跟皮鞋）

文　（诧愕）是谁呢？（站起）

（门开，美玉与其夫毓泰相率登场。众人都发出招呼的声音）

霞　（把握在手里的箸子放下，对艳装丰容的美玉凝视了一会）玉，我以为是谁呢？真认不出啦！

玉　（露着诧异的眼光向四周观察一下，在书桌旁坐着，娇喘）我们好容易才找到这儿来啦，H市的这条马路我就没有走过！

霞 （冷然地）我们这儿是贫民窟呵。

文 （很抱歉地忙把自己坐着的椅子拉开来给泰坐）地方真狭小啦！

泰 （把手里挟着的一大包东西放下才就坐）不客气呵！

玉 呵唷，霞姊！我是说近来没常出来逛逛呀！昨天听K君说：你们自去年就来这里的，怎么不通知我一下呢？K君还说你在G校教书的，是吗？

霞 是的。我们许久不通消息了。我也是听K君说才知道你们结了婚呢。

泰 她时时都念你呢！你们近来好罢！

霞 谢谢你们！近来，都是这样过着罢了。

文 泰兄，你还在银行里吧？我们有三四年不见面了。你胖了许多啦，气色也好。

泰 （满脸笑容）托福呢。哈哈，朋友一见面都说我胖了呢……还在银行里的。

玉 （注意到桌上的饭菜）呵唷，你们正在吃着饭吗，真扰搅了！快不要客气啦！

霞 还没有吃完呢。那末对不起了！（与文仍继续地吃，八仙桌旁的一只椅给泰坐去了，文站着吃）

玉 （起来四处张望，掀开布幔）卧床就在这里吗？

霞 （有些局促不安）很狭呢。

泰 呒。（从袋中摸纸烟出来烧着慢慢吸）

（一会，他俩吃好了，他很匆忙地搬饭菜入厨。她把桌布拭桌）

玉　自己煮饭很麻烦吧？（皱眉）

霞　（冷然）自己劳动有时也觉有趣啦！

玉　（注意到霞肚部凸起，笑着）霞姊，你几时要生小孩呢？（泰望其妻也笑着）恭喜你呀！

霞　恭喜么？呃，像你才可以有小孩啦！

泰　（喜笑）告诉你，你的玉妹也有了孕了，两个多月啦。

玉　（娇声）你这个人真多嘴呀，谁爱你说的？（娇羞）

文　（洗好碗箸后才进来）怕什么呢？你们有孩子不是更加幸福吗？

泰　（满足地感到做父亲的喜悦）什么幸福呢？不过一个人结了婚就想有孩子了。这都是人生的欲望呀！哈哈！（笑着）

霞　你们买了这许多什么呢？（视桌上纸包）

玉　（羞涩地笑着不答）

泰　是预备未来的孩子的衣服的质料。哈哈！她天天都等着小孩子的来临呀。你们看好笑吗？这个时候她就嚷着要找奶妈呢！哈哈！

玉　（羞笑以巾打泰）又用你多嘴了！

文　（又从外面把开水进来）对不住了，到现在才有开水喝！

泰及玉　不用客气了！（泰又从袋里摸出烟盒子来，递一条给文）你近来有什么工作吗？

文　（苦笑着）自去年失业至今啦！我不吸烟的。

泰　（自烧着烟吸）呃，那末……

（大家沉默了一会。霞若有所思）

玉　（感到无聊，也有些失望）回去罢！（对泰）

泰　（站起。想抛掉残烟，四处找没痰盂）回去啦，那末……

文　（不好意思地）痰盂打破了哩！随便丢在那里就得啦。

玉　（从桌上把东西拿起递给泰）霞姊，得空的时候到我们那里坐坐啦！就在三马路那座独有的红色房子。容易找的。（把很华贵的手握着她的）

泰　（很累赘地挟着几包东西）是的，文如！你有暇的时候和尊夫人到舍间耍耍啦！（向玉）你走落扶梯要当心点哟！到街口去才有车子的。

玉　（撒娇的）我不坐街车啦！簸得人肚子里不舒服。

泰　那末，就到街口那家汽车公司里叫一部汽车罢！再见！（向文等）不用送了，客气的！（偕其妻下）

霞　（退坐椅上默然）

文　（送客后也默然坐下。一会）真想不到他俩会来的！商人风的毓泰还和从前一般不会改变……（见对方仍沉默）女学生的美玉却俨然是位少妇了……

霞　（冷然沉默了一会）文如！我们再来谈谈我们的问题罢！我无论如何也……

文　（面上又罩起一层苦闷）坠胎么？！……

（幕急下）

　　　　　　　　　　一九二八年作于岭东的小村里。

（据作者手迹排印。原稿藏于北京图书馆，署名绿萼。）

|散文|

妇女运动底我见

无论某种运动的发生,它的原因都系饱受压迫。它的目的都系要解除压迫,劳工们受了资本家的压迫,所以有劳工的运动;弱小的民族,受了强权者的压迫,所以有打倒帝国主义的运动;妇女界受了种种的不平等待遇,所以有妇女运动的发生。

因为人类是有理智、有情感的动物,爱自由、爱快乐是他们的本性,所以一遇压迫,就思反抗:这不特人类是如此,其他一切有生机和没有生机的东西,也有这种本能的。所以,如果我们受了某种不合理的压迫,而不思所以反抗的方法,只一味低头忍受;那末,理性和情感都丧失了!换句话说:就是失去了"人"的本能和资格了!我们中国人,便是缺乏反抗精神的民族。因此,历来的君主,社会,阶级,家庭……的种种压迫的制度,都一层层地深深包围着,我们便饱受了非人的痛苦了!

谈起我国的妇女界,真是黑暗得可怜极了!数千年这传下的礼教的镣铐,把她们束缚得寸步不能自由!在法律上,教育上,以至在社会、家族……她们都不能得着和男人一样的权利,义务；她们除做了男人的玩具、社会的寄生虫而外，简直没有用处；她们给由男人们造下的礼教和制度坑杀了之后，男人们还在旁讥笑："妇女真的没有用处！"唉！这是多末不平的事呀！

我们知道妇女的智能，并不减于男人；如果有适当的教育和待遇，那末，也能和男人一般的成功为文学家、科学家、政治家、哲学家……证之中外古今的历史，就可知了。

自从法国革命发生，给人类以一个大觉醒。被压迫的民众，都起而发生各种运动了。于是欧洲的妇女运动，也随之而勃兴了。她们觉悟自由不是赠品，是血和脑换来的，而且自己的痛苦，要仗自己来解放；要革去妇女全体的痛苦，更须集合全体的妇女力量，才能成功。到现在欧洲的妇女界，差不多都获得了和男人一般的权利、义务了。

妇女运动，也和其他的运动一般，但它成功，须不怕牺牲、挫折；而且要有坚定的精神，合理的手段，要从根本上努力……

我国的妇女运动，才在萌芽时期，所以一般妇女运动者，尤应该审慎从事！我国的妇女界，所受的种种痛苦，比外国的要深重百倍，所以我国的妇女运动者，就要比外国的百倍的努力！

大家要知道妇女运动的意义，不是要打倒男子；不是要把从前由他们所给与的痛苦，还诸他们；不是复仇主义……也不是要摹仿男子。因为妇女自有和男人不同的，或更超越的德性：苦是妇女界把自己看轻了，把自己固有的好处丢却，专门去摹做男子，那就万分的错了！

总而言之，妇女运动的目的：一方是要解除一切不平等的压迫；一方应该保存自己固有的德性，不要有无理和过分的要求。达到和男子同样，成功为有用的一个"人"的地步，来努力于社会的改造,和人类幸福的增进!

　　现在潮汕方面,也有妇女运动发生了。这不能不说是妇女界的好现象,也是社会的好现象呀!不过以我们潮汕方面的社会情形,和一般妇女界的智识程度看来:从事于妇女运动者的人们,应该格外注意!把态度和方针,研究得正确合理,那末,妇女运动才没有流弊,妇女运动才能够成功!

　　　　　　　　　　　　　　十四·十二·五。①

　　　　　　　　（原载《友联期刊》,署名冯岭梅。）

---

① 即"1925年12月5日"。

海滨杂记

一　石莲

那时大约是三点钟,一个晴朗的下午,我同他靠着楼栏望海。初夏的南海的风光,是一种叫人沉醉的东西。看那微微喘动的海波,给打斜的阳光映照着,放射出一种透明的蓝光。那起伏的海面,她的柔瀚,她的光洁,除开少女的胸脯,没有一样可以比拟她。一列屏山淡淡地摆在青天白云下面。海鸥成群在飞翔着,像浪花一般在日光里闪烁。阵阵的东南风,吹得人沉沉思睡了。

"那海面正在漂流着的许多东西是什么?"我指着问他。

"哪里?呵,是石莲!是从乡间的溪里流出来的。这几天下雨很多,所以溪水涨了,把它——石莲——送到海面来……"他知道是石莲。

"石莲?是怎样的一种东西?"生长在S海岛的我却不晓得。

"它是潮汕(或许不止潮汕)乡间一种野生的植物,像萍藻般浮在水面。它的生殖率非常惊人,一段清溪,只要三几株浮在上面，那末，不上十天八天的工夫，便把溪面都生满了。"

"溪面都是石莲，不是很美丽的么？它会开花不会？"

"开花是会的，也有相当的美丽。当初盛时清碧的溪面，泛着浅蓝色的花朵，煞是好看的。但太多了，反而惹人讨厌！"

"讨厌它做什么呢？"

"第一就是因为它阻碍交通。乡间交通是全借水道的，你想把溪都塞绝了，交通不是完全断绝吗？"

"那末，岂不是要除去么？"

"除去，自然是人人愿望的事，但实际上可做不到。每年当春夏盛时，各乡都雇工人捞去它，但总是捞不干净。无论什么东西，一到了繁盛时期就难以除掉了。"

"它有用处么？"

"就是因为它没有一点用处，才会这样多。譬如萍藻之类，还可以养鱼，石莲就只有阻滞船只，妨害卫生（因为有石莲的溪水就十分不洁），此外丝毫没有用处。"

"那末，石莲是自来就有的吗？"

"据说是一二十年（？）前才有的。"

"是从什么地方来的？"

"那就很难明白了！有的人说是从南洋群岛来的，有的却说是从外江来的。起初还很受人欢迎，那唯一的原因就是'罕见珍'。那时，人家把它当奇花看待，养在缸里。后来一天一天繁殖了，莲缸盛不得，就把它丢在溪里。这一来，往后就不可收拾了！不上半个月，各乡村的溪里都长满石莲了！"

"它们为什么不蔓延到江海里呢？"

"原来它们的性质十分脆弱，只拣平淡静僻的小溪里滋长；

急流洪波的大江，和汪洋浩荡的大海，它们都是不能生存的。在这里，不消一二天，它们就死掉了！这或许是海水是咸的，和它们平日的淡水生活不惯吧！"

"可是，听说海里也有淡水的鱼在生活着哩！"

"这倒是很少，或者，另有生存的原因吧！"

"譬如它们不来海里，岂不很好？"

"然而'自然'的力量，任什么也不能抵抗的！它们虽然那样地繁殖，但到底是没有根柢的！每年韩江上游的'山洪大水'暴涨的时候，它们不能不随波逐流，直趋于海。这就是天然的淘汰了！"

"这样，它们虽然不愿意来海里，但也是没法抵抗的么？"

"可不是！"

"唉！不适合时代环境是不能生存的了！……可是，明年它又哪里有种子复活呢？"

"这是很奇怪的！当然啦，它总有几株——就只几株——躲藏在坑穴里，急流所不能冲激；时候到了，它就会流出来溪里繁殖了！"

……

我怅然的，呆望着那随波泛滥的憔悴的石莲！

十七，六，十[①]，汕岛之宾

---

① 即"1928年6月10日"。

二 "毕竟还是玩物?"

"妇女运动,妇女解放……革命的妇女,妇女的革命!……"三年前同学B君给这种声浪宣传到学校里来读书了。

她是一个略认得几个字,做了二岁的孩子的母亲,中产阶级的商人的妻子。

入学那一天,她像玩具般由她的丈夫送到我们学校的课室静坐着。他像哄小孩般在她耳朵里说了几句话后便先自回去了。

第二个学期,我毕业离开学校了;那时B君已经认识了ABC,男女朋友……像玩具般遍体换了女学生装束了。

一别是二年余。

一天,我和同学D君在马路上跑。

"啊!我们都是这样平凡庸碌,太灰色了!做点革命工作吧——尤其是妇女运动,不上几个月就会变成忠实的女同志的,那时,什么机关都可以活动得了!"做了几年教书匠的D君。近来常常打着呵欠说这样的话。

我只有微笑。

"干去吧,不要这样冷静的!你看B,她现在身兼几个机关的重职;整天不是坐汽车便是包车;这里未开完会,那边便要赴宴。物质上是不用说了,就是精神也那得不愉快!先后不革命的二个丈夫,自然是无条件地离了婚了。'女同志,女同志!'整天又不知几多男同志在向她献殷勤呢?……"D君说得有些兴奋起来。

"每天报上都有她的名字的妇运领袖AH,便是从前那个B么?"

"就是她啦!你还不知道?现在要活动不还是女性容易么?

各个机关都开放女禁了！"

我不觉笑出声来："那末，你何不找B去呢？叫她为你先谋个位置！以后……"

"呵啦！不要侮辱人太甚啦！B在我眼中是什么人？叫我向她开这乞怜的口么？……"D君愤然了！

"朋友！就你这样的性格是违背了时代性了，还讲什么'妇运''活动''革命''赚钱'？……比B君更卑劣的你都得向她（他）捧手托脚呢！"

"所以我们是落伍了！"D君在作苦笑，"呵，刚说她就唔到她！你瞧，前面汽车里……"

神采飞扬，艳装时服的B，我可认不得了！遍身像要躺下去般，紧靠着穿军服的男同志坐着！

"呵，呵！那一脸白粉，那一股香气……不还是玩物么？妇运？……"D君咬着牙说。

"这是很不革命的心理，朋友！你知道她的堕落，你还在羡慕她的活动……"

"怨得我么？你看我近来的生活状况！……"D君哀愤的声音给汽车的喇叭声混和了！

十七，六，十五。[1]

三　夫妇

我们屋旁的海边，新近给人家填成了一片沙地，直伸入海

---

[1] 即"1928年6月15日"。

中。在这炎热的六月天,每当朝日未出,夕阳惋晚的时候,夏的海岸不久便成了许多民众的游息之所了。

楼上恰巧有一面小窗,临着这片沙地。黄昏时我倚着这窗儿看晚霞,看晚霞衬上的苍黛的角山,山下一片柔瀚的海波;看散步的游人,游人中往来奔跳的小孩;看从H港缓缓驶入口来的轮船,轮船上黑的煤烟飘渺在蓝白的天空中。……早晨呢,五点多钟起床时,凭窗一望,则万片帆影,投射在给晓雾淡淡地笼罩着的海面上,就像蝴蝶的翅儿般鲜美,沙沙的很有韵律的潮声和着海所特有的气息,给晓风阵阵送来;几个很康健的青年在海中游泳,掀起来的白沫,溅得逐波上下的海鸥惊飞而去……

和着他在这样的景物中悠然沉醉时,使近来成为无钱而有闲的我俩容易地忘怀一切了。

近几天来,每个早上都有那一对年纪约五十上下的形似夫妻的男女在这沙地上徘徊。他俩都很枯瘦,像有心脏病般的总对着未出的朝阳做疗养的方法——擦胸部和呼吸,做后便面海直立,幽幽地谈着,或则并肩缓缓地跑来跑去。那女的提着一对小脚在细沙中蹒跚地走时,那姿态很会惹人发笑的!

一天,因为夜里热得很,一点凉意都没有,未到五点钟便醒了过来,遍身重汗的忙走到窗前去受点晨风。

张开朦胧①的睡眼看时,沙地的礁石上坐着两个人很亲密地偎倚着,女的那带着小髻儿的头,搁在男的肩上;男的左手围腰抱着她。

"原来是那对老夫妻,吓!真像一对少年情侣!"我不觉起

---

① 同"蒙眬"。

了惊奇之念!

他俩似乎是忘记了一切般,沉醉在这美妙的自然中!

嘻嘻哈哈地后面来了三四个穿着浴衣戴着浴帽的青年,他们跑近前来也怔住了呆视着。

他俩似不知道后面有人来一般仍旧沉默着。

青年们细语了一会便继续前进了。等到扑通的落水声响着时,他俩就像惊觉般连忙挣扎了站起来!男的看了看女的一会,摸一摸自己的脸孔,很懊丧般跑得很快地回去了,女的也茫然跟着。

娇红的晓霞照着那活泼的青年们在游泳,他们的呼啸腾跃把这片亮得似镜子的海面搅得浪花四溅!

我像受了毒刺般感到一种未来悲哀!

以后,便没再看见这对老夫妇来海滨的沙地了。

十七,七,二十。①

四 滑稽

是一个雨后的清凉的夏的黄昏,我倚在楼栏上吸吞着这可爱的海滨空气。忽然楼梯上一阵步履声,才要回头看时,一阵粉香已挟着S和F的两个肥白的笑脸涌到眼前了。

在薄暗中,S的十分入时的红绸长衣在闪闪发光,F较老实点,穿的是淡碧的,但因为她修饰得十分内行,看去是非常之悦人的。

"外间有什么新奇的事情没有?"有着薄弱的身体的我,近

---

① 即"1928年7月20日"。

些时当不起炎夏的压迫,整天蜷伏在这小楼,几乎有一个星期足不履地了,同时对于可厌的但尚未能忘情的社会的一切就隔膜起来。无聊之极,也想听些有刺激性的新闻来醒一醒奄奄思睡的神经!

"新闻倒没有,不过,阿娥的事倒有些趣儿,要听么?"F笑着说。

"呵,那娥卿么,就说罢!"

"她从前是十分贫苦的。你该记得,我们上高级部时她才读小学呢,后来因为无钱便辍学了。"F很风骚地掠了一掠那镰刀般的短发,"因为她生得好,所以不久就交红运了。二年前她给了个姓黄的商人做了姨太太,他开着茶行,也算是略有几个钱的。据阿娥说:自己那时是不愿意的,因为受不过母亲的央求,和对方竟答应出钱给她读到中学的条件,要求学识,不得已委屈了。今年夏,阿娥算是初中毕业了,这几年也用去了姓黄的整千块钱——就只读书的费用,近几天,她竟登报和他离婚,也不管他怎样的解说央告!现在,每晚上已经和一个年青貌美的西装少年在并肩闲游了!……"

F一气呵成地叙述出来。

"那末,姓黄的不是白白给她赚了吗?"S说。

"她还说是他用金钱来买她的身体,来残虐她的精神呢!她又说他爱她也不是有真正的爱情的。"F笑了。

"她这种策略不是早已决定了的吧?"我说。

"不,她初结婚时是和姓黄很要好的。入了学校之后才渐渐有这念头。这次和她经营奔走的就是那个少年。"

"F先生!依你的意见是姓黄的不是还是她的不是?"S想研

究这问题。

乘这机会，F便把妇女问题、社会制度……滔滔不断地像对我演讲一般说了一大堆！听得乳犬一般的初中学生S睁直眼睛，露出了无限崇拜的表情。

F君是新近才从海上归来的，她读了两年大学了，来到S市就给某中学聘去做教员。

她谈锋停止后，忽然跑入我的房里去。

"要什么？"我在窗外张望。原来她在对镜梳发，一面又把那提袋里的粉在擦脸。

"吃雪糕去罢，他在×园等我了。"她挽了S的手向我鞠躬。

目送她俩婀娜的背影在街灯下移动，心里感到一阵滑稽，不觉就笑了。

十七，七，廿二[①]夜。

（一、二节原载1928年8月16日《白露》半月刊第3卷第8期，三、四节原载1928年11月16日《白露》半月刊第3卷第11、12期，均署名岭梅。）

[①] 即"1928年7月22日"。

一团肉（随笔）

"为什么D要和那样的一个女人同居呢？真是个令人作呕的女人呵！"

"可不是么？那天和他们到P公园里散步去，还没两个钟头的时光吧？她竟公然地在人跟前一连搽了四次以上的脂粉！我说：女人就使本身甘于做男性的玩物，但最少也要做得技巧些，隐秘些呀！真是个恬然自若的卖笑妇般的女人，这样的东西亏D也和她结合得上！有什么意思呢？……"

"意思倒是没有，不过用处倒有用处呵！"有着近于滑稽的鼻尖的S，哼地冷笑着。

"有用处！？你说她能够做D的家庭贤妻，或工作上的伴侣吗？那样的新女性是只会把男性的精血吸收来滋润自己的肉体，而同时又把那肥嫩的肉体供给他们当玩具用的东西罢了！也许这就是她的用处罢！"

"不要忙！我说的用处是超乎一切的旧观念以外的。……想想看吧，像我们这样根本就有些形迹可疑的单身男子汉，不说别的，仅仅要租一个住所不是便要十壁九碰吗？单这一点，D便可以在我们眼前扬眉吐气了！……"

打断他韧长的语调的，是一阵喧腾起来的笑声。

"哈，哈！……这话真是中肯哩！……我是受到了好几次没有爱人的压迫的！……真要弄个新女人来做租房子的幌子哩！……"

"我说，现在的所谓新妇女只是一团肉，一团像苹果、像嫩鸡的香艳可口的肉！她们是丝毫没有一个'人'这动物所需要的灵魂的！"

躺在灯光照射不到的角落，被嘻笑所忘却的C君，忽然以一种按捺不住的怒声说着，跳起来跑到大家跟前，蓬乱的长发里闪着愤懑的眼光！他曾经抛弃了那其蠢如猪的旧式妻子，但也给由恋爱而结合，终于为了灿灿的黄金而分开了的娇美的小鸟般的新爱人所抛弃！他是个极端的女性厌恶论者。

"哈，哈，哈！"大家的笑声又给他拉长起来。

"而我说，你们这些却都是独眼龙的男人，瞎了一只眼睛的呵！"还没有开过口的G君也参加意见起来。

"不用多所讥讽了罢！晓得你是已经有了理想的爱人的！……"

"讥讽也好！……为什么说是独眼龙哩？因为你们只看到她们黑暗的侧面，而整个的社会的深潭是连眼都不瞥一下的！不是愤骂着她们只晓得肉的享乐、妆饰，而完全忘却发展人所应有的精神吗？但请看看罢！现社会上的男性不是把她们看成玩物，含着掠夺的意味吗？……现在的妇女也尽有许多用自己两手赚来面包的能够自立的人物，学识好，技艺好的人才，但为什么她们还是同样地涂脂弄粉，同样追求着肉的享乐和虚荣，而只要机会一来便马上会变成个十足的高等娼妓，给男性供奉着哩？她们都自甘于沦亡吗？未必罢？！谁都有谁的一点良知的！……看吧！封建制度把她们制成奴隶，而资本社会又把她们当成美丽的商品！在这两重枷锁下面能够很容易便把自己解放出来，挣脱出来么？

虽然同样是以劳力来换得面包，但，一个女人只要像任何一个男人般不修边幅或相貌差些，走到社会去能够和男性们找到同样的职业吗？不取媚于同伙的男人，给上级的男人掠夺，能够保持得住她的位置吗？……譬如找一个男朋友，同事，同伴，当然不以他们的外表漂亮不漂亮来做标准吧？但一碰到女人，是不是你们会对那美丽一点、修饰得好看一点的拣择了去呢？环境决定了她们的生存方式，为什么你们专会和这些受了压迫重重的女人责备求全哩！……"他到头讲得来有些兴奋了的样子！

"那像你这样说来我们男性只好可怜她们，同情她们，而所谓真正的新妇女是终于不能实现了罢！"S又把他的短鼻尖哼着。

"谁说呢？！……一团肉，一团像你们所说的香艳的肉是资本文明所产生的罪恶结晶，而也是没有灵魂，屈服于镣铐下面的怯弱的罪人们才不能把自己挣脱出来！真正的新妇女是洗掉她们唇上的胭脂，举起利刃来参进伟大的革命高潮，做成一个铮铮锵锵，推进时代进展的整个集团里的一分子，烈火中的斗士；来找求她们真正的出路的！因为只有在未来的新世界里，女人才会完完全全地获得她一个'人'的真正的资格！新时代已经快要到了，新的妇女也露出她们的光芒来了！等着罢，你们这些……"

一九三〇，四，五[①]

（据作者手迹排印。原稿藏于北京图书馆，署名冯铿。收入中国社会科学院文学研究所现代文学研究室编《中国现代散文选（1918—1949）》第3卷，人民文学出版社1982年9月初版，个别文字有改动。）

---

① 即"1930年4月5日"。

|诗 歌|

深意(十首)

三五
在童年的一个月夜的庭中
我在母亲的怀里
头儿倚在她胸前
仰望月亮却躲在白云的怀里

四八
静坐听着雨珠滴荷叶的声音
眼光却凝注瓶中荷花落瓣的姿态
这时呵
那种幽妙的感觉
只有诗人能够领会

五三
当我独立峰巅
或独步旷野时

我的心和宇宙一般辽阔
同时我觉得我的伟大了

七三
可赞扬的黑夜呀!
你到了人间时——
我们的止水般澄清柔亮的心湖,
点上一朵悠然之灯了。

七五
心儿最无着落的一刹那间:
是一个春晚,
抬头又见窗外丝丝的细雨时。

八一
认什么真呢?人生,
幻想里,
沉醉中,
你全个的"现实"都消灭去了!

九四
不要尽希望着甜的果儿,
酸的自有酸的滋味。
尝试着一切罢!

九八

池水不知印上了几千百个影儿,
别再徘徊了,少年!

九九

静听着孩子们的嬉笑声——
童年屋后那株芭蕉呀!

一百

幽洞里的泉流潺潺地响着
它在说出站在旁边那沉默的人儿的深意!
十五,十一,三①——完于深秋之黄昏里。

  我这一百首《深意》,自从十四年一月②就起首写下。陆续发表在《火焰》和《文艺》里。直到今晚才把它完结了。

  "短诗"虽然在现在不算时髦,虽然它也不适宜于表现雄伟的情绪,但是我的性情很喜欢这类的娇小玲珑的短诗,也是爱它很适宜于表现我的刹那顷的一点灵感,所以喜欢做它。虽然我做的未必都会成功。

  在这一百首短诗中,就包含着我这年余来的生活的一部:思想的变迁的痕迹,也可以隐隐看出来。那末,这《深意》,在找自己,算是生活过程中的一种痕留了,自己的东西,自己常觉得

---

① 即"1926年11月3日"。
② 即"1925年1月"。

很有意义,别人读了,是褒是贬,那是我所不管的。

——完稿后附志,汕头。

（以上十二首及附志原载1926年11月6日汕头《岭东民国日报》副刊《文艺》第23期,署名冯岭梅。）

暗红的小花

（一）

夹在日记里的一朵暗红的小花儿，不经意地发见[①]了。
过去的游境，
隐约地又在脑里盘旋。
把它抛弃了罢，
人生何必处处留着痕迹呢？

（二）

"别烦闷了罢，朋友！
山上小小的一粒砂儿，
都会了解它自己的一切呀。"

（三）

病了，
睁开眼睛见帐外都漆黑了时，

---

① 同"发现"。

便关心着月儿今夜是圆到了什么程度。

(四)

"红的呢?
还是白的呢?"
人生就是生活在这纷扰里!

(五)

"是最神秘罢。朋友!
在这个夏夜
你我的眼光互相交流着,
两个心儿更紧紧地团结着,
虽然你我都给青山和碧流远隔着,
在月光下对着孤影徘徊。"

(六)

好几次热切的盼望着月亮。
它真的照到我时,
却闭了窗儿对着灯光。

十五,六,廿①。

(原载1926年7月4日汕头《岭东民国日报》副刊《文艺》第5期,署名冯岭梅。)

---

① 即"1926年6月20日"。

听，听这夜雨

听，听这夜雨沙沙地在屋上下着！
冷峭的，只有我和呆定的影儿。
想想着过去的悲哀，
流过了的热泪，就像这数不清的点点的雨儿！

听，听这夜雨沙沙地在窗外下着！
一阵闪电里，像映现着飘渺的衣裳！
是不是你又不给我知，在雨中痴望着我的灯光？！

听，听这夜雨沙沙地下个不休！
凄凉的，我把那躲藏在怀里的干花紧贴住胸膛。
我把心儿温暖它，
我又把清泪使它滋润！
呵！这夜雨我不怕听！
悲哀了又待怎地？！
索性睁开眼睛，倚着枕儿凝听吧！

让这相思来支配我的心和身!

十五,十一,三十①夜——汕岛

(原载1926年12月5日汕头《岭东民国日报》副刊《文艺》第27期。署名岭梅。)

·此诗另有许峨手抄稿一种,文字、格式稍异。——编者

---

① 即"1926年11月30日"。

晨光辐辏的曙天时分

在这晨光辐辏的曙天时分,
谁愿在被温里的柔腰之旁,
连想到在那肮脏的场所里,
我们瑟缩地,正磨练着苦工?
"叮铃!叮铃!"是我们钢铁铿鸣;
"吭唷!吭唷!"是我们呻吟之声。
烬里的火焰熊熊地灼燃着,
灼燃着哟,是我们血之沸腾!
童年逝了,接着又褪却青春。
我们一生没有醉饱与馨温!
我们的幸福是受人的劫夺;
我们不信什么命运的乖舛!
挥着汗,过了一个个的炎夏;
挨着冷,度着一个个的严冬!
我们每天从没饱餐到日晚;
我们每天从没安寝到夜残!
巍巍然的那些华丽的巨厦,

一切坚坚固固的铁石户窗。
在黑暗里憔悴之兄弟们呀!
这都是我们气与力的凝成。
忧忧然地那些燥烂的园囿,
一切幽深曲折的铁石桥亭。
在黑暗里憔悴之兄弟们呀!
从这里消蚀去我们的生命!
用力吧,我们锄成尖的匕首;
用力吧,我们炼成利的钢刀。
我们周遭尽是些妖氛鬼气,
我们要立即杀出一条坦道!
我们不再制造雅练的铜床,
给与人家藏娇皎艳的肉体!
我们用心血构成的光工哟,
决不只是人家的一个玩意!
我们有血汗,我们也有气力;
我们将努力着些新的贡献!
在这晨光辐辏的曙天时分,
便是我们努力的新的开场!

一九二八年于汕头

(原载1929年3月15日《白露》月刊第1卷第3期,署名雷若;选自1983年1月《中国现代文艺资料丛刊》第7辑。)

你赠我白烛一枝

你赠我白烛一枝,
我可晓得你的意思!
夜夜独自泪垂,
今宵可有了泪侣!

晚上烛光一灿,
心里更加茫然念你——
念你到无可奈何时,
把脸儿贴着白烛。
烛泪滴到颊上和泪儿混流,
凝结了是你我的泪珠!

烛光在微风里摇摆,
我的心儿跟着转动。
你这时觉得心里怎样?

白烛今晚上只剩有寸许高,
我眼里的泪却何时始阑?!
我的泪就和它的泪一般温热,
滴到你心里时——
却永远永远不会和它一般冷息……

　　　　　　　十五年①深秋——汕岛

　　　　　　　　（署名冯岭梅。）

---

① 即"1926年"。

夏 日 即 事

幽梦初回书坠地,
瓶花相对淡无言。
斜阳一抹胭脂色,
荔果枝头熟更繁。

(根据冯铿笔迹录入,原件收藏于汕头档案馆,署名冯岭梅。)

下编
冯铿研究

冯铿烈士

许美勋

一

"五卅"惨案的鲜血喷射到全国人民尤其是青年们的心里，它更激动了感情强烈的少女冯铿。她虽然只是从报纸上看到消息，但那些血肉横飞的同胞们在帝国主义者铁蹄下斗争着的影子，却深深印在她的心里。

演剧筹款援助罢工工人那一晚，她自己编剧，自己导演，自己当主角。当她现身戏台上的时候，她仿佛千真万确看见了许多同胞，男的女的，年青的年老的和帝国主义的爪牙——军警肉搏，亦看见他们在枪林弹雨中前仆后继，许许多多的工人妻子，失去他们的爸爸和丈夫，白发苍苍的老太婆抚摸着儿子的尸首。台下的群众，在她眼中就化成这样的形象；春雷似的掌声在她耳朵中化成为"卜卜"的枪声。

她没有深刻研究过什么演员技术，可是她那充满着忿怒、热情的心,像一颗即要爆炸的炸弹;她把自己所有的悲忿、仇恨汇集起来,化成一道要冲毁帝国主义势力的洪流,从山上冲向平地,澎湃、汹涌,她口中念着的台词就好像是奔流着的大水、狂潮。

演的是一个工人的家庭,备受经济压迫,老弱的归于死亡,年壮的走向斗争。她却依然以学生的身份站在工人方面,向群众宣传,呼吁。观众忘却是在看剧,但觉得心头热辣辣,感情和她同样在激动。

"你们的妻子愿意给帝国主义者活活饿死吗?你们的丈夫、儿子、爸爸,愿意给他们活活打死吗?……"当她喊出这样的呼声时,眼睛里冒出了泪水和火光,她的情感把观众抓住了。

观众中有一个瘦个子的青年呆站在一个竹棚旁边,他的眼光和台上那位女演员的眼光联结在一起,他那猛烈跳跃着的心房发出来的声音和女演员的话语互相呼应。那青年两颊绯红,眼里分明是饱含着泪,脸上像火烧一样热,不自觉地把脸偎贴着竹柱子。看来好似木人似的,一动亦不动。

冯铿是汕头友联中学高级部的一年级生,全班只有她一人是女生;但她在班内却是著名的一个强悍者,从来不示弱。在家里的绰号是"严兰贞",在校里的绰号是"母夜叉"。教室里的黑板上,时时出现着针锋相对,意味深长的警句、隐语。它不单很快就在校内流传,甚至校外亦有不少各式各样的男人,在有意无意地传播着。"从来不把自己当作女人",她自己这样看,人们也这样看她。"男和女倒是其次,主要是我不犯人,就不准人家来犯我;如果要犯我,我一定要抵抗。"她不止一次这样宣言过:"帝国主义者屠杀我们的同胞,我们不抵抗吗?援助罢工工人，不是我们青年学生的责任吗？"当"五卅"惨案发生后，爱国运动急激发展，如同春雷一声，万物震动；何况汕头自从革命军东征后，工农、青年学生和妇女们的爱国运动，日趋蓬勃，这时候，她更感到如同火苗在心坎上燃烧一样难以抑制。

"我们没有道具，没有剧本，没有演员……那末，就没有办法吗？我们这些青年，活泼泼地，就只会吃饭吗？一碰到真正的爱国运动，难道就像乌龟一般缩了头吗？……缺少一切都不要紧，只要心头还是热的，只要血不会干，什么困难都可以打破！……当她听到另一部分同学的怯弱畏缩，借口种种理由的时候，她不禁睁着大眼睛，红着脸气忿地说。

"妈妈也不大喜欢，昨天说隔壁王家长（商店经理）就在三楼晒台上和李秀才大骂女学生，不管半夜三更尽在排演白话剧，闹出了许多丢脸事。妈说白天可以，夜里不要到学校来。"女同学雪芳低头咕哝着。

"怕死鬼，胆子比蚊儿还小。什么王家长，李秀才，别管他，这般顽固派，真是老而不死！……不要紧，你们怕死难道没有敢干的人吗？"她气忿得眼泪吊在睫毛上，直望着雪芳模糊的脸蛋。

"梅姊，她不干，我来。"这位自告奋勇的肥嫩矮小的姑娘名叫菊明。她和雪芳都是比冯铿低一级的同学。

"咳！阿明，你才是我的同志！"她跳起来立刻揽着菊明，突然在她脸上吻了一下；她好像给黄蜂刺着似的喊着，推开她，红着脸。但立刻又爆发了笑声，好几个男同学突然鼓起掌，活像天上跌下月亮来，意外地愉快、轻松。

"好！这是最精彩的一幕，优美的镜头。"对一切课外的工作都设法巧妙地躲开，但对女同学却经常保持高度兴趣的高个子李震家，碰到像上面这些机会，绝对不肯放弃他的紧张的、衷心的赞叹。

"好的还多着呢！你这个人就只把人血当胭脂，把现在演剧当作娱乐吗？"冯铿放下急忙躲闪着的菊明，踏进一步站在李震家的面前，双手插着腰，欹着头，脸上表现着饱含怒意的冷笑，一面说着，一面点着头。

"这个才是好镜头，可惜没带摄影机呢！"吴文田乘机面对面地饱看了她一下，但当她冒火一样的眼光扫射到他时，他立即移开视线，像战败者一样，从战场逃开了。

"你也……真真是人心已死了吗？……"她的声音有点哽咽，眼泪不觉滴下来。

"好，认什么真，你这个人就是太感情了，我们爱国，不甘人后哩。老牛敢死，老马不敢死吗？你不要蔑视男性，'摧残'男性吧！"吴文田严肃地站起来像演说似的。当他才从唇边喷出"摧残"这个词儿时，冯铿不觉笑出声来，可是眼泪还在滴。

这一夜她整夜睡不着，为了构思剧本，而坐卧不安。她想：如果要把剧本精神抓得牢，把帝国主义者的罪恶表达得出，首先应该要深刻体会到贫苦人家的生活。单为这一点，她把全部注意力，放在一家贫民的现实生活上面。

本来，她从小就怜惜贫困弱小的人们，别说是人，就是一只小鸟，一只蜻蜓，她都珍爱它，绝对不愿意损害。有时人家笑她太婆婆妈妈了，她便说："敢打老虎的才是武松，欺负弱小不算好汉。"她对那个无论寒暑只披着一片破麻袋的白发乞丐就像她的亲人一样关心。每天，他都要打从她家门前经过，没说话，只是望着,她便会找一点东西给他,有时确实没有一点什么可给的,她也要极力找一点东西给他。从家里到学校的路上,穿过一段贫民窟。转角那家贫民,就天天吸引着她的注意。

当她在构思剧本时,那家贫民的形象,影片似的尽在她眼前幻演:四个年纪差不多都是五六岁的孩子,完全没有穿裤,八条腿就像他们的父亲挑卖青菜的筐绳,笔直而且枯瘦,屁股不像是活人的,而是和猪头脯那样污黑干枯。他们蹲在泥沙堆上,假使不动,谁也不相信这是活人,而和垃圾、石头没有两样。蓬乱的头发,鼻涕直流,无神的眼睛……这印象平时已深刻在她脑中,此刻更清晰地涌现在眼前。她很明白,他们的贫困是由什么人造成的。那些公子哥儿的肥白,活泼,美丽,愉快……是怎样来的,她亦很清楚。她痛恨,她怜悯,她此时饱含着泪,好像置身在这贫民家里一样。

她从写字桌前忽然站起来,出力地丢下笔,发出"叭"的声响,转了身,眼光无意投射在壁上的画幅,上面恰是两个肥美活泼的小孩在耍球,一个蹲着,一个跳起来,好像笑出了声似的。她站在这画片前面,左手支着腰,右手扶住壁,两眼呆呆地注视着两个幸运的孩子,可是画中的愉快孩子竟跑到不知去向,突现在眼前的,却是那四个她所熟悉的光着干枯屁股的可怜的孩子。她回忆起当自己坐在教室里,一连听三堂功课后,肚子里在雷鸣时那种饥饿情况,便想起那四个无辜小孩的饥饿……为什么会饥饿?不是很明白的事吗?

她在画片前站了一会,好像听见了孩子啼饥号寒的惨叫,她的心头如烈火焚烧!她反身跑到窗前,靠着窗口,往街上眺望,看见三两个时装青年男女,倦游归来,一路跑一路在低唱,女的把手插进男的臂弯里,身子偎依着,好像连成一体似的……她不禁"呸"的一声,急急跑回书桌前,坐下,拿起笔又写。街上那些幸运男女却冷不防吃了一吓。

她一气写了三四页了,自己又从头读着,觉得不好,便放下来。仰着头灌下一大盅冷开水,才把疲倦的精神振奋一下。隔着板壁,她的妈早已不止一次催她:"应该睡觉了吧,明天写完不好吗?闹病了怎样……"可是她仿佛没有听见,她所听到的只是轰鸣在她耳边的枪声……还有夹杂着饥饿小孩的呻吟声……

当她最后丢下笔时,东方已发亮了。

第二天,她整个上午在课堂里,虽在听讲,但"心不在焉",她把昨夜写好的剧本悄悄地放在半开的抽屉里,桌上放着课本,但眼睛却尽是朝下看,右手掌托着额。老师只装着看不见。下课铃声响时,她便像脱了弓的矢,一直射进三楼上一间小房间里。房里只有一个瘦个子的青年。

小房间里虽然只有她两个人,但却很热烈地在辩论那剧本。几乎每一句话,每一个动作都引起不同的意见,都有争论。那气氛就像一个相当规模的辩论会。她极力修饰剧本的语言,并逐句念出声来,像在排演一样。那位青年则热心地给以批评、补充,纠正他所认为应该纠正的地方。动作和表情亦都一一扮演过。房子里恰巧悬着一个半身镜,把她的身段、面貌完全反射出来。他从镜里看着她的丰姿、笑貌,觉得比站在镜前的她更其吸引着他。她在镜前表演动作和表情,叫他从旁观察并给以批评、补充。当她停留在镜前那一瞬间,忽然从镜里接触到他的影子的视线正和她的碰在一起,心头不觉一震,脸上感到热辣辣。但她却故示镇定,严正地喊着:"嗄,你原来没有注意我的动作,却在看什么?……"

"原来你亦没有注意你的表演,却在看着我……"他笑了。

"谁看你?"

"那末你为什么会看见我在看什么?"

"不,不,不讲闲话。你究竟以为我刚才那一动作对不对,好不好呢?你说,你说……"她按住心头的紊乱,自责今天为什么精神这样不集中;一面却硬装着刚毅的态度。

到底是她按捺下了所有的紊乱的感情,在这小房间里演习着自己在剧中所有的动作、语言。当她说得慷慨激昂时,口沫横飞,眼泪更纷纷滴下来。他亦收束了对于她的胡思乱想,专心一志替她指出毛病,提供意见。等到全剧的对话、独白以及全部动作都表演一遍时,厅上的时钟已响了三下。

"呵,饿得慌,吃什么呢?"

"我早已买好了面包,等你同吃,不知为什么竟忘记了。现在就吃。"他从抽屉里摸出一个纸包,从热水瓶里倒了两杯开水,打开纸包,一面把一杯开水捧给她。

"我早上告诉妈今午要在秦瑜家里吃,现在却在这里吃,心里觉得不好过,说诳话。"她有点抑郁,而且因为饿久了,一时吃不下面包。

公演那一晚,那位瘦个子青年的眼睛从开幕到完结,始终离不开她。他和所有观众一样,感情为她所控制,一时痛恨,一时悲愤,心头好像燃着炸药的导火线似的。而他,除此之外,还添上了一种说不出来的感情。

剧演完了,群众散了,海滨正弥漫着午夜的雾,凉爽的空气在人群散后就泛进这个广场。他独自最后留在这里一霎时，虽然周围已没有人，但她的怒号的声音和悲愤的表情却像永久停留在这个广场上，——不，是深深地留在所有观众的脑子里，尤其是深入到他的脑子里，终生不会磨灭。

二

"难道这一点自由在我们家里还有问题吗？现在是什么时代，阿妈还不会明白吗？天天教学生们的是什么？……'今年番薯不比旧年芋'，难道我会比姐姐更顺从吗？……阿妈，我劝你以后不要再提这些事好吧！……"冯铿坚决激动但亦悠闲地离开椅子跑到妈的跟前来，站着。她那有光芒的大眼睛，在长而浓黑的双眉下，像一对探照灯似的直透她妈的心窝。她接着上面这几句话之后，从心里厌恶而愤痛地在骂她妈："为什么这市侩的思想总是紧紧缚住你呀！我看见你纯洁的心给罪恶的金钱幻影掩盖着，像月亮给乌云掩盖着。"

不能说做母亲的不是处处在替女儿的幸福前途着想，可是这种"好意"，无论怎样，总不能得到女儿的同情、了解。当妈才把好久在心里计划着的一番委婉而入情入理的话刚摆开，便触动了女儿的愤懑，继之是讥笑、激动、教训了一场。她的声音像山涧里的流泉，清琅、响亮地一气倾泻，好像在朗诵诗歌，更像管弦一般。但在她妈的感受上，却是一股冷水，毫不顾惜地直淋向她火热的心，使她的自以为能够打动女儿的感情的话才开头便给压抑下去。

"唉，你总是……！我为你的求学前途着想呵！像我们这样的人家，爹、哥、我三个人教书，还是不能够给你升学的。……如果希望将来有成就，……我想是可以考虑吧，……"阿妈明知无效还勉强说出来。妈是最了解女儿的，想把老人的意见成为少年们的理想，是无望的；何况女儿，最娇养、最小、也最聪慧，女人男相，烈火似的性子，要想把话语灌进她的耳朵，那真是比骆驼穿过针孔还难。她自从大女儿死后，便天天为这个最小的女儿的婚姻问题打算。很久以前便有不少的阔人家——做官的、开店的、过洋的，总之是一律有钱的人家，不只一次对她提到女儿的亲事上来。明知不是立刻可以实现做母亲的心愿，但亦不只一次暗自盘算着：如果女儿不太执拗，那末，不单她个人前途无限，升学、留学都无问题，便是年近六十的爹，亦可以得到休息，家里……总之，一切都容易办……。她一面虽这样想，但一面亦常考虑到有钱人家都不是干净的、爽快的，她自己的半生家庭教师的经历中，就看了不少少奶奶、姑娘、公子、哥儿的悲惨、离奇、凶狠、变幻……的悲剧！如果能够独立营生，那亦算是自由幸福……平时她就曾经投合女儿的心理这样谈论着。在这情形下，母女俩就很和谐地畅谈一切，尤其是社会上许多不平，许多罪恶，是谈论的中心。如果一涉及家庭，涉及自身，最坏就是偶尔涉及女儿的前途的话——尤其是婚姻问题，谈话便中止，尽管是正值兴高采烈，可是立刻突变为不欢而散。

"唉，阿蟹，你总是'三斗油麻倒无一粒落耳'。成天总是替别人打算，没有替自己打算。……"妈无可奈何地，把年纪虽老但尚奕奕有神的眼光从老花眼镜上面透射出来，注视着她心爱的女儿。她脸庞虽然亦像母亲一般胖胖的，但没有母亲那样红润，而且显然是黄黄的有点病态。当她每次看到女儿这种脸色时，心里便不禁怜惜地以为假如营养不太坏的话，假如不太用功的话，总之，假如是不太贫穷的话，那么，女儿一定更美丽吧！当这时候，她一定立刻又想到女儿的服装太差，虽说朴素亦有一种美，可是，假如穿着更明朗、更活气的色彩和更时尚的式样，那么，不是更美吗？但这些问题，做女儿的倒一点感觉、一些意见都没有。她整天不是嘻嘻哈哈，便是读书、唱歌，快乐十足，从来没有注意到衣服、食用这等事上。——这时，妈妈的眼光像母牛的舌头尽在女儿脸上舐着，逗留着、依恋着……一会，无可如何地，把眼光转移到窗前供佛桌上的一串念珠。

"蟹，给妈拿来！"老年人碰到困难，总是朝向虚无，朝向解脱，此时，妈亦像平时一般，只得念起佛来。

她的女儿——冯铿，乳名叫蟹，因为才出生便喜欢摆弄手脚，妈给她起的绰号，以为像蟹儿一般有十只手脚似的。哥哥却替她起个很文雅的名字——岭梅，那是因她出生是十月十日，所以用古人的诗句"十月先开岭上梅"的意思。——此时她像往常一样讥讽妈妈：

"妈，只有乞灵佛祖了，嘎，恐怕你真的要做梁武帝呵！"她笑着，脸上很明显地呈现一个酒窝儿，这个酒窝，曾经打动了她一位同学的灵感，写了十首新体诗，其中有一警句："你这笑窝儿像一个大漩涡，把我卷进茫茫的洪流里去了。"

"我是梁武帝，那么，你想做武则天吗？"妈从女儿手上很快地夺过了念珠，这便是一种不大高兴的表示了，往常她总是举止安详的。

冯铿拿念珠时，顺手把供在大士像前玻璃碟里的一颗最大的黄澄澄的枇杷拿走了。

"嗄,我还未念过经,供过佛,你就吃!"妈只得无可奈何地说。

姐姐素秋,比冯铿长十岁。当她二十岁时闹自由恋爱的事,轰动了整个封建的古老的潮州城。她的叫号和悲歌,她的怒眉漫骂,她那火热的斗争……这些尖锐深刻的印象留在妹妹的脑里永久如新。严冷的父亲,顺从的母亲和自由散漫的哥哥,使家庭充满着很不调和的空气。尤其是那个满头白发日夜躲在厨房里,脸上一丝笑痕也没有的老妾,阴影似的这一个人物,给天真快乐的冯铿的心灵,不时抹上一层灰暗的色彩。她还隐约知道有一个从来没有看见的哥哥,就是这位全家都叫她"白毛"的老妾生的。那个名义上的哥哥不知到什么地方去,仿佛曾听人说他当兵去了,但不明确,家里从来便不曾提过他。还是小孩子时候,她就始终心里藏着一个谜——这位哥哥相貌怎样,跑到什么地方去,为什么跑,"白毛"为什么不留他?"白毛"为什么那么笨,从来不欢乐,不曾听到她大声说笑,有时家里很热闹,像年节那些日子,她也只是在人们面前一闪,便不见了。有时她想问问她,和她谈话,但立刻又给她那阴冷悲愁的脸孔压住了。

姐姐的斗争史,便很明确地深印入冯铿的脑里。姐姐没有错,她那样慈和、正直、豪爽、多情,这些难道是不对吗?假如有错的话,一定是爹妈,因为他们反对她的恋爱。姐姐爱一个男人,她是知道的,虽然那时还只一知半解,但总是同情姐姐。因为姐姐对她很好,教她读了好多旧诗词。很好听的像唱歌似的那些诗词,不间歇地响亮在她的嘴里。像早晨才起身时,一面拿着面巾,一面打着水,嘴里便唱着一些诗词警句,有时故意装着腔调,拉长嗓子,好像和百灵鸟在比赛似的。她从姐姐口中,听了很多古代英雄美人的故事，像奔月的嫦娥、盗盒的红线、李靖与红拂、张珙与莺莺，这些传奇人物和武松、李逵、孔明、周瑜、宝玉、晴雯……都像活人似的离不开她的稚弱的好奇的心灵。年纪逐渐大了，十岁才开头，她便沉醉在这些旧小说以至弹词曲本上面。

姐姐为恋爱自由而斗争的行为使她受到强烈的感动。姐姐是对的，是可爱的，那么，反对她的人就是不对了。父母是爱子女的，为什么在这些事上便要分歧呢？等到后来姐姐胜利了，她才感到很大的欢喜。但是姐姐的恋爱成功了，为什么她仍旧不快乐，有时还流着泪，问她，只是回答：

"唉，你还小，不大懂事，不要问吧！"

"你为什么不学那些剑侠飞仙，斩尽世上一切仇人，为什么不把使你痛苦的人，一刀挥为两段呢？……"妹妹那完全稚气的话，把姐姐的眼泪笑掉了。

"哦，我就希望你比我更大胆些，做红线，勿做莺莺！这个世界确实够苦人的呀！……"姐姐的豪迈又忧郁的气质同时影响着她。去年春天姐姐病得很严重时，她从姐姐的干皱颤抖的手中接过来的是一包诗词稿。姐姐最后的几句话是：

"我们做女人的受罪特别深，你要有志些，将来替女人们复仇，旧礼教真是猛虎……你要学武松，你不是很佩服武松的英雄气概吗？……"

"不，我要学秋瑾！"她回答的和姐姐对她说的这些话，一直牢记在她的脑子里。

妈妈虽然手里弄着念珠，口里念着佛号，但心里却没有佛。她回味着刚才女儿的话，眼前很快就浮现着大女儿素秋的影子。

并且仿佛听到当时她在被锁着的小房间里透出来的愤怒、悲哀的绝叫。这声音,虽然过去得很遥远,可是现在还感到恶心。她回忆起自己几十年的生活,使得她心绪非常紊乱,感慨万端。

她记起去年一个夏夜,在照彻了月亮光的小晒台上面,她对着丈夫的一个青年学生,幽幽地谈说过的话:

"我和冯先生原籍都是浙江。但我是绍兴,他是杭州。幼年我跟家庭到广州来,父祖好像都是当幕僚的——人家都说'绍兴师爷',我想他们干的就是这一套。但又仿佛记得家里还有其他的人办海关这一类洋务。这在当时都算是上层人物。我只知道我们是大家庭,亲戚亦很多,记不清。可是我自小就怕这些应酬交际,很喜欢安静。

"未满十岁的时候,不知为什么我自己就寄居在揭阳丁日昌家里读书。丁日昌是当时潮州最大的官僚,那时虽已退休,但势力还很大,每月初一、十五,便有许多大小官僚,穿戴着五光十色的袍褂、翎尾、朝珠,乘马坐车,喧喧嚷嚷到他府上来打千,谈话,送礼……。我很喜欢和小朋友们闪在屏风后边偷看。好像看戏,那些奇形怪状的官员,你如果不是亲眼看见,一定不会相信的。他们都是"老爷""大人"互相称呼。他们讲的是什么,我们当然不大了解。不过我们很喜欢这些日子,尤其是老丁的生辰或有其他的喜事的时候,那时我们便放学,不再念四书五经,还有戏看,有东西吃,真是不亦乐乎!我还记得老丁的形貌,一表古板的神气,一根旱烟袋,长长的和他的辫发差不多都拖在地板上。他家里的桌椅炕床,都用螺丝钉旋紧在地板上,不能移动。当时我不清楚为什么这样,后来才知道怕后代把它卖掉的……

"唉，这真是古诗说的'生年不满百，常怀千岁忧'，老丁死后，什么贵重财产不是很快就消失了么？单谈他们那座书楼，你们如果到揭阳去，还可以看到它的遗迹，虽然建筑还在，可是内面却早已空空如也！老丁这个人，不单爱官、爱钱，还爱书。清朝做大官的，家里大都有一座赐书楼，大约是朝廷给的。丁府的赐书楼，内面的藏书是很有名的。听说老丁用了好多心机弄来不少的珍贵书籍，什么宋板、元刊、海内孤本都有。那时教我们读书的便是好几位翰林进士之类，他们一面教书，一面代他整理古书。珍奇的书成为古董宝贝，严密地藏在楼上，不肯容易给人参观。——可是后来怎么样？他死后，子孙们把这一部分财产亦均分了，他们把一部孤本的古书，分成几份，有的得到第二、四、六册，有的得到五、七、九册，结果把好书糟塌了。后来还幸亏有些书店买到他好几部完整的书，有的给翻印，有的给珍藏起来。……"

她是很健谈的，她会讲国语、粤语、客语和潮州话，而且都讲得很好，流利而准确。她谈到读书的情形：

"那真是怕人，老丁真是严！时常亲自考查我们，如果谁不懂，谁便遭殃，罚跪、罚站，甚至不给吃。——可是我例外，因为是客，又是女的，又因我记性还好，背念时很少毛病。有好几位老师，教经书的，教诗文的，还有专门教女学生刺绣的二位女老师。恐怕亦就是因为严格，那时读的书现在都还记得。他的一位儿子叫丁叔雅的文学很好，便是因为有这样的环境。"

那学生听到这儿，忽而打断了她的话，笑着问她："那时候当然没有体育课了吧……"

"嗄，"她亦笑了，"体育，男人们倒有一些武艺学习，像弄刀耍枪，在后园，像古小说所说的一样，有好几个武术教师在教这些公子们——其中不少像我一样是亲戚朋友关系来寄学的。我们女人，你看……"她举起一只脚来，"我还是小脚，半路开放的，我六岁时就缠足，跑路都成问题，还有什么体操？"

因小脚问题便很自然地谈到那时的男女关系，什么"授受不亲""男女有别"这些礼教上面，她表示这都是不对的。她亲眼看到许多女亲戚、女同学、同辈数的人们中间，因为婚姻不自由而致病、致死甚至疯癫的。当她谈到自己的经历时，带着无限的感慨：

"我亦是亲受这种滋味的人。我们卢家和冯家虽是世交，可是我就根本不认识冯先生的，只凭'父母之命，媒妁之言'——这都是你们青年人所最反对的！咳，假如慢出生几十年，多幸福！那时自己丝毫没有主张，'嫁鸡随鸡，嫁狗随狗'是一种道德。咳，冯先生亦是官家子弟，只会读书，少年时还吸大烟，虽然一度做过小小的一任官，可是不单不会发财，还亏本，以后便长期闲居，饮酒、赋诗、会友，把一家子生活重担都推在我一人身上。我们是外江佬，在潮州什么亦没有，真是'上无片瓦，下无寸土'，而且还有不少的孩子。大孩子，你认识的，我们叫他大秀才，名印月，是他爹为了纪念老乡西湖的'三潭印月'而取的名。大秀才有些像他爹，会读书，不会赚钱，一个朋友当县长，带他同上任，住了三天，嫌那边的井水有碱味，跑回来。大概只有教书才是他的终生职业。第二孩子，你不认识。大女儿素秋，我曾经和你谈过的。第三个孩子石虎，和你同岁数，石虎和他的妹妹岭梅，这二人他爹最疼的！……"

"嘎，妈又在讲'历史'了。谈我什么，谈我什么？……"

从半梯响起一阵急促的步声和天真的大胆的喊声。随着，冯铿的乌香云上衫和白色裙子，黄黄的有些胖的脸便出现在月光下，当她把一束夜兰花掷给她妈的时候，一阵强烈的芬香和她那明彻的大眼睛的闪光，一齐深入到那青年学生的心灵里。

　　妈妈手里捻数着念珠，心里尽是回忆着，从幼儿生活到结婚、生子，尤其是大女儿素秋的事变——她的争自由，做爹的顽固，做母亲的左右为难，社会的指责……这些事，在她眼前一幕幕幻现着。她又玩味着岭梅刚才的话，"确实不应再把这唯一的女儿糟塌了！"她心里这样说，"看她的样子比秋儿更强，时代更比前大大不同了，做爹的也再没有那股劲儿了，那只有我个人的问题了……"她想起去年夏夜那个倾听她讲"历史"的青年学生，又想起那时他同女儿的眼光相遇的情景，这时心里才明白过来，"只是可讨厌的是那青年又不是有钱人家！"立刻，大女儿的影子又突现在眼前——从厨房里闪着白头发和一堆抹布似的身形，简直认不出是个活人。她不禁喃喃地说出自己的顾虑："咳，阿蟹的体质太弱了！"

　　"妈！肚子饿了呵！"冯铿的声音像霹雳似的把她从混乱的沉思里喊醒了。她还不明白女儿从什么时候就已经站在面前。"尽是念佛，有什么用呵！"冯铿说着，不经妈的同意，便把念珠从妈的手里夺过来，丢向佛桌上，顺手把仅存的两颗枇杷抓过来，一颗塞进口袋里，一颗便塞进口里，"佛祖想已经老早便吃过了吧！"吃枇杷和笑声绞成一起，那种稚气，那种浪漫，连妈也给引得笑出声来。

三

　　高耸连绵气概雄伟的五岭，是南中国的坚强脊梁。像巨兽般奔腾着的连峰叠嶂，逶迤向东南沿海逐步倾斜下去，形成广大的丘陵地带。到了东部的韩江流域，距离海口不过百里，便是有名的潮州城。从潮州城南行四十五公里便是汕头。自从帝国主义者开始对我国侵略，这地方也就被迫通商，形成半封建半殖民地的一个消费城市。对海南面的达濠岛和东面的妈屿，成为天然的屏障，雄健的光秃秃的古老山峰像两只强壮的手臂拥抱着这个年轻、优美的城市。港内搅石海吞纳了来自揭阳的榕江、潮阳的练江、潮安的韩江，真的是波涛壮阔，气象万千。每当朝曦夕照，假如你向东望去，便可看见出海的渔船成群结队，风帆如白蝴蝶纷纷飞着，映着深绿的海波；绛红的霞影，像是一所百花争妍的大花园。西方翠绿苍茂的高峰峻岭，田地、农村和点缀在浩渺的海面的那些小岛屿，活像珍珠似的。

　　当晨雾逐渐淡下去时候，礐石山好像一个少女，从帐里苏醒起来在伸腰舞臂，山的姿态和隔着海在沙滩上对立的两个青年男女的面目同样逐渐清晰了。

　　从去年冬天起，每天早晨，正当浓雾弥漫，伸手不见五指时候，这里便有他俩的身影，好像深藏在帐帏里。等到日出雾散，沙滩上便只留下他俩的足迹。

　　碰头时，温情软语自来就很少，争论和会报似的说话，有时使他俩自己也觉得可笑：

　　"你是在做工作报告吗？"

　　"那末，要说什么呢？没有什么可说的了，我就喜欢说那些事,喜欢碰见那些人物。"她坚定地、并且测验似的问他,"难道你不是这样吗？"

他没有回答。她接着说:"从来就没有像这样的军队能够使女学生们喜爱和接近他们。而且,他们好多戴眼镜的,完全是文人学士,却拿起枪,打敌人,牺牲性命也毫无顾惜！……"

她兴奋地口讲手画,并告诉他好多女学生和革命军人恋爱的事。

"这有什么奇怪,他们原就是学生军。"

"假如我和他们恋爱了,你怎样？"她调皮地欹着头。

他一时沉默着。"不谈这些罢。"她马上转回了话题:"许多工作需要做,又要读书,又要跑路,今晚又是演剧,明早便要演说,学联的期刊快脱期了……万绪千头理不清,请您帮帮忙好吗？"她央求着。

"我也没有空,但可以再挤时间。"说话间,雾完全消失了,太阳高出海面,此时他俩才发见两三个渔人站在身旁,但他们专心一志打鱼,对他俩好像视而不见。

"咳,我们说的话都给偷听了。"

"你有什么怕人偷听的话？"

"这就是无产阶级的福气,——因为没有产业,话也不怕偷听去的,我们的话有越多的人来听就越好。……"

每天都是这样,说话总没有最后的结果便匆匆分开了。

当革命军进行东征,还未到达潮汕以前,盘踞在这里的是反动军阀,他们造谣诬蔑,说共产党就要实行"共产公妻",企图欺骗人民。可是最难欺骗的便是人民,而事实也就是击破谣言的有力武器。革命军到达潮汕来了，整个土地都在翻身。人民知道这些军队是在共产党的影响下，英勇杀敌的。惠州飞鹅岭的战斗，真是惊天动地。能够读哲学、文艺，又能够冲锋陷阵，这种军队，在我国历史上是第一次出现的，在全世界就只有苏联的红军。革命军就是学习红军的。革命军一到，工人、农民、知识分子、妇女们都活跃起来。

"听说农村的农民协会和城市的工会一样纷纷成立了，'妇女解放协会'的一个会员，把虐待她、压迫她的丈夫牵着游街示众，有没有这回事？"有一天她问他。

"是事实，就发生在我们乡间。你赞同妻子惩治丈夫吗？"他笑着说。

"你赞同丈夫压迫妻子吗？"她睁着大眼睛，闪闪有光，痛切地说，"人为什么要不平等，不民主？俗话说：'你好做初一，我就好做十五。'这有什么不赞同。我平素主张'以牙还牙，以眼还眼'的。……"

"可是也有人说这未免太过火了些……"

"过火？童养媳，守寡，为恋爱而被砍下头，浮尸江上，背着石磨，沉尸江底……这些便不会过火！……"她咬着牙说，忿怒透过她的脸。姊姊的影子又一次在她眼前闪着。

有一个星期日，她和同学们，学联会的一些干部，组织一个慰劳小队，到近郊农村金沙乡去慰劳驻军。才走近村前，便有成群结队的孩童们在欢乐地歌唱着，手牵手结成一大圆圈，团团转。那"……除军阀……革命成功……齐欢唱，齐欢唱……"的雄伟嘹亮的歌声震动着沉静的田野。待走得近时，就看见孩童群中有几个穿军服的男女政工队员。他们像教师一样在逗着孩童们玩、唱、跳、喊……。进入村里,迎面三间矮旧瓦屋,门向路,一眼便看见黝暗的屋里挤着三两个军人,有的代烧火,有的便拉住一位老婆子说话,有的抱着婴儿,亲切得像一家人。当冯铿她们走近时,内中一个军人马上走出来,喊着:

"好极了,请你们哪一位当翻译?"

老太婆也兴高采烈地走出来,拉着一位同学说:"阿姊,你懂得话,好极了,他说什么呀?我今年七十多岁,从来没有看过这样的军队。从前,南北军大战,军队就是狼虎,见人便抢、便杀,还要……我们村里就给杀害不少……可是现在的军队,你看,就这样好,像亲骨肉一般。"她笑开了口,露着一列牙床,没有半个牙齿。

一个女学生突然给一位军人拉住了手,吓得她尽在挣脱,好像手上被火烫着一样。立刻,他们哄笑起来,跳着,又把才挣脱了的手紧紧握住了。原来那个军人也是女的,是政工队员,穿军服,可是戴着军帽,头发看不见,脸上又和一般军人同样晒得黑,假如不是挨得那末近,便不容易辨别是男是女了。

好几个军人——内中夹杂着女政工队在代农民们工作,爬粪、挑泥,像长工似的。

"如果不是亲眼看见,谁肯相信?说什么'共产公妻'。这种人就是人类的救星了。如果没有共产党在起领导作用,我想就没有这个现象。就因为有共产党,才使不革命的认真革命起来,假革命的也不得不跟着喊革命……"冯铿从这一次的生活体验中,深深体会到这种道理。她一碰着同学、亲人,尤其是贫苦的工人们,便把上面的话亲切地告诉他们。

"革命就是斗争！团结就是力量！"她从参加了汕头工人欢迎杨石魂同志大会及示威游行中深刻地认识和体会到了。

在工人运动蓬勃发展中，反革命派也大肆活动。一九二五年冬，汕头总工会领导人杨石魂到揭阳工作，反革命派勾结资本家、地主、官僚、土匪流氓等，竟把杨同志绑架了去。这次无耻的阴谋行动，把全汕头的工人队伍的怒火点燃了。他们团结如巨人，发出震天的吼声，迈开大步，行动起来。他们要求组织武装队伍，开到揭阳，和反革命派拚个死活。好几次工人队伍手执木棍游行示威，高呼口号，并向驻军要求立即派兵救出他们所爱戴的领导人。不止一次，轰轰烈烈地在汕头街道上，游行着庞大雄伟的工人队伍。而且揭阳和其他各县的农民，也纷纷表示援助。这声势，到底吓得反革命没有办法。这样，杨同志便在汕头工人的忿怒示威和焦急的盼望中，脱险归来了。

就在牛屠地（现在职工业余中学附近）搭起竹台，聚集着工人队伍，青年学生们也自动列队参加。冯铿代表学联会出席大会。她看见衣衫破裂、形容憔悴、几乎站不牢、摇摇摆摆的杨同志，不觉眼泪滴下来。她听到了杨同志用沙哑声音，断续地，艰苦地报告经过：

"……到揭阳住在张园旅馆内……被绑了，用棉花塞住口，手足缚紧，像个粽球（他苦笑着，但立刻又涌现着高度的仇恨），剥光衣服……掩住眼……我想这次完了，但为工人阶级牺牲了，是伟大的，光荣的。……他们为什么要绑我？只因为我为工人阶级服务，为工人阶级谋利益。……这是不对吗？难道我杨石魂不为工人谋利益，而为资本家谋利益吗？……他们，这班狗种，把我缚在柱上，打……打，难道我怕打吗？……我杨石魂既为工人服务,死也不怕,还怕打吗?……打不死,把我衣服脱光,用冷水淋我,直到天亮。然后——同志们!工友们!兄弟们!反革命派是这样对待我们工人阶级的!——二人拉着头,二人拉着脚,像锯杉工友在锯杉那样,来回拉着……就是拉锯……是把我的肉身从荆棘丛中拉着……兄弟们,同志们,你们看……"

当他把衣服解开,露出皮破肉裂、焦烂得像只烧猪的身体时,台下成十万工人群众,不约而同地一齐举起手臂高呼着:"打倒反革命派!""打倒地主、资本家!""打倒帝国主义走狗!"轰雷似的声音直冲云霄。

她好几次的按捺不住,想跑近去扶住杨同志的摇摆着的身体,眼泪竟忍不住涌下来,使得眼前一片模糊。她愤恨地想:他们为什么这样摧残他,只不过因他是代表工人阶级争自由、民主而已,就得到这样残暴的反攻!……

那天开过会后工人群众举行的示威游行,给了冯铿以无比的力量和信心。他们抬起杨同志,领着足有十万的工人队伍,像一条巨龙似的蜿蜒着,怒吼着,穿过汕头所有的街道,那气势,那声响,那无数的红色的旗帜,和十万双拳头……汇成革命的风暴,扫过了这个被帝国主义、买办者所曾经榨取鞭挞过的汕头市。

如今汕头市和广大农村同时咆哮起来了,仿佛是一个苏醒过来的巨人,他的威力吓得反革命派走投无路,提心吊胆。这种情景,给冯铿增加了无限的勇气。

姨母一到家里,冯铿便感到眼前闪着一片黑暗。虽然只是一闪,但到底是看见了黑暗,使她的愉快、兴奋的心情受到侮辱和损害。家里穷，是一个看不见、解不开的镣铐。父亲整天躺在床上，尽是看书，不肯多说话。她看见他的眼光虽停在书本上，但神气却不相属，好像老有什么困难的问题压在心头。妈妈却好发议论，无论对什么事情都有她的坚定的见解，不容易和其他人们融合。但主要的病根就是穷，"水浅鱼相挤"，就是这样。

妈妈的最大、最后的希望就放在女儿身上。姨母是实现她底希望的一道桥。当这位始终是那末悠闲、整洁、会说会笑的、老是响着水烟袋的半老妇人一到家里，当天，便有比较丰富的鱼菜。只有冯铿觉得担心，虽然鱼菜的味道是美好的，但分明有另外的味道。姨母一见她便装疯装癫地动手拉住她，半真半假地喊着：

"哎呀，近来演说越出名了，谁不知道我们的岭梅女士！……"回头望着她的妈妈，打趣地说，"大姨，你的老运真是不错啦……谁不知道有许多名人、诗人、革命家拜倒在她的'石榴裙'下！……"

"啊！啊！"

冯铿脸一红，不自觉地望着自己的补绽好多处的旧黑裙，心里感得一阵热辣、气忿、受辱似的，但却只有硬装起笑脸，而且高声大喊起来了：

"呀呀，姨妈，你自己是在痴想'桃花运'么？我看你虽然不只是'半老'，但还确实是个十足的'徐娘'哩。"

"阿蟹，你也太放肆了罢……"妈妈不好意思地试着解围。

"大姐姐，你还蒙在鼓里呢！外面闹的反封建的气势那末凶，今天就有十万工人游行，你我却被排在老封建的榜上。你的小姐就是回到家里来，也在演习'打倒封建'这出好戏哩。……好好努力吧，男女平等，将来说不定会出现一位'现代女状元'……"

她的脑子里一时十分混乱,便不管一切地自己倒在床上。杨同志那形象突现眼前,和他平时美伟俊秀的丰姿做个对照。姨母的丑恶性格和冷讥热嘲,妈妈的动摇,自己的前途……围攻着她,把刚才在工人群众游行的雄伟队伍中吸进来的勇气冷了半截。她不自觉地伏在枕上痛哭了,她自己也不知道哭什么,同情杨同志?悲忿着自己?痛恨旧社会?……但对家庭确实是越来越不怀好感了。

四

"什么都离不开斗争,文学方面更要坚持。这班腐朽的东西,应该把它扫清才对。"一天,她的爱人气喘吁吁地找她,商量加强文学战线工作。

"我是不懂得什么的,你们做前锋,我做小卒,摇旗呐喊,助助威吧。"她对新的事物,从来就没有怀疑过,从来就极力支援,对新文学当然亦是如此。

"五四"后的新思潮、新文艺蓬勃发展,潮汕这地区的青年亦先后组织了文学团体,出版刊物,集会、讨论、公开演讲,配合爱国运动,曾经动摇了旧社会的意识基础。但在一九二五年以前,是军阀统治时期,政治黑暗,新文艺处在重重压迫下面,正如小花草被压在大石底下,虽然被压着,但也不断曲折地在成长,虽然因受到压制,开的花朵渺小而稚弱,可是有生气,表现着、孕育着未来的壮大。

这班青年们,继承着潮州人民战斗历史的传统,受全国新思潮的鼓动，而且自从中国共产党诞生以后，新的时代开始了，所有知识青年的思想都起了变动，除了那些抱残守旧的封建顺民之外，可以说凡有血气之伦，莫不奋起斗争。那时，在北京、上海、广州、武汉等大城市高等学校的潮汕进步学生，和潮汕本地（包括汕头市和十多个县）的中小学进步教员、中学生、青年新闻记者等等，组织了好几个新文艺团体（如"火焰社""彩虹社"等）。排演新剧、美术展览、出版文学刊物。这一运动，根本压倒了腐朽的封建文艺。在这运动的发展中，起着重要的指导作用的有北京大学教授杜国庠和李春涛。他俩都是潮州人，对家乡青年们的新文艺运动，全力支持。随着一九二五年广东革命军的东征，带给潮汕新文艺运动以伟大的培育扶植。在喜爱新文艺的青年们中间，比较前进的，已初步认识到文艺和政治的关系，认识到文艺应为政治服务。关于这一问题，冯铿就曾经说：

"这是事实，没有共产党和国民党合作，革命就没有这样快，没有革命就没有新文艺。封建顽固派他们对新文艺是死敌。不是很清楚吗？爱革命的难道是反革命的人吗？"

当革命军回师广州镇压残余反动军阀时，正是一九二五年六月前后。革命军暂时离开潮汕，另一派反动残余军阀便乘机窜入，各地的土豪、劣绅、地主、官僚、流氓、恶棍便像蚊虫一般蠢动起来。汕头市残留着的一些反动文人，亦作了应声虫，在反动报纸上大放谬论，有时更露骨地公开攻击新文艺。甚至语体文，亦给以无耻的污蔑、反对。正在这时候，比较进步的青年们都忿火燃胸，咬牙切齿，想对这班走狗给以重重的打击。当时冯铿就对她的爱人说：

"应该像鲁迅所说的打落水狗的办法，彻底消灭它们！"她说话时喜欢把头欹着,像在加重语气。

"其实他们真是蠢,革命还在高潮中,他们攻击新文艺,反对革命,确是所谓'蜉蝣撼大树,可笑不自量'!……但是我们应该更落力……"他接着说,"人人要做先锋,拿起武器,不只呐喊。"

"是,我们应该战斗!"她坚决地点着头。接着便是行动——写作,什么都试试,抒情小诗、小品文、随感录、短篇小说……每天都写一点,绝不间断。天未亮便起床,念英语,和隔壁园林里的鸟声对唱。接着演习数学、理化等科目。上午赴学校直至午间。课间休息时是看报,查阅昨夜写好的文字,修改一下。没有午息,疲乏太甚时也只有在椅子上打一下瞌睡,马上就醒,像捡着贵重的东西一样,立刻就工作。整个下午没有空,经常是学联会、妇女会和其他临时的各种会议,碰头,上印刷所接洽期刊,经常参加演剧小组的排演工作。……老是带着一只藤做的小提篮,里面尽是书、稿等等。每天写日记,已成习惯了,有时忙得忘记一天,深夜已躺下了,想起,便立刻起身,写后才睡。

"不要翻啦,拉杂得很,是个杂货袋似的,……"同学秦瑜一天打开她的小藤篮,急得她出力抢。

"我早偷看过了,除红信封的情书外,足有八个未完成的作品,什么都有。"

"大作家,名不虚传……"脸色黄黄的,比秦瑜高些、细眉、长眼、乌油头发,同学们都叫她小旦的瑞芬拍掌笑着。

"你这小鬼,叫你演剧,老是躲,却专门偷看人家的秘密,……认真告诉你,要从笼里跑出来才好,你这美丽的小鸟。……你愿意永世做奴隶吗?……我们女人,要比男人更努力才好……"她谈话就是这样，有时就拉得远了。

"你叫我怎样努力呢？哎，我有什么能力啊！"自卑的瑞芬似有所感地叹着气。

"每个人都有能力，只是大小不同，有若干力量就做若干事。你们母女受尽了压迫还不能反抗吗？一个人工作是为了大家，也是为了自己呵。"她就是这样从不放过鼓动的机会。她是看出了瑞芬的感情已经有点消沉了，就紧接着进一步鼓舞她。

"嗄，演剧有什么力量，能够反抗什么？"瑞芬冷冷地说，眼睛只看地面。

"哎哟，你就不懂这些，虽然在舞台上，但是只要你表达得好，你的一言一动，便成为一枪一炮，会把敌人打死的。"她兴奋地拉着瑞芬的双手，弯着腰，几乎是燃烧着似的说：

"你不觉得压迫，不觉得痛苦吗？我代你难过得要命！名义说是有好多钱，可是只写在账簿上，看得见，拿不出。生活受限制，行动不自由……"

她一想起瑞芬的妈妈那形状便打了一个寒噤！完全是在黑暗中——乡下一座古老房屋，灰色、低矮、闷塞、密不通风，尤其是她妈妈住的房子，白天亦要点着灯，骤然从外面跑进去的人，真真是伸手不见五指。她从十八岁便守寡，脸上没有一丝血痕，更难找到一点笑。苍茫的眼光，像黄叶无声坠下似的落到任何东西上面，都是无力地、不安地。整天待在房子里，二十年像二十天似的，尽是刻板而阴沉的生活。看起来不像死人，亦不像活人。瑞芬是她的遗腹子，还买来了一个男孩，算是延续后代的。就因为夫家有点钱，不愁吃穿，有钱人家就讲面子，死了儿子，媳妇改嫁，是丢脸的事，所以要媳妇守节，没有别的办法，就用钱。家翁答应媳妇几千块体己洋钱,可是不能兑现,只记在账上。就是如此,才把瑞芬母子弄成半死人,母亲已经终身被软禁,半步不出闺房;女儿亦成半天飘着的纸鸢,不能自主,给一根无形的线缚住。

"难道人的生命就这样廉价吗?尤其女人,就这样永不超生吗?世界上存在这种罪恶,是人类的耻辱,更是我们女人不共戴天的仇恨!……瑞芬呵,这罪恶是可以洗净的,我们女人以及男人所有被压迫、被侮辱、被损害的都可以得到解放,得到新生,只要革命,革命……苏联就是如此,是全世界被压迫人民的灯塔……现在所看见的,接触的新事物,便是从苏联学习得来的,是全国劳动人民团结起来的力量。……我们虽然不能拿枪,但能够用嘴讲话,用笔写字,用手工作……汇合起来便成为不可抵抗的力量,足以摧毁黑暗社会,还可以建立理想的新社会,……人人如此,什么事办不成?……"她把瑞芬的生活环境当成自己的,在身受者早已经麻木,还没有感到十分迫切,但旁观者却时时感得不可容忍。她格外关切瑞芬,把她当亲姐妹看待。早就把她母女作为题材,静悄悄刻画着。她只告诉过爱人:"我想把她母女写成作品,不是立刻想发表、想当作家的,写好了自己看,看它时便燃烧起反封建的怒火,它可以鞭策我,推动我更出力来反对一切不合理,反对罪恶。"

"文学的作用就如此,只你一人看,不如大家看,大家的怒火会成为烛天的巨焰,一个人的怒火只不过是腐草的荧光吧。"她的爱人说,并鼓舞她多写作,多发表。果然在他的鼓舞下,她对写作感得非常有趣,差不多天天写。瑞芬在她的鼓舞帮助中也逐渐进步了。

反动文人无耻地乘机进攻新文艺时,她是一名保卫新文艺的英勇战士。她写了不少尖锐而富有风趣的短文,对反动文人反攻;和好多战友一起,这班青年们结成坚强的阵势一齐向反动文人进击,真是战无不胜,攻无不克,把反动文人、走狗们杀得"弃甲曳兵而走"。

当时的反动派代表喉舌是一家报纸,名叫"平报"(该报后为革命军接收,由当时任东江行政委员的周恩来同志委李春涛为社长,将其改办为"岭东民国日报"),里面有著名的反动文人钱热储,天天有文章,印在报纸显著地位。一九二五年以前,一贯坚持反对白话文,诬蔑、攻击新文艺。主要的还是和反动军阀勾结。他们组织这家报馆,一面代军阀林虎、洪兆麟宣传,一面却敲榨、压迫老实商民,对青年们视若仇敌,常常用最毒辣的置之死地的手段加以陷害。他们在报纸上公开反对孙中山,主要就是反对"三大政策"。对共产党更是破坏造谣,无所不至。他们有许多爪牙,冒充记者,到处刺探情报,向军阀告密。市民们如果发生一点针芥般的事件,他们便兴风作浪,播弄是非,造谣惑众,目的是向事主敲竹杠,勒索,因为他们没有薪水,靠勒索过活的。

"这个钱热储是反动文人的头子,是'平报'总编辑,我们要集中火力攻他,不要让他再耀武扬威……"有一次,冯铿在一个刊物的编辑会议上很气忿地提议,马上得到全体委员的赞成通过,并组织每人要写一篇以上的文章,陆续发表。她的一篇题目就用"钱热储"三个字,开头说:"你这一个热心储钱的人,爱钱不爱脸,将来总有一天,有钱也买不了你的命!"有人说"似乎太露骨了",她更坚决地说:

"对待这班坏蛋,不能客气,只有骂,像孔明骂死王朗一样,何等痛快!"

帝国主义者一方支持军阀形成割据局面,同时指使军阀命令他们的爪牙走狗(如充斥在各地的侦探和反动文人等),对人民采取镇压手段。另一方面,却直接命令教会学校当局,对爱国的员生工友横施压迫。汕头市的华兴中学,就是英国教会向我们中国人募捐开办的,可是却被把持变为奴化教育的机关,做文化侵略的工具。当"五四"运动发生时,校里的爱国员生,便团结起来和学校当局——英国教会校长斗争,结果有大部分员生离开华兴中学,另组友联中学。"五卅"运动开展了,华兴中学的员生响应起来做爱国宣传,起初学校当局虽不满意,但因革命军在潮汕,所以无可如何。后来竟无理干涉,说英国办的学校,不容员生做反英宣传。员生们则理直气壮地说:"我们是中国人,爱国运动是不容许任何干涉的,就是居住外国的华侨,他们也可以做爱国运动,为什么在我国领土的学校,住在国内的人民,不准进行爱国运动,这是毫无理由的野蛮的帝国主义侵略行为。"员生们都忿怒起来,同学校当局斗争。

这事情一传开去,立刻引起全市人民,尤其是工人、学生们的无比忿怒。冯铿在学联会紧急会议上十分激烈地坚持主张立刻行动起来,支援华兴的同学和老师、工友们,并且像宣誓似的站起来握着拳头嚷着:

"我个人就和华兴中学的同学是血脉相关的,我们学校是华兴分出来的,是在'五四'爱国运动中产生的。支援华兴同学的爱国运动是人人有责任的,尤其我本人,我要格外尽力……"

第二天华兴中学当局——英国教会校长竟强蛮地把学校封锁起来,把员生工友都锁在校内,断绝交通,不给粮食。事前便宣布学校停办,强迫员生离校。员生不理睬,他们便这样把对待非洲土人的野蛮手段拿来对付革命运动正在蓬勃发展的中国人民,这就注定他们的失败。

"因为革命军退出啦,所以他们就胆敢如此的。为着不吃眼前亏,我们是否必要采取'另一'斗争方式?"也是学联的干部,面团团,短身材,沙声,为人谨慎十足,恰像民间流传的笑话:大便时双手抱住茅厕的土壁,还把辫子吊在屋梁上——这样的人物,人家叫他做"保险家"。这时他提出的"另一"斗争方式便是依据妥当的原则的,但他没有明确说出。

"哎哟,你这位'保险先生',完全和契诃夫小说里那位火热天气还带雨伞穿套鞋的人一样。怕什么呢?……"她立刻尖锐地给以讽刺,说时还举举手臂,提提脚,装成撑着伞,穿着套鞋样子,引得大家哄笑一场。

"大作家、大演员、女革命者……何必这样呢?我原是为着斗争要得到胜利的保证才这末提……""保险家"已气得团团的脸更觉得团团,红得像九月初九的红柿。"近日她给契诃夫的小说着了迷,满口是讽刺。"另一位代解围。"我深知她生活离不开文学,说话总是诗呀,故事呀……而且她看的书都是跟她的工作、生活调合的。例如她痛恨哪一种人,便找出描写哪一种人的文学作品看;碰到什么问题,亦常常去翻书……恐怕她就是觉得你为人太妥当,所以才读'套里人'吧……现在我们言归正传,应该怎样应付?马上讨论,不要说闲话!……"

"革命形势是高涨的,我们才在进行收回教育权,要把所有外国教会办的学校收回自办,这完全是必要的而且是公道的。我们有千万工人、农民、劳动群众做后盾,怕什么,革命军虽是暂时退出,但我们能够坚持,一定会胜利的。……"主席坚定地、及时地安定了极少数人——如"保险家"等的动摇情绪之后,回头问大家:"实际行动怎样?"

"马上组织支援,结成大队伍,开到华兴中学去,准备食物,写标语,给我们正在斗争的兄弟们以精神、物质的支援!"她好似起好稿的发言,像舞台上的台词,明确、坚定、斩钉截铁地喊着。

给群众包围着的华兴中学,那白色的楼房像在风涛汹涌中的孤舟,群众好似海浪,呼口号的声音正如海啸,那座危楼好似在动荡摇摆。从楼上窗口垂下了许多绳索,有不少小伙子攀登上去,像猿猴升树似的,也像古代将士在围攻城堡。吓得英国教会的学校当局不知去向。经过这次斗争,后来就把学校收回来了(就是现在的汕头市第一高级中学)。

一九二五年六月革命军离开潮汕会师广州,镇压残余军阀杨希闵、刘振寰,至同年十一月再度东征进入潮汕。在这个间隙,军阀余孽洪兆麟、刘志陆暂时再度盘踞潮汕。这个反动统治时期,虽然不久,但革命受到不少损失。不过从一九二四年国共合作后,工农运动突飞猛进,革命形势一日千里,潮汕地区尤其壮大,洪刘小丑,对正在发展的革命力量根本不敢正视。当革命军平了广州内部的残余军阀后,长驱直进,作第二次东征,这些小丑,早已闻风先逃了。

革命军第二次进入汕头市的第三天,正是苏联十月革命纪念日，在永平楼（现居平路人民银行旧址）开了一个伟大热烈的军民联欢大会。

三层楼的广厅，坐满军、政首长和各界人民代表。镰刀斧头大红旗和革命军的旗帜交叉着，像两个巨人交着臂屹立在群众面前。巨人的力量和群众的力量，结着像一座钢铁的堡垒，任何敌人都要在它的面前粉碎。突出在人群中的几位高大身躯、气象雄伟、光着头、胸前挂满勋章、金碧辉煌在灯光下闪耀着的是苏联的军事顾问。

共产党员周恩来同志在大会中像一座灯塔，他代表中国共产党在广东领导革命，在黄埔军校领导革命军官的学习和锻炼。他用共产主义思想武装着革命军；扫清东江军阀，奠定了广东革命基础，为北伐铺平道路。

"周恩来同志和加仑将军就代表了中苏两国兄弟般的革命友谊，全世界无产阶级的力量……"这一晚，冯铿兴奋得把一方旧手帕撕成许多碎片。她的眼光一会注在红旗上面，一会注在周恩来同志和加仑将军身上。悄悄地对同坐的新闻记者代表——她的爱人说了上面的话。她的精神完全沉醉在许多人热烈的发言中，整个身躯好像浮在革命的大湖泊里面，温柔、愉快、强烈、壮美……说不出的感觉，心头热辣辣，像冒出火星来，自觉两颊发烧，双手放在桌布下面无意识地吃力地撕着手帕，撕了又撕，好像手帕是她的仇人似的。

这一晚，她的爱人觉得她格外可爱。而她，亦感觉到散会后握别时他的掌心格外热，压力格外强，像要把她的掌捏消了似的，使她深刻地感得又痛又愉快。一股莫名的火热的沉醉的感觉从掌心传到心脏。两人同样感到，这感觉并非只是二人间的意义，另外还有一种说不出的更伟大的意义存在。

五

暴风雨到来之前的低气压使人们心头像塞着一团棉花，连呼吸都感得不能畅通，大家也就不约而同地都有了这末一个念头：杀了吧，不是你死便是我活，怕什么呢？近来各地接连发生了事变，虽然规模不大，但影响却不小，尽是反动派向工农进攻。虽然为时不久，但像已经燃着的导火线一样，那看得见的断断续续迸出来的火花带着看不见的大爆炸在后面。年青的农民们经受了革命风潮的激动，都跃跃欲试，他们斜戴着尖顶小竹笠，一根粗大的禾草索绑着后脑，从鼻孔下面斜擦着的黑色鼻烟直伸到耳朵，满眼血根，挥动着锄头，有力无心地尽在园里掘什么。他们的心头沉重而不安，像什么大事已经降临，避不了，也正在期待似的。尤其近几天来，这种空气特别浓厚，不单青年农民们，其余的人也都感到不安，老年人说："这就是'浮地龙'，自从反清的吴忠恕以后，就是'长毛'时候，现在亦是这样。"

春末时候，茂苗的稻田像深绿色的汪洋大海，不即不离，大大小小的农村，海岛似的浮泛着。既兀突又稳重的桑浦山，连峰叠嶂像一列大屏风摆在西边。东面是浩浩滔滔的韩江，蜿蜒奔流直向南海。这些山川田野，虽然静静躺着，但都好像就快要站起来似的，和农民一样，烦躁不安……东面山下的横陇乡像一只巨豹斜躺着，但是昂着头伸着腿，眼看就要咆哮，要奔跑，要跳跃起来似的。

乡村外面有围墙，四方都开着门。东门外一派茂密的树林，高低不齐的园地，曲折的小溪流，在肥胂浓阴的榕树和幽暗的竹林下面，隐藏着一些矮小的草札板钉的小屋，是农民们守护园货在此过夜的。从这儿朝东北面伸展开去是好十几个农村，村的前后都是稻田，西面连接山麓，东面田园和农村，一直延伸到韩江滨，过了江，田园和农村还继续发展到海为止。

在竹林榕树极繁密地方，一派苍绿阴森中透露着半个庵寺，一堵新修的矮墙很惹目的像一幅不动的白布悬着。本地人叫它新庵（因另有一老庵在邻近），内面尽是尼姑，她们的被禁锢了许多年代的肉体和精神，在这半年来，受到革命风潮的震荡，好像经过春风吹拂的花草，都开始活动起来了。尤其是年青一辈的几个，她们已经敢于和老尼们——她们喊做"爸爸""叔公""祖公"的顶嘴了，甚至有两三个居然加入妇女解放协会了。这种变动，使绅士们吃惊。

一九二七年四月中旬的一天下午，正是农历三月十九日，是邻村金砂乡游神日子，锣鼓声隐约传到新庵这一带。这时，天空忽而黑云密布，狂风横扫，一派竹林尾梢不停挥动，像许多战旗，伴着雷声好似战鼓，在剧烈地指挥作战。

一群衣服不全的农民，暴风似的拖着几个脸无血色的、软软的、像雄狮蹄下的野狐山兔似的的东西——他们是反动派的爪牙。这些日子他们四出蠢动，刺探消息，散布谣言，威吓群众，暗运武器，他们是反动派的先遣队，像毒菌似的到处侵入。他们在好几个农民组织还很微弱的乡村中，帮助过土豪劣绅们暗害农民，串同反动派摧残农民组织。当他们一潜入横陇乡时，立刻点燃起农民的怒火。他们出现在乡里时，正像池塘水面飘浮着的几点萍，霎时便给水底数不清的大鱼吞下去。几乎是全乡的年青农民们和好事、好奇的孩童们，都自动加入，争先恐后像追逐自己的仇人似的在侦查、跟踪、包围。

"我看见一个后生仔穿着白衫，胸前挂有金牌的，他正跑向莲池方面的横巷去，还不远……"一个老妇人把头伸出门口指给一个手上拿着土枪的农民说，立刻便"啪"的一声把门关了。

爪牙们到处乱窜，已经知道不妙，但还料不到他们有怎样的结果。无目的地尽在闪着，忽而蹲下去，忽而急急奔走。他们一共九个人，忽而分开，忽而聚拢，街巷路径，有的熟悉，有的却茫然不晓，尽在徘徊、踌躇，正如热锅上的蚂蚁。最后他们聚拢跑进一间小学校里。校长是江西人，讲国语，姓朱，当他出来看时，立刻被他们团团围住。

"我们是汕头警备司合部派来的工作队，是党国人员。你是校长，有责任保护。你告诉他们不要乱来，大军一到，他们便不得超生……"但他们的声音却在打颤，外表虽装得神气十足。校长出来一会便进校，对他们说：

"是误会，没有什么，你们走吧……"

结果他们像被渔人捕得的水蟹似的，一只只被捆得紧牢，都拖到新庵前面的墙壁下，八只走狗，给农民们枪毙了，只有一只漏网。

"给我瞄准，我先打他，我要打他的左眼！"一个少年农民抢先准备打。

"不，给我打，我还没有打过反动派，心里老是不甘，我的母舅前天才被打死，是新寮农会会员，听说就是给这班狗种抓去的。我打他，打……"另一个满脸污泥、双眉翘上的廿岁左右农民急急说着，一边扳着枪，"碰"的一声把他打死。

这时天昏地黑，狂风更紧，闪电和枪声像农民群众的吼声，像他们的眨眼。几千年给沉埋在封建势力下面的他们，今天才透了一口气。

一座小书斋，面临着小园，园外就是一道清溪，溪以外一派稻田和桑浦山连接。今年春初，冯铿才和爱人住在这里。二人开始同居后，对生活感到一面虽是满足，但一面又是缺少了什么更重要的东西似的。他俩每天花很少时间到一间小学校去，与其说是教书，毋宁说是闲居。有的人说是"度蜜月"，但她坚决反对这个说法。总之，只是改换了一下环境罢了。

一九二六年底，冯铿在友联中学高级部毕业，刚满十九岁。毕业考试完了的那天晚上，她兴高采烈地跑进爱人的小房子，一进门，便喊着：

"从今天起我便可以冲出狭的笼飞出来了！"她欢乐得滴下泪来。

"我看你既不是林黛玉，为什么常常看见你流泪？"他不只一次对她的流泪表示怀疑和反对。

"除非是木头人，就没有眼泪。说起话来'威风凛凛'，可是内心却十分柔弱……我有时真是如此。……我们到外面跑一跑罢……"他觉得她今晚的神气比平时有点不同，既快乐又忧郁似的。

上弦月挂在礁石山峰一边，海面闪着零星的半明半灭的水路标上的灯光，远处一艘轮船灯火辉煌，但四下里却阴沉沉的。没有一丝风，节候虽是冬季，但不会太寒冷。他俩漫步在没有人的海岸边。

"以前我不说的,今晚可以谈谈了。你还不深知我的处境呢!……这几年来好似在作战,四面受敌。足有三四个'敌人'向我进攻,而且都有了'内应'……"她谈到"敌人"和"内应"时,声调特别重一些,"假如我不是坚决死战,一定会被俘。所谓骨肉亲人,父母兄弟一看见钱便忘了人,把女人看作奇货,看作一张有奖彩券……种种诱惑,首先用金钱,其次用'情感',还要用'道德',再加以挟持、压迫、诱惑、欺凌……真是明枪暗箭,四面包围,目的就是要牺牲我个人!……"从黑暗中他看见她的眼睛闪着泪影。

"那个高鼻子的小流氓经常送东西,还有姓陈的那个,用各种无耻的技术,使得妈妈不断赞美他,说比自己儿子还亲切……他们的目的何在?……我好几次对妈坚决表示过,可是她总是放不下这个幻想。……他们暗中怎样布置,我不知道,我只是觉得家庭里好似陷阱四伏,随时随地都可堕下去。……我这几年含泪吞下爹妈给我的饭,我如何焦迫地想独立,想飞。我有这样的看法:所谓'爱',如果建立在报应、买卖、条件上面,那么这种爱便无价值了。父母爱子是好的,但如果把儿子当作商品,那就是不可容忍的了。……从此以后,我可以独立,当个小学教员,自己养活自己,多么快乐!……"她笑了,"你看对吗?"好像要得到答案似的,又问着他。

"独立生活当然是好的,人为什么要依赖他人?应该争自由、争独立的。"他回忆着这几年来和她认识以至互相爱恋的经过,是痛苦的,并不是一帆风顺的,像其他人那样快快乐乐。这时他感得二人好像是仅存的战友,没有援军,只靠并肩作战,从重重包围中,杀出一条血路来似的。

还是不久以前的一天午后,她正在他房间里谈得津津有味,突然楼梯声响了,她预感似的立刻闭了口。他跑出房门,原来就是她的爹,也就是他幼年时的老师——他有时来探视他一下,有时拿学生作文卷子要他代改,来时便踱进他的房间里。

"内面适有一女亲戚来坐谈,老师这里坐吧。"他搬着一只藤椅。老师连声说:"好,好,这里厅上坐吧。"

"我拿火柴。"他回房里,看见她躲在帐后,脸色苍白,似乎在打抖。他忍着笑,拉着她的手,觉得手尖冷冷的,悄声说:"不要怕。"说完,他又出来招待老师。老师正点好了香烟:"今天气候好,外面跑跑吧?"老师招他散步。

"啊,不凑巧,刚才表姐有要事,要我带她找人哩。"

"好好,改天吧。再会,再会。"他望着老师的上了年纪的背影,心里有点抱歉。再回房来,她坐在椅上,头向后仰靠着板壁,刚才那谈笑风生的丰姿已跑得无影无踪了。这就是叫做"银样蜡枪头"。他还记得曾经这样取笑她。今晚,他再提这事,并说:"奇怪得很,你不是什么都不怕,对别人谈起来'龙精虎猛','口若悬河',鼓励人斗争,反对封建……而自己却这末软弱!……就是碰见了,我想亦不是一桩不得了的事吧。……"

"咳,这就是封建势力吧,本来知道不用怕,但临时便不能自主了……"她感得自己有时真是太弱了,"我的心情有时矛盾得很……"她停下来。他也感到近来她的精神好像很不安定,有时说话吞吞吐吐。

"什么,说呀,说呀!"他催问她。

"这就是矛盾嘛。我问你,革命是什么目的?什么效果?爱国是什么？……"她好像给他猜谜似的。

"那末，你怀疑？……"他莫名其妙。

"我们不能抹煞事实。反动派、顽固派、市侩、流氓都叫爱国的团体做'国民外交后援会''老衍会'（潮语"老衍"即"奸夫"），这当然是诬蔑之词；可是事实却大有人在，确确实实有几个坏蛋借爱国名义在搞'恋爱'——其实是卖淫似的。难怪市民们要讥评。我就亲耳听见对面一个老婆子故意高声朝我屋子喊：'现在女学生多本事，日间读书，夜间赚钱……'那是当我演剧到半夜回来敲门时候，分明在说我，那时我想攻她，怕扰人清梦，忍下了。还有人，自从参加了某团体后，便有花绸裙子穿，有生发油，有夏士莲雪花膏，三几个过去都是穿破衣服的弟妹，现在都'焕然一新''衣冠楚楚'了……难怪妈妈要说：'蟹呀，不要跟人家闹吧，"仙屎"吃不着，偏吃着麻风涎……'有些人，就是'大头'，威风十足，像在做官，对于工作却是没精打采，有名无实……实在，我感得很灰心！……"

"你不看那些真正革命者……浑水摸鱼的人当然亦有……"

"就是痛恨真正革命者太少，浑水摸鱼的太多。我不会彻底积极，亦不愿浑水摸鱼，看不惯，又没有力量克服，因此才苦闷！……有一天，我到杨同志处，他正在吐血，脸色很难看。桌上堆着文件书信。一见我，便指着那一束要交给我的稿子，叫我自己捡出来，又拿起钢笔写条子。我阻止他，要他休息。他却摇摇头，一面写，一面说："不要紧，不要紧。'我回头看他盖着一张既破且脏的旧被单，床前一对屐，有一只断了皮，那个破旧棉袄就和揩地布一样……另一桌上还有半碗冷粥，碟子里两粒乌榄，其一已仅存着核子……这些好人便是如此……我真感得痛心!虽然说收获的人未必就是耕种的人,但我感得在革命阵营里有这种现象,总是不对!……一个人为着升官发财干什么都可以,何必假革命,假爱国呢!?……这是一方面;另一方面,我对城市生活,觉得厌倦了,假如此时能够到乡间去多好呵!生活那末朴素,风景那末优美,……"她终于透露出来这个深藏心里已经三年的理想。他当然是同意的。因此决定暂时离开汕头市,到潮安县宏安乡(又名横陇)一所小学里当教员。这时是一九二七年春天了。

以前,她也喜欢到农村逛逛。休假日,和三几个同学,搭上潮汕路火车到乡下去,在同学家里,赤着脚。跟邻家农民孩子到田里摸田螺,在溪边钓鱼,有时到桑浦山上扳登①高峰,远望汕头海面船舰像玩具似的……有时牵牵牛、摸摸羊……满有兴味。后来功课紧了,工作多了,便不曾再到农村去。这回重来,她欢喜得手舞足蹈,一连几天的早晨傍晚,拉着他尽在田里、树下、溪边盘旋着,好似好友久别重逢似的。她尤其爱他的出生地——旗地村的幽美,常常二人摇舟绕那小村一周,她并订定了学习和写作的计划,立志要成为作家。

可是不久,便又感得厌腻了。尤其是春雨开始之后,连朝连夜,淋漓滂沱。躲在那间小书斋里,望着檐溜,她便流着泪,叹着气,心情非常不安起来。加以此时政治气氛日形恶劣,像普宁县农民受到地主勾结官僚的压迫,国民党右派已经露出了狐狸尾巴,明目张胆试着对革命采取进攻了。这便把他俩的潜心学习写作的信念动摇了。

---

① 同"攀登"。

他俩的生活虽然可说略见安定,可是精神却陷于苦恼、彷徨……不久,便爆发了"四·一二"的反革命事变。

二天前一个夜晚,正当准备睡觉时候,突然有人提着灯笼扣门,冯铿的爱人——许峨被引到一处人声很嘈杂的祠堂右巷门首来,从灯笼的微光中才照见了写着"农民协会"字样的一块木牌挂在墙上。

很多农民挤着,口里喷出浓烟,有的含着山柑木做的烟袋,有的抽着"大竹拉"——用大腿粗、半人高的竹制成,内面装着水的大烟袋,吸起来"冬冬"地响,声音壮大。有几杆旧长枪倚在壁角。地上放着一些稻草,是临时的床铺。

石虎戴着一顶橡皮制的雨帽,蓬乱的头发露出来,在暗黄的灯光下,他那自称为"拜伦风范"的俊俏面庞比三个月前清减了很多。他从昨夜逃出了虎口——汕头,现在才赶到的。一见面,他紧握着许峨的手,激动地说:

"春涛死了,给他们用麻袋装着用刺刀活活刺死,然后把尸首丢到海里!……老梁,被砍断了头和双臂,埋在石炮台下的海滩上,隔天却给野狗把尸首拖出来。……那个'小铃兰',歌声怪嘹亮的,你当然记得礤石山中那一夜。她被枪杀,然后,你想,他们怎样摆布,把她的衣服脱去,割掉乳头,用小旗子插在她的……上面还写着……唉,"他把夹在指头间的快烧完的香烟用力地摔在地上,"血海一样的深仇,唉,真是血海一样呵!……"

他惯用诗一样的腔调的说话,今晚上越发锋芒毕露,怒气冲天:"我们何时把这些狗种杀个干净?杀,杀、杀!只有像鲁智深的板斧,见一个杀一个,见二个,杀一双……"从他的颚间看见两三条筋在皮下跃动,分明他在咬牙切齿。

"甫父甫母!我们马上组织武装,杀到汕头和府城去……"几个年青的农民咆哮着,摩拳擦掌。

"你还饲未活①,晓得番薯从那一端咬,静静听好吧!"一个年老的农民沉思地教训他。

从四月十二日起,反动派发动了卑鄙残酷的政变,叛卖了革命,这血的罪恶就这样摊开在全世界劳动人民的面前,在中国历史上,写下了反动派丑恶无耻的一页。从石虎口中,许峨知道了许多同志、朋友、同学、亲戚……遭受到屠杀。一时许多温和的、强毅的、俊美的……脸庞突现在他的眼前,尤其是李春涛的经常带着笑容的长脸、聪明雪亮的眼光、稳健活泼的态度更鲜明地涌现着、透明似的映在眼前。最后才又知道冯铿的长兄印月亦被捕,生死不明。总之,全国城市都在混乱中,而全国的农村亦在激荡着、不安着,酝酿着更澎湃更浩大的风暴,广大的农民们不能再容忍这种残暴的压迫。

在农民协会中,农民们像在找蜂王的蜜蜂群,纷纷在嚷、喊,有的简直在跳跃,巴不得一拳就将反动派打死。

"老早就要武装;偏不。容忍才是罪恶!如今事实证明了,真是挨尽打,落得个手无寸铁……"几个较懂事的这样悲愤地喊。

石虎也不会晤妹妹,当夜两点钟便离开横陇,说要经山路到海陆丰方面去。

悲愤、疑惑、懊恼……在咬着冯铿的心,她痛念着大哥,那样文弱、多疑、多病,如今真正像是一匹落在虎口的绵羊。

---

① 即"你们还小"。

"峨,你知道大哥是那末的无胆,偏要在他的头上落下灾难。细兄就不怕,他能够应付一切的。我们呢……?"冯铿的大眼睛闪着泪影,对他说。他外面表示着镇定,内心却极其纷乱。

不知道在外面擂门擂了几久才进来的书斋的主人——人家称呼他做秀才的,满身水滴,打着颤,几乎喊不出声来,断续地沙嗄地叫着:

"你们还好睡,全乡都跑光了,军队就要来,快,快……"

晚上给风雨声闹得不能入睡,而且心绪不宁的他俩,像才合了眼,便听得外面擂门声急。他爬起身一时点不着油灯,幸亏秀才背后的"替代扁"手中拿看灯笼,大家才约略互相看见,不致碰在一起。这时风雨声越紧。秀才留下"替代扁",叫他帮忙他俩,然后径自去了。

像噩梦似的,他俩手忙脚乱,好久才推醒那个从她女友借来帮忙的十三岁的女孩秋菊。

"姑娘,要买几多豆腐……"她翻了身,惊喊着,半睡半醒地,以为天亮了,要买菜。

在忙乱中,外面人声嘈杂,渐听渐清晰,因窗外便是大路。他俩把所有的一些东西都收拢来装在两只衣箱里,由"替代扁"搬上楼去(乡间一般房屋都有一层木板专放衣物的)。然后两口子和秋菊锁了门,悄悄地跑出来。临走时吩咐"替代扁"照顾房屋衣物,并说"你要走时便代带走"。风雨继续着,一下子紧一下子缓和些。连狗吠声都表现着凄冷,满街满巷挤着行人,默不作声,间间断断点着灯笼或者豆油提灯,雾白的雨丝在微弱的灯光前闪着闪着。背着抱着的婴孩们有的垂着头酣睡,有的却没命地哭喊。一个老妇挑着两笼鸡,其他什么都没有。沉默着的这队伍经过一处池塘边沿,零星的灯光照在水面,雨点打碎了光影,混成一片。回头一望,这个行列像远行军一样,连绵不绝。

生长在都市的她,一踏上这乡间的泥路,兼以雨夜,马上便跌了一交①,给他连忙拉起时,她的手指因和地面摩擦而出血,他急急撕下一片手巾包扎着。

"西门已经下锁了,走不出。农会不准人们跑呵……"

"只有南门是生路……"

从人群中传来这些声音。大家好像一时都失了主意,没有判断力,头脑尽随着这些话在打转。他俩迟疑了一会,就决心走南门。

才出南门,便见得前面乡村灯火辉煌锣鼓喧天,原来是金砂乡游神演戏。雨下得更大,像故意和逃难的人们作对。天空又是一团黑了。幸而闪电在继续放光,有意照亮着他们的前路。

她一手挽着秋菊,半身靠着他的臂弯里,几乎是一步一溜,十步一跌。只有在闪电照亮时才能够比较安全地移进一步,情形恰像《聊斋志异》中《申氏》那一篇里头所说一样。

"为什么要这末慌张逃跑一空呢?大家集中起来,武装起来,守住,和他们杀个你死我活不是更好吗?我就看不惯这样不战而退!"她的幼稚天真的义愤几乎引得他笑出了声。

"敌人就欢迎你守住在那里呀!"他才说出,立刻又想悔不该在这场合说这样的话。

"唔……"果然她不高兴了,虽在黑暗中,他仿佛仍旧看见她睁着大眼睛。

---

① 同"跤"。

匆匆忙忙跑进一家亲戚的前厅，那儿灯光太强烈了，他一时眼睛几乎张不开。立刻便有两三个男女，辨认不出是谁，挨近他俩身边，低声说着：

"快快跟我们来！"他俩忙随同他们弯弯曲曲跑过一路黑暗的小巷，天井、小园，到了一处十分幽静，是亲戚家的粟仓。才跨进门槛，门便给送来的人们反锁着，听他们脚步声远了，他俩才安定下来。

外面锣鼓仍断续响着，雄鸡的叫声尖锐地震荡起来，风雨渐歇，东方已在发亮了。

六

他俩从宏安乡冒雨连夜跟着逃难的农民随走随跌地到了邻村金砂乡（这和汕头市郊的金砂乡同名异地）之后，好几天不敢露面。外面谣言很多。

"每天都有许多侦探穿街过巷，真是如狼似虎。并且扬言要逐户搜查。昨天隔壁番薯伯说，你帮宏安乡农会在乡里搜缴地主们的枪枝，这回打死许多人，你亦有份。他们说害到全乡散了，现在官兵还未退，留在乡里的人都死活不知。"避难这家的主人，男的不敢和他俩见面，只支使一个女的——叫他做表叔的悄悄告诉他。

"那意思就是要赶走我们了。"他俩的眼光互相交换着心里的话。

"还是不要出去平安些。咳，这个天年为什么这样乱……"那女人说着、摇头、叹气、双眉蹙在一起。

"我想这地方也不安全,我们就要另找地方去……"他说着只想给她安慰;其实到何处去,此时还茫无头绪。

"……"那女人摆着头,不说一句话,看神气是放心了些。

一天下午,"替代扁"匆匆地来找他俩,他口吃地、用力说:

"……地地……杀了好……地地……几个人……地地……"

"是哪一个?"冯铿急得跳起来,真是"急惊风碰着慢郎中",她急要知道什么人被杀,"快,快说……!"

"……地地……"

"又是地地!"她几乎是在吼着。

他望着她摇手,并告诉"替代扁":

"不要急,慢慢说……"

"你也要慢慢!"她,睁着眼望他。

听到宏安乡那被洗劫、屠杀、奸淫的情形,她简直发疯似的,在这间狭小而黑暗的房间里尽是来回踱着,有时近于急跑似的,坐立不安,恰像刚被捉住关在铁栏里的山兽般的安静不得。在宏安乡时隔壁那一家贫苦母女,都给野蛮的反动军队杀害了,女儿还被强奸后用刺刀刺死的。那可怜的白发满头、皱痕满面、青筋胀满手背的老妇人,被打伤之后,自己也撞死了。这母女,冯铿对她们很亲切,平时尽可能拿一些柴米之类帮助她们。她曾说:"一看到那老妇人的白头发便想起家里那个'白毛'……不知如何,我一看见白头发的人,心里便不愉快。"

夜里她在梦中叫喊着,接着又啜泣,又喊,整夜在梦魇中挣扎。

再过几天,他俩从金砂乡辗转迁徙到桑浦山里一个小村来。那跟着走的小女孩秋菊便留在亲戚家里当女工。因为便利行动,她乔装男性，穿起他一套旧衫裤，袖口长一点，卷起来很难看，戴上一顶旧毡帽，头发容易应付的，她本来就是修的男人装。一双橡皮底鞋本来是白的，但已成为灰黑色了。

"怎么？老弟，就走吧！"他拉着她的臂，笑着，看她，伸手把那旧毡帽拉得低一点，"这样好看些。"实则是想把真相隐瞒得更好些。又随手把她的近视眼镜拿下来，"还带它做什么？"

"那末，我怎样跑路？不是变成盲人吗？"她笑了。

"有我们哩，怕什么。"旁边三几个小伙子农民壮她的胆。实在，有他们这末强壮，这末热情，他俩虽然是"弱质书生"也就大胆起来，和他们一路跑，真感得勇气百倍。

他俩伪装成兄弟，由农民们带引到桑浦山内的新寮村。乘着半明的月色，爬过好几重岭才到达。一路上她对他说：

"这就是战友，只有在危急时互相支持才表现着力量。……他们对我俩真是胜过亲兄弟。我们只不过帮他们搞夜间识字班，和他们讲过几次时事……现在他们就这样关心，把我俩当成骨肉看待！……我真是痛悔以前不应该不多多地为农会工作，现在他们这样关怀，实在觉得惭愧！……我以后要多做工作……"

在逃避到新寮村来这个时期，她才感到生活的真实味道。只有在并肩作战中，在和敌人面对面的斗争中，才深深感到伙伴、同志的真正意义。

桑浦山分成东西两列。东列从沙溪头起伸向鮀浦直到汕头海口为止，约近百里远近；这一列山峰中以玉简峰最高，邻近本有一石塔叫"牛屎塔"，从清代末年便给雷电震倒；岭的西面山麓是一片山沟平地，有田园、溪流、村落，新寮村便是其中的一个；此外还有"田心""大郎"等小村落；"田心"村前有一小湖，附近并有温泉，曾有牛跌下被烫得半熟。西列又是一系列连接的高峰峻岭，过岭便是揭阳地界，那方面最高的是青蓝峰，和玉简峰东西相望，像二位天神高高在上，共同监视着脚下许多小山培塿，它们紊乱糊涂得像一群妖魔似的。

她在这山村里，感到生活非常舒畅，浪漫、近于神话、传奇似的气氛，几乎把她迷醉了。清晨黄昏，从四方山峰反射出来的奇怪绚烂的景色，树林、溪水、村落、牛羊等，和农民们好像构成了一幅伟大的活动的米勒风景画，那末淳朴、天真、和谐、美丽。就是那中午，静静的绿树荫下躺着几只黄牛，悠闲地嘴里咀嚼着草，鼻孔透出白烟似的气。牧童们在攀登果树找寻果子，从这株移过那株，敏捷得像猿猴似的。少女们、老太婆们对她总是放射着特别亲切但也奇怪的眼光。有一天，一位老农民当他俩同在一处时便很认真地问着："你们兄弟为什么不大像？"

"呵，我们同父不同母。"她很自然地回答。

"啊，无怪是一个肥、一个瘦。"另一老婆子笑了。

虽然没有什么好鱼菜、好食物，但是地瓜、芋头、蔬菜连果子，这些东西都含着农民的纯真的感情在内，它比糖更甜，比一切美味都好。全村所有的农民，无论男的、女的、老的、少的，都像一个人团结着，他们都是雇农和自耕农，没有中农以上的。他们对地主的仇恨真是深入骨髓，对反动派的屠杀工农，压迫人民的暴行都非常憎恨。对于潜匿在村内的从各方面来的同志们，都亲切得如兄如弟。他们每个人束紧腰间的草索，从本来便不够吃的食粮中再节下一点，大家集中来供给这些流亡的同志。起初从各方逃避到这儿的足有二三十人，后来因怕反动派追踪，也不愿再给农民们加重负担，更重要的还是要分散到各地做联系、组织工作，……所以，不久，便陆续离开了。存下的只有五六人，但暂时经过和在此接头、联系、开会的人多得记不清。

她感到没有乔装的必要了。一天傍晚，她带着一套内衫裤，就跑进村里一处妇女们洗澡的地方——在一个土地庙后面的旷地，有三堵墙，是未完成的建筑，没有墙那一面便用几根大竹遮掩着，夏天，附近的妇女们便在内面洗澡，她们把坑水引进去，所以很便利。

"哎哟！你跑错了！"当她们看见冯铿窜进来，急得惊喊起来。当她们知道了真相时，都嘻嘻哈哈奔向她，拉手拉脚，亲热得亲姐妹似的。

在短短的时间内，她差不多把全村农民的家里都跑过了。她吃着他们吃的东西，睡着他们睡着的床，也穿过他们穿过的衣服，她深刻地尝试到农民的生活滋味。床下养着猪，夜里响着鼾声，土墙，草屋顶，用竹竿编成的门。全村农民百分之八九十都患着轻重不同的疟病，黄脸色、大肚子，人人如是。她感到农村的外貌——风景和它的内容——农民们的生活成为反比例。

农民们每天都有人下山到平洋的小市镇——金石宫、彩塘市和庵埠等地方去，有的挑了一担山草，有的背了一篮芋头，换来一些药品、针线、少许猪油、鱼肉……还带回来外面各种消息，反动派的军队到处抓人、剿乡、抢掠、奸淫；也听到他们计划进攻山内这几个村，不过就怕抵抗，不敢贸然冒进。

隔了些时，形势更紧了，风声不大好，而且她患病了，隔二天一次的疟，没有药亦没有医生，不得不作另徙地方的打算。一天傍晚，由几位农民护送到山下一个小村里。从此开始了流亡生活——这一村住半月,那一村住十天。照顾他俩的尽是贫苦的农民,他们忍饿分出一个地瓜,半碗稀饭,一个菜脯(咸萝卜),供养他俩。有时一个小村里就容纳了这样的几个流亡者。在这时期,她才深刻认识到谁是敌人,谁是友人。

在结束了各处农村的流亡生活,冒险再回汕头藏匿起来的前夕,她听到宏安乡农民一次破坏潮汕铁路,隔天,反动派军队开进乡里,抓到五十三个壮年农民,把他们完全枪毙在鹊巢车站。

新寮村的她所熟悉的几个农民,其中有一个女的叫幼弟,很勇敢、也很聪明,她只教她半个月时间,便认了好多字。这人,在她离开不满几天,亦给反动派军队抓去,吊死在风吹径(桑浦山内一处半岭地方)的树上,说她是打探军情。幼弟的活泼、强壮的形象,深深印在她的脑中。当她听到她牺牲时,悲愤得把一碗饭连碗拼命打碎在地上,喊着:"我要替你报仇!"

七

深秋的一个黄昏,又黑又瘦的冯铿和病了的爱人,很吃力地跑了一段泥滑的路,坐了一站小篷船,渐渐接近汕头市时,她心头感到重压似的,呼吸几乎窒塞。望着那个浮在许多屋顶上面的灰白色圆形蓄水塔,好像就是这个塔压在她的心头。天色那么沉重灰暗。

妈妈突然看见她,惊疑痛惜的眼光一霎扫过她的脸。一句话也不说。蜷在床上看书的爹好像老了许多。大哥被监禁了后,幸而不久便放出来,但神经已被激得有些异样了。——她一踏进家里,好像闻到了严重、压迫、不安和怅惘的气味似的,整个气候好似亦变得反动、恐怖、闷塞。

一连几天只是蛰伏着,不敢动,连说话都不敢高声。她感到有无数敌对着的无形的、凶狠的眼光射向着她。

只有妈妈念佛的声音比较清晰,可是她念佛虽然比前更勤,但声音里却隐藏着恐惧、悲凉的腔调。

冯铿忍不得这种闷压,一天晚上她悄悄到同学瑞芬家里,她严重地、痛恨地告诉她:

"好多人都叛变,跟着狗种们做刽子手,碰着他们就糟……你的爱人更要细心……"

从前曾经追求她达不到目的,因而对她的工作采取打击的那些男同学和同事们,都纷纷投靠到反动派阵营里,把同学们——尤其是平时主张和他们相反的同学们的生命,当作垫脚石,敲门砖。告密、出卖、诬陷……许多纯洁聪明的男女青年学生被无辜牺牲,这些人接二连三莫名其妙地失踪、被杀、投入牢狱,就是破家荡产,还算最幸运。

"呵,你还找她,她被吓得发昏,不能睡,也不能吃,那事发生后不久便跑到香港去了。我也想跑,这地方怎能住下去……"另一位同学的母亲忧郁地回答她。她碰到很多这样的情况。

"那就是好多人被杀死了,好多人跑了,好多人被监禁了,也有好多人叛变了,存下来的很少、很少……"她再碰到一位老师,那是年纪很老从来就不问政治,她推想他一定没有碰到什么,因而放胆访问他,谈了好多,最后像总结似的更饱含着义愤说出以上这几句话。

她怀恋着农村,深刻感到在农村虽然同样危险,反动派谁也不放过,可是还有斗争,有时可以拼个你死我活,不像在城市就是笼底鸡一样，束手待毙……

她回忆一个月前在桑浦山麓西山村那一幕：一天傍晚，得到反动派军队即将进攻的紧急情报，全村立刻行动起来，老弱妇孺完全撤退，躲到村外面一座山上，那儿有好多石穴岩洞和树木可以掩藏。壮年的农民磨拳擦掌，像学生们参加运动会似的高兴，埋伏在村四周的要口。她也跟几个农妇们躲在半山一个石洞里，多稳当，大石叠成天然堡垒，内面四通八达，可以通到后山去，敌人是无法追踪的。半夜敌军开到了，大约百多人，分几路挨近村来，从村的周围立刻响着枪、土炮、小炸弹，只有几杆七九步枪，便把敌人制服了。手忙脚乱的敌军，匆促地回击，像应酬似的，又像孩童燃爆竹似的无目标乱放枪，震得满山"卜卜"响。石洞里那些农妇们对她说："短命白派的枪弹是免钱的，看不见人就乱开。"不一刻，四处悄然，云散月出，在淡淡的月光下，那隐在一片浓密树林后面的西山村毫无惊忧，酣睡在大自然母亲怀里。当时她在石洞里不觉笑出声来。——以后反动军队便不敢再向西山村进攻了。

每天，东方才有一丝白色，便响起一阵又间歇，又连接的枪声，从审判厅前那临海的荒埔上（现在招商路旧址）传来。枪声有时四五下齐放，有时一下一下各放，听惯了的她就仿佛看见一个个，或是几个人在一起被枪杀。那鲜血直喷射到天上，把东方的天空染红了！

她从窗缝看见街上时有急行汽车，横冲直撞，呜呜地像受伤的野兽在奔逃。里面的双手被反捆、脸上蒙着白布、三三五五缚成一堆堆的牺牲者，从车缝的间隙透露出来。车过后不久，便有一阵紊乱、多忙而惊慌似的枪声从崎碌——中山路尾方向传到她的听觉里。

她每天早晨站在窗口,从东方血红的霞影和枪声中,看见革命的红旗在挥舞,革命的枪炮在轰鸣!

一天她无意间碰着吴文兰。事前她曾推想到她如果幸而没有牺牲,应该还留在汕头的,因为平时她的工作是积极的。这次见面,假如不是吴先喊她,她一定辨认不出。头上不是剪短发,而是已经结着一个小而斜的发髻,戴着一顶小竹笠,挑着一担水桶,里面装有少许小便。"岭梅姐!"一个低而结实、警惕的叫声。她被惊觉似的从头到脚把她打量着,赤着足,半卷起黑裤脚,上面一件老赤布的大襟衫。脸色黑中带黄。完全是一个农妇。"跟我来看一看!"她低声再唤她,她已认出来了,但一时喊不出,好似嘴里塞着东西。

中山路尾,怪荒凉地两旁尽是浅水田、水草、污水沟,有几只乌鸦在啄什么,一见人便飞起来。突然前面地上摊着许多灰黑色的东西,立刻露着模糊的血迹,许多条腿参差交压着,分明这些便是早晨被杀了的共产党员、工农、学生、群众。她一时好像站在船上,身子摇摇欲坠,急拉住吴的臂,真切地看着那些尸首中有好几个女的,衣服被脱光,枪杀了,全身血红,还有小竹枝之类插在小腹下部……她看吴的眼光,坚定、热烈、闪着怒火……复仇的志念像电流似的通过她俩的心脏。"我们记得的!但我们以后不要再在路上打招呼。"她的镇定而坚强的姿态,甚至表现在挑起桶、迈开步、向前走、头亦不回的背影上。

冯铿晓得了几个牺牲了的同志的家属和三两个还在坚持着地下斗争的同志们的生活情况,使她焦急、苦恼。从前任过省港罢工委员会执委的工人陈同志被枪杀了,他遗下七十多岁的白发苍苍的老母和一个患哮喘病的老婆,还有四个八岁以下的男女孩子。在他生前全家便已经过着饥寒交迫的生活了,目前就更陷于死亡的绝境。连地瓜都不够吃,孩子们饿得像枯枝似的被抛在破旧板屋的一角,没人看顾。她一知道这情况,马上冒险到他们家里去看。过去她和陈同志虽不是十分接近,但为他的忠诚为工人服务,坚决和反动派斗争的精神所感动,心里已在暗暗钦敬他。自听到他牺牲消息,便感得他老早便是她最亲密最爱戴的同志似的,一听到他全家的生活情况,便好像是自己家里的情况——不,比对自己家里还更关心。她拿着从生活费硬节下来的一元几角钱,塞在陈同志老母的僵冷的掌上,回头望着喘在一旁、说不出话来的媳妇,一群小孩脸上污黑,好像只存两只眼睛……天气已经冷了,他们却只有一件破单衣……她的热泪滴在老人僵冷的掌背上。"阿姆,我一定设法帮助你们一些。"可是她立刻感到在说谎,自己的生活还大成问题哩。这时候她和爱人都没有职业,他的病还未好,生活费呢,自来就是自己张罗,丝毫不倚赖任何人。还未毕业以前,每学期的学费都是自己在寒暑假挤时间教补习学生得来的。毕业后自己独立生活,收入不够支出,只有极力节省。吃稀饭,有时连小菜都没有,她便一面吃,一面看小说,不知不觉便吞下两碗稀饭了。她曾把这个经验向穷朋友们推荐过。她对有钱的朋友和同学们的感情,总难弄得融洽;但对于贫穷的就很容易投合。现在,她迫得时时要接触一些不愿接触的人,为的要弄钱接济那些牺牲者的家属和坚持斗争的同志。

她曾遇到另一个男同志,这位同志是从前学联的宣传部长。摆着蔬菜在市场上卖,老是戴着一顶小竹笠,不管晴雨。她因买菜碰见好几次，觉得曾经相识似的，但想不起，亦就放下。一次，她又看见，恰巧身边没有别人，她便跑近和他买菜，认真望望他。他亦发觉她，马上悄悄地喊："梅姐吗？"

"呵！是郑兄。"她记起了。不用说他亦是在坚持斗争的。她为他的坚苦生活所感动，曾经悄悄放下几个面包在他的菜筐里；亦曾经代他传递了一些口头通知和文件。她常常说："当没有钱买菜，米还不够吃时，一想起这些冒生命危险在和反动派作斗争的革命者的时候，自己便觉得惭愧，觉得吃的太好了，一想起许多牺牲者的家属饥寒交迫，喉咙便像塞着棉花，吞都吞不下。"

正当白色恐怖笼罩得天昏地暗时，霹雳一声，叶挺、贺龙统率的红军进入潮汕来了。她兴奋得跳起来。一连三天总在外面奔走。碰见从前好几个同志。叶挺、贺龙两同志的英雄形象深刊在她脑里。尤其是当她和几个女政工同志碰头时，互相拥抱着像久别重逢的爱人，互诉衷情似的。

"……蒋逆中正叛变于前，汪逆兆铭叛变于后；大好河山，一片破碎……"贴在街上的大字布告，她几乎能背诵起来。在群众大会中，她发狂似的欢呼着，喊得喉咙都嘶哑了。一星期后，叶、贺率领的红军失败了，但"七日红"这个伟大的胜利的革命历史永远辉煌着。

"像一场梦，但这梦给我鼓励很大，我认识了革命的力量。"她那兴奋的心情一直保持着，即在过了很久以后，如果一提起这事，她还是兴奋得同刚参加那次大会回来时一样。

在极端沉闷、黑暗、严冷中过了一九二七年的冬天。

一九二八年春,她和爱人到澄海当县立小学教员,她兼任县立女校功课。女校的校长,是蔡姓巨族某豪绅的姨太,她当校长,是由于反动派的支持。县立小学校长则是比较进步的。当时她因生活陷于绝境,才冒险到澄海来。因为这里认识的人还少,工作不忙,可以有较充裕的学习时间,他则借以养病。

到澄海来以后,她的精神经常紧张着,情绪总是悲愤、不安。对学生们非常爱护,她常说:"我一接触这些纯洁的少年们立刻便联想到反动派屠杀了许多可爱的学生,男的女的,甚至才十几岁的小孩子亦给砍下头来吊在树上……我一看见他们便立刻想到他们的哥哥、姐姐们不知给反动派杀了几多!因此我从心的深处爱他们……"从学生谈话中,她知道自去年四月起被反动派逮捕、屠杀的,单是男女学生,便多得记不清。有一个女生的表兄亦被杀了,遗下一个白发祖母和一个弟弟,他的父母亲在暹罗(现在称泰国),根本还不知道他儿子已经不在人世。同学们亦瞒着他的祖母,说她孙儿已逃脱虎口,到别的地方了。

一天午后,她和女生到她表兄的祖母家里去。

"阿姆,我和你的孙儿全哥曾见过面,我就知道他的下落,特地来告诉你的。"她一看那白发的老太婆,好像看见自己的亲娘,挨近她,拉着她的手——僵冷得和汕头那位陈同志的老母的手一样,装着笑脸说。

"呵,佛祖保佑!……是真是假呢?"老太婆半信半疑,两片干瘪而凹陷的嘴唇不住在颤动,好似在咀嚼着什么。

"为什么不是真的?二个月前,我还未到这里时,有一次,在某乡里,夜间,我有事和几个人谈话,其中有一个就是全哥,澄海口音，矮矮个子，头发分两边，耳边一粒大乌痣……对不对……"她说到这里眼望着那女生，她在忍笑，她睁着眼狠狠看她一下，那女生立刻低下头。

"嗄……（老太婆点着头）他在做什么，到什么地方去？……"老太婆有些惊异，追问着。她捏造了一些话安慰她，就回来了。那一夜她整夜睡不安，时时从梦中惊醒，好几次哭醒。天亮时，隔房同事问她："昨夜夫妻俩吵嘴吗？尽是嚷……"

过了两天，她又去看她。几次之后，大家熟悉了，以后她有闲就去看看她。好像在自己家里一样，虽然她有女工，但她喜欢在她家里代做一点点小事——扫扫地、洗洗碗碟……她说："我自己亦莫名其妙，但觉得只有这样做之后，才舍得离开那孤独、年迈的、为革命牺牲者的祖母。"对他那弟弟，她更爱护着，时时吩咐那女生要照顾他。她从老太婆家里读着暹罗的来信，每次总询问儿子消息。这更使她感得痛心！隔了几天，她善良而幼稚地冒充全哥名字，邮寄一信，说他已到广西去了。而这封信却是托在汕头的一个同学投进邮局的。在那封假信里还特别注明：这信托朋友带至汕头邮寄的——当她听到那女生说："表兄的考祖母接到这封信，即时买了好多东西拜佛祖，并叫我即刻代写信寄至暹罗对儿子媳妇报喜……"之后，她苦笑着，接着不禁滴下眼泪来。

"他妈的校长，妓女的本色，只会陪官僚吃酒抽大烟，晓得办什么学校……我忍受不下了，一定要碰一下！……"她和女校校长，正如水火一样，从第一天见面就憎恨她，但为着学生们，只好一天天容忍下去。那校长看学生们三三五五总是缠绕着这新来的青年老师,心里就不高兴,时时想:"这个老师莫非要想做校长,否则为什么这样接近学生。先下手为强,免得将来麻烦……"接着便到处调查她的来历,并且对她步步进攻,造谣诬蔑,目的是赶她走。一天,她由女校回县立小学来,一进门便喊着要和女校长碰一碰。同事们都劝她暂忍一时。

"迟早要决裂,水火哪能相容,这个娼妇,当什么校长!"她大声嚷着。

隔天,一入女校,校长便声势汹汹,迎上前来指斥她破坏她的名誉,说在外面骂她。这立即点起了她的怒火:

"你这人有什么名誉值得我破坏?试问你自己,试问全城大众,你是不是专门托大脚、巴结官僚,拉皮条,勾引女生和官僚搞不知羞耻的关系,请问你是什么良心,这样摧残纯洁的少年女性……而你却反过来诬蔑好人,'自己做贼却跟人家喊捉贼',就是你这娼妇!……"那个女校长给她骂得哭出声,眼泪汪汪地流下颊来,把涂在已经起皱的脸上的白中带红的粉冲走了,现出本来的黄皮肤,一行行的满脸怪样子。

过了一天,女校长向教育局长、县长报告,撒娇地、诬陷着她的背景可疑,显然是赤化,分明配合农村的"农匪"在搞乱,破坏她的威信等等,自然是校长"胜利",冯铿被辞掉。立刻全校女生,除几个是校长的亲信之外,全体都自动集合起来,排列着队伍,豪轰烈烈地向教育局、县政府请愿挽留她。当然是不准。第二天,县立小学校长就请她多担任一班功课。第三天,女校就有百分之八十的学生自动转学到县立小学来。女校立刻变成空营盘了。教育局长、县长命令县立小学校长不准收容女校学生,校长却说:"我无权拒绝学生就学,除非局长、县长下命令。"

城内议论纷纷，学生家长们都很气忿，说："为什么要辞掉好老师，她对学生们那么亲切，时时到学生们家里访问、坐谈，学生们把她看作亲姐妹似的（有的学生年岁还比她大）。这样的老师为什么要辞掉？许多饭桶教员却是铁饭碗，未免是非颠倒。"

女校长进一步控告县立小学校长通同反对政府，事态严重，非同小可。县长当然听女校长的话，就下令撤换县立小学校长。这末一来，平静如一池死水的澄海城又卷起汹涌波浪了。县立小学和女校全体员生工友一齐列队游行，贴标语、呼口号，反对政府无理撤换县立小学校长和女校教员。请政府取消成议，并立即将女校长撤职查办。当队伍出现在街上时，路人惊疑着站在两旁，学生们高呼口号的尖锐、热烈的声音，划破了全城的寂静。

"这也好，痛快，自去年四月以后，便没有听见高呼口号的声音，也没有看见游行的队伍……"她兴奋地说。

结果当然是好人"失败"，坏人"胜利"。县立小学校长、冯铿和爱人以及许多同事一律被撤职。

几天之后，在澄海城里出现一个新的学校，门口挂起一块木牌："东方学校"，校舍是一座陈姓祖祠，后面有很宽一片旷地，中央有一土堆隆起，很像一只三脚蟾蜍。绿草如茵，在朝阳和夕照中，有许多天真活泼的儿童在这儿跑跳、歌唱。这间新办的学校有学生二百多人，尽是县立小学和女校的学生自动转学到这儿来的。校长就是被撤职的原县立小学校长，冯铿等人任教员。她看到学生们的热烈拥护、同事们的辛苦支持，家长们的同情援助，她感动得流泪。

反动派当然不能眼巴巴看着这个新的学校在成长，就用反动的政治势力加以压迫、解散。她不得不含着眼泪，咬紧牙根和许多送行的同学一一握别，回到汕头。

她坐着人力推进的轻便车驶过一座木桥时，下面是韩江支流，波涛浩茫奔向大海，她兴奋地指着江水对爱人说：

"从这次斗争中，我再进一步看见美丽的未来！潮汕的青年就如同这韩江的怒潮，结果一定会把古老的反动的制度冲掉！"

回到汕头来，依然是那种抑闷的空气，她感得如同胸前被压迫得不能喘气，眼看反动派的狐群狗党，横行无忌，卑污龌龊，简直是鬼魅禽兽的世界。她感得和他们住在同一地方，便好像被侮辱似的。尤其看到勤苦善良的人民备受摧残，而自己却无能为力，便好似眼巴巴看着孩子们爬向井边，自己却不能跑近去拯救，要她强闭眼睛不望，这种感觉苦恼了她，使她患了严重的神经衰弱症，常常整夜睡不着觉。更痛苦的是生活问题不能解决，怎么办呢？

幸而有仗义的、热情的朋友陈若水把他俩安置在家里一座无人住的书斋的楼上。满园树木，外门紧锁着，门上"亦园"二字布满着蛛丝。只有些树枝竹叶伸出墙外，迎风招展。——这地方是在汕头市以北二十多里一个农村，名叫庵埠。

"暂且在此休息一下，稍安无躁，生活不用顾虑吧。"温暖的友情对于飘荡无家的他俩，便像在寒炉上投下火光熊熊的炭。

朋友家有的是书，于是她赶着读书、习作，从早到晚以至深夜，有时直至天亮，她那种勤学苦读的精神，真是惊人。她说：

"我要赶紧学好本事，掌握文学这一种武器，替我所敬爱的人复仇，实现我的理想。"

楼窗正面对着潮汕铁路，每当火车咆哮地奔过窗前时，她望着那火龙似的火车喷着浓烟，喊出震耳的巨响，她的精神便好似随着它冲向广大自由的世界去似的。生活暂时虽免飘荡，但精神总觉不安，过着躲藏的生活，连言笑都不自由。更使她抑忍不住的是反动派极端白色的恐怖手段，附近的农村，被屠杀、被逮捕的农民很多，使得他们有的跑向南洋，有的逃亡外方，农村的荒凉和严冷的气氛跟着加深了。

老早就知道许多同志都逃亡在上海，正环绕在无产阶级的先锋队——共产党的周围，向反动派反攻。他们用笔和枪、铁锤、镰刀联结在一起奋斗。她怎能够长久落伍？一离开斗争、离开群众便成为孤零零可怜的一个人。她决心投向党、投向文学、投向斗争，用她整个的生命贡献给美丽的未来！

一九二九年春，她和爱人到了当时被称为东方莫斯科的上海。

八

到上海第一天，她便到南京路凭吊"五卅"血案的遗迹，在老闸捕房，三大公司周围的大街小巷来回跑着，舍不得离开。她回忆当时在汕头演剧筹款支援上海工人的情形。眼前的高耸突兀的洋房，阴惨惨的灰黑色的光线，车马如织，行人如蚁……怪刺目的包着红头巾的巡捕，满脸胡须，手挥短棍，好像四年前上海工人、学生群众在此抗争流血的情形再现在她眼前，轰鸣着的电车声好似帝国主义的枪炮，但比这更浩大更广泛的闹声象征着中国劳动人民坚决反抗帝国主义和封建主义资本主义的呼声。在她眼前涌现着千千万万坚强斗争、毫不屈服、至死不退的工人队伍，一面血红的大旗在飘扬着，共产党像一位高大无比的巨人挺着两腿屹立着伸起双臂在指挥着群众前进……

一踏上上海的土地,她便觉得自己好像离开母亲的孤儿,这回再见了似的;她觉得和党接近了,像看得见党的形象一样,她感觉到愉快、兴奋,坚强斗争的活力,火焰似的从她的胸中燃烧起来。

老大哥杜国庠从他的"肚兜"(他外面虽西装,贴身却缚着肚兜,长期如此,因为他有胃病,借以取暖,也把它作为传递秘密文件的工具,使猎狗们断然搜查不到文件)里,第一次摸出来《红旗报》塞在她手里,还有些温暖,她握着报纸便像握着久别重逢的母亲的手似的。

许多同志们见过面,有的老了一些,有的瘦了一些,但他们都表现着一种不屈服的性格,虽然姓名都变了,但革命的品质不变。

她看到上海三十多万两银子一亩的地皮,一个房间一夜值一百五十块大洋的旅馆,走狗场和疯狂赌场……也看见了同志们蜷伏在亭子间里,不分日夜埋头工作,包了一份饭分作两人吃,吃饭时要关起门,预防饭馆的伙计碰见了要哗哗啦啦。大雪天她看见一位同志把一片床板压在单薄的棉被上面,他说:"有压力就有热力。"有两位青年同盖一张棉胎,睡梦中互相拉扭,结果把棉胎扯成碎片,双双被冻醒起来,冷得要命,只好做柔软体操直至天亮……苏州河乍浦桥边有成群孩子没有衣穿,通身缚着从垃圾堆拾来的破报纸像一个纸人,他们帮人力车夫把车子推上桥,向车上讨一个铜钱……她更从窗内看见弄堂里有一个女孩子清晨洗马桶双脚陷在雪里,手都给冻红肿,耳朵和嘴角都烂了……这强烈的对比生活,使她忍不住心头怒火上升。

一天,她到洪灵菲他们组织的"我们书店"去,碰着一个女工人；穿一套青布短衫裤，头发向后梳，年纪只有二十上下，说起话来非常明快、生动，而且在谈文学……她去后，她问洪这女工是干什么的，说话这样艺术。洪说她几个月前还是一个文盲哩，现在已经会写短文章了。她心里自语道："不用说，她入党之后受到教育锻炼，进步才这样快……"

她沉没在学习的湖里似的，经常阅读着党的文件，唯物主义哲学，文学理论，翻译的俄国和苏联的文学作品，创作的文学作品……还学习日文、英文，把英文本的文学作品和中文译本对照着读……

第一次参加"五卅"纪念示威游行，她得到伟大的印象：南京路两旁挤满着人，帝国主义者如临大敌，出动了马队、摩托车队、水军、陆军，日本的、英国的、法国的、美国的……都有，这些帝国主义的军队，服装算是十分整齐，金碧辉煌像神庙里的偶像似的，又好似一个国际帝国主义军队展览会，或是个军队化装游行似的。他们分列两旁，用有训练的脚步走着。马蹄声、车声、枪刀相击声，给示威群众的雄伟的国际歌声压倒了。南京路的中心一个几千人的队伍，四人一列臂交着臂，整齐的步脚和歌声相应和……高呼口号声和鼓噪声，好像爆发的春雷，虽然间歇着但始终在继续着……她在队伍中，觉得力量强大无比，这队伍就是一支铁流，足以冲毁一切前进的障碍。

就在这一年的红五月，她和爱人被吸收为中国共产党党员。在宣誓的那一瞬间，她的眼前涌现着无数革命先烈，雄大的工农队伍，像美丽的花园一样的世界……她从此心安理得，神气激扬，精力充沛，像一道小流从曲折的深山穷谷中宛转流泻出来和长江大河汇合，变成澎湃浩瀚的气势，直向目的地奔流。

"我们来竞赛，看谁的工作快。傍晚时街上行人匆匆，车马混杂，正是工人放工时候，她把一大束传单分成两半和爱人各拿一半，装进衣袋里，约定在某街某站会合。没有巡捕站着的地方，她简直公开地在宣传，不断把五色传单一份份塞进迎面而来的放工出厂的男女工人。有的接了又迟疑起来好像拿到一只就要爆炸的炸弹，她稍为停一下，便说："怕什么呢？工人不斗争！怎能生存！"有的接着好像饥饿时见了面包，巴不得立刻吞下去，停在路旁便想打开来读！这时候，她又要稍停一下，警告似地说："急什么呢？前面不是有狗来了！"果然一个巡捕跑过去，几乎擦着她的臂。

她常预先站在约会的地点，在那电车站上东张西望，从近视的厚厚眼镜反射出闪烁的灯光。等到他跑近来才看见，说："怎么？你又落后了！"她立刻得意地笑着。

"你是不是把传单丢到阴沟里？"他取笑着。但她回来后便严肃地和他订了规约，互相监督，互相检查，无论在工作上、学习上以至思想感情的变化等等。他虽感到有点拘束，但亦乐得有这样的人在身边监督他。

"不过工作固然要做得快，但是必须很好地完成它，不要忘记我们是处在地下状况，还要警惕……"当他自己或引了同志们的话告诉她时，她便说：

"但不能借此回避工作，放弃工作。我一想起从前在汕头那些假革命者就痛心，我们是在斗争，不能顾此顾彼，畏缩不前。"

一九三〇年三月二日，中国左翼作家联盟成立，她倾听鲁迅关于"韧"性斗争的发言。当时他讲到"韧"字时，怕听众难懂，便用粉笔在黑板上大书一个"韧"字。鲁迅的坚忍、朴素、博大、精深的风范和写字时的姿态给了她不可磨灭的印象。从此她更积极写作，在短时期内她写成了一个中篇《重新起来》，并着手写长篇《最后的出路》，内容都是根据自己的斗争生活，自己思想的发展并表现时代环境的真实的。此外更没有间断地写作短文、抒情诗、独幕剧、短篇小说等。

"左联"是在中国共产党领导下进行文艺战线的斗争，除出版了《招荒者》《萌芽》《大众文艺》《巴尔底山》《奔流》……左翼文学杂志之外，还在各高等学校中组织了许多读书会等，团结着进步的热爱新文学的青年男女学生，读作品，研究文艺理论，以至漫谈时事，联系政治等。暨南、复旦、光华、艺术……大学都有这样组织。她常常出席这些读书会，联系群众，并做党的宣传工作。

初到上海时她曾在某大学肄业，可是不久因经济困难停学了。虽然为期不久，但认识了好多男女同学。和她同宿舍的几个女同学：两个是姊妹，各拥有爱人，从星期五到星期二便不见，听说爱人都在南京读国民党反动派的正牌学府——中央大学，他们的星期六提前一天，在星期五便实现了，而他们的星期一却延慢一天，到星期二才到来。星期五夜车由南京载来了许多这样的青年学生，到上海来便在租界的旅馆开房间，坐汽车从各学校里接爱人，跳舞，兜风，看跑马，走狗，吃，玩……另外两个比较朴素，但她俩却埋头读书，不管一切，希望毕业后找到一个理想的丈夫和一个理想的职业，于愿便足。只有一个姓王的和她比较说得上，她给她许多新文学作品看，《毁灭》《铁流》《爱的分野》《母亲》《士敏土》等吸引着她；再由她影响到其他同学。这个时期苏联文学作品之所以成为进步青年不可缺少的读物，并从而发生了深刻巨大的影响，都是"左联"的推荐、宣传、组织下的成果。她便是这些工作的出力推行者之一。

在上海就有这末两种极端相反的学生：一种拼命享乐，腐化、堕落……结果成为反动派的特务走狗，和革命对立；一种却艰苦好学，忠诚朴素，始终为革命服务。在每次的学潮中，这两种势力总在冲激着、斗争着。但许多中间的学生，却常常受到革命的影响，走上革命的道路。她在某大学的文艺工作中，就曾把许多中间的学生带到革命队伍中来。学校当局横施压迫，并恐吓说："你们莫非就是共产党？""共产党就是共产党嘛！"他们坦然地豪迈地公开喊着。

在一次规模很大的重要秘密会议中，她深深感到革命力量的雄大。高大的洋房内面布置得那末庄严伟大，斧头镰刀的红旗，马克思、恩格斯、列宁的巨像，触目尽是血红色的装饰。来自全国各地的代表们：党的代表、红军的代表、工人的代表、农民的代表、妇女的代表、青年学生的代表……她坐在里面，回忆着一九二五年冬在汕头市参加十月革命纪念及军民联欢会。

"那回是革命高潮，国共合作，革命军胜利打入潮汕时期。这回却是在反动派叛变革命之后厉行白色恐怖时候，可是革命的气势更雄厚。而上海这地方却是帝国主义国民党反动派合力镇压中国革命的一个重点城市，我们却从容镇定，布置周密地开好了我们这么重要会议。这是直接对帝国主义者和反动派一次严重的示威，同时也是给他们一次重大的教训。"

会议胜利闭幕后，她兴奋地告诉同志们。

那个红军代表和那个农民出身的妇女代表给她的印象永久如新。年纪只有二十左右,脸上古铜色,双眼就像两个探照灯似的。她在做报告时那种生动、形象,使人眼前就好像涌现着红军战斗的现实。

"我们为什么不会胜利呢?我们一定会胜利的。我们运用宣传力量配合战斗。红军和白军隔着一道河,双方的哨兵可以互相通话。我们决不放弃一切机会进行宣传。常常这样:敌人带着许多武器,成班成排成连地投降过来。我们好好招待他们——为什么不好好招待呢?他们都是农民,都是被迫当炮灰的……完全听任他们自由,留下嘛,欢迎;回家乡嘛,可以,而且好好护送,给路费,给通行证。而且,有时也送到最前线去。一次,我带了二十个白军交还对河的白军。隔天,五十个白军搬了好几挺机关枪投降过来。……白军没有办法,在前线放哨的就强迫他们订立五人连保或十人连保,其实亦无效。打仗呢?我们不打不胜利的仗……"那红军代表绘影绘声,使她听得呆了。后来她便把从他听到的许多红军的英雄事迹,写成作品,第一篇叫《红的日记》,她还计划继继写下去。她说:"只有这种斗争题材,才是读者所爱好的。"

那个农民的妇女代表,江西人,姓洪,只有十八岁。她叫她洪妹,会后带她在游乐场玩着。许多玩艺,许多戏剧,电影,……以至新奇的玩具,服装等等,她都不感兴趣。

"洪妹,叫你留在上海玩,好不好?"她笑着问她。

"玩什么?我们那儿的工作忙得很。"

"留在上海工作好不好?"

"不,我不惯,我一看见街上人们穿得那么漂亮,便想到农村里的大姑娘,一二十岁还没有裤子穿。我自己穿着这套衫裤在身上,好似担了一个枷……"

原来她的这套服装是为适应环境,由组织给她的。"有好多地方的农民,连番薯磨成粉后剩下来的渣,自己还不能吃,只能吃薯叶或薯根。……而上海听说却用牛奶饼干饲狗……"

"你看,你看,那不是一只狗吗?"她猛然拍着她的肩指给她看:一辆流线型的一九三一年式(美国的汽车厂推销汽车,把明年度新型的车提前在今年出厂,其实只在骗钱)的美国汽车,咖啡色,光闪闪地停在"大世界"门前,一个时装中国妇女自己驶着车,车里天鹅绒的弹弓沙发椅上蹲着一只棕色的洋种小狗,颈上还给打着紫色男人领结。

"人服侍狗!?"洪妹鄙夷地笑了。

"无怪同志们说过美国牛奶倒落海……这是什么世界!"

"我们要把这样的世界毁掉!"她紧紧地捏着洪妹的手。

她一到街上,一看见那些资产阶级的生活,一看见资本主义的千奇百怪的现象便心里想道:"看这现象而不气愤的人我真不了解;住在上海租界,过着贫困生活而不参加革命的青年,我更不能了解。"

革命形势向前发展,尤其是湖南、江西各省的农民革命和红军的浩大声势,把帝国主义反动派吓昏了。他们在城市就加紧施展白色恐怖。一方面反动派用剥削人民血汗得来的金钱收买一些反动的文人,叫嚣着什么"民族文学",想和左联领导的无产阶级文学相对抗,可是无效,读者群众不要这些东西。当左翼杂志一出版,几千本一下子就给读者买完!甚至有好多青年一早便站在四马路各书店门前等着,他们真是争先恐后,先睹为快。反动派相形之下,老羞成怒,一天,收买啸聚了许多流氓暴徒由几个反动文人率领,突进各书店,把新出版的左翼杂志抢出,撕毁,丢得满街乱飞。引起市民们绝大的愤怒。

"你的货色不好嘛,闹什么!你的货色好,一定可以利市三倍。唉!这'拆烂污'的……"连开水果店的一个小商人亦愤愤不平起来。

接二连三有同志被捕,形势一天天紧起来。

"即刻搬,下午一点前。"或:"连夜就离开,勿在屋内。"她时时接到这样的条子或口头通知,便坐着一辆人力车双脚跷在简单行李上面,在街上飘泊着。有时一个亭子间里的一个青年才搬走,接着搬入的另一青年便被捕了。有好几处亭子间时时发生这样的事。"非眷莫问"的红条子到处贴在弄堂口或招租屋子的前后门上。没有爱人的孤身汉,租屋大成问题,于是想办法借用爱人租屋,她便好几次被同志们借去暂当爱人。二房东看见一对青年夫妇西装笔直,料想是"安分好人",便放心答应了。

"今天又演这一幕。不过老秦挨得那么紧,又把握着我的臂好久不放,使我怪难受。超乎必要以上嘛……"她一天对爱人说起。

"哎哟,这叫揩油。我同情老秦很寂寞。不要紧嘛……"他笑了。

"谁说要紧。唉!总之都有困难,有爱人亦不便,没有爱人亦不好,怎么办……喂!近来紧得很,你要细心……"她皱着眉头。

"我只担心你!那天你手上拿着一卷苏区课本插图的原稿要去制版,前面巡捕和包探正在'抄把子'(拦路检查),你却挤着过去,我在后头代你捏了一把汗。"

"那也没有办法。我那时只想赶上时间,顾不了许多。"

开始地下革命工作时,总不免提心吊胆,东张西望。后来经验充足了,便处之泰然,应付裕如了。第一次她在北四川路的电杆上用粉笔写标语时的情景,他记得很清楚,因为近视眼,鼻子嗅着电杆,很吃力写了几个字,对他说:

"比写一篇万几千字的短篇小说还难!"

隔天,他俩在南京路(是上海最热闹地段)看见电杆上的正楷粉笔标语:"打倒帝国主义!"伸了伸舌头。

"我要学习他!"她来回望了望那端楷、稳重、庄严,笔力遒硬的粉笔标语。

起初,每天出门工作时,便互相握别,二人心里都有这末感想:"不知今晚能够安全回来吗?"有时竟说出口来。

"不要这样神经衰弱吧!"二人互相克服着不健康的心理。不久也就惯了,秘密工作嘛,总是那末着,"胆要大,心要细"。

一天,她先后接到三处机关被破获的消息。就在那一晚上,开会延了时,她匆忙地跑回住屋,街口的时钟已经八点半,头场电影快散场,戏院门口挤满二场观众,她心中忐忑着怕他等得慌,因为过了晚饭时间很久了。回到屋里,漆黑一团,没有他的影子,她心里不觉一动"莫非……不至于吧",但,心继续在跳动。急忙带上门跑向柯同志那里查问。而他却也因开会延长时间回来得晚,不见了她,也跑到柯同志那边。二人在路上不曾相遇。他回来时依然不见她,心上一急,只好把草帽放在门口再到别处找她。她到柯同志那边,他还未赶到,所以不得要领,心头又一阵焦急,便匆匆回来,临到住屋附近,心头又是狂跳:"这回怕糟啦！"等到看见草帽时，她才透了一口气！颓然，坐下在石阶上，不能动。她从早上一直开会奔走到这时的。近来她神经确有点衰弱。因为工作紧忙，休息不足。

"等工作稍闲时，我们好好吃一顿好菜，并且招请老大哥，老柯等。我那中篇已经约定下星期拿一部分稿费了。咳！近来写不出。你呢？……"

为了工作，只得把写作暂时放下；为了工作，她和他时常分居，有时一二星期，有时整个月，彼此不知住处，不通信息，这情形已成习惯了。那天她和他分别了整个月之后，再见时，她说：

"我有两个短篇月底可拿稿费。"

"假如工作不太忙，可以多写一些。"他说。

"我们当然是工作第一，而且写作确是从斗争生活中得到泉源的。……那天晚上在电车站遇着光芘，他发了非常多的牢骚，他话匣子一开就不能自制，我阻止他好几次，不要在大马路上高声大叫，他不管，好像发狂似的，满口'组织'啊，'历史'啊！'斗争'啊……我看他一离开组织便成孤儿似的，一个作家一离开斗争生活，就完了……可是他总始终认为'天才第一'。……写作，我还没有自信，我还年轻，我想更深入斗争，你说对吗？……"一说起写作，她便滔滔不绝，大发议论。对其他问题亦是如此，从来她对任何事物，决没有不认真研究、详细分析的。

一九三〇年夏，一天很酷热，她从靶子场坐上一路电车到沪西方面，参加一个重要的会议。下车还要沿大西路跑两三里，一望不尽的柏油路，两旁店屋很少，田园很多。她知道这些路便是帝国主义者越界建筑的,帝国主义者用炮火、用不平等条约野蛮霸占了我们的领土作为"租界",还不满足,还以租界为起点建筑马路一直伸到上海以外,扩充他们的势力。她一步步跑着,尽在回忆当年收回租界,废除不平等条约等运动。她的汗滴在路上立刻干了,好像从热锅上面滴下水滴立刻化为蒸汽,并且好像听见了微小的"嗤"的一声。当她横过马路时,脚下好像踏着刚收割过的六月水田一样软软的黏黏的几乎把她的双脚胶住。她急急跑过去,仿佛看见不少的人力车夫被黏住、中了暑,倒在火热的路上,无人救护(每年夏天总有这现象,柏油马路被火热的阳光晒得软软,常常胶住载重跑远、精疲力竭的人力车夫以致丧命的)。

在玉佛寺附近一派简陋弄堂,住的都是工人、贫民、小商贩。这里面有一"德馨小学",一楼一底;楼下摆着两三行,每行五七只破旧书桌。悄悄的没有人。楼上前厢房围坐着几个人。一位四十多年纪的人,穿着背心,脸上有杂乱的短胡须,在主持会议。从简短的发言中,她为他的镇定、坚毅的态度所吸引。

"如果有问题,我们便说开校董会,讨论暑期办夜学的事。大家当然是校董、校长、教员,你当然是音乐女教员——会唱歌吧?"他望着坐在对面的她。她微笑着点点头:"颇晓一些,但不好听。"

"总比我们男人好听吧。"他的话引得大家笑了,座中只有她是女人。

会议就这样像其他的秘密会议一样在进行,矮圆桌上面放着一份公开的、伪装的会议记录之类,上面各人签着临时杜撰的名字,如:张辅国、陈玩玉、林安臣等安分守己的花名。

会议中的一项,主席念着红军首长们的捐款:

"毛泽东同志××元

朱德同志××元

彭德怀同志××元

……同志××元"

她给这些英雄名字所感动，在她眼前涌现着千千万万的红军将士，在这些人民英雄的指挥下向敌人冲锋陷阵。一时从中国历史上的英雄豪杰以至苏联的红军英雄，文学作品中、民间传说中所有动人的英雄形象，好像都集中来，屹立在她眼前。

热得很，大家都流着汗。一位同志捧来一碟马铃瓜，切成一片片。主席递给她一片时，她那激动、兴奋的心情交织着。后来她知道这位主席是一九二七年十二月十一日广州暴动的组织者、领导者之一。

一连三天，在火热天气中，她流着汗跑路、流着汗开会。一天傍晚，路过一家电影院，正值散场，她看见几个奇装异服的青年男女才出院门口便像伤风似的大打其喷嚏。"他妈的！电影院装冷气，害得公子小姐们的娇躯经不起炎凉的考验；而我们，干革命，为全人类幸福而工作，就只能吃马铃瓜！这样的世界，不革命，死了怎能瞑目，怎能甘心！"她咬着牙说，"只有加油干！"

一次大规模的反对军阀混战大会示威大游行。她和某纱厂一个女工、复旦大学一个女生三人组成一个指挥单位，组织许多女工人、女学生参加大会。地点是南京路三大公司附近一条横街内面的某会馆。事前公开号召，在大街上写了好多标语，标明时间、地点。那天一早,南京路行人便格外拥挤。有经验的人,一看见许多穿着半新不旧的蹩脚西装或布长衫,头发不修,胡子不刮,手中拿着一张小报或挟着一本书的青年男女们尽在徘徊着的人们,便知道他们是来参加大会的。他们好似在逐渐高涨的潮水,从四方八面、大街小巷会集来,激荡在某会馆周围的街路上。人行道都站满了人。帝国主义者的警察机关——租界工部局事前亦大事准备,一早便调派来各种武装——步、骑兵、摩托车队带同各种武器——长枪、短枪、棍子、水龙带以及红色汽车等等,排兵布阵,把某会馆周围街道要口都把守着,但不动手。

她和女工叫蜜司黄的和那女生蜜司张三人不即不离带领着几十个女工人和学生们。她看这些革命群众那种热情,义愤填胸的气势,心头好似添了热血。帝国主义者的军警在她看来只是纸人纸马似的。她冲入会馆,内面已是挤满了人,许多女工和女生跟着她进去。门口早已站着几个帝国主义的军警,好像在守卫站岗。红色汽车停在街中心。

面里挂着红布,有人在演说,鼓掌,呼喊。街上不知从何而来的爆竹声和神出鬼没的五色小传单忽然从各处街角、楼房、半空……纷纷飞舞。这些声响、色采和群众的壮烈的行动配合着,有如狂潮急湍。开会后,内面的群众冲出门口和街上的群众会合,正像暴发的山洪冲下风涛汹涌的长江大河一样。她和蜜司张、蜜司黄三人手拉手,被群众夹着脚不着地跟着挤到门口,她一面在喊口号,一面招呼后面跟着同来的群众。门口一时人多挤不出,望着街上尽是帝国主义的军警,闪光的铜帽、刺刀、肩章在晃着,群众像急流在冲决。哨子声、口号声、鼓噪声闹成一团。他们开始抓人了,有群众在抢、打、踢,棍子在空中飞舞,拳头在挥动。门内一部分群众另找出路,从后面一间药材店的后门跑出来。她高声喊着:"冲出去!"真是在战斗了,她感得好不痛快、好不热闹,她想起李逵的板斧、想起火烧赤壁……她已经熟悉这种战斗了,毫不畏缩。她大声喊着口号,好像把若干年来被压在心里的闷火扬烧起来,好像代受难的人们复仇似的。挤出了门口,走狗们立刻包围上来,一只凶恶粗大的魔掌伸向蜜司张,挣不脱她卸下蜜司黄,尽力拖住蜜司张。另一个军警把木棍打她的肩,手一麻,蜜司张被抓去了,马上被掷进红色汽车,车上人已满,呜的一声开走了,从车里爆发着的阵阵口号声中,她辨认得出蜜司张的尖锐、清脆的喉音。

她一面还照顾着群众,把一些身体衰弱的、勇气还不够旺盛的群众推向人行道边沿的人堆后面去,店员们马上把这些人给掩藏起来,有的送出了后门,安全退去。——一只凶猛走狗,分开人群,直扑向店里去,"阿啥!没有人者!"店员们迎上前来,遮住走狗们的视线。

她紧紧挤在队伍中间,喊口号。她眼见有不少同志和群众给抓了,装上红色汽车开走,留下一片口号声。

法租界金神父路一座小楼房里面挤满着人。主人是结实精壮的青年作家胡也频,他殷勤地招呼着"来宾",从楼下客厅到灶披间,从三楼到二楼,忙着。

"你们这一些年轻、衣服齐整的到二楼去,你是舅子,你呢?当然是表兄、姨甥之类,总之,都是'封建姻亲'吧。"

李同志分配"来宾",在进行"汤饼会"。

于是嘻嘻哈哈,年轻的更是高兴,热烈地打扑克、"谈话"。

当主人捧着包在彩色小斗篷里的婴儿出现在客厅里时,大家哄的一声围上来看,她对一同志说:"真是名符其实的'汤饼会'。"婴儿后面跟着青年母亲丁玲,穿着旗袍,笑笑地招呼"来宾"。忽然发现若英把她的《一九三〇年春在上海》的原稿从抽屉里拖出来,便急急回头来抢。

大家立刻安定下来,立刻停止"客套",认真研究、讨论起文艺运动问题来了。——这是"左联"的一次会议,利用主人的女孩子出生满月,布置下来的一个"汤饼会",这些"来宾"当然都是"左联"的同志。

凡是"左联"的重要会议,鲁迅总是主要的主持人,很早就出席,散会后好久才离开。凡是鲁迅出现着的任何场合,总被青年们所包围、缠绕着。外表严冷内心火热而镇定深思的鲁迅,永远穿着长衫,脸庞被香烟的雾缭绕着,屹然坐在少年们中间。在这班少年们中总少不了柔石。他诚朴、认真、忠实地献身给新文艺事业,他对鲁迅总是"周先生、周先生"地表现无限的爱戴和关心。冯铿对于鲁迅亦是抱着非常崇敬的态度,自从读了《新青年》《语丝》《呐喊》之后,她便从心坎上领会了鲁迅的文学精神和对人生的态度。她和柔石、也频等同时代表"左联"参加中国共产党中央在上海所主持的全国苏维埃中央政府准备会的宣传工作,她因工作关系和他俩更接近,更从柔石方面熟悉鲁迅的生活,后来常到鲁迅家里,在文学上受到他深刻的影响。

那天,从金神父路走出来时,街上灯火已辉煌耀眼了。她和几个同志边跑边谈:

"女人家干什么革命,当太太、生孩子、理家务,算了。"谈话总是半真半假的禾子,不只一次和她开玩笑。今天又是老调子。

"咳，谁不知道小家庭亦有温暖、有好处，但究竟是谁不给这温暖呢？……许多人无家可归，谁能够保持这温暖？"她沉思地说，"……想起生孩子就使人吃惊。李教授的太太曾说李教授不疼爱儿女，她问他是何原因，他怎么说？你们猜。他说：无产阶级的儿女如果是有知识，结果要上断头台，如果无知识的话，结果要给机器吃掉。所以他不爱儿女。……我亦不爱有儿女……怎么工作？"她坚决地说。

"你们的爱情呢？……"他望着她又挤近她爱人身边，用肘撞着他，苦笑着。

"干……这种事……"后面几个行人接近时，她略停顿，接着说：

"干革命的人，谁都知道不能保存日记、信件、相片；我想，爱情有时亦应该在不能保存之列……"

九

一九三〇年冬，一个大雪之夜，她在一处开会，从早晨直到半夜。在会议进行中不感得怎样寒冷，可是会议结束，站起来，才觉得两足冻僵，寸步难移，喝了一杯开水之后，才像跛足似的一步步跑出来，大雪正在纷飞，四下一望，亮堂堂的，好像清晨。寒风针一样刺着耳朵、鼻尖，她用大衣的领子蒙着头，俯着身体，急步向前走。街上一个人影亦没有，只有很少的岗警还在坚持着来回在岗位周围跑着。远近楼房几个窗，从内面透出红绿灯光，她想象得到里面当然是温暖的人们在赏雪赋诗，在曼舞轻歌。而她与刚从开会那儿离开时的情景对比一下，不由得使她愤恨了。爱和憎在她的心头交织着，又使她回忆起刚才开会时的情景：一个年老工人坐在楼下把风，楼上有一小门通隔壁，门口放了一个高大衣橱，把小门完全遮住了。预防必要时的出路。她从楼上开完会下来，到了门口，看见那老工人驼着背，脚边放一个小火盆，但内面火光不旺，而且就要熄灭了的样子。他索抖着，半根香烟贴在唇上，一见她下来，便像梦醒似的急急把仅存四分之一的香烟屁股用粗大的指头揉熄，然后摸出一个火柴盒，打开，仅存几根火柴，他把香烟屁股放进去，关好火柴盒，装进口袋里，手掌才从口袋里抽出来，又立即在口袋外面按一按。然后才开门。而那几位参加开会的同志，除了内心燃着革命的火焰，全身都给寒冷包围着。他们一面作报告，一面研究，反复辩论，有时争论得面红耳赤。寒气时时袭击他们，使得坐立不安，坐着时双足不住地抖着，双手不住地在摩擦。有时竟坐不稳，站起来，在楼上循环打圈取暖。可是寒气敌不得他们的热情，会议一直坚持，继续了一天另半夜。

当她跑到南京路三大公司附近，望见楼上时钟已指一点，风雪更大，行人完全绝迹，只有很少一两部急驰的小汽车卷起雪花闪过。

忽然，从阴影中跑出来两个女人，扑向她身边，把她吓了一跳。

"怎么的？"她几乎是惊喊。

原来是"野鸡"，误认她是主顾，一听声音是女的便退缩了。她明白是什么事之后，眼前立刻闪着凶狠的鸭母鞭打拉不到嫖客的雏妓的惨状，便毫不踌躇地把口袋里明天全部的饭菜钱，连今晚预备坐车的钱都拿给她们，便急急跑开了。

打开爱人的亭子间时,已经深夜二点钟了。她像一个雪人似的,在房间里好久好久之后,才渐渐觉得手足还算是自己的。

"为什么冒着大雪?"他问她。本来她约下星期才得会面。

"工作允许。……而且这雪夜,你不觉得很冷吗?……"她掀着他桌上未完成的稿子,眼亦不看他地说。

一九三一年一月上旬那几天,天气特别好,不大冷。一天,她要他一同游玩两个钟头。"这是很难得的机会,我们好好痛快地玩一回吧。"她像很高兴的样子,"到公园玩吧。"于是,他和她到虹口公园去。园里游人稀少,空气特别鲜冷,几株常绿树在雪融之后表露着它的硬健。

"下个月工作如果许可,我想在公园后面找间住屋,有空便在这草地上晒太阳,看书,打球……多好呀……"她很高兴地在计划着,"今天别后到月底,就可再见。"最后她像平时一样预订着会期。

出了园口,她把从内山书店买来的稿纸从街上买来的糖果和罐头牛奶各分一半,自己便跳上电车,车开行时,她还回头笑着对他扬扬手。

一九三一年一月十八日晨,柯柏年拿着一份英文报——"密勒氏评论报"匆匆走上北四川路公益坊三十八号南强书店的楼上,亦不打招呼,立刻在惊诧围听着的几个人中间朗读昨天被捕的一批共产党员、左翼作家的新闻。他一面读英文原文,一面自己当翻译,很清晰地念出几个熟悉的名字:李伟森、柔石、胡也频、白莽和女作家冯铿,又名岭梅,年纪二十四……

就是前一天——一月十七日晚上，在公共租界六马路东方旅社一个房间，挤着三十多个男女开会——那就是第一次全国苏维埃代表大会筹备委员会的一次会议。冯铿和其他四人都是"左联"盟员，担任这个大会的宣传工作的。

事情发生那一瞬间，她便预感到最后的命运。一时像乘着电梯从十几层楼上下降时那样全身堕入无底深坑似的，但很快就着地，很快就稳定、坚强起来。因为平时就有了充足的思想准备，干革命第一就是牺牲。自古以来，就没有人身保险的革命事业。

"从我举起手念着入党誓词那一瞬起，便决心牺牲了的！我如果不是抱着牺牲的决心，那我为什么在一九二七年反动派背叛革命，我们党转入地下以后才加入呢？牺牲，牺牲是伟大的！"这思想立刻在她脑里活跃着，像一把热火在心头焚烧，像一面红旗在眼前晃耀。

在狱中，她的精神始终兴奋着，她回忆着：

首先是爱人。三年的恋爱生活是痛苦的，五年的同居生活亦并非快乐。恋爱本来是愉快的，但要和封建礼教、腐旧社会、顽固的父母……甚至兄弟、朋友、亲戚……作斗争，这就不是容易的。爹妈是爱女儿的，但新旧的思想、道德发生冲突了，有时便不爱了！好容易实现理想，同居了，但流亡、疾病、贫困像影子一样紧跟着，假如不是坚持斗争，早就完了。我们找到了革命，依靠了党，精神才有了着落。即使不是为着自己，就是为着千年万代的子孙，为着全人类前途的幸福生活，干革命，牺牲自己，这不是最大的光荣和最大的事业吗？就是因为自己深深感受到腐旧的、反动的社会的压迫痛苦，才决心要把它推翻，让后代青年能够愉快生活，能够好好恋爱，再不像我们一样为了神圣的恋爱而受无穷的迫害……我们为了党，为了工作，能够牺牲一切，尤其在上海这个时期，二人间仍过着半分离的生活，我们会否有什么时候像其他一般的青年恋人愉愉快快，手勾手，在月下花前谈情说爱吗？不，没有，生活的压迫、经济的摧残、思想的斗争、情绪的起伏……一直到现在，我们都像一只小舟，两支桨在惊涛骇浪的大海中拼命支持前进，我们虽困难、苦痛，但我们前面高悬着一个太阳——党，给我们支援，鼓舞我们，使我们能把一切个人的、暂时的幸福放在第二位，把为实现全人类的、永久的幸福事业放在第一位。我有时看街上成对青年男女在愉快地漫步，何曾不想亦和你玩玩，可是工作呢？把群众的痛苦丢在一边，把个人的利益捧在头上，我们不是那种人；如果是那种人，我们便不是共产党了。——"怎么？不是这样吗？这个道理，你不是亦常常这样对我说吗？"她好像看见他站在面前，沉着脸色，她便好似道歉地说："最后虹口公园那一次会见，你有点不高兴似的。但谁知道是最后的一次会见呀！那天，你不是像往时一样，最后握着我的手说：'算吧，赶工作吧，我亦有做不完的工作，非赶不可。我们暂别了，再图后会。'——你的话还在我耳边响着呢……"

她想到这里，好像看见他脸上在微笑。

"对！我完全对！不会对不住爱情，也不会对不住我的爱人，更不会对不住一切——造成所有罪恶的、痛苦的只是旧的社会，是维持腐旧社会制度的反革命势力——帝国主义者和反动派！"

再一次坚强的信念和仇恨在她脑里吼鸣。

她想起初到上海时的春天,便到龙华看桃花,登上那塔的上面,望着工厂区像一个香炉似的。朋友姚君还摄了好多相片。现在恰巧被囚在这儿。不久,我的血便要灌溉到这土地下面,滋养着桃根,使桃花开得更红、更美丽!……她又一次念起自从少年便爱念的"秋风秋雨愁煞人"的秋瑾诗句来。

她把妈妈、爹爹、亡过的姐姐、白毛……想念了一下,但都烟云过眼似的没有清晰的影相,但姐姐的却特别清晰。还记得妈妈曾说,女孩子的性情应该温柔才对,"阿蟹你这烈性,将来结果一定不好。"这句话她仍记得。"当然,顺从、无抵抗、任人压迫、屈死……这便是温柔了,这样的人,生不如死!"她时常对妈反驳的这句话,她也记得。

"假使世上没有革命者,没有这一班损己利人,'摩顶放踵利天下为之'的'先天下之忧而忧,后天下之乐而乐'的伟大的中国共产党,那末,帝国主义就可以永远统制我们中国,反动派就可以永远压迫人民。可是这是不合理的、不可容忍的现象。我们共产党为祖国独立、为人民解放而革命,这事业就是人类最伟大、最光荣的;为着这,什么都可以牺牲。我们的牺牲是有伟大代价的,想象将来革命成功,祖国独立,人民得到解放,青年们能够好好学习、好好恋爱、愉快、活跃、美丽,再不会像我们这一代青年,好像长在石头下面的花草……老年人得到休养,不用满头白发还在牛马似的做苦工……能够为实现这样的时代而牺牲,是幸福的,亦是愉快的!……"平时她曾对他说的这些话,此时一一重温在她的心头。

她想起桑浦山内小村里那几个妇女;想起被反动派吊死的那

个幼弟。"其余的不知如何结果,想不少人亦给杀害死了吧!"她又想起洪妹,不久以前,曾间接地得到虽未证实,但有可能的消息,说洪妹牺牲了。她想起平日听到同志们牺牲时那种慷慨激昂从容就义的伟大事迹,她更坚强起来。她更想起去年彭湃同志被捕、牺牲亦在此地,更感得满意,"能够和这些伟大的烈士们同在一地牺牲,亦是幸福的。"——她回想起一九二六年在汕头就曾经和彭湃同志见面,那时和李春涛、杨石魂在一起,他的风范仍鲜明地在她的记忆里。

她想起许多同志,老的、少的,"不知这次他们被捕了多少……""不知他亦被捕么?"去年夏夜那一幕突现眼前。

起初,他们这一批几个人还关在一间囚室。很镇定、很轻松,还订了学习和工作的计划:柔石向白莽学德文,他前额亮晶晶地仍藏着近视眼镜在用工。也频仍保持着活泼小伙子气概,想完成他的长篇。李伟森庄重地维持他在主持《上海报》时的风度。白莽,坚决地再不愿把被捕的消息传到外间去,他虽只有二十二岁,但已经和他的哥哥——一个反动派师长断绝关系。

接着,一天天严酷起来。刑、讯、诱、迫,硬软兼施……,可是早在他们的意料中,毫不介意。他们始终如屹立在风雨中的摩天岩石,丝毫没有动摇过。

"就是死吧!反动派最高的能力就是杀革命者,可是革命事业是杀不了的。"他们都这样想、这样说、这样做。

从被捕第一天起,她便估计到敌人给她的一切应有的、不可避免的遭遇。她坚决地、乐意地等待着这些遭遇。为什么不坚决呢?不乐意呢?这正是最后的考验,这正是对敌的斗争。

"我自从有意识以来,对一切考验都不回避,都抵得住。虽然过去情绪曾经软弱一时,但立即便坚强起来。自从入党以后,我便抱着牺牲、决斗的意志的!为什么怕牺牲呢?是共产党员,首先便要有牺牲的决心!"

她自己的心声反复地对自己说。她更清晰地想起平时在同志们间、在爱人面前谈起同志们的牺牲。不久以前才有一个姓李的女同志被捕、牺牲了,那个同志被捕后受刑的情况和她坚决斗争的精神,曾经使冯铿忿怒、景仰。"今天轮到我身上来了,我要学习她,不愿输她!我难道抵不住考验吗?我自信是能够抵得住的!"

第一次被点名过堂,开始心头一动,但立即镇定,望着同时被捕的同志们,都亦态度自若,十分镇定;她便越觉十分镇定了。

敌人的惶恐、卑鄙、丑恶的形象,她把他们不放在眼底。这样便首先把敌人的声势取消了。在敌人面前,她觉得自己是个巨人。对敌人的讯问,有的回答,有的不答,有的给以一声冷笑。

她望着壁上的电灯开关,便立刻联想到李同志,眼前突现着她被电刑时的景象——她上衣被脱去,上半身都裸露着,许多电线像蛛网似的缠着她。电流通过她的身体,立刻手足伸直,忽而又全身蜷曲了,昏迷了,头发纷纷脱落,嘴唇咬得破了,鲜血直流……,"这回要轮到我身上了吧。"那个八字胡子藏黑眼镜的反动法官的吆喝声,使她立刻准备着,"李同志,我和你同样是共产党员,不怕死,什么都不怕!"她心里对着李同志说。那个反动法官在她眼前消失了,他确实太渺小了,太可怜了,她根本便看不见他。这亦是意想得到的敌人的阴谋诡计之一,是诱降。

当场破获、证据确凿、人证俱在,她不加否认、辩护。她回答反动法官的话,是愤怒的申斥,不是供词。当她眼前涌现着千千万万劳动人民在斗争、千千万万的同志在反抗、在战斗时,她便感得周围团结着千军万马,正在向狼狈败北的残敌进攻,她的勇气便百倍高涨了。

接着,她受到毒刑。她只觉得昏过去又活转来,能够喊出声来便是骂、呼口号。当她肉体感受到剧烈的苦痛时,她极力喊着口号,痛苦便觉得轻减似的。当她精神渐清醒时,突然记起《红楼梦》里宝玉被打时喊着姐姐妹妹便不觉得痛的故事,心里想:姐姐妹妹是不是能够止痛,这只有宝玉自己知道。可是革命口号,甚至一个革命家的名字,喊起来,确实能够增加勇气,减少痛苦,打退敌人的进攻。

"不外如此!"她鄙夷地想,"死还不怕,死是我企求着的,这些刑法我不怕!"以后,她越轻松了,目的只有一个:牺牲。

敌人用新麻绳紧紧缚住她的手臂和两只小腿,之后,注上水,麻绳一缩,两只手掌起初红肿,不久便变成黑色,像破了墨的乌贼在滴着水。

敌人把她的双腿绑在凳子上面,从脚跟下砌着砖,一片、两片。敌人把她大腿压下去,把她的小腿提起来,好像要把膝盖翻过来,企图把她的双腿折叠起来似的。

敌人把她双手双脚反过来缚着,悬在空中,从下面望着,只能看见她下垂的头发和胸腹部分,敌人用棍子向上刺击她的身躯。

这些办法像泼在燃烧着的干柴上的油,只能助长她的怒火,绝不能降低她的铁的意志。

这就是"炼狱"!她在火光熊熊中受到锻炼。敌人用冷水喷着使她苏醒,醒来之后又打昏了。"我像一口宝剑在经受'淬厉'。敌人就是把我打得粉碎,而我的精神却成为犀利无比斩铁如泥、吹发即断的干将莫邪,有这牺牲精神配合革命群众便能够把敌人打倒。"每一次她受刑之后，醒转来，总是冷笑一声。立刻有她所认识的为革命牺牲的同志们的影相涌现眼前，有的模糊，有的很清楚。她常常看见：

李春涛同志被敌人捆在麻袋中，身上有无数血孔，血还在流着……

桑浦山那个活泼的农家女——幼弟，被敌人吊在风吹径树上，绳子勒紧项颈，全身裸露，肿得发出紫色，许多乌鸦在周围盘旋叫喊……

汕头那些被杀的女工人、女学生的尸首被侮辱情形……

她还在睡梦中和好多同志一起被捕、被打、被杀……

她在被敌人残酷殴打着的时候，肉体所感觉到的痛苦和精神所感觉到的痛苦好像同时并存。她感到这个肉体不只是属于自己个人的，好像还是无数的劳动人民所共有的。敌人在殴打着的不只是自己，好像是千千万万劳动人民同时在被摧残。她的精神就感到特别愤恨，好像她有责任拯救自己、解脱自己不再受这毒刑，同时还有责任拯救所有受摧残的劳动人民；甚至一切不应该受摧残的生物……另一方面她却感到自己像一面挡箭牌、像一根蜡烛，为了大多数人的安全、为了大多数人的光明，毁灭自己。可是这种毁灭便是永生！

"我们的同志都很坚强，都无愧于做一个中国共产党党员！我要和他们比赛，看谁更坚强，看谁更伟大！"他们自从被分开单独监禁、分开审讯、刑打之后，她每次听到有关他们的不屈、坚强，给反动派以辛辣、深刻、有力的斥责、讽刺以后，她愉快得喊起来，尖锐的清彻的歌声有时从深夜里冲破监狱的黑暗。

"你不说,你们同志中有人说了。"反动法官歪着头,从两撇旧扫帚似的胡子中间响着可耻的谎话。

"不,我们的同志不说什么。"她坚决否认。

"那末,不是你们的同志告密,你为什么会到此地?"

"不,使我到此地的不是我的同志,是我的敌人,像你一样,是我的敌人!"她更坚决地减着:"呸!"那个反动法官急忙低下头闪过身子,好像一颗子弹正射到他面前。

"你还年轻,前途满有希望呢。"他转了一下口吻,装成比较温和含着善意似的。可是她非常明白,从敌人方面来的哪有什么温和,什么善意;否则,便不成其为敌人了。

"希望正大哩!说来你亦不晓得。革命成功就是我的希望。当然你们这班反动派小卒走狗什么都不懂,我可怜你!枉生做一个中国人民到头成为帝国主义者、反动派的走狗!"

反动法官摇着头似乎在打着寒噤,他在想悔不该再惹她一场臭骂。

以后每一次讯问,胜利的不是反动派而是属于革命这方面。就是每一次刑打,胜利的亦还是属于革命者。因为一方是气壮山河,一方却是卑污无耻。

她虽被隔离单独监禁,但同监同志们甚至其他难友,都能够设法传递消息,互通声气。革命者到处有的是群众,有的是同情、爱护。她在监狱里体会到革命力量的充沛,真是"无孔不入、无微不至",革命真同空气一样。

二月七日晚上十时,国民党反动派的龙华伪警备司令部的监狱内,开铁门、点姓名、钉脚镣的声音闹起来。她和同志们都被提出来，钉上十多斤重的脚镣，锁上手铐，每五人被连锁在一组，和其他同时被捕的一共二十三人被拖向黑暗的旷场，排成一列，对面就是一群反动派的军队，双手紧握着枪，枪口向下，如临大敌。在黑暗中，闪闪的马灯光，匆忙凌乱，凄冷、惊颤，象征反动派的末日。她的特别尖锐的"打倒帝国主义！""共产党万岁！"的呼声冲破夜空，和同志们的豪壮呼声汇成冲霄的巨响，压伏了杂乱的枪声。她像一团火在烧、像炸弹在爆炸，一连中了九颗子弹，她的呼声还不停，身体还坚强屹立不动……这一天，正是京汉路工人流血斗争的八周年纪念日，她的血和同志们的血流在一起，灌溉着中国革命的花朵！

后 记

近三十年的腹稿，现在才算写出来。

"谁后死，谁就代写传记。"冯铿这句话藏在我心里亦近三十年，今天总算实践诺言。

鲁迅先生在"为了忘却的纪念"一文最后的预言，随着全国解放而实现。现在全国青年们都在谈起烈士，纪念烈士。这本传记如果能够帮助青年们更深入了解烈士，那末，我便满足。

书中所述都是事实，甚至一个门牌号数、一句话，尤其是涉及的人物，我都保持着百分之百的真实。因为是传记，当然真实第一；又因为是文艺，我就采用客观的写法。

腹稿虽然这末久，但成书都在匆促的时间内，因而就不免有加工不够和文笔粗陋的地方。在这里，我恳切希望读者提供意见，尤其是认识烈士的同志们（不少是书中的人物）多多给我指正并提供材料,作为将来修订的根据。

1957年5月汕头

冯铿烈士遗著(摘录)

白　烛

你赠我莹莹的白烛一支
我可领会了你的深意
夜夜独自泪流
而今可有了流泪的伴侣

(1925年作)

深　意

三五
在童年的一个月夜的庭中
我在母亲的怀里
头儿倚在她的胸前
仰望月亮却躲在白云的怀里

四一
姊姊面对面的抱妹妹在怀中

在充满着爱的注视里
两个人眼睛中互映着影儿
姊姊呵，你的影儿现在虽不再在我眼里
但却深深地印入我的脑里了

四八
静坐听着雨珠滴荷叶的声音
眼光却凝注瓶中荷花落瓣的姿态
这时呵
那种幽妙的感觉
只有诗人能够领会

五三
当我独立峰巅
或独步旷野时
我的心和宇宙一般辽阔
同时我觉得我的伟大了

五五
现在的时光
我要它迅速驰去
日后的生活
我要它慢慢的度过

六七

故乡清晨的鸟语里

碧流的倒影中

在童年已给我撒下幻想的种子

六九

海呵，你波动不息的浪涛

是谁使你如此

心呵，你起伏不定的思潮

又是谁使你这样

（1925年作）

上面这几首短诗，是从她的一百多首题名为"深意"的诗篇中摘录下来的，全诗残缺不全。这些诗都是一九二四至一九二五年写的，那时她才是十七岁。

这些诗都曾经发表于一九二六年我所编的汕头《岭东民国报》副刊"文艺"上面，这些副刊现存于北京人民大学。

美勋注

秋　意

斜阳惨淡白云飞

衰草荒凉木叶稀

词客骚人多感慨

登高临水送将归

寄　友
其一
留君不肯住
忍泪送君去
相见两无言
魂销回首处

其二
雁声一一过野塘
万里晴空月婵娟
如此风光如此夜
忆人那得不断肠

这几首旧诗亦是从她的残缺不全的遗作中摘录的，亦都是一九二五年所作。这些诗都曾发表过。

美勋注

（原载《冯铿烈士》，广东人民出版社出版，1957年9月第1版）

冯铿创作论

彭耀春

冯铿自1925年在《友联期刊》上发表作品至1931年牺牲，正值中国革命从高涨到低落、再至"重新起来"的时期。这期间冯铿置身于时代的激流，参加学生运动与革命工作，从办期刊、演剧到游行示威、写标语散传单、参加党内重要会议。然而就在这短短的六七年动荡之中创作出为数众多的各种体裁的文学作品，包括诗歌、散文、小说、戏剧，就我们今天所见的已有二十八万字。冯铿在三十年代初就被誉为"中国新诞生的最出色的和最有希望的女作家之一"[①]，她的创作有明显的发展轨迹可寻，有着鲜明的个人风格。

一

丁景唐在论述包括冯铿在内的"左联"五烈士时说："如果我们能按照写作的年月顺序来考察五烈士的全部作品的话，就可

---

① 李伟江. 重新起来·编后记[M]. 广州：花城出版社，1986.

以清楚地看出他们的艺术作品中都是贯串了一条在思想深度和反映生活的广度上逐步发展的红线；如果我们再把这些作品对照五烈士的生平及其斗争活动来看的话，又可以清楚地看出，党的教育和参加实际革命斗争给他们带来的世界观的变化，对他们的创作发展起了决定性的作用。"①冯铿的创作与她的人生一样，表现出鲜明的不断跟进的"动"的态势，她是高尔基笔下的海燕。

冯铿从一开始写作就鲜明地表现出二十年代中期"南中国"一位爱国进步的热血青年的时代责任感和忧国济世的使命感。她抱着"摇旗呐喊"为革命"助威"的宗旨拿起笔，为了"改造社会"而从事创作。其间虽然也曾有过隐居乡间，与世无争的田园梦，但很快就迎着腥风血雨"重新起来"，她的倔强、疾恶如仇的个性使她不屈服于社会压迫，她的战士本色使她向往斗争，搏击时代的浪潮，也使她的审美目光能够及时地、不断地发现新的历史内容和时代主题。从二十年代中期至1931年间，中国革命形势从高涨到低落，再至"重新起来"，这段如火如荼、惊心动魄又可歌可泣的历史变动时期的许多场面及许多人物都在冯铿的作品中留下侧影。无论是自愿守节的农村妇女，是经历着"革命加恋爱"的知识女性，还是奔跑在都市风景线上的贫困女工，或是红军队伍里飒爽英姿的女战士，都表现着那个时代的历史特征，那个社会的变革信息。她作品中的那些正面形象所警惕的是沉沦与落伍，所抛弃的是"给时代遗弃了的人物"。而这些正面形象的追求与中国革命的历史、中国革命斗争的发展是相一致的，正如《重新起来》的结尾，冯铿用充满激情的话语描述重新找到党的

---

① 丁景唐，瞿光熙.左联五烈士研究资料编目·1961年初版本序[M].上海：上海文艺出版社，1981.

小频衔命返回C江,展示了正在燎原的星星之火:

> 受了党的指令,现在她是被遣派回到C江一带工作去。
> ×××的组织已遍满中国各地的农村!×军像春雨后的笋儿般茁长出来,变成一支支强有力的武装!土地重新在铁蹄底下翻动起来!再次的觉醒了的农民热烈地需要他们自身的斗争与创造了!
> C江一带的农村,已照满了火的光辉与热力!现在不是三年以前了,时代已运转到新的阶段了!

成为共产党员的冯铿自觉地意识到"只有这种斗争题材才是读者所爱好的"。她以极大的敏感和热情,去追踪和表现中国革命所迈出的每一个新的脚印,去发现和塑造中国革命进程中所"重新起来"的新的力量、新的人生,把她所敏感捕捉到的历史内容迅敏地化作艺术形象。特别难能可贵的,是为中国现代文学的人物画廊描绘了第一位红军女战士和最早的苏区少年先锋队长的形象。

二

冯铿在《无着落的心》里有一段描写女主人公下决心从事写作后对眼前脑里所有的题材的筛选,她最后想道:"不要给那些所纷扰着了,就把自己现在这样的心情环境描写了一下不好么?"——这实在可视作冯铿文学创作的又一基本特色。

冯铿在她最早的一组纪实性散文里记下了自己中学生活的片

断,在小说《默思》里叙述一个女中学生的希望:"受完中等教育以后,稍有自立的能力,到乡间去教几个幼童,或者做她所能做的工作,同时,沉醉于'自然'和'文学'了",这"实际上也是冯铿自己的希望"。①当她立志做个作家后,她在《最后的出路》里为女主人公郑若莲介绍了一位挚友:

> 剪了发,蓬蓬的短发在额前飞舞,男性化的没有一点粉痕香气的圆脸上,配着气概爽人的长眉大眼,身上是不加修饰的纯朴的学生制服……这便是A市的嗜好文学而负有高蹈派的女学生的雅号的许慕鸥女士了。

而据史料介绍,当年的冯铿正是"状貌如男子,浓眉巨眼,不喜修饰","文学天才及趣味很高"。②许慕鸥女士参加文学团体写作,以及中学毕业后与爱人相偕隐居田园教书,又在白色恐怖中与爱人星夜逃难,一夕数惊,同样是来源于冯铿自己的经历。

冯铿自1925年1月至1928年11月发表《深义》短诗一百首,和1926年秋她每天用明信片给爱人寄去"绵绵幽怨"的诗,这也是她"生活过程中的一种痕迹"。③

在《乐园的幻灭》里,冯铿借助担任小学教师的"她"写出了自己中学时代的向往自然、热心文学、力求自立、与世无争的理想,同时又以女主人公思想和情感的转变对自己的独善其身的田园梦作了反思和清算。冯铿来上海后所写的作品,又不断叙述

---

① 杜丽秋.冯铿小传[J]. 中国现代文学研究丛刊, 1981(1).
② 见1931年4月出版的《前哨·纪念战死者专号》的《冯铿传略》。
③ 冯铿.深意·附志[M]//冯铿.重新起来.广州:花城出版社, 1986: 378.

从岭南来的女子如何在都市学习生活，如何投向革命，甚至连来上海的日期——"元宵节那一天，她和他在故乡勉强凑集了些最后的少数银子，漂泊到这黄埔滩上来"——都与作者的经历一致。冯铿后期塑造的那些与她同龄的知识女性的人生轨迹也与冯铿类似：出生在岭南，在学校受到新文化新思想的启示，受到第一次大革命的洗礼，离开学校后还曾做过教师，在"四·一二"政变后受到迫害，后又来到黄浦江畔，寻找新的生活，投身到革命的洪流。

来上海初，冯铿进上海持志大学英语系学习。1929年5月6日，寄宿在大学宿舍的冯铿在夜雨声中完成速写体小说《无着落的心》，描写女大学生眉在学校宿舍里的见闻和心情。

1929年初夏冯铿又创作日记体小说《遇合》，主人翁"我"原先在广东一所学校任教，最近"在友人的鼓励资助下，来到上海读书"。1930年5月3日，冯铿在参加了"左联"举行的"五一"游行后完稿《重新起来》，描写一位从大革命策源地C江来到上海的革命女性小频在一个"伟大的纪念日"冲出家门，冲进高呼着口号的"江流似的群众的队伍"。冯铿就是这样，在她自己追随时代投身革命的过程中，不断地将自己的经历投射到她的创作里。

不仅经历相似，人物的个性、情趣、爱好也有很多的相近。冯铿作品的女主人公大多亲近自然，爱好文学，徐晓霞的坚毅，许慕鸥的不喜修饰，小频的热情勇敢都折射着作者自身，甚至在女性敏感的生育问题上也表露出作者个人的倾向。《胎儿》中徐晓霞为了生活下去，不受牵累再三果断地向爱人提出"坠胎"。《红的日记》里马英要求以"同志的资格"遏下"冲动着的念头":"同志!这个时候我们女人还应负责着停止生产的责任"。我们知道,在《前哨·纪念战死者专号》上的《冯铿传略》里介绍冯铿"虽与爱人同居,但誓不生育,用各种方法避免怀孕,恐妨碍革命工作,至到她死为止"。这些种种都如冯铿的爱人在谈到冯铿写作《重新起来》和《最后的出路》时所说:"她更积极写作……内容都是根据自己的斗争生活,自己思想的发展并表现时代的真实"。①

从散文《海滨》、诗歌《深意》、小说《最后的出路》《无着落的心》《遇合》到《乐园的幻灭》《重新起来》,我们正不断看到作者自己的身影和足迹,她抨击礼教,反抗压迫,她投身革命,搏击时代浪潮。冯铿将自己的经历与个性,情感与冀求几乎是同步地不断融会进自己的作品中,使我们从这些身影上看到当年作者的某些真实侧面。所以有评论者指出:从冯铿的一些作品中,"我们不难发现有相当一部分关于'自我'的描写可以与许美勋的传记《冯铿烈士》中的内容相互补充。"②鲁迅在谈到文学创作时曾说过有两种方法:以一人为模特儿,或者杂取种种人。冯铿就是杂取了包括自己在内的种种人,锻造出新的艺术形象,这些形象从某一侧面反映出冯铿,但她们又不都是冯铿,正如鲁迅所分析的:"然而纵使谁整个的进了小说,如果作者手腕高妙,作品久传的话,读者所见的就是书中人,和这曾经实有的人倒不相干了。"③

---

① 许美勤.冯铿烈士[M].广州:广东人民出版社,1986.
② 丁言模.自我的张扬 人性的抒发:论冯铿的创作[J].安徽师大学报,1989.
③ 鲁迅.《出关》的"关"[M]//鲁迅全集(六).北京:人民文学出版社,1981.

三

冯铿的全部创作贯穿着一条红线,这就是始终关注妇女的命运,探索妇女解放的道路。在冯铿各个时期的各种体裁的文学创作中,几乎一律都是以青年女子为主人公,描述她们深受的苦难、她们的觉醒与追求、她们与命运与环境的抗争。妇女的地位、妇女的命运、妇女的人格是冯铿所一贯关注的主题,是她创作的情结,一个难以更改的模式。

值得我们注意的是,首先是冯铿探索妇女命运的独特视角——家庭。冯铿年轻时就反感母亲为自己张罗婆家,为了保持自己的独立人格,她"这几年来好似在作战,四面受敌……而且都有了内应"[①]。所谓"内应"即善良爱女的父母。所以冯铿一边在自己的小诗中歌颂庇护儿女的母爱,一边又在同时期创作的小说里让那位刚过门的小媳妇悲痛地哭诉:"唉!母亲哦!你是爱我的,但这种环境是你使我蹈入的呀!"在《最后的出路》里,郑若莲没有勇气去C海岸会晤爱着自己的师玉,她痛哭:"师玉先生,是我对不住你了!但是我的娘……你不要怨恨我啊!"冯铿从自己的亲身感受中认识到:"爹妈是爱女儿的,但新旧的思想、道德发生冲突了,有时便不爱了!"于是,她在作品里描写尽管母亲是眷爱自己的独女,但她的爱确实是阻碍着女儿走向新生活。《C女士日记》的女主人公因为与"名义上的表叔M所真诚地爱",社会和家庭便"毫不迟疑地把我们遗弃了"!《胎儿》中的女教师徐晓霞因为与穷书生陈文如相爱同居,而被迫与家庭

---

① 许美勋.冯铿烈士[M].广州:广东人民出版社,1986.

断绝了来往,并受到姨母们的讥笑。冯铿以她的一系列作品明确地告诉人们,妇女的解放要冲破家庭的羁绊,要与"内应"对抗。要如觉悟的郑若莲——"她充满希望,勇气,想自作工,自生活,把黑暗的家庭抛弃了!"

其次是对"时代女性"的批判。如果说冯铿早期创作对妇女解放的思考主要集中在揭露"礼教吃人"的话,那么,在大革命的高潮中她目睹了形形色色的"妇女运动"的角色,以审视怀疑的眼光打量那些以"妇女解放"自诩的"新式女性""时代女性"。在这里,显示出正直严肃的女作家对妇女运动更为深刻的见识。有一天她对爱人说:"确确实实有几个坏蛋借爱国名义在搞'恋爱'……其实是卖淫似的……还有人,自参加了某团体后,便有花绸裙子穿,有生发油,有夏士莲雪花膏,三几个过去都是穿破衣服的弟姐,现在都'焕然一新''衣冠楚楚'了……"①这里的思考类似于鲁迅在《范爱农》里对辛亥革命的考察。冯铿在她的作品里也给我们描绘了那些乘大革命高涨而浮现起来的"妇女运动"的"时代女性",有郑若莲在会场上见到的手上拿着一只很流行的修容合子,穿着时髦,"会唱曲,会扮戏,会跳舞,又会妇女运动的新式妇人";有小频在县城妇女协会所感到的"无聊";有"我"在海滨所看到的将"先后不革命的两个丈夫,自然是无条件地离了婚"的艳装时服的B君……冯铿对这样的"时代女性",常称呼为"一团肉"以表示她的鄙视。

从五四时期到二三十年代,妇女命运为许多作家所关注,但大多是写妇女在礼教束缚下的不幸,或把她们写成冲出家庭的娜

---

① 许美勋.冯铿烈士[M].广州:广东人民出版社,1986.

拉，特别是把妇女解放的希望寄托在革命运动的高涨上，如冯铿这样观察和提出问题——即使妇女解放的议论到处出现时，妇女也没有真正解放。甚至有些从事妇女运动的女性，从摆脱封建礼教的束缚走到了满足私欲的放纵，她们"毕竟是玩物"！——是不多见到的。也正因为此，冯铿在《红的日记》里甚至是不无偏激地让马英对"只单会缝衣服这点技能"，或是"总爱和异性扭揽"的妇女表示不满，她认为作为一名红的女子，就应该"暂时把自己是女人这一回事忘掉干净"。

第三，冯铿从不把妇女解放看作是一件孤立的事，而是与破坏旧制度，与社会的变革、社会观念的变革紧密联系起来。她的作品一再告诉人们，社会不变革，妇女难以得到真正的解放。在《最后的出路》里，作者借郑若莲称赞许慕鸥的一句话是"洞见肺腑"，这句话是"社会的一切制度不根本破除，我们人类是终于陷在苦恼的纠纷里的"！所以觉醒了的郑若莲对着母亲的遗像发誓："你女儿此刻奋起了，起来和那坑害你、坑害他人的一切制度复仇了！"

最能代表冯铿这一观点的，是她对她所称的"一团肉"的认识。在冯铿早期和中期的创作里，她是比较多地责难那些"一团肉"。随着作者阅历和认识的加深，她更为全面和冷静地理解这种社会现象。1930年4月5日写作的《一团肉》鲜明地表现了她对妇女命运的新认识。这篇随笔是以几位男性知识分子议论女性的对话形式来表达作者的观点。当几个男子纷纷指责"现在的所谓新妇女只是一团肉"时，G君反驳他们"都是独眼龙的男人"，"因为你们只看到她们黑暗的侧面，而整个社会的深潭是连眼都不瞥一下的！""她们都自甘沦亡吗？未必罢？""环境决定了她们的生存方式，为什么你们专会和这些受了压迫重重的女人责备求全哩！"正因为冯铿更全面地认识到妇女不幸的根源，她对受侮辱的女子给予了更多的同情和理解。这年冬天的一个大雪之夜，在冯铿会后的归途中，两个女子忽然从马路阴影中跑出，扑向她身边，把她吓了一跳。原来是"野鸡"误认为她是主顾。当冯铿明白是什么事后，眼前立刻闪现着凶狠的老鸨鞭打拉不到嫖客的雏妓的惨状，就毫不踌躇地把口袋里明天全部的饭菜钱，连今晚预备的坐车的钱都拿给她们，便急急跑开了。冯铿知道，是社会环境制造了这"一团肉"，她把更猛烈的愤怒和抨击投向造成"一团肉"的丑恶社会。

作为一名始终关注妇女解放的女作家，她在自己的思想认识发生新的飞跃以后明确地指出妇女解放的历史道路："真正的新妇女是洗掉她们唇上的胭脂，举起利刃来参加进伟大的革命高涨，做成一个铮铮锵锵，推进时代进程的整个集团里的一分子，烈火中的斗士，来求她们真正的出路的！因为只有在未来的新世界里，妇女才会完完全全地获得她一个'人'的真正的资格！"女作家预言："新时代已经快要到来了，新的妇女也露出她们的光芒来了！"①

冯铿正是这样的一位"铮铮锵锵，推进时代进展的整个集团里的一分子，烈火中的斗士"。

（原载《南京社会科学》2001年第4期，略有改动）

---

① 冯铿.一团肉[M]//冯铿.重新起来.广州：花城出版社，1986：428.

冯铿寻求女性解放道路的心路历程

刘文菊

潮籍女作家冯铿是"左联"五烈士之一,是现代女性文学史上为数不多的革命文学作家,"左联"称其为"中国新诞生的最出色和最有希望的女作家之一"[①],也是现当代潮汕女作家群中颇具影响力的作家。冯铿的创作始终贯穿着一条关注女性命运、寻求女性解放道路的主线,作品的主人公几乎都是青年女性,着重从女性的视角描述她们的苦难与觉醒、抗争与追求,表现女性的人格与命运、地位与出路,女性色彩非常鲜明。冯铿的作品序列展示了她探寻女性解放道路的心路历程,从早期强烈呼吁社会为正在遭受苦难的女性"快谋救护的法子",到赞扬走出家庭藩篱勇敢追求自由幸福的叛逆女性,批判像"一团肉"似的所谓的"时代女性",指明女性"最后的出路"是参加革命,真正的新女性是"暂时把自己是女人这一回事忘掉干净"的革命女性。正如当代潮籍作家许其武所言,"身为女性,冯铿对于中国女性的

---

① 姚辛. 左联史[M]. 北京:光明日报出版社,2006:102.

处境极其敏感，对她们寄托着亲如手足的深深的同情"，"倾注了最炽热的感情来描写她的同时代的姐妹们的命运"。[①]从大革命策源地潮汕地区成长起来的冯铿，在上海加入"左联"后深受马克思主义思想的影响，她所寻求的女性解放之路符合马克思主义妇女观所倡导的女性应该在社会解放中求得自身解放的主张，体现了早期革命女作家的女性意识。

一、呼吁为女性"快谋救护的法子"

二十世纪二三十年代的潮汕地区洋溢着浓郁的"五四"新文化运动气息，在北京大学潮汕籍学者杜国庠、李春涛的影响下，1923年成立了新文学社团"火焰社"，随后晨光文学社、荧光社、彩虹文学社、伏虎学社等文学社团相继涌现[②]，哺育出洪灵菲、戴平万、杨邨人、冯铿等一批新文学作家，形成活跃在上海左翼文坛的"潮汕作家群"，在现代文学史上产生了一定的影响。冯铿在中学时代就富有战斗激情，出于一种生为女性的敏感而对女性解放运动非常关注。1925年她在评论文章《妇女运动的我见》中，控诉数千年来的封建礼教和制度坑杀了妇女，使得她们不能在法律、教育、社会、家庭等方面得到和男人一样的权利、义务，她向全体妇女们呼吁"自己的痛苦，要仗自己来解放；要革去妇女全体的痛苦，更须集合全体的妇女力量，才能成功。""从事妇女运动者的人们，更应该格外注意！把态度和方针，研究得正确合理，那么，妇女运动才没有流弊，妇女运动才

---

① 许其武.十月先开岭上梅：冯铿传奇[M].北京：中国文联出版社，2001：301.
② 茅盾.中国新文学大系·小说一集·导言[M].上海：上海文艺出版社，2003：6.

能够成功！"①她认识到封建礼教、不平等的婚姻制度和男权社会制度是导致女性悲惨命运的根源。在她的早期小说《一个可怜的女子》《月下》《觉悟》中，通过描写旧式女性悲惨的命运，揭露封建文化、男权社会制度对女性的戕害。《一个可怜的女子》叙述童养媳香姑的悲惨生活境遇，作者按捺不住愤怒的情绪大声呼喊："唉！当这女权伸张，人道盛倡的二十世纪，尚有此等怪剧出现，我们应该快谋救护的法子呵！"②这一声"救救女性"的呼告猛烈抨击了封建婚姻制度对女子的桎梏与戕害。《月下》描述了新婚数月的年轻媳妇"伊"痛苦的精神生活，"伊现在的生活，是和奴隶，囚犯，木偶……一样的！"在伊痛不欲生的哭诉声中透出了对封建礼教极为凄厉的控诉。《觉悟》叙写十九岁的淑如在婚礼前夕获悉未婚夫遇害后守寡，她曾经离家外出就学，立志要抗争凄苦的命运，可是不久便在鄙弃、疏冷、讥讽中回到原来的家，最终在新思想与旧道德的冲突中怀着无尽的绝望投河自杀，杀死淑如的元凶是封建礼教，就是庐隐《海滨故人》中描写的那个剥夺了许多青年男女幸福的魔鬼：有一个青面獠牙的恶鬼，戴着金碧辉煌的紫金冠。那金冠上有四个大字是"礼教胜利"③。囚禁淑如的小屋就像鲁迅笔下万难打破的铁屋子："从淑如进小屋—出小屋—回小屋的曲折过程中，强烈地抨击了封建礼教杀人的本质，这种禁锢活人的灵魂的小屋已获得其独有的象征指喻功能，令我们自然而然想到鲁迅笔下的'铁屋子'。"④

---

① 冯铿.妇女运动底我见[J].友联期刊，1925（5）：16-17.
② 冯铿.重新起来[M].广州：花城出版社，1986:6.以下所引原文出处相同.
③ 庐隐.海滨故人[M].武汉：长江文艺出版社，2005：218.
④ 郑择魁，黄昌勇，彭耀春.左联五烈士评传[M].重庆：重庆出版社，1995：62.

与同时期女作家的同主题创作相比，如，陈衡哲《巫峡里的一个女子》、冰心《最后的安息》、凌叔华《女儿身世太凄凉》等，冯铿的这三篇小说用内聚焦的叙事手法突显女性内心的痛苦挣扎，更具悲剧意味，也更具深刻性。尤其是《觉悟》这篇小说认识到无论是在旧时代还是在新文化运动蓬勃发展的新时代，传统的文化观念和男权社会制度都是女性挣不脱的枷锁，是女性悲剧命运的根本原因，只有彻底推翻旧社会旧制度，才是救护女性、解放女性的法子。故而，有研究者也认为：《觉悟》"这篇小说，较之同时期其他女作家的创作，更有深度"[1]。冯铿早期明确的这个关注女性命运、探求女性解放道路的创作主题，成为她贯穿始终的一条主线。

二、指明女性"最后的出路"是参加革命

1930年前后，随着文学主潮的转向，丁玲、白薇等女作家也开始了与无产阶级革命斗争保持同步的创作历程。丁玲的《韦护》中丽嘉"好好做点事业出来"的觉醒；《一九三〇年春上海（之一）》中美琳"要在社会上占一个地位"的转变；白薇的《炸弹与征鸟》中余玥、余彬姐妹要做革命的"炸弹"与"征鸟"的激情，女性解放的道路都指向了革命。冯铿这一时期的作品《最后的出路》《乐园的幻灭》《突变》《重新起来》也有一个参加革命的共同指向，揭示了女性只有加入民族解放战争，推翻不合理的社会制度才能获得自身的解放，以文学的形式阐

---

[1] 杜桂芳，杜星.左翼文化运动中的潮人[M].香港：艺苑出版社，2001：14.

释了马克思主义妇女观。1928年底在潮州庵埠创作的《最后的出路》以第一次大革命为背景，通过潮汕女性郑若莲人生道路的变化，指出女性自我解放的最后出路是不再像"一团肉"一样活着，而是走上革命道路，寻找光明。若莲出身豪门，幼年丧父，上学后结识了新女性许慕鸥，开始接受新思想，在经历了"五卅""六·二三""四·一二""四·一五""潮汕七日红"等革命潮流后彻底觉醒："与其做个没有灵魂的肉的享乐者而堕落，真不如干着精神得到慰安的伟大的事业呀！"《乐园的幻灭》是第一次使用"冯铿"笔名发表的作品，表达自此做一个铿锵革命战士的决心，用自叙传的方式叙写小学教师"她"在乐园梦想幻灭后的觉悟，"要忍耐，要合力，要组织，然后才反抗，对一切丑恶的反抗"。《突变》中女工阿娥经过贫富悬殊的强烈对比，终于思想发生了突变："我应该参加进工友们的集团，和他们取一致的行动！""我要找求世上现实的天国！"《重新起来》叙述了在大革命失败后，坚定的农民革命者小藐不愿变成"一团肉"，她毫不动摇地从革命低潮中"重新起来"加入战斗，成长为坚强的革命战士："她从迷梦中解放出来自己伟大的热力，达到了重新起来干着的目的！"这些作品中女性的转变和觉醒，都是在绝境中受到革命的召唤而完成的，显现出革命的伟大力量。

　　冯铿在创作中不把女性解放看作是孤立的、单纯属于女性的事业，而是与推翻旧制度、变革旧观念紧密联系起来，她深刻认识到只要社会制度不变革，女性就难以得到真正的解放。《最后的出路》中许慕鸥洞察到："社会的一切制度不根本破除，我们人类是终于陷在苦恼的纠纷里的！"若莲投奔革命的目的是：

"娘！……你女儿此刻奋起了，起来和那坑害你、害他人的一切制度复仇了！"冯铿的创作不仅始终贯穿着女性解放的主线，还贯穿着民族解放与政治斗争的主题，正是由于把女性解放与民族解放联系起来，才使得她对女性解放的道路有了更明确的认识，在创作上也达到了一个新的思想高度。

三、批判像"一团肉"似的"时代女性"

在大革命高潮中，冯铿为女性解放运动而欢欣鼓舞，同时也发现了革命洪流中鱼龙混杂、泥沙俱下的现象，她痛恨"真正革命者太少，浑水摸鱼的太多"，"不愿浑水摸鱼，看不惯，又没有力量克服，因此才苦闷！"[①]她以怀疑的眼光审视那些乘着"妇女运动"浪潮而浮现出来的自诩为"妇女解放"的"时代女性"，揭示出她们像"一团肉"的真实面貌，她把没有灵魂、没有精神追求，只顾贪图物质享受，以红艳、嫩白讨男人欢心的女性蔑称为"一团肉"。她极度鄙视那些混迹于时代潮流中的"一团肉"，从早期的散文《海滨杂记》，到小说《最后的出路》《重新起来》，再到后期的杂文《一团肉》，自始至终都进行了辛辣的讽刺和猛烈的批判。1928年写于汕头的《海滨杂记》之《毕竟还是玩物？》和《滑稽》运用契诃夫式的讽刺手法，尖锐而辛辣地指出那些貌似解放了的"时代女性"，实质上"毕竟还是玩物"，旧式女性被迫成为玩物，新式女性又在物质享受的诱惑下心甘情愿把自己当作玩物。《最后的出路》中通过女主人公

---

① 许美勋.冯铿烈士[M].广州：广东人民出版社，1957：41.

郑若莲的"革命"经历,描绘了种种滑稽可笑的"革命情景",对革命队伍中"会唱曲、会扮戏、会跳舞,又会做女性运动的新式夫人"进行了辛辣的嘲讽,对"一团肉"进行了猛烈的抨击:"可耻的女性,自甘堕落的女性!……你尽管时时刻刻在向外表装饰,装成红艳、嫩白的一团肉——灵魂是完全没有了——供异性的淫乐、玩弄!你自己犹以为是高贵的时髦小姐呢,实际上连下流的卖淫妇还不如呀!不要说你,就是那些女学生,女教员,女革命家……不也是孜孜于肉的装饰吗?"千字对话体随笔《一团肉》运用众声喧哗的多声部叙述话语,通过五名男性的十三句对话来阐述女性解放观,在其他四名男子纷纷指责"现在的所谓新女性只是一团肉,一团像苹果、像嫩鸡的香艳可口的肉"时,响起了G君清醒、理性、公正的驳斥声:"你们这些却都是独眼龙的男人""只看到她们黑暗的侧面,而整个的社会的深潭是连眼都不瞥一下的!""封建制度把她们制成奴隶,而资本社会又把她们当成美丽的商品!在这两重枷锁下面能够很容易便把自己解放出来,挣脱出来么?"文章最后表达了她对女性解放道路的明确思想:"真正的新女性是洗掉她们唇上的胭脂,举起利刃来参进伟大的革命高潮,做成一个铮铮锵锵,推进时代进展的整个集团里的一分子,烈火中的斗士;来找求她们真正的出路的!"正因为冯铿更全面地认识到女性不幸的根源,对受侮辱的女性给予了更多的同情和理解,把更猛烈的愤怒和抨击投向造成"一团肉"的丑恶社会。

与同时期的女作家创作相比,冯铿对"一团肉"的批判要更尖锐、更深刻、更彻底。如,庐隐在《花瓶时代》中呐喊"花瓶的时代,正是暴露人类的羞辱与愚蠢呵!女人不能满足于做花瓶，要做人，要有独立的人格"①；白薇在《炸弹与征鸟》中揭露余玥、余彬姐妹只是用美色服务于她们的"男同志"成了"点缀这个革命舞台的花瓶"。无论是对"玩物""花瓶"的讽刺，还是对"一团肉"的批判，都体现了女作家们对传统女性的性别角色的叛逆，表达了在历史转折时期，女性试图借助时代的革命力量完成自我解放的努力，冯铿看到了女性解放道路的复杂性和多面性，她对"一团肉"的批判，揭示了在女性解放运动中出现的貌似前进实则陷落的现象，更有深度和力度。

四、认为新女性是"把自己是女人这一回事忘掉干净"的革命女性

冯铿的理想是做一个像秋瑾、索菲亚一样的女革命家，她逐步认识到女性只有"做成一个铮铮锵锵"的斗士才能摆脱"一团肉"的悲剧命运，她笔下的女性是两类截然相反的形象，一类是反面描写和猛烈批判的"一团肉"，一类是正面刻画和赞颂的女革命者。她塑造了一系列鲜明生动的女革命者形象，有知识分子许慕鸥、黄冰华；农民革命者小蘋、工人阿娥；红军战士马英等，这些女革命者有着相似的品质：装束中性化或男性化，性格质朴开朗、品质坚韧刚毅，富有革命战斗激情，其中现代文学史上第一个女红军战士马英的形象最具代表性，这个"暂时把自己是女人这一回事忘掉干净"的革命女性是冯铿理想中的新女性形象。《红的日记》中的红军女政工队员马英把枪当作"铁情人"，把笔记本当作"小宝宝"，对那些"只单会缝衣服这点技

---

① 钱虹.庐隐选集：上册[M].福州：福建人民出版社，1985：51.

能""总爱和异性忸揽"的女性十分不满,她认为,"女人呀!红的女人呀!我希望你们都暂时把自己是女人这一回事忘掉干净罢!也不要以为别的同志们是什么鸟男人呵!我们只有一个红军,一群要努力进展革命努力的红军同志兄弟!!"马英以暂时忘掉自己是女人显示了她独特的女性意识,这种意识深印着革命斗争时代站在阶级斗争前列,坚持以独立的人格和男人一样投身革命,进行血的斗争的新女性的精神特征,有研究者认为,马英是"某种意义上也正是这种在参加革命斗争中实现女子人格、寻求女性真正出路的理想"[①]。《红的日记》与谢冰莹的《从军日记》都把革命当作女性摆脱固有命运的契机,充满欣悦地表达了挣脱沉重的性别束缚之后自由的感觉。

二十世纪三十年代女性文学总体呈现出阶级意识、政治意识增强,女性"性度"减弱的趋势,女作家们有意无意忽略了自己的性别,如:谢冰莹"在这个伟大的时代里,我忘记了自己是女人,从不想到个人的事,我只希望把生命贡献给革命";白薇要"做一个与男儿并驾齐驱的女子汉";杨刚宣布"有男人,但不能做男人的女人;有孩子,但不能做孩子的母亲"等,正如有研究者所分析:"这种铁血巾帼的雄强姿态,应合着阶级矛盾激烈、民族危机严峻的时代需求,成为女性走出传统窠臼、突破性别界定、参与社会进程的革命性旗帜。"[②]女性文学的这种转向是合乎历史要求的选择,在这个时期成长起来的许多革命女作家,精神面貌都与冯铿有

---

① 盛英.二十世纪中国女性文学史:上册[M].天津:天津人民出版社,1995:243,244.
② 常彬."忘记自己是女性":从谢冰莹、冯铿创作看1930年代左翼女性的从军想象[J].吉林大学社会科学学报,2008(2):59-64.

相似之处，她们以"忘掉自己是女人"的姿态投入到民族解放斗争中，"续写出中国女性文学新的一页"。[①]不过，也要看到淡化性别色彩创作倾向的复杂性：这新身份的历史功能以及它对女性的意义在今天看来都是双面的。一方面，没有比女战士、女革命者更能代表浮出历史地表的女性的力量了。但另一方面，女性通过忘却，抹煞性别走上战场，走向革命、流血牺牲而后不复成为自我，这也正是我们历史向女人这个性别索取的代价。[②]

综上，冯铿呼吁社会为女性谋求救护的法子，并且身体力行积极参加女性解放运动，在大革命的洪流中找到了女性解放的道路，为逃脱"一团肉"似的女性悲剧命运，她有意忘却女性身份，淡化性别色彩，以革命者的崭新姿态重新登上历史舞台，甚至用自己年轻的生命谱写出新时代女性的新风貌。虽然，我们今天可以很清晰地看到冯铿创作的不足之处，批评她有些简单化、概念化，甚至有些盲动和浪漫，但是，正直严肃、坚强刚毅的冯铿探寻女性解放道路的执着和勇气，那份发自生而为女性却不愿仅仅以女性既定的角色陷落在男权文化社会的抗争姿态给了我们极大的启示，在二十一世纪新型的"一团肉"仍然没有绝迹的女性解放道路上具有积极的警示作用。

（原载《山西大同大学学报（社会科学版）》2012年第4期，有修改。）

[①] 盛英. 二十世纪中国女性文学史：上册[M]. 天津：天津人民出版社，1995：243，244.
[②] 孟悦，戴锦华. 浮出历史地表——现代女性文学研究[M]. 北京：中国人民大学出版社，2004：136.

重读冯铿《最后的出路》

许再佳

《最后的出路》，全篇共二十八章，长达七万多言，前六章以《女学生的苦闷》为题载于1929年9月《女作家杂志》创刊号，是冯铿创作中篇幅最长的作品。小说以大革命时期的潮汕地区为背景，描写了女主人公郑若莲（芷青）在封建大家庭中的诸多遭遇，以及她外出求学、自由恋爱、沉沦声色，并最终觉醒，投奔革命的历程。对这部带有自传色彩的作品，研究者多从以下维度进行阐释：一是立足马克思主义唯物史观，肯定作品"敏锐地反映了重大的政治斗争，抨击了新旧军阀的黑暗统治，并与反帝的思想内容相结合，表现了作家极大的艺术勇气"[①]；二是从女性主义的视域出发，褒扬其表达了女性自我意识的觉醒（不甘沦为"一团肉"），并将妇女解放融入"为自己为群众努力奋斗"的社会解放和民族解放运动中。[②]这两种阐释径向均将焦点投射到文

[①] 李世桥.冯铿小说创作略论[J].南都学坛（社会科学版），1991（4）.
[②] 刘文菊，黄春娇.冯铿《最后的出路》中觉醒的女性[J].湖北师范学院学报（哲学社会科学版），2010（6）.

本的故事层面，至于其中带有明显复调色彩的多声部话语却鲜少问津。

事实上，这种由叙述者和人物共同渲染出的"众声喧哗"造成了文本地表的罅隙，并内在地消解掉了叙述者的话语权威——使其所欲表达的贬抑教会学校禁锢人性、理应被"民族主义"征收的观点显得颇为可疑。运用文本分析法对这些断层褶皱进行重读，结合民国潮汕史料不断切近小说中的社会描写，将有助于探讨冯铿创作中的策略性和目的意识。同时，对管窥二十世纪二十年代教会学校在潮汕地区的传播及其受到的挑战也将有所助益。

一、反封建语境下的潮汕教会学校

早在晚清时期，潮汕地区的小学教育便已开放女禁。至清末，已建有专门的女子小学堂五所，即汕头（礐石）正光女学、淑德女学、揭阳闺秀女子学堂、普宁黄都女子学堂和潮阳官立女子小学堂。地属汕头埠（即故事的发生地"A市"）的两所女学均为教会学校：汕头淑德女学是光绪四年由英国基督教会创办；汕头（礐石）正光女学最初由美国浸信会约翰夫人创于妈屿，旋迁于礐石；光绪六年，由耶林夫人捐资建堂舍，始扩办为高等小学堂。[①]冯铿八岁（1915年）前在潮州一间新旧合璧的小学念书，十岁时举家迁往汕头崎碌。至迟到1917年，冯铿进入汕头（礐

---

① 杨群熙，赵学萍.晚清期间潮汕各种学堂的兴办[J].潮汕教育事业发展资料，2005：207.

石）正光女校读书，并与许心影、许玉磐（彭湃妻子）同班。① 将近四年的时间，冯铿均在教会学校求学，对学校的宗教教义、常规课程、日常生活以及礼拜日等相关宗教活动都颇为熟悉。《最后的出路》中有关教会学校的描写大多是出自冯铿的亲身经历。

  礼拜堂的悠徐的钟声把她们送进去做着像要打瞌睡般无兴味的礼拜。礼拜不单是非教徒们所最憎恶，就是那些喊救主喊得不大起劲的教徒们也感着讨厌的。可是平时被监视得不许相交一言，多看一眼的男女校学生，在这儿却能够相聚一堂，謦欬相视，也给他们以欢乐的机缘——尤其是合着眼睛祈祷的时候，男女生的电子都在飞来飞去的交错着！只许自己和女教徒亲密接触的E国老处女G，到后来也会觉出学生们这种暗通秋波的方法了。②

"礼拜"，这一原本庄严神圣的宗教仪式，在叙述者笔下俨然退化成一幅世俗情爱的图景——不仅男女生们借暗送秋波来打发百无聊赖的光景，连牧师、教士也用警戒震慑取代虔诚肃穆的祈祷。为解构掉宗教仪式的圣洁性，叙述者进而写道：

  当喜剧开幕的时候，没有G姑娘——她们这些外国老

---

① 李坚诚，刘文菊，等. 潮籍女诗人许心影传略. 北京：湖南人文科技学院学报，2012（3）．
② 冯铿. 最后的出路[M]//鲁迅博物馆文物资料部. 晨光/柔石、冯铿遗稿. 北京：书目文献出版社．

处女顶喜欢夸示自己处女的尊严和荣耀,老是叫中国人叫她们姑娘,不叫先生的——在旁监视的学生们都精神活跃,唧唧哝哝地细语着。H牧师娘是个耳朵有些聋和眼睛有些昏花的五十余岁的老女人,不消说她是笨若母猪的;宋先生呢,因为坐在较远的男性座位上,也观察不到的。

……

礼拜完结了后是募捐。今天男座里恰巧派出那个男生,女座里也派出了一个女生。两个都归顺地捧着铜盘向人劝募。银毫和铜子的声音锵锵地作响,站在台上的牧师张着伪善的笑脸在观望,他每个星期日辛苦的目的,都在此锵锵声中赏到了。①

作者命名的这一幕"喜剧"中,叙述者与人物交替发声,在调笑戏谑的基调中谱就了一曲正副二重奏:一方面,是男女学生眉目传情与打趣挖苦;另一方面,是叙述者藏在叙事之下的声音。

叙述者特地说明对女教士不称"先生",而唤"姑娘"的原因——"她们这些外国老处女顶喜欢夸示自己处女的尊严和荣耀,老是叫中国人叫她们姑娘,不叫先生的"。仅在这段篇幅不长的"喜剧"中,"老处女"一词就频繁出现了两次,而前文中,叙述者更是多次直呼女校长G为"专洗杯盘外面的E国老处女"。在基督教文化语境里仔细考究这一注脚,不难发现其中裹

---

① 冯铿.最后的出路[M]//鲁迅博物馆文物资料部.晨光/柔石、冯铿遗稿.北京:书目文献出版社,1985.

挟着对异质文化的误读和贬抑。将具有一定学识、地位和资历的女性尊称为"先生",是近代中国社会特殊的文化产物。①G姑娘们坚持要学生唤其"姑娘"而非"先生",并非是对中国文化的排斥,实际上它凸显的是基督教的"清洁"观。福音书中,主耶稣曾责备法赛利人只"洗净杯盘的外面",用以指其仅在外表上遵守摩西律法中的洁净,其实内心却充满丑陋、污秽。另一个广泛应用的词汇是"hagnos"(或称为"hagneia"),它的本意是指"人应当洁净,像神的圣洁一样",其后转变并扩充为伦理道德意义上"纯洁"之意。在新约中,最常见的意思除"纯洁""清洁"外,还有"清白无罪"以及"贞洁"——既指身体、思想、行为的贞洁,也指纯正的动机。②因此,举凡基督徒都应当保持自己灵魂的清白无瑕,如同"贞洁的妇女"不受污俗流弊的沾染。女传教士、女校长等坚持"姑娘"的称呼,并不仅仅是一种鲜明性别立场的表达,更多的是通过重申身体和精神的守洁来表达对教义的恪守,对上帝的虔诚与敬意。然而,叙述者却极其突兀地将"姑娘"替换为"老处女"。无疑,在中国的文化语境中,"老处女"一词是带有极强的讽刺和贬抑色彩的,这和中国传统社会古已有之的"厌女"情结是相关联的。

冯铿作为有着鲜明自觉的女性意识、视礼教规约为桎梏枷锁的革命女性,却反过来与封建礼教"合谋",用男权社会的规范去苛求和命名另一部分女性,这显然是知行歧出,不合情理。冯

---

① 邢福义. 在广阔时空背景下观察"先生"与女性学人[J]..世界汉语教学, 2005(3).
② 冯萌坤. 天道圣经注释 腓力比书注释[M]. 北京:生活·读书·新知三联书店, 2013:348.

铿在教会学校求学四年,对宗教语境里的"专洗杯盘外面""清洁"等词汇的内涵早已耳熟能详;又成长在思想困囿的潮汕地区,对"姑娘"与"老处女"的区别更是深谙于心。从这个角度上看,文本中频繁使用"老处女"称呼女传教士,理应是出于一种叙述策略的考量。叙述者通过"专洗杯盘外面""老处女""笨若母猪""巫婆"等词语把教会神职人员污名化,形象地表现其表里不一的虚伪和恪守清规、不近情色的丑态。这种在叙述的字里行间自然流溢的贬抑,不露痕迹地完成了对异质文化的"误读":女传教士被悄然塑造成封建神权的卫道者、带有中世纪禁欲主义色彩的象征符号。此种"误读"的有效实现离不开"个性解放""自由恋爱"及"社交公开"等社会文化语境。正是在这样的背景下,教会神职人员恪守清规、严正学风,谨防男女交往的行为才会显得不合时宜,进而被崇尚新思潮、新观念的学生所摒弃,成为披着宗教外衣的卫道者。

二十世纪初期,伴随着新文化运动的发生,中国思想文化领域兴起了一股强大的"人道主义"与"个性解放"思潮。"自由恋爱"是"个性解放"的题中之意,它作为反封建专制最直接的思想武器被广泛地接受和传播。一时间,包括《申报》《民国日报》《东方杂志》和《妇女杂志》在内的诸多纸质媒体都对此积极倡导;"五四"前后因反对包办婚姻而出走的娜拉几乎流布五湖,比比皆是。茅盾更是一针见血地指出:"女子解放的意义,在中国,就是发现恋爱!"[①]《最后的出路》中,学生与校长、学监之间的矛盾冲突与其说是对教会学校的一种自觉抵制,毋宁说

---

① 茅盾.茅盾全集[M].北京:人民文学出版社,1987(14):324.

是在反封建的语境中做出的排斥。面对中国新兴且极为盛行的恋爱风潮，西人表露的却是一种审慎的立场，而正是这种隐忧与警惕的态度招致学生的不满，甚至将其斥为"守着旧道德"的"封建余孽"。①

事实上，校长G的质疑并非全无道理。近代中国，首先接触到自由恋爱观，并且有机会通过社交公开与男子交往的，基本上都是知识女性。事实上，恰恰是这些受过现代教育的知识女性更容易受到自由恋爱观带来的伤害。②女作家苏雪林曾这样描述过"五四"前后的恋爱现象："'五四'后，男学生都想结交一个女朋友，哪怕那个男生家中已有妻儿，也非交一个女朋友不可。初说彼此通信，用以切磋学问，调剂感情，乃是极纯洁的友谊，不过久而久之，友谊便不免变为恋爱了。……贞操既属封建，应该打倒，男女同学随意乱来，班上女同学，多大肚罗汉现身，也无人以为耻。"③民国初期，社会正处于新旧思想转型期，知识女性既渴望通过社交公开、自由恋爱来解放自身，但同时又难以完全摆脱封建"贞操"观的束缚，以至于出现许多女性因自由恋爱失败后悔于"贞操尽毁"，羞愧自杀的悲剧。

《最后的出路》中，叙述者将教会学校塑造成礼教共谋者、神权卫道者的同时，却又不自觉地对此进行了消解：提倡教育改革的宋师玉迷恋着"处女的肉香"，差点把持不住自己对着"挂在镜子上面的圣像犯罪"；纨绔子弟华如章等，家里已有几房妻

---

① 冯铿. 最后的出路[M]//鲁迅博物馆文物资料部. 晨光/柔石、冯铿遗稿. 北京：书目文献出版社，1985.
② 余华林. 20世纪二三十年代知识女性恋爱悲剧原因探析. 李长莉、左玉河. 近代中国社会与民间文化. 北京，社会科学文献出版社，2007：332-334.
③ 苏雪林. 浮生九四：雪林回忆录. 北京：三民书局，1991：45.

妾，却还觊觎着女学生的"处女宝"……正是这些前后矛盾、自我解构的细节丰富了文本阐释的多样性，它们共同揭示了教会学校作为"神权卫道者""礼教共谋者"形象的建构过程。

二、被民族主义建构的潮汕教会学校

小说《最后的出路》里反复提及的"C教会女校"和具有党化倾向的"W校"是有其现实原型的。前者是指汕头（礐石）正光女校，后者则是友联中学和南强中学的综合。由汕头（礐石）正光女校转到友联中学的亲身经历，冯铿在小说《最后的出路》里也曾提及："由沉寂不与世争的C教会女校，转到这弥漫着革命空气的男女同校的W校以来，也快满半个月了。新的学校生活所给予她的是兴奋，浪漫，复杂的有生气和多接触的环境。"[①]关于郑若莲被C教会女学开除的原因，叙述者明确交代的是"和宋师玉的暧昧关系"；但文本中隐匿的另一个重要原因却是友人不经意间捎带而过的一句"你当然再进不得C教会女学了。就是我们，也给那些圣经得头晕了。而况下面喊着要收回教育权，打倒教会学校呢！下学期一定要转学了"[②]。此外，冯铿小说里多次提及革命者通过组织各种政运、学潮向教会学校收回教育权的情节，正是华英在潮汕民族主义运动里真实遭遇的缩影。[③]

[①] 冯铿. 最后的出路[M]/鲁迅博物馆文物资料部. 晨光/柔石、冯铿遗稿. 北京：书目文献出版社，1985.
[②] 冯铿. 最后的出路[M]/鲁迅博物馆文物资料部. 晨光/柔石、冯铿遗稿. 北京：书目文献出版社，1985.
[③] 胡卫清. 苦难与信仰/近代潮汕基督徒的宗教经验. 北京：生活·读书·新知三联书店，2013：238-249.

教会学校因其特殊的背景总是让人联想到帝国主义的文化殖民，因此，每当民族主义浪潮兴盛时，教会学校便极容易成为民愤的众矢之的。值得一提的是，冯铿在保有自身对革命热诚的同时，还对学潮（收回教育权运动）进行了冷静、客观的审视。透过甚嚣尘上的学运，冯铿捕捉到了激进时代遮蔽下的部分郁热躁动的本相，而正是对这些关于学运的书写，使被民族主义建构的潮汕教会学校得以浮出历史地表。

小说的主人公郑若莲，仅仅因为有着"漂亮的衣饰，苗条的身材和美人式的脸儿"就被公选为学生会代表；与崇尚"禁欲主义"的C教会相比，男女杂沓、自由谈笑的执委会，实如"令人兴奋有麻醉的交际会"一般；印着"外交后援会"的名片只是在春游时用来让汽船公司行个方便的借口；全市学生代表开会的时间被一再推迟，能守时的男女"却是想借此聚谈的"；甚至于浩浩荡荡、正气凛然的学生会队伍，也不过是铁打的"口号主义"，流水的"士兵将领"：

> 那些去年还不晓得革命是什么，供她和维强们指挥的学识浅陋的同学，听说自此次政治突变以来，故日的活动人物既受了淘汰，他们这一班便投机的补充下去，在A市方面干起革命工作来了。他们声势威吓，徽章在襟，五皮在身，把学校当成退闲所了！①

参与革命在一定程度上变成了"另类时尚"，跻身其中的大

---

① 冯铿. 最后的出路[M]/鲁迅博物馆文物资料部. 晨光/柔石、冯铿遗稿. 北京：书目文献出版社，1985.

部分学生带有明显的"投机"性,"五皮在身"、随波逐流。在这样的情境里,"革命"不是沦为日常的侃谈闲资,便是物化成了可供炫耀的徽章权柄。"五卅"惨案发生后,潮汕地区形势骤变。1925年6月8日,汕头各界举行了万人示威大游行,提出"打倒帝国主义、铲除不平等条约"的口号;潮汕各地学生亦准备举行罢课抗议。6月12日,由国民党市党部和日报工会等团体组织成立国民外交后援会,统一领导全市的反英爱国运动。作为友联中学学生会代表、市学联骨干,冯铿积极地参与了上述革命活动。与报刊上笼统而正面的记载不同,①冯铿的小说文本则从一个个体亲历者的角度揭示了未被言说的细节。面对"五卅"惨案后组织的示威游行,主人公由此前的"革命参与者"演化为"在场的缺席者",滑稽地看着"会唱曲,会扮戏,会跳舞又会做妇女运动的新式夫人"一手提着"新式的修容盒",一边娇嗔地做反帝爱国运动的动员大会;"她一演说完就有三分钟不绝的鼓掌声连珠般响着,在掌声中她已给那官长挽着手,走下台来乘着汽车回去了"②。同时,叙述者还用一种高蹈而又疏离的眼光谨慎地审视着"示威队伍":

> 没有散队的群众却蠕蠕地在场上蠢动,衣帽都是白色的,看去好像一团蛆虫!喇叭和铜鼓的声音混和着复杂的人声,一阵阵送到这里之后,再弥漫着涛声和风声,便轻烟般消失去了,很多面五光十色,形式不同的

---

① ② 冯铿. 最后的出路[M]//鲁迅博物馆文物资料部. 晨光/柔石、冯铿遗稿. 北京: 书目文献出版社, 1985.

旗帜，像彩蝶般在人丛中飘扬。①

……

走过几座外国人的洋行以及私宅的面前时，群众便很兴奋地高呼着"打倒帝国主义"等口号，有的却喊得连身子也跳跃起来！可是楼上那些外国人，都像看孩子玩耍一般，倚在楼窗上一面笑谈一面观看。②

此番滑稽可笑的示威场景，让郑若莲对跻身其间的意义产生了质疑：

谁叫你要受这样的苦呢？好好地在校里读书还嫌没事做吗？……她觉得这样牺牲了各个人的精神和时间，究竟有什么意义呢？③

事实上，正如胡卫清在《我们与他们：华英学校风潮解析》一文中所指出的："以原华英师生为主体的收回华英教育权的活动极具象征意义，对教会而言它是一种致命的分裂，对于本地主流社会而言它是一种彻底的回归。"④ "收回教育权"的举动本身并没有带给学校及当地教育以更多的好处。以华英被收回后改名的南强中学为例，"南强是从英国人手中强行收回的，在国人手中仅仅两年时间就宣布结束，炽烈的爱国烈火之后，学校并没有

---

① ② ③ 冯铿.最后的出路[M]/鲁迅博物馆文物资料部.晨光/柔石、冯铿遗稿.北京：书目文献出版社，1985.
④ 胡卫清.苦难与信仰/近代潮汕基督徒的宗教经验.北京：生活·读书·新知三联书店，2013.

获得进一步的发展，反而是在一片混乱中结束"①。以民族主义和爱国主义为基本诉求的南强中学最终完全落入政府的掌控之中，"最后的胜利者似乎只有一个，那就是党化了的国民政府"。②

结　语

二十世纪初期，"自由恋爱"作为反封建专制最直接有力的思想武器被广大男女青年信众式地接受和传播。《最后的出路》中叙述者与人物的对话形成复调，庄严神圣的宗教仪式被戏谑成一幅世俗情爱图景。通过"专洗杯盘外面""老处女""笨若母猪""巫婆"等词语，叙述者成功地将教会神职人员污名化，而女传教士严正学风、谨防男女交往泛滥的理性行为也在反封建的文化语境里自然而然地被误读为"披着宗教外衣的卫道者""带有中世纪禁欲主义色彩的象征符号"。二十世纪二十年代，教会学校在潮汕地区的传播遭遇到了历史冰点，拨开"反封建"思潮的荆藤，还有"民族主义"势力的棘刺，将民国潮汕的相关史料与小说文本的社会描写进行"文史互证"，可以欣喜地发现冯铿及其小说创作的可贵之处：身处激进躁动的年代，青年冯铿难能可贵地葆有积极"介入"的姿态和审慎疏离的立场，通过叙述者多声部的话语呈现，勇敢而客观地质疑了被民族主义包装下的"收回教育权"运动及各种学潮、政运；而相应的，教会学校作为"帝国主义文化殖民"的形象也因"革命"合法性遭到质疑而在一定程度上得以解构。总之，冯铿在长篇小说《最后的出路》

---

① ② 胡卫清. 苦难与信仰/近代潮汕基督徒的宗教经验. 北京：生活·读书·新知三联书店，2013.

中对多声部话语的巧妙运用、对社会历史景深的翔实勾勒，见微知著地重现了二十世纪二十年代教会学校在潮汕地区传播过程中如何受到"反封建"及"民族主义"的双重挑战，而这在现代文学画廊上无疑是极为值得珍视的一笔。

冯铿简谱

刘文菊

近十年来,我在潮州做现代潮汕女作家研究项目,有很多在地研究的便捷优势,无论是查阅文献史料还是实地考察,都会发现一些新线索。尤其是把潮汕女作家作为一个群体来研究,诸如冯铿、陈波儿、许心影、陈凤兮、陈曙光、张荃等,找到她们彼此之间紧密的地缘关系以及在文学创作和革命道路上的相互影响与关联。比如,冯铿有一个亲密的姐姐冯素秋也是现代潮汕早期知名的女诗人;冯铿与许心影、陈凤兮都是交好的同学;陈凤兮与陈波儿是同族姑侄,尤其到了上海走上革命文艺创作之路后,彼此之间的联系更加紧密。在早期的"左联"文学发展史上,冯铿、陈波儿、许心影与上海的潮汕作家群联系密切,冯铿的爱人许美勋与许心影的爱人李春鍏是好友;他们与杜国庠、柯柏年、洪灵菲、戴平万等这些"左联"骨干之间有着或师或友的紧密关系,也成为"左联"中的一分子,这些都是在研究中不可忽略的地域文化与地缘关系。我在《冯铿寻求女性解放道路的心路历程》《现代潮籍女诗人冯素秋研究》《现代潮汕女作家的文学创作及其文学史命运》等文章中,梳理冯铿生平与创作脉络,也出版了著作《许心影研究及作品选》。近年,粤东"左联"文化再度成为学界和文化界关注热点,有关潮汕"左联"作家研究又进入一个新的发展时期,"左联"中的潮汕女作家研究也亟须推进。关于"左联"女烈士冯铿的研究史料在当代得到了较为翔实的整理,并陆续刊发。无论是作家传记、文学作品,还是生平轶事,都有可信度很高的实证材料。如,冯铿的爱人许美勋践行"谁后死,谁就代写传记"的诺言,在1957年出版的《冯铿烈士》"后记"中承诺"书中所述都是事实,甚至一个门牌号数、一句话,尤其是涉及的人物,我都保持着百分之百的真实。"许美勋的儿子许其武在父亲所掌握的史料基础上又增加了不少新内容,于2001年出版了长篇传记《十月先开岭上梅——冯铿传奇》。1983年寓居香港的冯铿侄儿冯武洸发表了回忆文章,并提供了冯瘦菊的一首诗《悼胞妹冯铿女士》。另外,李伟江整理的冯铿作品集,丁景唐、丁言模、卫公、彭耀春等一批学者对冯铿生平与创作的研究,都是珍贵的研究资料。

不过,在冯铿年谱的编写中有一些时间、地点、人物等细节还需补证。比如,关于冯铿的出生年月日,即便是许美勋本人在不同时期撰写的回忆冯铿的材料也有不同的记录。他以冯铿最亲密的爱人的身份,除了公开出版《冯铿烈士》一书,查汕头档案馆收藏的材料,还有五个不同版本的"冯铿传略",有三种是许美勋亲笔书写,有两种是别人转抄他的。第一个版本《冯铿同志传略》是用俊秀漂亮的毛笔繁体小楷竖行写在红条稿纸上,落款"一九五〇年开国周年纪念",记录"冯铿同志一九〇六年十月十日生于广东汕头市""她遇难时年仅二十五岁",在文中他注明"许长她五岁",许美勋出生于1902年,年长五岁,冯铿就是出生于1907年,文中说冯铿的母亲卢椿当年还健在,已经八十六岁了,不知是否去确认过。第二个版本"回忆冯铿"用钢笔蓝色墨水简体行楷写在方格稿纸上,记为"她的生命虽极短,只度过二十四个寒暑",落款是1959年2月7日。第三个版本用钢笔蓝色墨水简体行楷写在方格稿纸上,记为"烈士于一九〇七年出生于潮州",牺牲时"时年仅二十四岁",无落款日期。第四、第五个版本均用蓝色钢笔字抄录,都注明"抄于许美勋同志写的",内容与第三个版本相同。查看各种报刊上关于冯铿的生平介绍,多是采用"左联"刊物《前哨》1931年4月25日第一卷第一期"纪念战死者专号"的"被难同志传略"冯铿介绍中的说法:"冯铿,一名岭梅,今年二十四岁,一九〇七年十月出生于广东省的潮州。"吴其敏有篇短文《冯白桦哭妹诗》,说他自己推断冯铿牺牲时已过了二十七岁,从冯白桦悼诗的序文中确知冯铿死年为二十六岁足龄。①卫公《冯铿传略》认为冯铿是出生于1907年11月15日。本文采用通行说法"出生于一九〇七年农历十月十日"。

其实,在现代文学史上,不止一个作家年谱中出现关于生卒年不确定、某个重要事件的时间点不确定等情况,且有不少这种现象。一是因为年代久远无法确证;二是因为中国采用农历系年方法,存在公历和农历时间上的差异;三是因为特殊的时代原因,其中隐含着复杂的成因等因素,故而增加了文献资料整理工

---

① 参见吴其敏《园边叶》,三联书店香港分店出版,1986年。共有四篇文章写到冯铿:《冯铿在潮汕》《冯铿的旧家》《冯白桦哭妹诗》《冯铿的爱人许峨》,有些材料也需要甄别,比如,他写"姊素秋,早年以婚姻问题,自缢死于封建压力之下",与真实情况不符,冯素秋是病故的,参见刘文菊《现代潮籍女诗人冯素秋研究》。

作上的准确与精细难度。本文在查阅冯铿研究资料的基础上，主要参考许美勋《冯铿烈士》，许其武《十月先开岭上梅——冯铿传奇》，张婧、王燕芝《冯铿年谱》，丁景唐、瞿光熙《冯铿著作系年目录》，丁景唐《冯铿烈士和她的作品》等编制出《冯铿简谱》，以供学界同仁查对。

1907年

农历十月十日出生于广东潮州。因活泼多动，故作小名"阿蟹"。长兄引"十月先开岭上梅"诗句，为其取名"岭梅"。冯家初居潮州城南云步村冯厝，后迁至汕头市商业街五十二号。父亲冯孝庚祖籍浙江杭州，家学深厚，满腹经纶，是粤东一带的古文名宿，曾先后任教于汕头淑德女校、英华学校等。母亲卢椿（约1864—1951？），祖籍浙江绍兴，少年时期就读于揭阳丁日昌府私塾，曾任教于友联中学。大哥冯鉴（冯印月），颇有诗才，以教书为生，曾任汕头岭东中学校长，抗战期间曾主编进步刊物《谷声》，后客死惠来。小哥冯瘦菊（1902—？小名石虎，笔名冯白桦、冯江涛），才高狂狷，曾主编《火焰》周刊，参加过北伐战争，后移居香港，有著作《新诗和新诗人》（1929）、《十九世纪俄罗斯文学家的传略和著作思想》（1929）、《世界的民族文学家》（1932）、《听潮楼词》（1961），遗作《驰驱集》中收有七律二首《悼胞妹冯铿女士》。[6]冯氏父子三人诗名盛传，被称为"汕头三苏"。姐姐冯素秋（1894—1924），工于吟咏，思想解放，1912年鮀江女子师范毕业，1914年与诗书画家蔡梦香自由恋爱结婚，1922年同赴新加坡任教，1924年染病回潮州后去世，遗作诗词稿《秋声》集二卷（散佚）。冯岭梅从小颇受姐姐影响，热爱文学，立志要做秋瑾和索菲亚式的女革命家。

1915年　8岁

在潮州一所新旧合壁的小学念书。

1917年　10岁

举家迁往汕头崎碌。不久移居汕头市商业街尾，小楼濒临海滨，门外写着"海屋"二字。

她经常带着侄儿冯武洸（冯印月之子）在海滨散步。

1920年　13岁

进入汕头礐石正光女校读书，同学有陈婉华、刘选韵、许心影、许玉磬等。

1921年　14岁

春，入汕头友联中学学习。

成为"友中月刊社"的骨干，创作白话小诗和散文小品。《友中月刊》曾寄赠鲁迅求教，并得到鼓励和赞许。

1923年　16岁

夏，与父亲的学生许美勋结识。许美勋（1902—1991），潮安县宏安乡旗地村人，原名许美埙，笔名许峨。

秋，火焰文学社成立，在《大岭东报》开辟副刊《火焰》周刊，由许美勋与冯瘦菊轮流主编，冯岭梅积极参加文艺活动并发表多篇文学作品。

1924年　17岁

2月，姐姐冯素秋病故。姐妹情深，悲痛难忍，诗歌《深意（四一）》（1925）、《和亡姐说的话》（1926）为怀念姐姐而作。

9月，在《汕头友联中学校季刊》第三期发表评论《革除社会习惯的几个问题》《学生应改善的习惯》《妇女的文明》《限制生育原理》，散文《清明后小游记》《火车里的多象》，诗歌《早起》，小说《一个天真烂漫的儿童》《一个失望的学生》。署名皆为冯岭梅。

1925年　18岁

春，进入汕头友联中学高级部学习。岭梅生得浓眉大眼，留短发，不喜修饰，爱辩论。全班只有她一个人是女生，她宣称"从来不把自己当作女人"。

6月，为支援上海"五卅"罢工运动募捐，自编自导爱国话剧公演。其间，已与许美勋相恋。

冬，代表汕头学联会出席汕头总工会大会，聆听工人运动领袖杨石魂报告，深受鼓舞。

11月7日，革命军第二次东征进入汕头，冯岭梅与许美勋一起参加十月革命纪念及军民联欢大会，见到了周恩来和加仑将军。

9月，在《友联期刊》第四期上发表文章《改造家庭底我见》《学生高尚的人格》《人对自己有应尽的本务》；诗歌《送春》《和友人同访死友的墓》；小说《一个可怜的女子》《月下》。署名皆为冯岭梅。

12月，任友联中学学生会执行委员，学艺部出版科长，编辑

《友联期刊》。为《友联期刊》第五期作《开篇语》一篇；发表文章《破坏和建设》《妇女运动底我见》；诗歌《月儿半圆的秋夜》《幻》《芙蓉》《国庆日的纪念》《印象》《秋意》；小说《默思》《从日午到夜午》《风雨》《海滨》；散文《休假日游记》。署名皆为冯岭梅。

1926年　19岁

夏，毕业于友联中学。在该校女子部当了一个短时期的教员。

年底，与许美勋同居。

陆续在汕头《大岭东报》副刊《火焰》及《岭东民国日报》副刊《文艺》发表诗歌《暗红的小花》《花》《斜阳里》《你赠我白烛一枝》《凄凉的黄昏》《深意》《和心影说的》《隐约里一阵幽香》《听，听这夜雨》等；散文《开学日》《夏夜的玫瑰》；小说《觉悟》。署名冯岭梅、岭梅。

1927年　20岁

春，与许美勋一起离开汕头，到潮安县宏安乡宏南小学任教，该校为二人的师友、《大岭东报》主笔许唯心创办。同时，二人也为该村农会办夜校识字班。

4月，为躲避搜捕，到邻村金砂乡亲戚家避难。几天后，又女扮男装，逃到桑浦山里的新寮村。接着又不断转移，开始了在农村的流亡生活。

深秋，冒着危险回到白色恐怖的汕头。

9月24日，南昌起义军到达潮汕，10月1日离开，"潮汕七日红"期间，热情参加了活动，再次见到周恩来同志。

12月，广州起义的消息传来。叶挺、贺龙率领的红军进入潮汕，积极投入群众运动中。

本年，创作《乡居》（诗四首）。

1928年　21岁

春，与许美勋一起离开汕头，到澄海县立小学任教，她还兼任县立女校教员。不久，二人因坚持正义，先后被解除教职。

6月，与许美勋一起回到汕头。

夏，与许美勋同去庵埠镇，隐居在朋友陈若水家名叫"亦园"的书斋楼上写作。

本年，诗歌《晚祷的钟声》《待——》《莫再矜持》（署名岭梅），散文《海滨杂记》（岭梅女士）在《白露》半月刊发表。创作小说《C女士的日记》《最后的出路》，独幕剧《胎儿》（署名绿萼）等。

1929年　22岁

2月24日，元宵节，与许美勋一起乘船去上海。到上海第一天，她便到南京路凭吊"五卅"血案的遗迹。二人同住在上海北四川路公益坊三十八号南强书局楼上的亭子间，许美勋在南强书局做编辑工作。

冯岭梅先是进持志大学英语系读书，不久因学校腐败和经济拮据而中断；后转入复旦大学英语系，不久又因工作需要和经济困竭而辍学。开始从事革命工作，参加"飞行集会"、写标语、散传单、到工人区去活动等。

5月，由杜国庠、柯柏年介绍，与许美勋一起加入中国共产党，组织关系在闸北区委第三街道支部，代号"贾珊小姐"。从此开始革命工作，成为职业的革命者。

5月，参加"五卅"纪念示威游行。

秋，与柔石同去杭州，游玩了西湖，柔石去看望了魏金枝。她的哥哥冯瘦菊住在杭州，她只去看望了嫂嫂，不愿见时任上海现代书局总编、为杭州《黄钟》半月刊写稿、提倡"民族主义文艺"的哥哥。

12月，将诗稿送给鲁迅请教。《鲁迅日记》载：12月31日，上午寄还岭梅诗稿。

本年，诗歌《春宵》《这帘纤的雨儿》（署名岭梅女士）《晨光辐辏的曙天时分》（署名雷若）在《白露月刊》发表。诗歌《高举杯儿》、小说《遇合》（署名岭梅女士）在《北新》半月刊发表。诗歌《秋千》《离愁》（署名岭梅）、小说《C女士的日记》（署名绿萼）、《女学生的苦闷》（署名占春[①]，为《最后的出路》前六章）在《女作家杂志》创刊号发表。创作小说《无着落的心》等。

1930年　23岁

3月2日，与许美勋一起去中华艺术大学，出席"左联"成立大会。二人第一次公开新的名字冯铿、许峨。

4月29日，出席"左联"第一次代表大会。大会委派柔石、胡也频、冯铿参加即将在上海举行的中国苏维埃区域代表大会。

[①] 李伟江《重新起来！》中误为"冯占春"，查大成老旧期刊数据库《女作家杂志》创刊号，应为"占春"。

5月1日，参加"左联"组织的"五一"示威游行。

5月，出席中国苏维埃区域代表大会。会议期间，冯铿与苏区的红军代表、妇女代表、少先队代表进行了交谈。并以他们的事迹为素材，写作小说《小阿强》《红的日记》。

5月29日，"左联"第二次全体大会召开，由柔石传达《苏维埃政府土地法》。

6月，冯铿被派到准备召开的全国工农兵苏维埃代表大会秘书处工作。

夏，去玉佛寺德馨小学参加党内会议。

9月17日，出席鲁迅五十寿辰纪念会。在发言中，她先谈了发展无产阶级文学的必要，最后向鲁迅呼吁，希望他成为左翼作家联盟和左翼美术家联盟的保护者和导师。

9月30日，中国国民党中央执行委员会秘书处发出陈立夫签署的15889号公函，并"特抄同原附名单函达"（冯铿、柔石、鲁迅等列名其中）。公函饬令取缔、查封自由运动大同盟、"左联"等组织，对进步团体"一律予以取缔""缉拿其主谋分子，归案究办"。

同年，去胡也频家，参加"左联"会议。"左联"借胡也频儿子满月之名布置"汤饼会"，研究讨论文艺运动问题。冯铿和柔石、胡也频等同时也代表"左联"参加中国共产党在上海所主持的中华全国苏维埃代表大会中央准备委员会的宣传工作，因工作关系和他们更接近了。

9月26日，柔石的生日，拜访未遇，后收到他充满爱意的回信。

10月14日，写信给柔石，表达爱慕之情。

10月20日，柔石写信给许峨，坦承他与冯铿在一个月前已相爱。

10月27日，许峨回信，表示接受并支持他们相爱。

11月22日，由柔石陪同去见鲁迅，此时二人已同居。《鲁迅日记》载：晴。晚密斯冯邀往兴雅晚饭，同坐五人。

本年，小说《乐园的幻灭》（署名"冯铿"，第一次使用该笔名）、《突变》（署名冯铿）在《拓荒者》月刊发表；小说《小阿强》（署名冯铿）载《大众文艺》月刊；小说《友人C君》（署名岭梅）载《北新》半月刊；日记体小说《女同志马英的日记》（署名冯铿）载《现代文学》第四期（初印本，北新书局出版）。创作杂文《一团肉》，小说《重新起来》《贩卖婴儿的妇人》《华老伯》（散佚）等。编选了诗集《春宵》（散佚），短篇集《铁和火的新生》（散佚）。

1931年　24岁

1月1日，小说《贩卖婴儿的妇人》（署名岭梅女士）载《妇女杂志》第17卷第1期。

1月上旬，与许峨一起在上海虹口公园游玩，这是两人最后一次见面。

1月12日，与柔石一起去鲁迅住处聊天。《鲁迅日记》载：晴。晚平甫及密斯冯来，并赠新会橙四枚。

1月17日，《鲁迅日记》载：昙。下午冯梅君来。

1月17日，中午与柔石一起在王育和处吃饭。下午一时四十分，在三马路二二〇号（今汉口路六一三号）东方旅社31号房间开会时，因叛徒告密，被捕。同时被捕的还有柔石、胡也频、殷夫等八人。几乎同时或先后一两天中，分别在中山旅社和其他多处秘密机关中陆续被捕的共有三十多人。

1月18日，晨，柯柏年在英文报《密勒氏评论报》看到冯铿等被捕的新闻。

1月19日，国民党江苏高等法院第二分院开庭，对冯铿、柔石等三十余人进行审理，有移交他处的，也有交保释放的。冯铿、柔石等三十五人即提解到上海公安局关押。

1月23日，押解到国民党淞沪警备司令部看守所。柔石在1月24日写给冯雪峰的信中写道："我与三十五位同胞（七个女的）于昨日到龙华。并于昨夜上了镣，开政治犯从未上镣之纪录。"

2月5日，柔石写给王育和一封信，提及冯铿："在狱已半月，身上满生起虱来了。这里困苦不堪，饥寒交迫。冯妹脸堂青肿，使我每见心酸！望你们极力为我俩设法。大先生能托得一蔡先生的信否？如须赎款，可与家兄商量。总之，望设法使我俩早日脱离苦海。……"

2月7日，晚，冯铿被国民党反动派秘密杀害于上海龙华。同时遇害的还有李伟森、柔石、胡也频、殷夫等人。后被称为"左联五烈士"。

附录：

1931年

2月12日，中共中央机关报《红旗日报》透露出革命同志牺牲的消息。

3月12日，《群众日报》第三期发表社论《反对国民党残酷的白色恐怖》，悼念死难烈士。

3月30日,《文艺新闻》第三期披露了"左联"五烈士遭难的简讯。

4月25日,《前哨》第一卷第一期"纪念战死者专号"刊登了"左联"五烈士的肖像、传略、作品和有关文章。其中,刊载了冯铿传略、小说《红的日记》。

10月5日,日本人士山上正义(林守仁)和尾崎秀实(白川次郎)编写"国际无产阶级文学选集"第3册《支那小说集·阿Q正传》,日本东京四六书院出版发行,收有《冯铿小传》《女同志马英的日记》。

左联认为她是"新进的稀少的妇女作家";日本文艺界赞其为"中国最光辉、最有希望的女作家";美国New Masses杂志称其为"中国最有才气和前途的女作家之一"。

1933年

鲁迅发表《为了忘却的记念》(最初发表于1933年4月1日《现代》第二卷第六期)。关于冯铿,他写道:

> 他说的并不是空话,真也在从新学起来了,其时他曾经带了一个朋友来访我,那就是冯铿女士。谈了一些天,我对于她终于很隔膜,我疑心她有点罗曼谛克,急于事功;我又疑心柔石的近来要做大部的小说,是发源于她的主张的。但我又疑心我自己,也许是柔石的先前的斩钉截铁的回答,正中了我那其实是偷懒的主张的伤疤,所以不自觉地迁怒到她身上去了。——我其实也并不比我所怕见的神经过敏而自尊的文学青年高明。

她的体质是弱的,也并不美丽。

1951年

《解放日报》1951年2月25日星期日特刊:刊发"柔石　胡也频　白莽　李伟森　冯铿五烈士殉难二十周年纪念特刊",配有五烈士遗像,同时登载潘汉年《五烈士二十周年纪念》、雪峰《鲜血纪录的历史的第一页——柔石、胡也频、白莽、李伟森、冯铿等五同志殉难二十周年纪念》、巴金《他们活在每个站起来的中国人的心里》、陈望道《以坚决行动来纪念他们》。[①]

1952年

毛泽东主席签发《革命牺牲工作人员家属光荣纪念证》,底纹为"永垂不朽"四个毛体大字,盖有中华人民共和国中央人民政府之印,内书:

> 查冯岭梅同志在革命斗争中光荣牺牲,丰功伟绩永垂不朽,其家属当受社会上之尊崇。除依中央人民政府"革命工作人员伤亡褒恤暂行条例"发给其家属恤金外,并发给此证以资纪念。
>
> 　　　　　　　　　　　　一九五二年四月五日[②]

---

① 原件收藏于汕头市档案馆,查阅于2019年3月。
② 原件收藏于汕头市档案馆,查阅于2019年3月。

1957年

许美勋践行"谁后死，谁就代写传记"的诺言，出版《冯铿烈士》，在广东人民出版社出版。

1983年

寓居香港的冯武洸发表文章《我的细姑——冯铿》（《中国现代文艺资料丛刊》第7辑），摘录冯瘦菊遗作《驰驱集》中《悼胞妹冯铿女士》七律二首：

宏愿艰难欲补天，辛勤衔石海终填。热情喷血为民众，孤愤捐躯学圣贤。抗暴椎秦空一击，挽弓射虎竟长眠。无端死别成新恨，回首临歧一惘然。

尚忆髫年共读时，西窗剪烛两怡怡。勋名最慕苏菲亚，文采常推高尔基。短发浓眉谈革命，轻裘戎服作男儿。人天撒手昙花落，遗箧长留数卷诗。

1986年

冯铿《重新起来！》出版，李伟江主编，花城出版社。

2001年

许其武（许美勋之子）出版《十月先开岭上梅——冯铿传奇》，中国文联出版社。

参考文献：

[1] 许美勋.冯铿烈士[M].广州：广东人民出版社，1957.

[2] 张婧、王燕芝.冯铿年谱[C]//鲁迅博物馆文物资料部整理,晨光：柔石,冯铿遗稿.北京：书目文献出版社,1986.

[3] 丁景唐,瞿光熙.冯铿著作系年目录[C]//丁景唐,瞿光熙.左联五烈士研究资料编目.上海：上海文艺出版社,1981.

[4] 丁景唐.冯铿烈士和她的作品[C]//丁景唐,瞿光熙."左联"五烈士研究资料编目.上海：上海文艺出版社,1981.

[5] 许其武.十月先开岭上梅：冯铿传奇[M].北京：中国文联出版社,2001.

[6] 黄树雄.潮人旧书[M].广州：暨南大学出版社,2016.

[7] 刘文菊.现代潮籍女诗人冯素秋研究[J].湖南人文科技学院学报,2013（1）.

[8] 冯武洸.我的细姑：冯铿[J].中国现代文艺资料丛刊（第7辑）,1983.

[9] 冯铿.重新起来![M].广州：花城出版社,1986.

[10] 魏金枝.柔石传略[C]//丁景唐,瞿光熙.左联五烈士研究资料编目.上海：上海文艺出版社,1981.

[11] 鲁迅.鲁迅全集（第十六卷）[M].北京：人民文学出版社,2005.

[12] 马文飞.冯铿《红的日记》研究及其他[N].文艺报,2018-11-19（006）.

[13] 张婧,王燕芝.柔石年谱[C]//鲁迅博物馆文物资料部整理.晨光：柔石、冯铿遗稿.北京：书目文献出版社,1986.

[14] 黄河子.《冯铿传略》补正[J].新文学史料,1987（2）.

[15] 鲁迅.鲁迅全集（第四卷）[M].北京：人民文学出版社,2005.

（原载《山东女子学院学报》2019年第4期,有修改。）